ORIGIN

ORIGIN
오 리 진 1

댄 브라운 지음 | 안종설 옮김

문학수첩

Origin
by Dan Brown

어머니를 기리며

우리는 우리를 기다리는 삶을 살아가기 위해
우리가 계획한 삶을 기꺼이 포기해야 한다.

– 조지프 캠벨

사실

이 소설에 등장하는
미술, 건축, 장소, 과학
그리고 종교 단체들은
모두 실재한다.

프롤로그

낡은 산악 열차가 아찔한 경사면을 올라가는 동안, 에드먼드 커시는 자신의 머리 위에 버티고 선 험준한 산꼭대기를 살펴보았다. 멀리 깎아지른 절벽에 자리한 거대한 석조 수도원은 마치 마법처럼 수직의 낭떠러지에 녹아들어 그곳에서 꼿꼿이 버티고 있었다.

스페인 카탈루냐의 이 유서 깊은 수도원은 4세기가 넘는 세월 동안 집요하게 당겨대는 중력의 힘을 견디며 그 거주자들을 현대의 세상으로부터 격리하는 본연의 목적을 충실히 수행해왔다.

'이런 사람들이 가장 먼저 진실을 알게 되다니, 묘한 일이로군.' 커시는 이렇게 생각하며, 과연 그들이 어떻게 반응할지 궁금해했다. 역사적으로 지구상에서 가장 위험한 사람들은 신을 따르는 자들이었고, 특히 자신들이 따르는 신이 위협을 당할 때 더욱 위험한 존재가 되었다. '나는 지금 말벌의 집에 불붙은 창을 던지려 하고 있어.'

열차가 정상에 이르자, 플랫폼에 홀로 서서 그를 기다리고 있는 인물이 시야에 들어왔다. 뼈가 앙상히 드러나 보일 만큼 여윈 그 남자

11

는 전통적인 가톨릭 사제의 자줏빛 수단과 소백의를 입고 머리에는 주케토를 쓰고 있었다. 깡마른 그 얼굴을 사진으로 본 적이 있는 커시는 뜻밖의 광경에 몹시 흥분했다.

'발데스피노가 직접 마중을 나오다니.'

안토니오 발데스피노 주교는 국왕의 믿음직한 친구이자 조언자일 뿐 아니라, 가톨릭의 보수적인 가치관과 전통적인 정치 규범의 열렬한 지지자이자 대변자로서 스페인에서 막강한 영향력을 행사하는 인물이었다.

"에드먼드 커시 씨, 맞지요?" 커시가 기차에서 내리자 주교가 물었다.

"맞습니다." 커시는 그렇게 답하며 미소 띤 얼굴로 주교의 앙상한 손을 잡고 악수를 나누었다. "발데스피노 주교님, 이렇게 시간 내주셔서 감사합니다."

"오히려 내가 고맙지요." 주교의 목소리는 생각보다 훨씬 힘찼으며, 마치 종소리처럼 맑고 카랑카랑했다. "과학 하는 사람, 특히 당신처럼 저명한 과학자가 찾아오는 일은 드물거든요. 자, 이쪽으로 갑시다."

발데스피노가 커시를 이끌고 플랫폼을 가로지르는 동안, 산꼭대기에서 불어오는 찬바람에 주교의 옷자락이 펄럭였다.

"솔직히 말하자면," 발데스피노가 말을 이었다. "상상과는 좀 다르군요. 전형적인 과학자처럼 생겼을 줄 알았는데 막상 만나보니……." 주교는 약간 못마땅한 눈빛으로 손님의 키톤 K50 슈트와 바커 타조 가죽 구두를 힐끔거렸다. "멋쟁이 쪽에 가까운 것 같아요. 내 말이 적절한가요?"

커시는 점잖게 미소 지었다. '요즘 잘 안 쓰는 말이긴 하지.'

"당신의 업적을 대충 훑어봤죠. 하지만 아직도 당신이 무슨 일을 하는 사람인지 확실히는 모르겠어요." 주교가 말했다.

"전 게임 이론과 컴퓨터 모델링에 주력하고 있습니다."

"그럼 아이들이 하는 컴퓨터 게임을 만드나요?"

커시는 주교가 예스러운 인상을 주려고 일부러 모르는 척한다는 느낌이 들었다. 사실 커시는 발데스피노가 첨단 기술 분야에 대해 놀랄 만큼 정통하며, 그 폐해를 사람들에게 경고하는 일도 게을리하지 않는다는 사실을 알고 있었다. "아닙니다, 주교님, 게임 이론은 미래를 예측하기 위해 패턴을 연구하는 일종의 수학 분야입니다."

"아, 그렇군요. 당신이 몇 년 전에 유럽의 금융 위기를 예측했다는 글을 어디서 읽은 적이 있어요. 그때는 아무도 귀 기울이지 않았지만 당신이 만든 컴퓨터 프로그램 덕분에 유럽연합이 죽다 살아났다지요. 그때 당신이 남긴 명언이 있던데. '내 나이 서른셋이니 그리스도가 부활의 기적을 일으켰을 때와 같은 나이다'라고 했던가요?"

커시는 어깨를 움츠렸다. "비유가 적절치 못했습니다, 주교님. 그때 전 어렸어요."

"어렸다고?" 주교는 웃음을 터뜨렸다. "그래서 지금은 몇 살이지요? 마흔쯤 되었나요?"

"딱 마흔입니다."

미소 짓는 노인의 옷자락이 세찬 바람에 계속 펄럭였다. "온순한 사람들이 지구의 상속자가 될 줄 알았더니, 실제로는 어린 사람들의 수중에 들어가버렸어요. 기술을 중시하고, 스스로의 영혼보다는 비디오 화면을 들여다보는 이들 말이에요. 사실 나는 그런 추세를 주도하는 젊은이를 만날 이유가 생기리라고는 상상도 못 했어요. 사람들이 당신을 '예언자'라고 부른다면서요?"

"이번에는 그렇지도 않습니다." 커시가 대답했다. "주교님과 주교님의 동료들을 개인적으로 만나 뵙고 싶다고 부탁드렸을 때. 실제로

이 만남이 성사될 가능성은 고작 20퍼센트라고 예측했으니까요.”

“내 동료들에게도 얘기한 것처럼, 불신자의 말을 경청하는 일은 언제나 아주 유익하거든요. 악마의 목소리에 귀 기울일 줄 알아야 신의 목소리도 더 잘 들을 수 있으니까.” 노인은 미소를 머금으며 말을 이었다. “물론 이건 농담이에요. 나이 먹을수록 유머 감각이 떨어지니 이해하세요. 수시로 말이 헛나온다니까요.”

발데스피노 주교는 그렇게 말하며 앞을 가리켰다. “동료들이 기다리고 있어요. 이쪽으로 갑시다.”

커시는 수풀이 울창한 언덕 위로 수백 미터는 족히 솟은 절벽 끄트머리에 올라앉은 그들의 목적지, 거대한 성곽 같은 회색 석조 건물을 바라보았다. 그 아찔한 높이에 덜컥 겁이 난 커시는 골짜기에서 시선을 거두고, 주교를 뒤따라 절벽 옆으로 난 울퉁불퉁한 오솔길로 접어들면서 곧 성사될 만남으로 생각의 줄기를 틀었다.

커시는 이곳에서 벌어진 회의를 막 끝낸 저명한 종교 지도자 세 사람과의 만남을 요청한 터였다.

‘세계 종교 의회.’

1893년부터 전 세계 약 30개 종교의 영적 지도자 수백 명이 몇 년에 한 번씩 장소를 바꿔가며 한자리에 모여 한 주 동안 종파와 종교를 초월해 대화를 나누었다. 기독교 성직자와 유대교 랍비, 이슬람교 율법학자를 비롯해 힌두교와 불교, 자이나교, 시크교 등 전 세계의 종교 지도자들이 회의에 참석했다.

이 회의는 “전 세계 종교들 간의 조화를 이루고, 다양한 영적 활동 사이에 가교를 구축하며, 모든 종교 사이의 교류를 도모하는 것”을 목표로 내세웠다.

‘고상한 취지야.’ 커시는 속으로 중얼거렸지만 내심 그 자체를 공허한 말장난으로 치부했다. 그가 보기에는 케케묵은 허구와 우화, 신화들의 뒤범벅 속에서 우연한 일치점을 찾아내고자 하는 무의미한 발버둥에 지나지 않았다.

커시는 발데스피노 주교를 뒤따라가면서 냉소적으로 산 아래쪽을 내려다보았다. '모세는 신의 계명을 받들기 위해 산에 올랐고…… 나는 정반대되는 일을 하기 위해 이 산을 오르는군.'

커시는 어떤 윤리적 의무감으로 이 산을 오른다고 스스로에게 이야기했지만, 사실 이번 방문의 동기에는 일종의 오만함이 상당 부분 포함되어 있었다. 이 성직자들의 얼굴을 직접 마주 보고 앉아 코앞에 다가온 그들의 파멸을 예고하는 희열을 느끼고 싶었던 것이다.

'당신들은 우리의 진실을 정의할 기회를 가졌었습니다.'

"당신의 이력을 훑어봤어요." 주교가 커시를 돌아보며 불쑥 말했다. "하버드 출신이라지요?"

"학부만 졸업했습니다."

"그렇군요. 하버드 역사상 처음으로 신입생 가운데 무신론자와 불가지론자가 특정 종교를 믿는 학생 숫자보다 많아졌다는 글을 최근에 읽었어요. 시사하는 바가 많은 통계더군요, 커시 씨."

'우리 학생들이 점점 똑똑해지고 있다는 뜻이겠지요.' 커시는 그렇게 대꾸하고 싶었다.

그들이 오래된 석조 건물 앞에 도착했을 무렵, 바람은 더욱 거세졌다. 희미하게 조명을 밝힌 건물 입구 안쪽에서 유향 타는 냄새가 물씬 풍겨왔다. 커시는 주교를 따라 미로 같은 복도를 꾸불꾸불 나아가며 눈이 어둠에 익기를 기다렸다. 이윽고 그들은 지나치게 조그만 나무 문 앞에 다다랐다. 주교는 노크를 한 뒤 허리를 굽혀 안으로 들어서더니 손님에게 따라 들어오라는 몸짓을 했다.

커시는 살짝 불안한 마음으로 문턱을 넘어섰다.

직사각형 방 안의 높다란 벽에는 오래된 가죽 장정의 두꺼운 책이

빼곡했다. 벽에 붙어 마치 갈비뼈처럼 불거진 별도의 서가들이 연신 덜컹대며 쉭쉭거리는 소리를 뿜어내는 주철 라디에이터와 맞물려, 방 자체가 살아 있는 듯한 괴이한 느낌을 자아냈다. 눈을 들어 이층을 에워싼 난간 달린 통로를 보고서야 커시는 여기가 어디인지 확신할 수 있었다.

'그 유명한 몬세라트 도서관이군.' 그 사실을 깨달은 그는 출입 허가를 받은 것에 새삼 놀랐다. 이 신성한 방은 이 산에 격리된 채 평생을 신에게 바친 수도사들만이 열람할 수 있는 진귀한 고문서들을 소장한 것으로 알려져 있다.

"보안 유지를 요청했지요?" 주교가 말했다. "여기가 가장 은밀한 공간이에요. 외부인 가운데 이곳에 들어와본 사람은 거의 없어요."

"영광이로군요. 감사합니다."

커시는 주교를 따라 두 명의 노인이 앉아 있는 커다란 목제 탁자로 다가갔다. 왼쪽에 앉은 이는 피로감 짙은 눈동자에 하얀 턱수염이 제멋대로 엉켜 나이가 상당히 많아 보였다. 구겨진 검정색 양복에 흰 셔츠를 입고 중절모를 쓴 차림새였다.

"이분은 랍비이신 예후다 쾨베시 님이에요." 주교가 말했다. "카발라 우주론에 대해 방대한 저술을 해오신 저명한 유대교 철학자지요."

커시는 탁자 맞은편으로 손을 내밀어 쾨베시 랍비와 정중하게 악수를 나누었다. "만나 뵙게 되어 기쁩니다, 선생님." 커시가 말했다. "카발라에 대한 선생님의 책을 읽어보았습니다. 다 이해했다고는 못하겠지만 아무튼 읽은 것은 사실입니다."

쾨베시는 손수건으로 물기 어린 눈가를 찍어내며 온화하게 고개를 끄덕였다.

"그리고 이분은," 주교가 나머지 한 사람을 가리키며 말을 이었다. "존경받는 알라마(이슬람 교리와 법, 철학을 연구하는 학자를 부르는 존칭

—옮긴이) 사예드 알파들입니다."

이 이슬람 학자는 자리에서 일어나며 환한 미소를 지었다. 땅딸막한 체구에 쾌활한 인상이 상대를 꿰뚫어 보는 듯한 검은 눈동자와 묘한 부조화를 이루는 인물이었다. 그는 수수한 흰색 싸우브 차림이었다. "커시 씨, 나도 당신이 쓴 인류의 미래에 대한 예측을 읽었습니다. 전적으로 동의한다고는 못 하겠지만, 아무튼 읽기는 했어요."

커시는 친절한 미소를 지으며 그와 악수를 나누었다.

"그리고 우리의 손님 에드먼드 커시 씨는," 주교가 그를 자신의 두 동료에게 소개하며 끝을 맺었다. "아시다시피 세간의 이목을 끄는 컴퓨터 과학자이자 게임 이론가, 발명가 겸 기술 분야의 예언자와도 같은 사람이에요. 그런 배경을 가진 분이 우리 세 사람에게 만남을 청해서 상당히 당혹스러웠지요. 그러니 이제부터 여기 온 이유를 커시 씨에게 직접 들어보기로 합시다."

말을 마친 발데스피노 주교는 두 동료 사이에 자리를 잡고 앉았다. 그는 두 손을 포갠 채 호기심 어린 눈으로 커시를 바라보았다. 세 노인이 마치 법관처럼 커시를 마주 보자, 화기애애한 학자들 사이의 대화라기보다는 흡사 취조하는 듯한 분위기가 형성되었다. 그제야 커시는 주교가 자신에게 의자조차 권하지 않았다는 사실을 깨달았다.

커시는 앞에 앉은 세 노인을 유심히 바라보며 위압감이 아닌 곤혹스러움을 느꼈다. '이 사람들이 내가 만남을 청한 성삼위란 말이지. 3인의 현자.'

커시는 자신의 권위를 확고히 하기 위해 잠시 뜸을 들였다. 그는 창가로 다가가 숨 막힐 듯 아름다운 경관을 내려다보았다. 깊은 계곡 사이로 햇빛을 가득 담은 목가적인 땅이 조각조각 펼쳐져 있고, 그 너머로는 콜세롤라산맥의 험준한 봉우리들이 삐죽삐죽 솟아 있었다. 또 그 뒤쪽 어딘가에는 발레아레스해가 가로놓여 지금쯤 그 수평선에 태풍을 머금은 먹구름이 몰려들고 있을 터였다.

이제 곧 그가 이 방, 그리고 온 세상에 불러일으킬 풍파에 어울린다는 생각이 들었다.

"여러분." 커시는 갑자기 몸을 돌려 그들을 바라보았다. "발데스피노 주교님으로부터 보안 유지에 대한 당부 말씀은 이미 들으셨을 줄 압니다. 본론으로 들어가기 전에, 지금부터 제가 드리려는 말씀은 철저하게 비밀로 유지되어야 한다는 점을 분명히 하고 싶습니다. 즉, 여러분 모두에게 침묵의 맹세를 부탁드린다는 뜻입니다. 다들 동의하십니까?"

세 노인은 말없이 고개를 끄덕여 동의의 뜻을 표했지만, 따지고 보면 굳이 그럴 필요조차 없을 듯했다. 그들은 이 정보를 떠벌리기보다는 그냥 묻어버리고 싶어 할 테니까.

"제가 오늘 이 자리에 온 이유는," 커시가 말을 이었다. "여러분이 경악할 만한 과학적 사실을 발견했기 때문입니다. 저는 우리 인류의 가장 근원적인 두 가지 의문에 답을 제시하기 위해 수년 동안 골몰해 왔습니다. 그러한 노력이 성공을 거둔 지금, 이 정보가 전 세계 신앙인들에게 엄청난 영향을, 말하자면 다분히 파괴적인 변화를 초래할 수 있다는 생각 때문에 여러분을 찾아온 것입니다. 제가 여러분에게 말씀드리고자 하는 정보를 아는 사람은 지금 이 순간 이 지구상에 저 하나뿐입니다."

커시는 주머니에 손을 넣어 큼직한 스마트폰을 꺼냈다. 자신의 필요에 맞게 손수 디자인해 직접 제작한 기기였다. 커시는 화려한 색채의 케이스를 씌운 그 전화기를 세 노인 앞에 텔레비전처럼 세워놓았다. 이제 보안 서버에 접속해 마흔일곱 자리의 비밀번호를 입력하면 그들에게 실시간으로 프레젠테이션 자료를 보여줄 수 있을 터였다.

"지금부터 여러분은 제가 한 달 후쯤 세상에 공개할 내용을 요약한 자료를 보시게 될 것입니다. 정식 발표에 앞서 세계에서 가장 영향력 있는 종교 사상가 몇 분께, 이 정보가 가장 크게 영향을 미칠 이들에게 어떻게 받아들여질지에 대해 자문을 구하고자 합니다."

주교가 큰 소리로 한숨을 쉬었다. 걱정스럽기보다는 지루한 것 같았다. "서론이 아주 흥미롭군요, 커시 씨. 우리에게 보여줄 자료가 세계 종교의 근간을 뒤흔들 것이라는 뜻으로 들리니까 말이에요."

커시는 성스러운 고문서들이 들어찬 방을 둘러보았다. '근간이 흔들리는 정도가 아니라 아예 무너져 내릴 겁니다.'

커시는 앞에 앉은 사람들을 유심히 살펴보았다. 그들은 그가 앞으로 단 사흘 뒤, 주도면밀하게 기획된 행사에서 이 자료를 공개할 계획임을 알지 못했다. 사흘 후면 세상 사람들은 모든 종교의 가르침에 한 가지 공통점이 있다는 사실을 알게 될 것이다.

바로 그들이 죄다 틀렸다는 공통점을.

1

로버트 랭던 교수는 광장에 앉아 있는 12미터짜리 개를 올려다보았다. 융단처럼 덮인 생기로운 풀과 향긋한 꽃 들이 이 짐승의 털을 대신했다.

'너를 좋아해보려고 애쓰는 중이야.' 랭던은 속으로 중얼거렸다. '정말이라고.'

그 짐승에 대한 생각을 더해가던 랭던은 이어지는 통로를 따라 걸음을 옮겼다. 불규칙한 계단의 디딤판은 막 도착한 방문객의 평소 리듬과 발걸음을 방해하려고 아예 작정한 것 같았다. '임무 완수로군.' 랭던은 고르지 않은 계단 때문에 두 번이나 중심을 잃고 휘청거린 끝에 속으로 투덜거렸다.

이윽고 계단을 다 내려온 랭던은 갑자기 걸음을 멈추고 앞에 버티고 선 거대한 물체를 올려다보았다.

'이제 볼 건 다 본 셈이네.'

눈앞에는 커다란 검은과부거미가 버티고 있었다. 가느다란 금속 다리들이 거의 10미터 상공에서 둥그런 몸통을 지탱하고 있었다. 몸통 밑에는 철망으로 만든 알 주머니가 매달려 있고, 그 속에는 유리 공들이 들어차 있었다.

"그녀의 이름은 마망이에요." 누군가의 목소리가 들렸다.

시선을 내리니 거미 밑에 홀쭉한 남자가 하나 서 있었다. 검은 양단으로 짠 셰르와니(긴 외투 형태의 인도 전통 의상—옮긴이)를 입고, 살바도르 달리를 연상시키는 말려 올라간 콧수염을 단 모습이 자못 우스꽝스러웠다.

"저는 페르난도라고 합니다." 남자가 말을 이었다. "저희 미술관을 찾아오시는 손님들을 맞이하려고 나와 있지요." 그는 앞 테이블에 늘어놓은 이름표들을 살피며 물었다. "성함을 말씀해주시겠습니까?"

"물론이지요. 로버트 랭던입니다."

남자가 화들짝 놀라며 고개를 들었다. "이런, 죄송합니다! 선생님을 미처 못 알아보다니요!"

'나도 나를 못 알아볼 지경이야.' 랭던은 속엣말을 중얼거리며 착용하고 있는 흰색 나비넥타이와 검정색 연미복, 흰색 조끼가 너무 어색해 뻣뻣한 걸음걸이로 다가섰다. '꼭 중창 단원처럼 보이겠군.' 랭던이 입은 고전적인 연미복은 거의 30년 전 프린스턴에서 아이비 클럽 회원으로 활동할 때 입었던 옷이지만, 날마다 수영으로 몸을 단련한 덕분에 아직은 그럭저럭 몸에 맞는 편이었다. 다급히 짐을 꾸리느라 옷장에서 평소 입는 턱시도를 두고 엉뚱한 양복 가방을 들고 나와버린 탓이다.

"초대장에 검정색과 흰색 옷을 입으라고 되어 있더군요." 랭던이 말했다. "이런 연미복을 입었다고 쫓겨나지는 않겠지요?"

"천만에요! 아주 멋있으세요!" 남자는 종종걸음으로 다가와 랭던의 옷깃에 정성스럽게 이름표를 달아주었다.

"만나 뵈어서 영광입니다, 교수님." 콧수염이 말했다. "설마 저희 미술관이 처음은 아니시겠지요?"

랭던은 거미 다리 사이로 번쩍거리는 건물을 바라보았다. "민망합니다만, 한 번도 와본 적 없습니다."

"저런!" 남자는 금방이라도 쓰러질 기세였다. "선생님은 현대 미술의 열혈 애호가 아니십니까?"

랭던이 현대 미술의 도전 정신을 즐기는 것은 사실이었다. 특히 잭슨 폴록의 드립 페인팅이나 앤디 워홀의 캠벨 수프 통조림, 마크 로스코의 색면 추상 같은 작업들이 위대하다고 칭송받는 이유에 지대한 관심을 가지고 있었다. 그러나 랭던은 히로니뮈스 보스의 종교적 상징주의나 프란시스코 고야의 화법에 대한 토론에서 훨씬 안정감을 느꼈다.

"솔직히 나는 고전주의자에 더 가까워요." 랭던이 대답했다. "데 쿠닝보다는 다빈치에 더 익숙하니까요."

"하지만 다빈치와 데 쿠닝은 아주 비슷하지 않습니까!"

랭던은 인내심을 발휘하며 미소를 지었다. "아무래도 내가 데 쿠닝에 대해서 좀 더 공부를 해야겠군요."

"그렇다면 정말 제대로 찾아오신 겁니다!" 남자는 거대한 건물을 향해 팔을 흔들어 보였다. "이 미술관에서 지구상 가장 뛰어난 현대 미술 작품들을 보시게 될 테니까요! 마음껏 즐기세요."

"나도 그러고 싶어요." 랭던이 대답했다. "하지만 내가 왜 여기까지 왔는지 알았으면 좋겠는데요."

"그건 다른 분들도 마찬가집니다!" 남자는 고개를 절레절레 가로저으며 유쾌한 웃음을 터뜨렸다. "손님들을 초대하신 주인공이 오늘 밤 행사의 목적에 대한 보안에 유난히 신경을 쓰는 모양이에요. 미술관 직원들조차 무슨 일인지 모른다니까요. 소문이 무성해서 더 흥미롭지요. 수백 명의 유명 인사가 모였는데 오늘 밤의 안건을 아는 사람이 단 한 명도 없어요!"

랭던의 얼굴에 다시 미소가 떠올랐다. 행사 주최자가 날짜가 코앞에 닥쳐서야 '토요일 밤. 참석하시오. 나를 믿으시오' 하는 식의 초대장을 보낼 만큼 뻔뻔하기도 쉽지 않을 것이다. 하물며 수백 명에 달하는 중요 인사들이 만사를 제치고 스페인 북부까지 날아와 이 행사에 참석하도록 설득할 능력을 가진 사람이 몇이나 되겠는가.

거미 밑을 지나 통로를 따라 걷던 랭던은 머리 위로 나부끼는 거대한 붉은색 깃발을 발견했다.

에드먼드 커시와
함께하는 저녁

'에드먼드는 지금껏 단 한 순간도 자신감을 잃은 적이 없지.' 랭던은 뿌듯한 마음으로 생각했다.

에디 커시는 랭던이 하버드 대학에서 20여 년 전 처음으로 가르친 제자 가운데 한 명이다. 암호에 관심을 가진 이 더벅머리 컴퓨터쟁이가 '코드, 암호, 그리고 상징 언어'라는 랭던의 신입생 세미나를 찾아왔던 것이다. 랭던은 커시의 놀라운 지적 수준을 한눈에 알아보았다. 그 후 커시가 컴퓨터라는 빛나는 미래에 정신이 팔려 케케묵은 기호학의 세계를 포기했음에도 불구하고, 그가 졸업하고 20년의 세월이 흐르는 동안 커시와 랭던은 사제 관계를 유지하며 꾸준히 연락을 주고받았다.

'이제 제자가 스승을 넘어섰군.' 랭던은 생각했다. '그것도 몇 광년 이상.'

오늘의 에드먼드 커시는 억만장자 컴퓨터 과학자이자, 미래학자이며, 발명가에, 기업가로 세계적인 유명 인사가 되어 있었다. 불과 마흔 살의 나이에 로봇 공학과 뇌 과학, 인공지능과 나노 기술에 이르는 다양한 분야에서 눈부신 첨단 기술로 획기적인 도약을 이끌어낸 결과였다. 심지어 미래의 과학 발전에 대한 정확한 예측을 내놓을 때에는 매번 어떤 신비로운 영기(靈氣)가 어른거리는 것 같았다.

랭던은 섬뜩하리만치 날카로운 에드먼드의 예지력이 그의 주변 세상에 대한 폭넓은 지식에서 비롯된 것은 아닐까 생각했다. 랭던의 기억이 닿는 한, 에드먼드는 무엇이든 닥치는 대로 읽어 치우는 엄청난 독서광이었다. 책에 대한 열정과 내용을 흡수하는 그의 능력은 랭던이 일찍이 본 적이 없을 정도였다.

지난 몇 년 동안 커시는 주로 스페인에 머물렀다. 이 나라가 가진 구(舊)세계의 매력, 전위적인 건축, 독특한 술집들, 그리고 완벽한 기후가 어우러진 선택이었다.

커시는 1년에 한 번 케임브리지로 돌아와 MIT 미디어랩에서 강연을 했다. 그때마다 랭던은 생전 들어본 적 없는, 보스턴에서 유행의 첨단을 걷는 인기 레스토랑에서 그와 식사를 함께하곤 했다. 두 사람의 대화 주제는 테크놀로지 쪽과는 거리가 멀었다. 커시가 랭던과는 순전히 예술에 대한 이야기만 나누고 싶어 했기 때문이다.

"선생님은 저의 문화계 연줄이에요." 커시는 종종 그렇게 농담을 하곤 했다. "선생님을 만나면 따로 인문학부를 안 다녀도 되니까요!"

랭던이 결혼을 안 한 것을 두고 놀려먹기 일쑤인 커시 역시 실상은 일부일처제를 '진화에 대한 모욕'이라고 주장하며 툭하면 숱한 슈퍼모델 곁에서 사진이나 찍힐 뿐인 독신이었다.

컴퓨터 과학계 혁신의 선두 주자라는 커시의 명성을 고려하면 내향적인 성격의 공대생을 연상하기 쉽지만, 실제로는 최신 유행 패션과 언더그라운드 음악을 즐기며 인상파 명화에서부터 현대 미술에 이르기까지 값을 매기기조차 힘든 예술품을 수집하는, 현대 대중 문화의 스타나 다름없었다. 새 작품을 사들이기에 앞서 랭던에게 자문을 구하는 이메일을 보내온 것도 여러 번이었다.

'기껏 물어놓고 결정은 늘 반대로 하곤 하지.' 랭던은 속으로 중얼거렸다.

1년 전쯤, 커시는 예술이 아닌 신에 대한 질문을 던져 랭던을 놀라게 했다. 무신론자를 자처하는 커시에게는 뜻밖의 주제가 아닐 수 없었다. 보스턴의 '타이거 마마'라는 레스토랑에서 갈비 크루도를 앞에 놓고 랭던과 마주 앉은 그가 전 세계 다양한 종교의 핵심적인 믿음, 특히 창조에 관한 각 종교의 입장 차이에 대한 랭던의 견해를 물었던 것이다.

랭던은 유대교와 기독교와 이슬람이 공유하는 창세 이야기에서부터 힌두교의 브라흐마와 바빌로니아의 마르두크 이야기에 이르기까지 현대의 대표적인 신앙을 간략히 설명해주었다.

"신기한 일이로군." 랭던이 레스토랑을 나서며 물었다. "미래학자가 왜 과거에 관심을 갖지? 우리 유명한 무신론자께서 드디어 신을 발견하기라도 했나?"

에드먼드는 너털웃음을 터뜨렸다. "꿈도 야무지시네요! 그저 제 경쟁자들을 가늠해보고 있을 뿐이에요, 선생님."

'그러면 그렇지.' 랭던도 미소를 지었다. "음, 과학과 종교는 경쟁하는 관계가 아니라 같은 이야기를 하고자 하는 두 개의 언어일 뿐이야. 이 세상에는 그 둘이 공존할 여지가 얼마든지 있어."

그날 이후 에드먼드는 거의 1년 가까이 소식이 없었다. 그러다가 사흘 전에 난데없이 비행기 표와 호텔 예약 확인서, 그리고 오늘 밤 행사에 참석해달라는 친필 쪽지가 담긴 페덱스 봉투가 랭던에게 배달된 것이다. 쪽지에는 이렇게 적혀 있었다. '다른 누구보다도 선생님의 참석이 저에게 얼마나 큰 의미를 갖는지 말로 표현할 수가 없습니다. 지난번 대화에서 들려주신 선생님의 통찰 덕분에 이 행사가 가능했어요.'

당혹스러운 노릇이었다. 그날의 대화는 미래학자가 마련하는 행사와는 아무런 연관이 없지 않았던가.

페덱스 봉투에는 두 사람이 얼굴을 마주 보고 있는 흑백 그림이 한 장 동봉되어 있었다. 커시는 랭던에게 짧은 시 한 구절을 남겼다.

선생님,
당신과 제가 얼굴을 마주할 때,
빈 공간을 드러내 보여드리겠습니다.
– 에드먼드

그 그림을 본 랭던은 빙그레 미소 지었다. 몇 해 전에 랭던이 연루되었던 사건을 교묘하게 암시하는 그림이었다. 두 얼굴 사이의 빈 공간에 잔, 혹은 성배의 실루엣이 드러나 보였다.

지금 이 미술관 앞에 선 랭던은 옛 제자가 무엇을 발표하려는지 몹시 궁금했다. 가벼운 바람이 불어와 한때 번성한 산업 도시의 혈관이던 네르비온강의 꾸불꾸불한 강둑 위 시멘트 보도를 걷는 랭던의 옷자락을 흔들었다. 공기에서 어렴풋이 구리 냄새가 났다.

랭던이 한 모퉁이를 돌았을 때, 그는 이 화려하고 거대한 미술관을 제대로 올려다볼 수 있었다. 구조물 전체를 한눈에 담기란 애당초 불가능했다. 대신 그는 앞뒤로 시선을 옮기며 가늘고 긴 건물의 형체를 훑었다.

'이 건물은 단순히 규칙을 깬 게 아니야.' 랭던은 생각했다. '규칙을 완전히 무시해버렸어. 에드먼드에게 이보다 더 잘 어울리는 곳도 없겠군.'

스페인 빌바오의 구겐하임 미술관은 마치 외계의 환영 속에서 튀어나온 건물 같았다. 미술관은 뒤틀린 금속을 무작위에 가깝게 포개 놓은 콜라주의 소용돌이였다. 길게 늘어진 3만 개의 티타늄 타일로 덮인 혼돈의 덩어리들은 마치 물고기의 비늘처럼 반짝거려, 미래의 거대한 수중 괴물이 일광욕을 하려고 강둑으로 올라온 듯한 유기적이고도 생경한 착각을 불러일으켰다.

이 건물이 처음 베일을 벗은 1997년, 《뉴요커》는 건물을 설계한 프랭크 게리가 "티타늄 망토로 파도를 표현한 환상적인 꿈의 선박"을 완성했다는 찬사를 보냈다. 전 세계의 비평가들도 "우리 시대 최고의 건축물!"이니 "놀라운 재치와 탁월함!"이니 "입이 떡 벌어지는 신기(神技)의 건축술!"이니 하며 호들갑을 떨었다.

이 미술관이 첫선을 보인 뒤 로스앤젤레스의 디즈니 콘서트홀과 뮌헨의 BMW 월드를 비롯해 심지어 랭던의 모교에 들어선 새 도서관에 이르기까지, 이른바 해체주의를 표방하는 건축물이 여럿 등장했다. 저마다 관례를 뛰어넘는 획기적인 설계와 건축술을 자랑했지만, 랭던이 보기에 그중에서 빌바오 구겐하임이 던진 충격과 경쟁할 만한 것은 없었다.

랭던이 한 걸음씩 다가갈 때마다 타일로 덮인 외관이 변형을 일으키듯, 각도에 따라 새로운 개성을 드러냈다. 이제 이 미술관이 자랑하는 가장 극적인 착시 현상이 드러날 차례였다. 놀랍게도 이 각도에서 바라본 거대한 구조물은 말 그대로 물 위에 떠 있는 것처럼, 미술관 외벽에 찰랑이며 부딪히는 "무한"의 석호 위에 표류하는 것처럼 보였다.

랭던은 잠시 멈춰 서서 그 기막힌 광경을 음미하다가, 유리판처럼 펼쳐진 물 위에 아치형으로 걸린 미니멀리즘 인도교를 통해 석호를 건너가기 시작했다. 다리를 절반쯤 건넜을 때, 갑자기 발밑에서 요란하게 쉭쉭거리는 소리가 터져 나왔다. 랭던이 기겁하며 걸음을 멈추자, 통로 밑에서 자욱한 안개가 빙글빙글 소용돌이치며 뿜어 나오기 시작했다. 짙은 안개는 그의 몸을 휘감고 석호 쪽으로 흘러가더니, 다시 미술관을 향해 굽이치며 전체 건물의 아랫부분을 완전히 삼켜 버렸다.

'〈안개 조각(Fog Sculpture)〉이로군.' 랭던은 속으로 중얼거렸다.

일본인 예술가 나카야 후지코의 이 작품에 대해 어디선가 읽은 적이 있다. 이 '조각품'은 한 번 나타났다가 시간이 흐르면 사라지는 안개의 벽, 즉 가시적인 공기를 매개로 이루어진다는 점에서 혁신적이라는 평가를 받았다. 게다가 바람을 비롯한 기후 조건이 완벽하게 똑같은 날은 하루도 없으므로 조각품이 매번 다른 모양으로 나타난다는 점도 인상적이었다.

쉭쉭대는 소리가 멈추자 랭던은 마치 의지를 가진 것처럼 소리 없이 석호를 휘감으며 천천히 움직이는 안개의 벽을 바라보았다. 그 효과는 영묘하면서도 혼란스러웠다. 이제 미술관 전체가 바다 위에서 길을 잃고 떠도는 유령선처럼 무중력 상태로 구름에 얹힌 채 물 위를 부유하는 것 같았다.

랭던이 다시 걸음을 옮기려는데, 이번에는 잔잔하던 수면에 연달아 자그만 파문이 일었다. 이어서 갑자기 석호에서 올라온 다섯 개의 불기둥이 하늘로 치솟으며 로켓 엔진이 안개 가득한 공기를 뚫고 지나가는 듯한 소리를 냈다. 동시에 미술관의 티타늄 타일에 환한 빛줄기가 부딪혔다.

랭던의 건축 취향은 고전적인 스타일에 가까워서 루브르나 프라도 같은 박물관을 더 좋아했다. 그래도 석호 위를 떠도는 안개와 불꽃을 바라보고 있노라니 예술과 혁신을 사랑하는 남자, 그토록 미래를 선명히 내다볼 줄 아는 남자가 준비한 행사를 치르기에 이 초현대식 미술관보다 더 적합한 곳은 없으리라는 사실을 인정할 수밖에 없었다.

랭던은 안개 속을 걸어 거대한 파충류처럼 생긴 미술관의 불길한 블랙홀 같은 입구로 다가갔다. 문턱에 점점 가까워질수록, 용의 입속으로 들어가는 듯한 불안감이 랭던을 사로잡았다.

2

해군 제독 루이스 아빌라는 낯선 마을의 텅 빈 술집에 앉아 있었다. 열두 시간 동안 수천 킬로미터를 움직이는 일을 끝내고 막 이 도시에 도착했으니, 진이 빠지는 여정이었던 게 사실이었다. 그는 두 잔째 토닉 워터를 한 모금 홀짝이며 바 뒤에 진열된 다채로운 색상의 술병들을 바라보았다.

'누구나 사막에서 맨 정신으로 견딜 수는 있다.' 그는 생각했다. '그러나 오아시스에 앉아 입 벌리기를 거부할 수 있는 사람은 충신뿐이지.'

아빌라는 근 1년 동안 악마에게 입을 벌리지 않았다. 그는 바에 달린 거울에 비친 자신의 모습을 흘낏 보았다. 마주한 자신의 얼굴이 모처럼 만족스러웠다.

아빌라는 나이를 먹는 것이 부채보다는 자산 쪽으로 기우는 행운을 타고난 지중해 남성 가운데 하나였다. 세월이 흐르면서 빳빳하던 검은 수염은 소금과 후추를 흩뿌린 듯한 기품 있는 색으로 변했고,

이글거리던 검은 눈동자는 차분한 자신감으로 부드러워졌으며, 팽팽하던 올리브색 살갗은 햇볕에 그을고 주름져서 눈을 가늘게 뜨고 끊임없이 바다를 관망하는 남자의 풍모를 여지없이 드러냈다.

그의 몸은 예순셋의 나이에도 여전히 군살 없이 단단했으며, 맞춤 제복이 그 외모를 더욱 돋보이게 했다. 지금 아빌라는 두 줄 단추가 달린 하얀 재킷과 널따란 검정색 견장, 위풍당당한 무공 훈장과 풀을 먹여 칼라를 세운 하얀 셔츠, 가장자리에 비단을 댄 하얀 바지를 갖춘 흰색 해군 제복을 입고 있었다.

'스페인 무적 함대가 더 이상 지구상에서 가장 강한 해군이 아닐지는 모르지만, 우리는 아직 장교들에게 어떤 옷을 입혀야 하는지 알고 있다.'

아빌라 제독은 여러 해 동안 이 제복을 한 번도 입지 않았지만, 오늘 밤은 특별했다. 그는 조금 전 이 낯선 도시의 거리를 걸을 때, 여자들의 호감 어린 시선과 슬금슬금 피하는 남자들의 기색을 만끽한 참이었다.

'규율을 지키며 사는 사람은 만인의 존경을 받기 마련이지.'

"¿Otra tónica(한 잔 더 드릴까요)?" 예쁘장한 여성 바텐더가 물었다. 30대 여성의 풍만한 몸과 장난기 어린 미소를 가진 여자였다.

아빌라는 고개를 가로저었다. "아니, 됐습니다."

술집에 다른 손님은 없었고, 바텐더의 눈빛에는 아빌라를 향한 호감이 짙게 어려 있었다. 다시금 사람들의 시선을 받으니 기분이 좋았다. '심연에서 돌아왔군.'

5년 전 아빌라의 인생을 송두리째 파괴한 그 끔찍한 사건은 앞으로도 영원히 그의 마음 한구석에 남을 터이다. 한순간에 땅이 입을 벌려 그를 통째로 삼켜버렸다.

세비야대성당.

부활절 아침.

안달루시아의 태양이 스테인드글라스를 통해 흘러들어와 석조 성당 내부에 만화경처럼 화려한 빛줄기를 흩뿌렸다. 파이프오르간의 맑은 선율 속에 수천 명의 신도가 부활의 기적을 찬미했다.

아빌라는 감사함으로 벅차오르는 가슴을 안고 성체 난간 앞에 무릎을 꿇었다. 평생을 바다에서 복무한 끝에, 신이 주신 최고의 선물로 넘치는 축복을 받은 그였다. 가족. 아빌라는 환하게 미소 지으며 고개를 돌려 젊은 아내 마리아를 바라보았다. 산달을 코앞에 둔 그녀는 몸이 너무 무거워 성체 난간으로 나오지 못하고 신도석에 앉아 있었다. 그 옆에 앉은 세 살배기 아들 페페가 아빠를 향해 열심히 손을 흔들었다. 아빌라는 아들을 향해 윙크를 보냈고, 마리아는 남편을 향해 따뜻한 미소를 보냈다.

'신이시여, 감사합니다.' 아빌라는 포도주 잔을 받으려고 다시 난간을 향해 몸을 돌렸다.

그 직후, 고막을 찢는 듯한 폭발음이 평화롭던 성당을 집어삼켰다.

섬광과 함께 아빌라의 세상이 통째로 불길에 휩싸였다.

강력한 폭발의 충격으로 아빌라의 몸은 성체 난간 앞으로 날아갔고, 뒤이어 온갖 잔해와 찢긴 인체 부위가 마구 그를 덮쳤다. 의식을 되찾은 뒤에도 짙은 연기 때문에 숨을 쉬지 못한 아빌라는 한동안 여기가 어디며 무슨 일이 벌어졌는지 감을 잡지 못했다.

귓속에서 윙윙거리는 이명과 함께 고통에 찬 비명이 들리기 시작했다. 그제야 자신이 어디에 있는지 알아차린 아빌라는 겁에 질려 벌떡 몸을 일으키며 이 모든 것이 끔찍한 악몽일 뿐이라고 혼자 중얼거렸다. 성당 안을 가득 메운 연기를 헤치고 팔다리가 잘려 나가 신음하는 희생자들 사이를 비틀거리며 나아가, 불과 몇 초 전까지 아내와 아들이 미소 짓고 있던 곳으로 다가갔다.

그 자리에는 아무것도 없었다.

신도석도, 사람도 보이지 않았다.

그저 피투성이 살점들이 검게 그을린 바닥 위를 뒹굴 뿐이었다.

고맙게도 술집 출입문에 달린 종이 딸랑거리는 바람에 끔찍한 기억이 흩어졌다. 아빌라는 잔을 들어 토닉 워터를 들이켜며 지금까지 수없이 그래왔듯 필사적으로 어둠을 떨쳐냈다.

출입문이 벌컥 열리는 소리에 뒤돌아보니, 우락부락한 남자 두 명이 비틀거리며 안으로 들어오고 있었다. 불룩한 아랫배 때문에 금방이라도 터질 듯한 녹색 축구 유니폼을 입은 그들은 아일랜드 응원가를 음정도 안 맞게 불러댔다. 오늘 오후 경기에서 아일랜드 원정 팀이 승리를 거둔 모양이다.

'그만 일어나라는 계시로군.' 아빌라는 속으로 중얼거리며 자리에서 일어섰다. 계산서를 청하니 바텐더가 눈을 찡긋하며 손을 내저었다. 아빌라는 고맙다는 인사를 하며 돌아섰다.

"세상에 이럴 수가!" 새로 온 술꾼 가운데 한 명이 아빌라의 위엄 있는 제복을 바라보며 외쳤다. "스페인 국왕 폐하 아냐!"

두 사내는 요란하게 웃어대며 갈지자걸음으로 아빌라를 향해 다가왔다.

아빌라는 한쪽 옆으로 몸을 피하며 그냥 나가려 했지만, 둘 가운데 덩치가 더 큰 사내가 거칠게 그의 팔을 잡아채고는 의자 쪽으로 도로 끌어당겼다. "좀 있어보쇼, 폐하! 우리가 스페인까지 이 먼 길을 왔는데, 폐하와 한잔해야 되지 않겠소!"

아빌라는 말끔하게 다림질한 자신의 옷소매를 붙잡고 있는 사내의 불결한 손을 바라보았다. "놓으십시오." 그가 조용히 말했다. "그만 가야겠습니다."

"천만에…… 맥주 한잔 하고 가라니까, 친구." 사내가 아빌라의 소매를 더욱 힘껏 움켜쥐자, 그의 친구가 더러운 손가락으로 아빌라의 가슴에 달린 훈장들을 쿡쿡 찔러대기 시작했다. "이 아저씨, 엄청난 영웅이신가 본데." 그는 아빌라가 가장 아끼는 휘장 하나를 잡아당겼다. "이건 중세 시대 철퇴잖아? 그럼 당신, 그 번쩍거리는 갑옷 입고 싸우쇼?" 그러면서 그는 요란하게 웃었다.

'참자.' 아빌라는 스스로를 다잡았다. 그는 지금까지 이런 인간들을 수없이 만나보았다. 지극히 단순하고, 불행하고, 단 한 번도 그 무엇을 위해 나서본 적 없고, 누군가가 피 흘려 싸운 대가로 그들에게 안겨준 해방과 자유를 터무니없이 낭비하며 살아가는 인간들.

아빌라는 점잖게 대답했다. "이 철퇴는 스페인 해군 특수 부대의 상징입니다."

"특수 부대?" 남자는 짐짓 겁먹은 척 어깨를 움츠렸다. "대단하군. 그럼 저건 무슨 표시요?" 그가 아빌라의 오른손을 가리켰다.

아빌라는 자신의 손바닥을 내려다보았다. 부드러운 손바닥 한복판에 새겨진 검은 문신은, 그 연원이 14세기까지 거슬러 올라가는 것이었다.

'이건 나를 지켜주는 표식이지.' 아빌라는 손바닥을 바라보며 속으로 중얼거렸다. '굳이 필요할 일은 없겠지만.'

"뭐, 상관없지." 건달은 그렇게 말하며 아빌라의 팔을 놓고 바텐더를 돌아보았다. "예쁘게 생겼네." 그가 말했다. "순수 스페인 혈통인가?"

"네." 그녀가 상냥하게 대답했다.

"아일랜드 피는 전혀 안 섞이고?"

"네."

"좀 줄까?" 사내는 발작적으로 웃음을 터뜨리며 거칠게 바를 두드렸다.

"그 여성을 내버려두십시오." 아빌라가 명령조로 말했다.

사내는 빙글 몸을 돌리며 그를 노려보았다.

두 번째 건달이 아빌라의 가슴을 쿡쿡 찌르며 빈정거렸다. "감히 우리에게 이래라저래라 하시겠다?"

아빌라는 오늘의 긴 여정으로 인한 피로를 느끼며 깊은 한숨을 내쉬었다. 그러고는 바를 가리키며 말했다. "신사 분들, 좀 앉으시오. 내가 맥주 한잔 살 테니까."

* * *

'저분이 그냥 가버리지 않아서 다행이야.' 바텐더는 자기 몸 하나쯤은 건사할 수 있었지만, 한 치의 흔들림 없이 두 건달을 상대하는 해군 장교의 모습을 보자 갑자기 다리가 풀렸다. 그녀는 가게 문을 닫기 전까지 그가 머물러주기를 바랐다.

아빌라는 맥주 두 잔과 자기가 마실 토닉 워터를 한 잔 더 주문한 뒤, 원래 앉아 있던 바 앞의 자리에 앉았다. 두 난봉꾼은 그의 양쪽에 자리를 잡았다.

"토닉 워터?" 한 명이 이죽거렸다. "이왕이면 같은 걸 마셔야지."

아빌라는 바텐더를 향해 피곤한 미소를 지어 보인 다음, 자신의 잔을 비웠다.

"약속이 있어서요." 그는 그렇게 말하며 일어섰다. "맥주 맛있게 드십시오."

아빌라가 일어서자 두 사내는 미리 짠 듯이 양쪽에서 거칠게 그의 어깨를 찍어 눌러 도로 자리에 앉혔다. 아빌라의 눈동자에서 분노의 불꽃이 잠시 이글거리다가 이내 사라졌다.

"영감님, 설마 여자 친구를 혼자 두고 자리를 뜰 생각은 아니겠지?" 건달은 바텐더를 돌아보며 역겹게 혀를 날름거렸다.

한참 동안 말없이 자리에 앉아 있던 아빌라는 재킷 주머니로 손을 가져갔다.

두 건달이 동시에 그의 손을 붙잡았다. "이봐! 뭐 하려는 거야?!"

아빌라는 천천히 휴대전화를 꺼내며 건달들에게 스페인어로 무슨 말을 건넸다. 그들이 못 알아듣고 멀뚱멀뚱 쳐다보자, 아빌라는 다시 영어로 이야기했다. "실례합니다. 집사람한테 늦는다고 미리 전화를 해두려고요. 아무래도 여기 좀 더 머물러야 할 것 같으니."

"이제 말이 좀 통하는군, 친구!" 덩치가 더 큰 쪽이 그렇게 말하며 맥주를 쭉 들이켜고는 잔을 바 위에 쾅 내려놓았다. "한 잔 더!"

바텐더는 잔을 다시 채우며 거울로 아빌라의 모습을 지켜보았다. 그는 휴대전화 단추를 몇 개 누른 뒤 전화기를 귓가에 가져다댔다. 통화가 연결되자 아빌라는 속사포처럼 스페인어를 쏟아냈다.

"Le llamo desde el bar Molly Malone(몰리 말론이라는 바입니다)." 아빌라는 앞에 놓인 잔 받침에 인쇄된 술집 이름과 주소를 불렀다. "Calle Particular de Estraunza, ocho(에스트라운사가 8번지요)." 그러고는 잠시 기다렸다가 다시 말을 이었다. "Necesitamos ayuda inmediatamente. Hay dos hombres heridos(지금 좀 와주십시오. 부상자가 두 명 있습니다)." 통화는 그것으로 끝이었다.

¿Dos hombres heridos? 바텐더의 심장이 빨리 뛰었다. '부상자 두 명이라고?'

그녀가 의미를 가늠해볼 새도 없이 뭔가 하얀빛이 번쩍 일었다. 아빌라가 몸을 오른쪽으로 틀어 덩치 큰 건달의 코를 팔꿈치로 후려치자 뭔가가 깨지는 듣기 거북한 소리가 났다. 건달은 얼굴에서 피를 뿜으며 뒤로 넘어갔다. 두 번째 건달이 미처 반응하기도 전에 아빌라가 왼쪽으로 몸을 돌리더니 다른 쪽 팔꿈치로 상대의 목을 강타했다. 두 번째 건달 역시 속수무책으로 나가떨어졌다.

바텐더는 입을 떡 벌린 채 바닥에 쓰러진 두 사내를 바라보았다. 한 명은 고통스러운 비명을 내질렀고, 또 한 명은 자신의 목을 틀어쥔 채 숨을 헐떡거렸다.

아빌라가 천천히 몸을 일으켰다. 그리고는 섬뜩하리만치 차분한 동작으로 지갑을 꺼내 백 유로짜리 지폐 한 장을 바에 올려놓았다.

"미안합니다." 그가 스페인어로 말했다. "곧 경찰이 도착할 겁니다." 아빌라는 그 말을 남긴 채 돌아서서 술집을 나섰다.

* * *

밖으로 나온 아빌라 제독은 밤공기를 들이쉬며 알라메다 데 마사레도가를 따라 강 쪽으로 걸어갔다. 경찰차 사이렌 소리가 다가오자, 그 소리가 지나갈 때까지 잠시 어둠 속에 몸을 숨겼다. 큰일을 앞둔 마당에 더 이상 소란에 말려들 수는 없었다.

'리젠트는 오늘 밤의 임무를 명확하게 설명했다.'

아빌라는 리젠트에게서 지시를 받으니 더없이 마음이 편안했다. 결정할 일도, 책임질 일도 없었다. 그저 행동만 하면 된다. 오랫동안 명령을 내리는 데 익숙한 삶을 살아온 그로서는 키를 남에게 넘겨주고 직접 배를 몰지 않아도 되자 마음이 놓였다.

'이 전쟁에서 나는 일개 보병일 뿐이다.'

며칠 전 리젠트에게서 놀라운 비밀을 전해 들은 아빌라는 온몸을 바쳐 대의를 따르는 것 이외에 선택의 여지가 없음을 직감했다.

지난밤에 수행한 임무의 잔혹함이 아직도 뇌리를 떠나지 않았지만, 그는 자신의 행동이 용서받으리라는 것을 알았다.

'정의는 여러 가지 형태로 존재한다.'

'오늘 밤이 끝나기 전에 더 많은 죽음이 뒤따를 것이다.'

강둑의 탁 트인 광장으로 나온 아빌라는 눈을 들어 앞에 버티고 선 거대한 구조물을 올려다보았다. 2000년에 걸친 건축의 진보를 창밖으로 내던진 혼돈의 극치가, 금속 타일로 뒤덮인 뒤틀린 형체의 덩어리가 물결치고 있었다.

'어떤 이들은 이것을 미술관이라고 부르지. 나는 이것을 괴물이라고 부르고.'

아빌라는 생각에 잠긴 채 빌바오 구겐하임 미술관 바깥에 버티고 선 일련의 기괴한 조형물 사이를 지나갔다. 건물이 가까워지자 근사한 차림을 한 수십 명의 방문객이 오가는 모습이 보였다.

'신을 모르는 대중이 모여들었다.'

'그러나 오늘 밤은 그들이 상상한 대로 흘러가지 않을 것이다.'

그는 모자를 고쳐 쓰고 제복의 옷깃을 바로잡은 다음, 눈앞의 임무를 위해 마음을 다잡았다. 오늘 밤의 임무는 위대한 사명, 정의의 십자군 전쟁의 일부다.

아빌라는 미술관 입구를 향해 안마당을 가로지르며 부드럽게 주머니 속의 묵주를 만지작거렸다.

3

미술관의 아트리움은 마치 초현대적인 성당 같았다.

랭던은 안으로 들어서자마자 거대한 흰색 기둥들을 따라 위로 시선을 옮겼다. 이 기둥들은 높다란 유리 커튼과 함께 60미터 위로 뻗어 아치형의 천장까지 닿았고, 천장에 달린 할로겐 조명은 순백의 광선을 뿜어냈다. 통로와 발코니가 거미줄처럼 얽혀 허공을 가로지르고, 정장을 차려입은 손님들이 상층의 갤러리를 드나들거나 높은 창문으로 발아래의 석호를 내려다보며 탄성을 내질렀다. 바로 옆에서는 유리로 된 엘리베이터가 또 다른 손님들을 실어 나르기 위해 소리 없이 벽면을 타고 내려가고 있었다.

이런 미술관은 정말이지 랭던도 처음이었다. 심지어는 음향조차 낯설게 느껴졌다. 흔히 미술관 건물은 소리를 흡수하는 마감재를 사용해 경건한 침묵을 강조하기 마련인데, 이곳은 석재와 유리에 반사된 목소리가 웅성거리는 메아리를 일으켜 오히려 생동감을 자아냈다. 랭던에게 익숙한 감각이라고는 혀 뒤쪽에 어렴풋이 감도는 희미한 소독약 맛뿐이었다. 미술관의 공기는 전 세계적으로 비슷하다. 모든 분진과 산화제를 완전히 걸러내고, 이온화된 물을 이용해 습도를 45퍼센트로 맞추기 때문이다.

랭던은 놀랍도록 철저한 보안 검색대를 연거푸 거치고 무장 경비원들까지 몇 명 마주친 끝에 또 다른 출입 확인용 테이블 앞에 서 있는 자신을 발견했다. 젊은 여자가 손님들에게 헤드셋을 나눠주고 있었다. "Audioguía(오디오 가이드 드릴까요)?"

랭던은 미소 지었다. "아뇨, 괜찮습니다."

하지만 그가 테이블로 다가서자, 여자는 완벽한 영어로 바꿔 그를 가로막았다. "죄송합니다만 선생님, 오늘 밤 행사의 주최자인 에드먼드 커시 씨께서 모든 손님이 헤드셋을 착용하도록 당부하셨습니다. 오늘의 체험 가운데 일부입니다."

"아, 그렇군요. 그럼 하나 주세요."

랭던이 헤드셋을 향해 손을 뻗자 여자는 손을 내저으며 대기 명단에서 그의 이름을 확인한 뒤, 이름 옆에 적힌 번호와 일치하는 헤드셋을 건네주었다. "오늘 저녁의 미술관 투어는 손님마다 맞춤형으로 준비되었습니다."

'뭐라고?' 랭던은 주위를 둘러보았다. 손님이 적어도 수백 명은 되어 보였다.

헤드셋을 슬쩍 살펴보니, 매끈한 금속제 고리 양쪽에 조그만 패드가 달린 게 전부였다. 얼떨떨한 그의 표정을 보았는지, 젊은 여자가 테이블을 돌아 나왔다.

"최신형이에요." 그녀는 그렇게 말하며 랭던이 헤드셋 쓰는 걸 도와주었다. "고리 끝에 달린 패드는 귓속에 넣지 말고 그냥 얼굴에 대세요." 그녀는 고리를 랭던의 머리 뒤로 걸고 두 개의 패드가 그의 얼굴, 정확하게는 턱뼈와 관자놀이 사이에 자연스럽게 놓이도록 자리를 잡아주었다.

"하지만 이걸로 어떻게⋯⋯."

"뼈 전도 기술이에요. 변환기가 소리를 선생님의 턱뼈로 직접 쏘아서 곧장 달팽이관으로 전달하는 방식이죠. 저도 조금 전에 시험해봤는데 정말 놀랍더군요. 마치 머릿속에서 목소리가 들리는 것 같아요. 게다가 귀로는 외부의 다른 대화를 마음대로 들을 수 있죠."

"똑똑한 녀석이로군요."

"커시 씨가 이 기술을 개발한 지 10년도 더 되었어요. 지금은 일반 소비자용 헤드폰에서도 많이 이용되죠."

'루트비히 판 베토벤한테도 지분을 주면 좋을 텐데.' 랭던은 속으로 중얼거렸다. 뼈 전도 기술의 최초 개발자는 이 위대한 18세기 작곡가라고 해도 과언이 아니다. 베토벤은 청력을 잃은 뒤 금속 막대를 피아노에 연결하고 반대편 끝을 입에 문 채 연주를 했다. 그렇게 하면 턱뼈의 진동을 통해 피아노 소리를 선명하게 들을 수 있다는 사실을 발견했던 것이다.

"그럼 즐거운 시간 보내세요." 여자가 말했다. "발표가 시작될 때까지 한 시간 정도 미술관을 둘러보실 수 있을 거예요. 시간이 되면 오디오 가이드가 위층 강당으로 올라가시라고 알려줄 겁니다."

"고마워요. 어떤 걸 눌러야⋯⋯."

"아니에요, 이 헤드셋은 완전 자동으로 작동하거든요. 선생님이 움직이기 시작하면 바로 안내가 시작될 거예요."

"아, 그렇군요." 랭던은 그렇게 대답하며 미소를 지은 후에 아트리움을 가로질러 다른 손님들이 삼삼오오 모여 엘리베이터를 기다리는 곳으로 다가갔다. 다들 비슷하게 생긴 헤드셋을 턱뼈에 대고 있었다.

랭던이 아트리움을 절반쯤 가로질렀을 무렵, 머릿속에서 웬 남자의 목소리가 들렸다. "안녕하세요, 빌바오 구겐하임 미술관에 오신 것을 환영합니다."

랭던은 그 목소리가 헤드셋에서 나온다는 것을 알면서도 자기도 모르게 걸음을 멈추고 뒤를 돌아보았다. 정말 신기한 일이었다. 아까 그 젊은 여자가 말한 것처럼, 정말로 누군가가 자신의 머릿속에 들어와 있는 느낌이었다.

"진심으로 환영합니다, 랭던 교수님." 굉장히 밝고 친절한 목소리였고, 경쾌한 영국식 억양이었다. "제 이름은 윈스턴입니다. 오늘 밤 교수님을 안내하게 되어 영광입니다."

'도대체 누구한테 녹음을 맡긴 거야? 휴 그랜트?'

밝은 목소리가 이어졌다. "오늘 밤 교수님은 어디든 마음 내키는 대로 돌아다니셔도 됩니다. 그때마다 제가 교수님이 보고 계신 것을 성의껏 설명해드리겠습니다."

유쾌한 목소리의 안내인과 개별 맞춤형 녹음, 뼈 전도 기술로도 모자라 헤드셋마다 각 방문객의 위치를 정확하게 식별하는 GPS까지 장착된 것이 틀림없다. 그래야 그 정보에 따라 상황에 맞는 설명이 흘러나올 것이다.

헤드셋의 목소리가 한 마디 덧붙였다. "교수님께서는 예술 분야에 해박한 지식을 갖고 계신 만큼 어쩌면 제 설명이 그다지 필요 없을지도 모르겠습니다. 심지어 특정 작품에 대한 저의 분석에 전혀 동의하지 않으실 수도 있고요." 이어서 다소 어색한 웃음소리가 흘러나왔다.

'이건 뭐지? 도대체 누가 대본을 쓴 거야?' 쾌활한 목소리와 맞춤형 서비스만 해도 대단하게 느껴지는 판에, 수백 개의 헤드셋을 일일이 이런 식으로 제작하기 위해 얼마나 많은 공을 들였을지 도무지 가늠할 수 없었다.

다행히도 미리 입력된 환영 인사용 대사가 다 소진된 듯 헤드셋이 잠잠해졌다.

아트리움 맞은편에 또 하나의 거대한 붉은색 현수막이 군중 위로 드리워 있었다.

에드먼드 커시
오늘 밤 우리는 앞으로 나아간다

'도대체 에드먼드는 무슨 발표를 하려고 이러는 걸까?'

랭던은 무심코 엘리베이터 쪽으로 고개를 돌렸다가 세계적인 인터넷 기업 설립자 두 사람과 인도 출신 유명 배우, 그 밖에 당연히 알아야 할 것 같지만 기억이 가물가물한 유명 인사 한 무리가 담소를 나누는 모습을 발견했다. 랭던은 그런 사람들과 어울릴 기분이 아닌 데다 소셜 미디어나 볼리우드를 주제로 잡담을 나눌 준비도 되어 있지 않다는 생각에 그 반대쪽으로 방향을 돌렸다. 저만치 앞쪽의 벽 가까이에 커다란 현대 미술 작품이 전시되어 있었다.

그 작품은 어두컴컴한 동굴 같은 공간에 설치되어 있었는데, 아홉 개의 좁다란 컨베이어 벨트가 바닥의 구멍에서 나와 위로 올라간 뒤 천장에 뚫린 구멍으로 사라지는 구조였다. 얼핏 보면 수직면을 달려 올라가는 아홉 개의 무빙워크를 연상케 했다. 발광 메시지가 새겨진 각각의 컨베이어 벨트가 위로 올라가는 방식이었다.

나는 큰 소리로 기도한다…….
내 살갗에서 당신의 냄새를 맡는다…….
나는 당신의 이름을 말한다.

하지만 좀 더 가까이 다가가서 보니 움직이는 벨트는 사실 고정되어 있었다. 각각의 빛기둥에 박힌 조그만 LED 전구 때문에 벨트가 움직인다고 착각한 모양이었다. 전구가 빠른 속도로 점멸하면서 바닥에서 나타난 글자가 빛기둥을 타고 올라가 천장으로 사라졌다.

나는 통곡한다⋯⋯.
피가 있었다⋯⋯.
아무도 내게 말해주지 않았다.

랭던은 수직의 빛기둥 주위를 돌며 유심히 살펴보았다.

"상당히 난해한 작품이죠." 갑자기 오디오 가이드가 되살아났다. "〈빌바오를 위한 설치(Installation for Bilbao)〉라 불리는, 개념 미술가 제니 홀저의 작품입니다. 각각 12미터 높이의 LED 판 아홉 개로 구성되어 있으며 바스크어, 스페인어, 영어로 메시지를 전달합니다. 에이즈의 공포와 남은 자들이 감당해야 하는 고통에 관련된 메시지죠."

랭던은 이 작품이 보는 이의 혼을 사로잡을 만큼 심금을 울린다는 사실을 인정해야 했다.

"제니 홀저의 작품은 전에도 보시지 않았나요?"

랭던은 연신 위로 솟구쳐 올라가는 텍스트 때문에 마치 최면에 걸린 기분이었다.

나는 내 머리를 묻는다⋯⋯.
나는 당신의 머리를 묻는다⋯⋯.
나는 당신을 묻는다.

"랭던 교수님?" 머릿속에서 목소리가 울려 퍼졌다. "제 말 들리십니까? 헤드셋이 잘 작동하나요?"

생각에 빠져 있던 랭던은 화들짝 놀라 정신을 차렸다. "미안합니다, 뭐라고요? 여보세요?"

"예, 여보세요." 목소리가 대답했다. "인사는 아까 다 나누었죠? 제 말이 제대로 들리는지 확인한 것뿐입니다."

"미…… 미안합니다." 랭던은 말까지 더듬으며 작품에서 물러나 아트리움 맞은편을 바라보았다. "나는 녹음된 메시지를 듣고 있는 줄 알았어요. 진짜 사람과 대화하는 거라고는 상상도 못 했거든요." 랭던은 문득 헤드셋과 작품 목록으로 무장한 한 무리의 큐레이터가 좁은 칸막이 밀실에서 북적거리는 장면을 상상했다.

"괜찮습니다, 교수님. 저를 오늘 저녁 교수님 개인 가이드라고 생각하시면 됩니다. 교수님의 헤드셋에는 마이크도 달려 있어 교수님과 제가 예술에 대해 대화를 나눌 수 있도록 설계되어 있습니다."

그러고 보니 다른 손님들도 각기 자신의 헤드셋에 대고 뭐라고 중얼거리고 있었다. 심지어 부부가 함께 온 경우에도 각자의 가이드와 소통하면서 당혹스러운 표정을 주고받기도 했다.

"모든 손님에게 개인 가이드가 배정된 겁니까?"

"그렇습니다, 교수님. 오늘 밤 우리는 318명의 손님을 개별적으로 안내하고 있습니다."

"어떻게 그럴 수가."

"음, 아시다시피 에드먼드 커시는 예술과 기술 과학의 광적인 팬입니다. 그는 미술관 단체 관람을 워낙 싫어해서 그걸 대체하려는 의도로 이 시스템을 개발했다고 하더군요. 이렇게 하면 모든 관람객이 개별적으로 투어를 즐길 수 있고, 자기 속도대로 움직일 수 있으며, 단체 관람 때는 차마 엄두도 못 냈던 질문도 자유롭게 던질 수 있습니다. 개인의 상황에 맞추어 작품에 몰입할 수 있는 환경이 마련되는 셈이지요."

"구닥다리 같은 소리일지 모르지만, 그럴 바에는 그냥 안내인이 손님을 한 사람씩 따로 데리고 다니면 되지 않나요?"

"숫자 때문이죠." 남자가 대답했다. "미술관 행사에 따로 개인 안내인을 붙이면 실내에 사람 수가 말 그대로 정확히 두 배가 되겠지요. 그럼 수용할 수 있는 손님의 수가 절반으로 줄어듭니다. 게다가 모든 안내인이 동시에 떠들어대는 불협화음 때문에 그만큼 분위기가 산만해질 거고요. 핵심은 매끄럽게 토론할 수 있는 분위기를 만드는 겁니다. 커시 씨가 늘 말하듯, 예술의 목적 가운데 하나는 대화를 촉진하는 것이니까요."

"전적으로 동의합니다." 랭던이 대답했다. "그래서 사람들은 흔히 연인이나 친구와 함께 미술관을 찾죠. 그런 면에서 이 헤드셋에는 어느 정도 비사교적인 면이 있는 것 같군요."

"음." 영국 억양의 목소리가 말했다. "연인이나 친구와 동행할 경우에는 한 헤드셋을 지정해 모두 함께 토론을 즐길 수 있습니다. 요즘은 소프트웨어가 많이 발전했으니까요."

"당신은 모든 대답을 준비해둔 모양이네요."

"그게 제 일인걸요." 가이드는 겸연쩍게 웃더니, 갑자기 말투를 바꿨다. "자, 교수님, 아트리움을 가로질러 창문 쪽으로 가보세요. 이 미술관에서 제일 큰 그림을 보실 수 있을 겁니다."

랭던은 아트리움을 가로지르다가 하얀 야구 모자를 맞춰 쓴 아주 매력적인 30대 남녀를 지나쳤다. 그들의 모자 정면에는 기업체의 로고 대신 어떤 놀라운 표식이 새겨져 있었다.

랭던은 그 표식을 아주 잘 알지만, 그것이 모자에 새겨진 모습은 처음 보았다. 한껏 멋을 부린 이 A 자는 최근 들어 지구상에서 그 수가 급속도로 증가하여 기세를 확장하고 있는 무신론자 집단을 상징하는 보편적인 표식이었다. 언제부터인지 그들은 종교적 믿음이 초래하는 위험성에 대해 나날이 강력하게 의견을 피력하기 시작했다.

'무신론자들이 이젠 야구 모자까지 맞춰 쓰나?'

주위를 오가는 최신 과학 기술 분야의 천재들을 살펴보던 랭던은 고도의 분석적 사고방식을 가진 이 젊은이들 가운데 상당수가 에드먼드와 마찬가지로 반종교적인 입장이지 않을까 생각했다. 오늘 밤의 청중은 확실히 종교 기호학 교수에게 홈그라운드 관중은 아닐 듯했다.

4

 ConspiracyNet.com

뉴스 속보

업데이트: 컨스피러시넷이 제공하는 '오늘의 미디어 뉴스 톱 10'을 보시려면 여기를 클릭하세요. 또한 방금 들어온 따끈따끈한 소식입니다!

에드먼드 커시의 깜짝 발표?

첨단 과학 분야의 거물들이 오늘 저녁 미래학자 에드먼드 커시가 구겐하임 미술관에서 주최하는 중요 인사들의 행사에 참석하기 위해 스페인 빌바오로 모여들었다. 참석자들은 철통같은 보안 속에서 오늘 행사의 목적에 대해 아무런 정보도 듣지 못했지만, 컨스피러시넷의 취재에 따르면 에드먼드 커시는 참석자들을 깜짝 놀라게 할 획기적인 과학적 사실을 발표할 예정이라고 한다. 컨스피러시넷은 이 뉴스를 지속적으로 추적해 새로운 소식이 들어오는 대로 보도할 예정이다.

5

유럽에서 제일 큰 유대교 회당은 부다페스트의 도하니가에 있다. 거대한 쌍둥이 첨탑이 있는 무어 양식의 이 성소는 3000명 이상의 성도를 수용할 좌석을 갖추고 있는데 남자 성도에게는 아래층 신도석, 여자 성도에게는 발코니석을 각각 배정한다.

바깥 정원에 있는 거대한 묘지에는 나치 점령 당시 목숨을 잃은 수백 명의 헝가리계 유대인의 유해가 매장되어 있다. 이곳에는 '생명의 나무'라는 이름의 상징물이 있는데, 이파리마다 희생자의 이름을 새긴 버드나무 모양의 금속 조형물이다. 바람이 불면 금속 이파리들이 서로 부딪혀 이 신성한 땅 위에 기괴한 울림이 일어났다.

저명한 탈무드 학자이자 카발라 연구자인 예후다 쾨베시 랍비는 30년이 넘는 세월 동안 이 대회당의 영적 지도자 역할을 수행하며, 고령과 건강 악화에도 아랑곳없이 헝가리는 물론 전 세계 유대인 공동체에서 적극적인 활동을 펼쳐왔다.

다뉴브강에 석양이 물들 무렵, 쾨베시 랍비는 회당을 나섰다. 조그만 상점들과 수상한 '루인 바'가 즐비한 도하니가를 거쳐, 에르제베트 다리에서 엎어지면 코 닿을 거리에 있는 머르치우시 15 광장에 있는 자택으로 가는 길이었다. 에르제베트 다리는 부다와 페스트라는 두 옛 도시를 연결하고 있는데, 이 두 도시는 1873년에 공식적으로 통합되어 부다페스트가 되었다.

평소 쾨베시가 1년 중 가장 좋아하는 유월절 휴일이 다가오고 있었지만, 지난주 세계 종교 의회에 다녀온 뒤로 그는 밑도 끝도 없는 불안감에 사로잡혀 있었다.

'차라리 안 갔더라면 좋았을 것을.'

발데스피노 주교와 사예드 알파들 알라마, 그리고 미래학자 에드먼드 커시와 함께한 그 특별한 만남은 꼬박 사흘 동안 잠시도 쾨베시의 뇌리를 떠나지 않았다.

쾨베시는 자택에 도착하자마자 곧장 마당으로 나가 개인 기도실 겸 서재로 쓰는 조그만 오두막, 하지코의 문을 열었다.

오두막의 유일한 방 안에는 두꺼운 종교 서적들로 가운데가 축 처진 키 큰 서가들이 늘어서 있었다. 쾨베시는 책상 앞에 앉아 난장판 같은 주위를 둘러보며 얼굴을 찌푸렸다.

'이번 주에 누가 내 책상을 봤다면 내가 아주 정신이 나간 줄 알 거야.'

책상 위에는 곳곳에 메모가 붙은 종교 서적 대여섯 권이 널브러져 있었다. 그 뒤 나무 진열대에는 세 권의 두툼한 책, 즉 히브리어, 아람어, 영어 판본의 율법서가 모두 같은 부분이 펼쳐진 채로 놓여 있었다.

'창세기.'

'태초에……'

물론 쾨베시의 머릿속에는 이 세 가지 언어의 창세기가 입력되어 있다. 그에게는 오히려 조하르에 관한 학술적 해설서나 카발라 우주론에 대한 최신 이론서가 어울렸다. 쾨베시 정도 되는 학자가 창세기를 읽는 일은 아인슈타인이 초등학교 산수를 공부하는 것에 비견되는 수준이었다. 그럼에도 불구하고 쾨베시는 이번 주 내내 바로 그 일을 했고, 책상 위에 펼쳐진 노트에는 그 자신도 거의 못 알아볼 만큼 아무렇게나 휘갈겨 쓴 메모가 가득했다.

'틀림없이 정신이상자로 보일 거야.'

쾨베시 랍비는 토라에서 시작했다. 창세 이야기는 유대교나 기독교나 차이가 없다. '태초에 하느님이 천지를 창조하셨다.' 이어서 탈무드의 교육용 텍스트, 그중에서도 마아세 베레시트, 즉 '창조의 행위'와 관련된 랍비의 해석을 다시 읽었다. 그다음에는 미드라시를 파고들며 전통적인 창조론의 모순을 설명하는 저명한 성서학자들의 해설을 연구했다. 마침내 그는 신비주의적 카발라 과학을 다룬 조하르에 빠져들었다. 여기서는 불가지의 신이 네 개의 분리된 우주를 꽃피우는 '생명의 나무'라는 통로를 통해 열 개의 서로 다른 세피로트, 혹은 차원으로 현현한다.

유대교를 구성하는 믿음이 불가해할 정도로 복잡하다는 사실은 쾨베시에게 늘 위안이 되었다. 인간은 모든 것을 이해할 수 있는 존재로 창조되지 않았다는 신의 가르침이 상기되었기 때문이다. 그러나 커시의 프레젠테이션을 보고 난 지금, 그가 발견한 사실이 그토록 간단 명쾌하다는 사실을 생각하면 쾨베시는 자신이 지난 사흘 동안 이미 그 효용이 다한 모순들을 들여다보고 있었던 것 같기도 했다. 그러다 보면 어느 순간 고문서들을 옆으로 밀어놓고 다뉴브강을 따라 하릴없이 산책하며 생각을 정리하는 것 외에는 달리 할 수 있는 일이 없었다.

쾨베시 랍비는 마침내 고통스러운 진실을 받아들이기 시작했다.

커시의 연구는 전 세계 믿는 자들의 영혼에 실로 파괴적인 영향을 미칠 것이다. 이 과학자의 폭로는 거의 모든 기성 종교의 교의와 정면으로 충돌하는, 참담할 만큼 단순하면서도 설득력 있는 내용이었다.

'그 마지막 장면이 잊히지 않아.' 쾨베시는 커시의 큼직한 스마트폰을 통해 본 프레젠테이션의 결론 부분을 떠올렸다. '이 소식은 독실한 종교인뿐 아니라 모든 인류에게 영향을 미칠 거야.'

이제 쾨베시 랍비는 자괴감에 사로잡혔다. 지난 며칠 동안의 몸부림에도 불구하고 커시가 제시한 정보에 어떻게 대처하면 좋을지 전혀 방법을 떠올리지 못했던 것이다.

그렇다고 발데스피노와 알파들이 뭔가를 알아냈을 것 같지도 않았다. 세 사람은 이틀 전에 전화로 견해를 나누었지만, 그 대화 역시 생산적이지는 못했다.

"친구들이여." 발데스피노가 운을 뗐다. "커시 씨의 프레젠테이션이…… 여러모로 아주 골치 아픈 것은 사실입니다. 좀 더 깊이 대화해보자고 그 친구에게 연락을 해봤지만 아무 대꾸가 없어요. 이제 우리도 결론을 내려야 하지 않나 싶습니다."

"나는 이미 결론을 내렸습니다." 알파들이 말했다. "손 놓고 있을 수는 없어요. 어떻게든 이 상황을 통제해야 합니다. 커시처럼 대놓고 종교를 비웃는 작자라면 신앙의 미래에 최대한 많은 피해를 입히는 쪽으로 자신의 발견을 포장하려 할 겁니다. 그러니 우리가 선수 쳐야 해요. 그의 발견을 우리가 먼저 발표해버립시다. 그것도 지금 당장. 그 충격을 최소화하는 쪽으로 적절히 조명해서, 종교계의 신앙인들에게 최대한 덜 위협적인 것으로 포장해야 합니다."

"미리 발표하는 방안은 전에도 논의한 적이 있어요." 발데스피노가 말했다. "하지만 불행하게도 '이' 정보를 어떻게 위협적이지 않게 포장할지 도무지 상상이 안 가는군요." 그러면서 그는 깊은 한숨을 내쉬었다. "게다가 우리는 커시 씨에게 비밀 유지 서약을 하지 않았습니까."

"맞아요." 알파들이 말했다. "나 역시 그 서약을 깨뜨리고 싶지는 않습니다. 하지만 나는 두 개의 악 가운데 덜 나쁜 쪽을 선택하고, 보다 선한 쪽을 위해 행동을 취해야 한다고 생각합니다. 이슬람, 유대교, 기독교, 힌두교 할 것 없이 모든 종교가 한꺼번에 공격받고 있어요. 커시 씨가 모든 신앙이 공유한 근본적인 진리를 노리고 있다는 점을 고려하면, 우리에게는 우리 공동체가 고통받지 않는 방향으로 이 자료를 공개할 책임이 있습니다."

"과연 그게 가능할지 걱정스럽군요." 발데스피노가 말했다. "우리가 먼저 커시의 발견을 공개한다면, 그의 발견에 '의심'의 그림자를 드리우는 방법을 취해야 합니다. 그가 발표하기 전에 그의 신뢰도를 떨어뜨려놓는 거죠."

"에드먼드 커시를요?" 알파들이 반박했다. "그는 지금까지 그 무엇에 대해서도 틀린 적이 없는 명석한 과학자입니다. 우리는 커시를 함께 만나지 않았습니까? 그의 프레젠테이션에는 설득력이 있었습니다."

발데스피노는 신음을 삼켰다. "갈릴레이나 브루노, 코페르니쿠스가 당대에 한 발표보다 더 설득력 있지도 않았습니다. 종교는 예전에도 이런 곤경에 처하곤 했어요. 과학이 다시 한 번 우리의 문을 두드리고 있는 것뿐입니다."

"하지만 이번은 지금까지 이루어진 물리학이나 천문학의 발견들하고는 차원이 다르지 않습니까!" 알파들이 버럭 고함을 질렀다. "커시는 '핵심'에 도전하고 있습니다. 우리가 믿는 모든 것의 가장 근본적인 뿌리 말이에요. 역사를 들먹이고 싶으면 얼마든지 그렇게 하세요. 바티칸이 갈릴레이 같은 사람의 입을 막으려고 온갖 노력을 기울였음에도 불구하고 결국은 그의 과학이 이겼다는 사실을 잊지 마십시오. 커시 역시 마찬가지일 겁니다. 그걸 막을 방법은 어디에도 없어요."

침울한 침묵이 한동안 이어졌다.

"이 문제에 대한 내 입장은 아주 간단해요." 이윽고 발데스피노가 침묵을 깨뜨렸다. "에드먼드 커시가 그런 발견을 하지 못했더라면 더 바랄 나위가 없겠지요. 나는 우리가 그의 발견에 대처할 준비가 안 되어 있다는 점이 두려워요. 나로서는 이 정보가 빛을 볼 수 없기를 바랄 뿐입니다." 발데스피노는 한 박자 쉬고 말을 이었다. "하지만 나는 세상 만사가 하느님의 계획에 따라 이루어진다고 믿어요. 간절히 기도하면 하느님이 커시 씨를 설득해 자신의 발견을 공개하겠다는 결정을 재고하도록 만들 수도 있지 않을까요."

알파들은 대놓고 빈정거리듯 말했다. "커시 씨에게 하느님의 목소리가 들릴 것 같지는 않습니다만."

"그럴지도 모르지요." 발데스피노가 말했다. "하지만 기적은 매일 일어납니다."

그래도 알파들은 물러설 기색이 아니었다. "외람된 말씀이지만 커시에게 벼락이라도 내려달라고 하느님께 기도하지 않는 이상……."

"여러분!" 쾨베시는 점점 고조되는 긴장을 완화하기 위해 입을 열었다. "그렇게 급히 결정 내릴 필요는 없습니다. 오늘 밤 당장 합의점에 도달해야 하는 것은 아니잖습니까. 커시 씨는 한 달 후에 발표하겠다고 했습니다. 그러니 우리도 각자 이 문제를 좀 더 고민해보고 며칠 후에 다시 얘기하면 어떨까요? 그러다 보면 적절한 방법이 생각날지도 모르니까요."

"현명하신 말씀입니다." 발데스피노가 대답했다.

"그렇다고 무한정 기다릴 수는 없습니다." 알파들이 경고했다. "이틀 후에 다시 통화합시다."

"좋습니다." 발데스피노가 말했다. "그때 최종 결정을 내리도록 하지요."

그게 이틀 전 일이었다. 이제 그들이 최종 결정을 내리기로 한 날이 되었다.

하지코의 서재에 혼자 앉은 쾨베시 랍비는 시간이 갈수록 점점 초조해졌다. 통화하기로 약속한 시간이 10분 가까이 지나 있었다.

마침내 전화벨이 울리자 쾨베시는 얼른 응답했다.

"안녕하세요, 랍비님." 발데스피노 주교의 시름 어린 목소리가 흘러나왔다. "늦어서 죄송합니다." 그러고는 한참 뒤에야 그가 말을 이었다. "유감스럽게도 알파들 알라마께서는 이 통화에 합류하지 못하실 것 같아요."

"예?" 쾨베시가 깜짝 놀라 되물었다. "무슨 일 있습니까?"

"나도 잘 몰라요. 오늘 하루 종일 연락을 취해봤지만 알라마께서…… 실종된 것 같아요. 동료들도 그의 행방을 전혀 모르고 있고요."

쾨베시는 오싹한 한기를 느꼈다. "걱정스러운 소식이로군요."

"그러게 말입니다. 무사하기를 바랄 뿐이지요. 불행히도 소식이 하나 더 있습니다." 다시 한 번 뜸을 들인 주교가 한층 어두운 목소리로 말했다. "에드먼드 커시가 자신의 발견을 세상에 공개하기 위한 행사가…… 오늘 밤에 열린다는 소식을 막 전해 들었어요."

"오늘 밤?" 쾨베시가 외쳤다. "한 달 뒤라고 하지 않았습니까!"

"맞아요." 발데스피노가 대답했다. "거짓말이었어요."

6

윈스턴의 친근한 목소리가 랭던의 헤드셋에 울렸다. "정면을 보시죠, 교수님. 저희 소장품 가운데 가장 큰 그림이 보이실 겁니다. 대부분의 방문객들은 곧바로 발견하지 못하죠."

랭던은 맞은편을 살펴보았다. 석호가 내려다보이는 유리 벽 말고는 아무것도 보이지 않았다. "미안합니다만 나도 그 대부분의 사람들 가운데 한 명인 모양이군요. 그림이 안 보이는데요."

"음, 조금 이례적으로 전시되어 있어서요." 윈스턴이 웃으며 말했다. "캔버스가 벽이 아니라 '바닥'에 붙어 있습니다."

'그 정도도 넘겨짚지 못하다니.' 랭던은 속으로 중얼거렸다. 시선을 내리깔고 앞으로 걷다 보니 발밑 돌바닥에 펼쳐진 직사각형 캔버스가 보였다.

그 거대한 회화 작품은 단색으로 이루어져 있었다. 관람객들이 짙은 파란색 가장자리에 모여 서서 조그만 연못을 들여다보듯이 고개를 숙이고 있었다.

"이 그림은 거의 560제곱미터에 달합니다." 윈스턴이 설명했다.

그것은 랭던이 처음으로 장만한 케임브리지 아파트보다 열 배 넓은 크기였다.

"이브 클랭의 작품입니다. 흔히 〈수영장(The Swimming Pool)〉이라는 애칭으로 알려져 있죠."

랭던은 이 푸른 색조의 풍부한 매력 때문에 당장이라도 캔버스 속으로 다이빙할 수 있을 듯한 기분이었다.

"클랭이 이 색깔을 만들어냈죠." 윈스턴의 설명이 이어졌다. "'인터내셔널 클랭 블루'라고 불리는데, 그는 이 색깔의 심오함이야말로 자신이 바라보는 유토피아적 전망이 갖는 비물질성과 무한성을 불러일으킨다고 주장했습니다."

랭던은 이 대목에서 윈스턴이 원고를 읽는 듯한 인상을 받았다.

"클랭은 특유의 푸른색 그림으로 잘 알려져 있지만, 〈허공으로의 도약(Leap into the Void)〉이라는 교묘한 속임수 사진으로도 유명합니다. 1960년에 처음 발표되었을 때 한바탕 난리가 났지요."

랭던은 뉴욕 현대 미술관에서 그 사진을 본 적이 있었다. 사진은 약간 불안정한 정도가 아니라, 잘 차려입은 한 남자가 높은 건물에서 아스팔트를 향해 아예 뛰어내리는 장면을 담고 있었다. 진실을 말하자면, 이 사진은 속임수다. '포토샵'이 나오기 훨씬 전에 면도날을 이용해 사진을 조작한 것이다.

"그뿐이 아닙니다." 윈스턴이 말했다. "클랭은 〈모노톤-사일런스(Monotone-Silence)〉라는 곡을 작곡하기도 했습니다. 교향악단이 20분 내내 D장조 화음 단 하나만 줄기차게 연주하는 곡이지요."

"그걸 사람들이 듣고 있었다고요?"

"수천 명이 들었지요. 한 화음 연주는 제1악장일 뿐이었습니다. 제2악장에서는 오케스트라가 20분 동안 꼼짝도 하지 않고 앉아서 '순수

한 침묵'을 연주했어요."

"설마, 농담이겠지요?"

"아뇨, 전 지금 무척 진지합니다. 조금 편을 들어보자면 사실 그 공연은 들으시는 것처럼 지루하지만은 않았을 겁니다. 전라의 세 여성이 파란 물감을 끼얹은 채로 무대에서 거대한 캔버스 위를 뒹굴었으니까요."

랭던은 명색이 예술 공부에 경력의 상당 부분을 할애한 사람이었지만, 보다 전위적인 예술 작품을 이해하는 방식에 대해서는 그다지 배운 게 많지 않다는 점에서 당혹감을 느끼곤 했다. 그에게 현대 미술의 매력은 여전히 수수께끼의 영역으로 남아 있었다.

"윈스턴, 결례가 될지는 모르겠지만 한 가지 분명히 해두고 싶은 게 있어요. 내게 '현대 미술'이라는 것은, 그냥 뭔가 좀 괴상한 것과 구분하기가 상당히 어려울 때가 많더군요."

윈스턴은 지극히 덤덤히 답했다. "음, 바로 그게 문제인 경우가 많죠, 그렇지 않나요? 고전 미술의 관점에서는 작가의 작업 기술이 경외의 대상이 됩니다. 얼마나 능숙하게 캔버스에 붓을 대고 돌에 끌을 대는지가요. 하지만 현대 미술의 관점에서 명작이냐 아니냐를 좌우하는 것은 작업 기술보다도 '아이디어'인 경우가 많습니다. 누구든 단 하나의 화음과 침묵으로 40분짜리 교향곡을 만들 수는 있겠죠. 하지만 그런 아이디어를 낸 사람은 이브 클랭뿐이었습니다."

"그럴듯하군요."

"그럼요. 바깥에 있는 〈안개 조각〉 역시 개념 미술의 완벽한 본보기입니다. 미술가에게는 다리 밑에 조그만 구멍 여러 개를 뚫어 파이프를 설치한다는 '아이디어'가 있었지만, 실제로 그 작품을 '창조'한 사람은 이 동네의 배관공이거든요." 윈스턴은 한 박자 쉬었다가 말을 이었다. "비록 제가 이 예술가를 높이 평가하는 이유는 그녀가 작품을 하나의 기호로 활용했다는 점 때문이지만 말입니다."

"'안개'가 기호라고요?"

"그렇습니다. 이 미술관을 지은 건축가에 대한 난해한 헌사인 셈이 지요."

"프랭크 게리요?"

"프랭크 O. 게리죠." 윈스턴이 랭던의 말을 정정했다.

"기발하군요."

랭던이 창가로 다가서자 윈스턴이 말했다. "거기서는 거미가 아주 잘 보일 겁니다. 들어오는 길에 〈마망〉은 보셨습니까?"

랭던은 창밖으로 시선을 돌렸다. 과연 석호 너머 광장에 서 있는 거대한 검은과부거미가 한눈에 들어왔다. "그래요. 못 보고 지나치기가 더 어려우니까요."

"말투를 듣자니 별로 마음에 안 드신 모양이군요?"

"좋아해보려고 애쓰는 중이에요." 랭던은 잠시 뜸을 들이다가 덧붙였다. "나 같은 고전주의자는 여기서는 물 밖의 물고기 신세군요."

"흥미롭군요." 윈스턴이 말했다. "저는 다른 누구보다도 교수님만큼은 〈마망〉을 높이 평가하실 줄 알았습니다. 저 거미야말로 고전적인 병치 개념의 완벽한 실례니까요. 솔직히 교수님도 앞으로 병치 개념을 가르칠 때 저 거미를 예로 들고 싶으시지 않을까요?"

랭던은 거미를 유심히 바라보았지만 그런 생각은 별로 들지 않았다. 아무리 생각해도 병치를 가르칠 때는 좀 더 전통적인 사례를 드는 쪽이 나을 것 같았다. "그냥 계속 〈다비드(David)〉로 하는 게 낫겠어요."

"네, 미켈란젤로가 최고긴 하죠." 윈스턴이 웃으며 말했다. "〈다비드〉는 힘이 실리지 않은 콘트라포스토 자세를 취하고 있지요. 그뿐만 아니라 축 늘어진 손목으로 흐늘흐늘한 새총을 아무렇게나 잡고 있는 모습에서 연약함이 드러납니다. 그렇다 하더라도 그의 눈에서는 치명적인 투지가 뿜어져 나오고 힘줄과 핏줄은 골리앗을 죽이겠다는 일념으로 불거져 있지요. 한 마디로 섬세함과 맹렬함을 동시에 표현하는 작품입니다."

랭던은 윈스턴의 설명이 무척 인상적이었다. 자신의 학생들도 미켈란젤로의 이 위대한 걸작을 이토록 명쾌하게 이해할 수 있으면 좋겠다는 생각이 들었다.

"〈마망〉도 〈다비드〉와 다르지 않습니다." 윈스턴이 말을 이었다. "정반대되는 원형의 원칙들을 대담하게 병치한다는 점에서 말입니다. 본질적으로 검은과부거미는 아주 무시무시한 존재예요. 자신의 거미줄로 먹잇감을 사로잡아 숨통을 끊어놓는 포식자니까요. 그토록 치명적인 존재임에도 불구하고 저 작품에서는 알 주머니를 묘사함으로써 생명의 탄생을 준비한다는 점을 표현합니다. 포식자인 동시에 자기 종의 시조가 되는 셈이지요. 터무니없이 가느다란 다리 위에 건장한 몸통을 얹어 힘과 연약함을 동시에 표현했습니다. 교수님도 마음만 먹으면 〈마망〉을 현대판 〈다비드〉라고 부를 수 있을 겁니다."

"그러고 싶지는 않군요." 랭던이 미소를 지으며 대답했다. "하지만 당신의 분석이 생각할 여지를 준다는 점은 인정합니다."

"좋습니다. 그럼 마지막 작품을 보여드리겠습니다. 마침 에드먼드 커시의 작품이군요."

"그래요? 에드먼드가 그림도 그리는 줄은 몰랐네요."

윈스턴은 웃음을 터뜨렸다. "그 점은 교수님께서 판단해보시죠."

랭던은 윈스턴의 안내에 따라 창가를 지나 널따란 벽감 쪽으로 다가갔다. 마른 진흙 판이 걸려 있는 벽 앞에 한 무리의 손님이 모여 있었다. 단단하게 굳은 진흙 판은 얼핏 박물관의 화석 전시물을 연상시켰다. 하지만 이 진흙에는 화석이 들어 있지 않았다. 그 대신 어린아이가 막대기로 아직 덜 굳은 시멘트에 낙서를 한 것 같은 조잡한 그림이 새겨져 있었다.

손님들의 표정은 썩 감동받은 것 같지 않았다.

"에드먼드가 이걸 만들었다고요?" 밍크 모피를 걸친 여자가 보톡스를 맞은 듯한 입술로 투덜거렸다. "무슨 뜻인지 모르겠어요."

랭던의 몸속에 꿈틀거리는 선생 기질이 불쑥 튀어나왔다. "사실은 굉장히 기발한 작품입니다." 랭던이 끼어들었다. "지금까지 내가 이 미술관에서 본 작품 가운데 가장 마음에 드는군요."

여자는 다소 못마땅한 표정으로 랭던을 슬쩍 돌아보았다. "아, 그래요? 그럼 설명을 좀 해주시죠."

'기꺼이 해드리지.' 랭던은 진흙 표면에 조악하게 새겨진 몇 개의 표식을 향해 다가섰다.

"제일 먼저," 랭던이 말했다. "에드먼드는 인류 최초의 문자인 쐐기문자에 경의를 표하고자 진흙에 이 작품을 새겼습니다."

여자는 무슨 뜻인지 잘 모르겠다는 듯 눈만 깜빡거렸다.

"가운데 보이는 세 개의 굵은 표식은," 랭던이 말을 이었다. "아시리아어로 '물고기'를 뜻하는 단어입니다. 흔히 상형문자라고 하지요. 자세히 보시면 물고기가 오른쪽으로 입을 쫙 벌린 모습이 연상될 겁니다. 몸통에는 삼각형 비늘이 달려 있고요."

주변에 모여 있던 사람들이 일제히 고개를 옆으로 기울여 다시금 작품을 살폈다.

"그리고 여기를 보시면," 랭던은 물고기 왼쪽에 연달아 찍힌 점들을 가리켰다. "에드먼드가 물고기 '뒤' 진흙에 발자국을 찍어놓은 게 보이실 겁니다. 물고기가 뭍으로 올라온 진화의 단계를 나타내려는 의도겠지요."

사람들은 그럴듯하다는 듯이 고개를 끄덕이기 시작했다.

"마지막으로," 랭던이 말했다. "오른쪽에 보이는 좌우대칭의 별표는 역사상 가장 오래된 신의 상징입니다. 마치 물고기가 막 집어삼키려는 것 같지 않나요?"

보톡스 맞은 여자가 잔뜩 얼굴을 찌푸린 채 랭던을 돌아보았다. "물고기가 신을 삼킨다고요?"

"그렇습니다. 다윈의 물고기, 즉 진화가 종교를 삼킨다는 명제를 다소 장난스럽게 표현한 것이지요." 랭던은 사람들을 향해 어깨를 으쓱했다. "아까도 말했듯이, 상당히 기발하지 않습니까?"

랭던이 돌아서서 그 자리를 떠나려는데 뒤에서 사람들이 뭐라고 수군거렸다. 뒤이어 윈스턴이 웃음을 터뜨렸다. "아주 감동적입니다, 교수님! 에드먼드가 들었으면 찬탄할 만한 즉흥 강연이었어요. 이 작품의 의미를 제대로 해석하는 사람이 극히 드물거든요."

"음." 랭던이 말했다. "그게 내 직업이라서."

"그래요, 커시 씨가 교수님을 특별한 손님이라고 그토록 강조한 이유를 이제야 알겠습니다. 사실 커시 씨는 오늘 밤 다른 손님들은 경험하지 못할 뭔가를 교수님께 보여드리라고 저에게 부탁하셨습니다."

"그래요? 그게 뭐지요?"

"제일 큰 유리창 오른쪽으로 일반인의 출입을 막아놓은 복도가 보이지요?"

랭던은 오른쪽을 살폈다. "보여요."

"좋습니다. 이제부터 제 설명대로 하시면 됩니다."

랭던은 얼떨떨한 심정으로 윈스턴이 단계별로 일러주는 안내를 따랐다. 우선 복도의 입구로 다가가 보는 사람이 없는지 몇 차례 확인한 뒤, 재빨리 저지선을 넘어가 사람들의 눈에 뜨이지 않도록 복도 안쪽으로 몸을 숨겼다.

사람들로 북적거리는 아트리움을 빠져나와 서른 걸음 정도를 걸으니 숫자판이 달린 철제 출입문이 나왔다.

"비밀번호 여섯 자리를 입력하세요." 윈스턴은 그렇게 말하며 숫자를 불러주었다.

랭던이 번호를 입력하자, 문에서 찰칵 소리가 났다.

"좋습니다, 교수님. 이제 들어가세요."

랭던은 불안한 마음에 잠시 머뭇거렸다. 하지만 이내 용기를 내 문을 밀어 열었더니, 칠흑 같은 어둠이 앞을 가로막았다.

"제가 불을 켜드리겠습니다." 윈스턴이 말했다. "안으로 들어가서 문을 닫아주세요."

랭던은 조심스레 안쪽으로 발을 들이며 어둠에 눈을 익히려 애썼다. 등 뒤로 문을 닫으니, 찰칵 소리와 함께 자물쇠가 채워졌다.

방의 가장자리부터 부드러운 조명이 서서히 밝아오자, 상상을 초월할 만큼 넓은 공간이 모습을 드러냈다. 수십 대의 점보 여객기가 들어갈 정도의 넓은 격납고 같은 하나의 커다란 방이었다.

"약 3160제곱미터입니다." 윈스턴이 말했다.

이 방에 비하면 아트리움은 좁아터진 창고에 불과했다.

조명이 점점 밝아지자, 바닥에 놓인 일고여덟 개의 거대한 실루엣이 눈에 들어왔다. 얼핏 한밤중에 풀을 뜯어먹는 공룡 같아 보였다.

"저게 뭐지요?" 랭던이 물었다.

"〈시간의 문제(The Matter of Time)〉라는 작품입니다." 윈스턴의 쾌활한 목소리가 랭던의 헤드셋에 울려 퍼졌다. "이 미술관에서 무게가 제일 많이 나가는 작품이지요. 900톤이 넘습니다."

랭던은 아직도 정신을 차리려 애쓰고 있었다. "왜 이 안에 나 혼자 있는 겁니까?"

"아까 말씀드렸듯이 교수님께 이 놀라운 작품을 보여드리라고 커시 씨가 당부하셨습니다."

이제 완전히 밝아진 조명이 부드러운 불빛을 드넓은 공간으로 쏟아내는 가운데, 랭던은 넋 나간 사람처럼 눈앞에 펼쳐진 광경을 바라보았다.

'내가 평행 우주 속으로 들어왔어.'

7

미술관의 보안 검색대 앞에 도착한 루이스 아빌라 제독은 늦진 않았는지 확인하려고 손목시계를 들여다보았다.

'완벽하군.'

그는 초대받은 손님 명단을 점검하는 직원들에게 신분증을 제시했다. 혹시라도 명단에 자신의 이름이 없으면 어떡하나 하는 걱정에 맥박이 빨라졌다. 하지만 직원들은 명단 제일 끝에 있는 아빌라의 이름을 확인하고 입장을 허락해주었다. 맨 마지막에 추가된 모양이었다.

'리젠트가 약속한 그대로야.' 그가 어떻게 이런 재주를 부렸는지는 알 길이 없었다. 오늘 밤의 손님 명단은 말 그대로 철통같은 보안 속에 관리된다고 하지 않았던가.

아빌라는 금속 탐지기 앞으로 다가서서 휴대전화를 꺼내 접시에 담았다. 뒤이어 아주 조심스럽게 재킷 주머니에서 묵직한 묵주를 꺼내 전화기 위에 올려놓았다.

'부드럽게.' 아빌라는 스스로 되뇌었다. '아주 부드럽게.'

보안 요원이 그에게 금속 탐지기를 통과하라고 손짓하고는 그의 소지품이 담긴 접시를 건너편으로 옮겼다.

"Que rosario tan bonito(묵주가 멋지네요)." 보안 요원은 튼튼한 줄에 둥글고 두툼한 십자가가 달린 금속 묵주를 보며 감탄을 뱉었다.

"Gracias(고맙습니다)." 아빌라가 대답했다. '내가 직접 만들었으니까.'

아빌라는 무사히 탐지기를 통과했다. 맞은편에서 휴대전화와 묵주를 돌려받아 조심스레 주머니에 넣은 다음, 두 번째 검색대 앞으로 다가가 이상하게 생긴 오디오 헤드셋을 하나 건네받았다.

'오디오 투어 따위는 필요 없어.' 그는 속으로 중얼거렸다. '내게는 할 일이 있으니까.'

그는 아트리움을 가로지르던 중에 눈에 띈 쓰레기통에 헤드셋을 몰래 버렸다.

심장이 쿵쾅거리는 가운데 그는 리젠트에게 연락해 무사히 안으로 들어왔다는 사실을 알리려고 은밀한 곳을 찾아 건물 내부를 둘러보았다.

'신과 조국, 그리고 국왕 폐하를 위해.' 그는 생각했다. '무엇보다도 신을 위해.'

* * *

같은 시각의 두바이 외곽, 달빛 괴괴한 사막의 깊디깊은 오지에서 일흔여덟 살의 사랑받는 알라마, 사예드 알파들이 깊은 모래 밭을 기며 고통스럽게 신음하고 있었다. 도저히 더는 나아갈 수가 없었다.

살갗은 화상과 물집으로 뒤덮였고, 목구멍이 너무 까끌까끌해서 숨을 들이쉬기도 힘겨웠다. 몇 시간 전부터 모래를 잔뜩 머금은 바람 때문에 눈을 뜰 수가 없는데도 그는 쉼 없이 여기까지 기어왔다. 얼핏 멀리서 사막용 자동차의 엔진 소리가 들리는 것 같기도 했지만, 그냥 휘몰아치는 바람 소리일 가능성이 더 컸다. 신이 구해주실 거라는 믿음은 사라진 지 오래였다. 독수리들은 더 이상 그의 머리 위를 맴돌지 않고 아예 땅으로 내려와 그의 곁을 따라 걸었다.

어젯밤 알파들과 그의 차량을 납치한 키 큰 스페인 남자는 차를 몰고 이 광활한 사막 깊숙이 들어오는 내내 거의 입을 떼지 않았다. 사막으로 들어선 지 한 시간가량 지났을 무렵, 그는 차를 세우고 알파들에게 내리라고 명령했다. 그러고는 먹을 것도, 마실 것도 주지 않고 알파들을 어둠 속에 혼자 버려둔 채 사라졌다.

그자는 자신의 신원에 대한 어떤 단서도 남기지 않았고, 자신의 행동에 대해 어떤 설명도 해주지 않았다. 그의 오른손 손바닥에서 이상한 표식을 얼핏 보기는 했지만, 그 의미를 짐작할 길은 없었다.

알파들은 몇 시간 동안 모래 위를 헤매며 도움을 요청했지만 아무 소용이 없었다. 이제 탈수증상이 심해진 알파들은 모래 위에 쓰러지고 말았다. 숨도 제대로 쉴 수 없었고 금방이라도 심장이 멎을 것 같았다. 그는 몇 시간 동안 되풀이해온 질문을 다시 한 번 곱씹었다.

'누가 나를 죽이려는 것일까?'

생각하기도 끔찍한 일이었지만, 그가 떠올릴 수 있는 논리적인 대답은 단 하나뿐이었다.

8

로버트 랭던의 시선이 거대한 물체들 사이를 차례차례 옮겨갔다. 각각의 작품은 풍파에 단련된 강철을 우아하게 구부려 아슬아슬하게 세워둠으로써 그 자체로 지지대 없는 벽을 형성하도록 제작되었다. 곡선을 이루는 벽들의 높이는 4.5미터 정도로, 펄럭이는 리본이나 한 쪽 끝이 열린 동그라미, 혹은 느슨하게 감긴 코일 등 서로 다른 형태로 비틀려 있었다.

"〈시간의 문제〉." 윈스턴이 되풀이했다. "리처드 세라의 작품입니다. 저렇게 무거운 재료로 지지대 없는 벽을 만들었으니 불안정한 느낌을 주는 게 당연하지요. 하지만 사실은 아주 안정된 상태입니다. 연필에 지폐를 돌돌 만 다음 연필을 빼내면, 돌돌 말린 지폐가 기하학적 구조에 힘입어 지지대 없이 스스로 서는 것과 같은 이치입니다."

랭던은 걸음을 멈추고 옆에 놓인 거대한 고리를 바라보았다. 금속이 산화되어 불에 탄 듯한 구릿빛 색조에 거칠고 유연하고 부드러운 질감이 드러났다. 한마디로 강력한 힘과 섬세한 균형 감각을 겸비한 작품이었다.

"교수님, 이 첫 번째 형체가 완전히 닫혀 있지 않다는 사실을 알아차리셨습니까?"

과연 고리 주위를 한 바퀴 돌아보니 벽의 양 끝이 떨어져 있었다. 마치 어린아이가 동그라미를 그리려다가 마지막에 표적을 놓친 형국이었다.

"그 엇나간 연결 덕분에 관람자가 안으로 들어가 작품을 감상할 수 있는 소극적 공간이 형성되었습니다."

'폐소공포증이 없는 관람자라면 그럴 수도 있겠지.' 랭던은 그런 생각을 하며 얼른 걸음을 옮겼다.

"교수님 맞은편에 있는 작품도 비슷합니다." 윈스턴이 말했다. "구불구불한 세 개의 강철 리본이 나란히 놓여 있지요? 길이 30미터가 넘는 두 개의 곡선 터널이 되었습니다. 이 작품의 제목은 〈뱀(The Snake)〉이지요. 어린 관람객들은 그 안을 뛰어다니며 즐거워합니다. 사실 두 사람이 서로 반대편에 서면 조그맣게 속삭여도 얼굴을 맞댄 것처럼 또렷하게 들리지요."

"인상적이네요, 윈스턴. 하지만 이제 에드먼드가 나에게 이곳을 보여주라고 한 이유를 좀 설명해주겠어요?" '그는 내가 이런 작품을 이해하지 못한다는 걸 알아.'

윈스턴이 대답했다. "커시 씨가 교수님께 보여드리라고 한 작품은 이 가운데 〈비틀린 나선(Torqued Spiral)〉이라는 작품입니다. 저 오른쪽 구석에 설치되어 있지요. 보이십니까?"

랭던은 눈을 가늘게 뜨고 먼 곳을 살폈다. '800미터는 떨어져 있는 것 같은데?' "예, 보여요."

"좋습니다, 그럼 그쪽으로 한번 가보실까요?"

랭던이 머뭇거리며 거대한 공간을 둘러본 다음, 하는 수 없이 멀찍이 떨어진 나선을 향해 걸어가는 동안에도 윈스턴의 목소리는 계속 이어졌다.

"교수님, 에드먼드 커시가 교수님의 연구를 아주 높이 평가한다고 들었습니다. 특히 역사를 통해 드러나는 다양한 종교 전통의 상호작용, 그리고 그것이 예술 형태로 진화해온 과정에 대한 교수님의 견해에 탄복한다더군요. 에드먼드의 게임 이론과 예측 연산도 여러 면에서 그와 유사합니다. 다양한 시스템의 성장 양상을 분석해 시간이 지날수록 그것이 어떻게 발전할지를 예측하는 분야니까요."

"음, 그거야말로 에드먼드의 특기지요. 사람들이 그를 현대판 노스트라다무스라고 부를 정도니까."

"그렇습니다. 하지만 굳이 물으신다면 그 비유는 조금 굴욕적이라고 말하고 싶군요."

"왜 그렇게 생각하지요?" 랭던이 되물었다. "노스트라다무스는 역사상 가장 유명한 예언자인데요."

"부정할 생각은 없습니다, 교수님. 하지만 노스트라다무스는 되는 대로 단어를 조합한 사행시를 1000편 가까이 남겼고, 4세기가 넘도록 미신을 신봉하는 사람들이 그 정확한 의미를 찾아 지극히 창의적인 해석을 시도하는 바람에 크게 덕을 본 경우입니다. 그의 글 어디에도 제2차 세계대전과 다이애나 비의 죽음, 세계무역센터 공격 등을 의미하는 단어는 없습니다. 터무니없는 노릇이지요. 반대로 에드먼드 커시는 몇몇 개의 매우 구체적인 내용을 담은 예측을 발표했고, 그것들은 짧은 시간 안에 현실로 입증되었습니다. 클라우드 컴퓨팅, 무인 자동차, 오직 다섯 개의 원자로 움직이는 프로세서 칩 등이 그 예입니다. 커시 씨는 노스트라다무스가 아닙니다."

'두 손 들어야겠군.' 랭던은 속으로 중얼거렸다. 에드먼드 커시는 함께 일하는 동료에게서 강력한 충성심을 이끌어내는 것으로 알려져 있다. 윈스턴 역시 그의 열렬한 추종자 가운데 한 사람 같았다.

"지금까지 저의 안내가 마음에 드십니까?" 윈스턴은 그렇게 물으며 화제를 바꾸었다.

"아주 만족합니다. 이토록 완벽한 원격 안내 기술을 완성한 에드먼드에게 영광을 돌려야겠군요."

"그렇습니다, 에드먼드는 오랫동안 이런 시스템을 꿈꾸어왔습니다. 비밀리에 이 시스템을 개발하느라 무수한 시간과 비용을 투자했지요."

"그래요? 기술 자체는 그다지 복잡해 보이지 않는데요. 사실 처음에는 좀 미심쩍었지만 당신이 잘해내니 대화가 아주 흥미로웠어요."

"이제 와서 사실을 고백해 모든 것을 망치고 싶지는 않지만, 아무튼 그렇게 평가해주시니 감사합니다. 실은 제가 지금까지 모든 것을 정직하게 밝힌 것은 아닙니다."

"뭐라고요?"

"첫째, 제 이름은 윈스턴이 아닙니다. 제 본명은 아트입니다."

랭던은 웃음을 터뜨렸다. "미술관 안내인의 이름이 '아트'라고? 가명을 쓴 것도 이해할 만하군요. 만나서 반가워요, 아트."

"또 하나, 아까 교수님이 저더러 왜 직접 얼굴을 마주하고 안내하지 않느냐고 물었을 때, 커시 씨가 미술관 내부의 인원을 제한하려 한다는 대답을 드렸지요. 그것도 맞는 대답이지만 전적으로 그 때문만은 아닙니다. 지금 우리가 얼굴을 마주하지 않고 헤드셋을 통해 대화를 나누는 데는 또 다른 이유가 있습니다." 그는 잠시 망설이다가 말을 이었다. "저는 사실 물리적인 이동이 불가능합니다."

"아…… 미안해요." 랭던은 콜센터의 휠체어에 앉아 있는 아트를 상상하며, 그가 군이 자신의 상태를 설명하느라 다시금 자신의 신세를 자각한 건 아닐까 후회했다.

"미안해하실 것 없습니다. 아마도 교수님은 제 '다리'에 뭔가 문제가 있다고 생각하실 것 같은데, 사실은 그런 문제가 아닙니다."

랭던이 걸음을 늦추었다. "무슨 뜻이지요?"

"'아트'라는 이름은 사실 줄임말에 가깝습니다. '아티피셜(artificial)'이 줄어 아트가 되었으니까요. 사실 커시 씨는 '합성(synthetic)'이라는 단어를 더 좋아하지만 말입니다." 목소리는 또 잠시 뜸을 들였다. "진실을 밝히자면, 교수님께서는 오늘 저녁 합성 안내인과 대화를 나누고 계십니다. 일종의 컴퓨터와 말이지요."

랭던은 얼떨떨한 기분으로 주위를 둘러보았다. "이거, 무슨 몰래카메랍니까?"

"전혀 아닙니다, 교수님. 저는 지금 무척 진지합니다. 에드먼드 커시는 합성 지능이라는 분야에 10년 동안 거의 10억 달러를 투자했습니다. 교수님은 지금 그 노력의 결실을 처음으로 경험하는 사람 가운데 한 분이신 겁니다. 지금까지 교수님은 합성 안내인의 설명을 들으며 이 미술관을 둘러보셨습니다. 저는 인간이 아닙니다."

랭던은 그 말을 선뜻 받아들일 수가 없었다. 윈스턴의 발음과 문법은 완벽했고, 약간 어색한 웃음소리만 빼면 지금까지 랭던이 만나본 연사 중에서 가장 언변이 유창했다. 게다가 그들은 오늘 밤 얼마나 다양하고도 미묘한 주제를 넘나들며 농담을 주고받았던가.

'누가 나를 지켜보고 있다.' 랭던은 문득 이런 생각을 하면서 주변 벽을 둘러보며 숨겨진 카메라를 찾았다. 본의 아니게 아무것도 모른 채로 이상한 '실험 예술'의 참여자가 된 것 아닌가 하는 의구심이 들었다. '미로에 갇힌 생쥐 신세로군.'

"어째 마음이 좀 불편하군요." 텅 빈 공간에 랭던의 목소리가 메아리쳤다.

"죄송합니다." 윈스턴이 대답했다. "그렇게 생각하실 만합니다. 저도 교수님께서 이 사실을 받아들이기가 쉽지 않을 거라고 예상했습니다. 그래서 에드먼드가 저더러 교수님을 다른 손님과 별개로 이곳까지 모셔 오라고 지시했을 겁니다. 다른 손님에게는 이 사실이 공개되지 않으니까요."

랭던은 혹시 또 다른 사람이 있나 해서 어둑한 공간을 살펴보았다.

"교수님도 잘 아실 거라고 믿습니다만," 목소리는 랭던의 불편한 심기에도 굴하지 않고 할 말을 이어갔다. "인간의 뇌는 시냅스가 반응하느냐 하지 않느냐, 즉 컴퓨터 스위치와 마찬가지로 켜지느냐 마느냐에 따라 작동하는 이진법 시스템입니다. 뇌에는 100조 개가 넘는 스위치가 있으니, 뇌를 만드는 일은 기술의 문제라기보다 규모의 문제라고 보는 쪽이 타당할 겁니다."

랭던의 귀에는 그 목소리가 거의 들리지 않았다. 랭던은 다시 걸음을 옮기며 갤러리 맞은편에 화살표와 함께 붙어 있는 '비상구' 표시에 온 관심을 집중했다.

"교수님, 제 목소리가 워낙 사람 같아서 기계음처럼 느껴지지 않는다는 것은 저도 압니다. 하지만 말하기는 사실 제일 쉬운 부분입니다. 심지어 99달러짜리 전자책 기기도 사람 말소리를 제법 근사하게 흉내 내니까요. 에드먼드는 수십억 달러를 쏟아부었습니다."

랭던은 걸음을 멈췄다. "만약 당신이 진짜 컴퓨터라면 이 질문에 대답해봐요. 1974년 8월 24일에 다우존스 산업평균지수가 얼마로 마감되었지요?"

"그날은 토요일이었습니다." 잠시의 머뭇거림도 없이 대답이 튀어나왔다. "따라서 장이 열리지 않았습니다."

랭던은 약간의 한기를 느꼈다. 그가 그 날짜를 택한 것은 일종의 함정이었다. 그가 가진 직관상 기억(사진을 찍듯 과거의 일을 선명하게 기억하는 능력—옮긴이)의 부작용 가운데 하나는 머릿속에 온갖 날짜가 하염없이 쌓여간다는 점이었다. 그 토요일은 가장 친한 친구의 생일이었고, 그날 오후 수영장에서 벌어진 파티가 지금도 생생하게 뇌리에 남아 있다. '헬레나 울리가 파란 비키니를 입었지.'

"하지만," 목소리가 이내 덧붙였다. "그 전날인 8월 23일 금요일에는 다우존스 지수가 전날 대비 17.83포인트 떨어진 686.80을 기록해 2.53퍼센트의 손실이 발생했습니다."

랭던은 말문이 딱 막혔다.

"스마트폰으로 자료를 확인해보시겠다면, 기꺼이 기다리겠습니다." 여전히 밝은 목소리였다. "저로서는 과연 그것이 의미가 있을지 의문스럽긴 합니다만."

"하지만…… 나는…….'"

"합성 지능의 과제는 얼마나 빠르게 데이터에 접근하느냐가 아닙니다." 목소리가 이어졌지만, 가벼운 영국식 억양이 이제는 아까보다 훨씬 이상하게 들렸다. "사실 그건 아주 간단하니까요. 그보다는 각각의 데이터가 서로 어떻게 연관되고 어떻게 얽혀 있는가를 가려내는 능력이 훨씬 중요합니다. 그 분야야말로 교수님의 전공이라고 알고 있는데, 맞지요? 아이디어의 상호관계 말입니다. 커시 씨가 특별히 교수님을 상대로 시험해보려 한 이유도 바로 그 때문입니다."

"시험?" 랭던이 되물었다. "나를 시험한다고……?"

"천만의 말씀입니다." 목소리가 또 어색하게 웃었다. "저를 시험하는 거지요. 교수님에게 제가 사람이라는 느낌을 줄 수 있는지 확인하는 거죠."

"튜링 테스트로군."

"맞습니다."

튜링 테스트란 암호 해독 전문가인 앨런 튜링이 기계가 인간처럼 행동할 수 있는지를 평가하기 위해 제안한 실험이다. 심사자가 기계와 사람이 나누는 대화를 듣고 어느 쪽이 인간인지 가려내지 못하면 튜링 테스트를 통과한 것으로 간주한다. 최초 통과 사례는 2014년 런던의 왕립학회가 실시한 실험으로, 그 이후로 인공지능 기술은 획기적인 발전을 거듭했다.

"오늘 저녁에도 지금까지 일말의 의심을 품은 손님은 아무도 없었습니다." 목소리가 말했다. "모두들 완벽한 시간을 보내고 있으니까요."

"잠깐, 오늘 이 자리에 모인 사람들이 전부 컴퓨터와 대화를 나누고 있다는 겁니까?!"

"엄밀히 말하면 모두 저하고 대화를 나누고 있다고 해야겠지요. 저는 아주 간단하게 스스로를 분할할 수 있습니다. 교수님은 지금 에드먼드가 제일 좋아하는 원래 저의 목소리를 듣고 계시지만, 그 밖의 손님들은 다른 목소리나 다른 언어로 저랑 대화하고 있거든요. 학구적인 미국인 남성이라는 교수님의 인적 사항을 바탕으로 저의 원래 목소리인 영국인 남성을 선택한 거지요. 이를테면 미국 남부 사투리를 쓰는 젊은 여성보다는 훨씬 신뢰를 얻을 거라고 예상했습니다."

'이 녀석이 지금 나를 남성 우월주의자로 규정한 건가?'

랭던은 몇 년 전 온라인을 떠돌던 유명한 음성 파일을 떠올렸다. 《타임》지 지국장 마이클 셰어가 텔레마케팅 로봇의 전화를 받았는데, 그 목소리가 어찌나 사람 같던지 모든 사람이 듣도록 녹음해 온라인에 올린 것이다.

'몇 해 전 일인데.' 랭던은 퍼뜩 그 사실을 떠올렸다.

랭던은 커시가 오래전부터 인공지능 분야에 손을 댔고, 획기적인 발전을 한 번씩 이룰 때마다 잡지 표지를 장식했다는 사실을 알고 있었다. 그리고 보면 그의 자식인 '윈스턴'이 현재 커시의 기술 수준을 대변하는 셈이었다.

"모든 일이 순식간에 벌어집니다." 목소리가 말을 이었다. "하지만 커시 씨는 마침 교수님이 서 계신 곳의 나선을 보여드리라고 했습니다. 교수님께서 나선 안으로 들어가 한복판까지 가보시도록요."

좁다란 곡선의 통로를 들여다본 랭던은 근육이 팽팽하게 긴장하는 것을 느꼈다. '에드먼드가 기껏 생각해낸 장난이 이거란 말이야?' "그냥 안에 뭐가 있는지 말로 설명해주면 안 될까요? 밀폐된 공간을 썩 좋아하지 않아서."

"흥미롭군요. 교수님에게 그런 면이 있는 줄 몰랐습니다."

"온라인 프로필에 굳이 폐소공포증까지 써 넣을 필요는 없으니까요." 랭던은 그렇게 말하면서도 여전히 자신이 기계를 상대하고 있다는 사실이 믿기지 않았다.

"겁내지 마세요. 이 나선의 한복판에는 꽤 넓은 공간이 있습니다. 교수님이 그 중심을 꼭 보셔야 한다고 커시 씨가 특별히 강조하셨어요. 하지만 들어가기 전에 헤드셋은 여기 바닥에 벗어놓고 가라고 하셨습니다."

랭던은 거대한 구조물을 올려다보며 머뭇거렸다. "당신은 같이 안 갑니까?"

"그렇습니다."

"당신도 알겠지만 모든 게 너무 이상해요, 나는 사실……."

"교수님, 에드먼드가 교수님을 오늘 행사에까지 초대한 것을 생각하면, 잠깐 예술 작품 안에 들어가달라는 것은 아주 사소한 부탁에 불과합니다. 아이들은 언제나 저 속을 뛰어다닙니다."

랭던은 지금까지 컴퓨터에게 비난을 받아본 적이 한 번도 없었지만, 그 지적은 효과가 있었다. 그는 헤드셋을 벗어 조심스럽게 바닥에 내려놓고 나선 안으로 들어가기 위해 돌아섰다. 좁은 협곡을 이루는 높은 벽이 곡선을 그리며 어둠 속으로 사라져 그 너머가 보이지 않았다.

"죽기 아니면 까무러치기지." 랭던은 혼잣말로 중얼거렸다.

이어서 그는 큰 숨을 한 번 몰아쉬고 입구로 들어섰다.

통로는 구불구불했고, 생각보다 훨씬 길었으며, 깊숙이 들어갈수록 방향을 몇 번이나 바꾸었는지 감을 잡을 수가 없었다. 시계 방향으로 한 번 구부러질 때마다 통로 폭이 점점 좁아져 이내 랭던의 넓은 어깨가 벽에 스칠 지경이 되었다. '숨을 쉬어, 로버트.' 기울어진 금속판이 당장에라도 안쪽으로 무너져 몇 톤이나 되는 쇳덩이 아래 깔릴 것만 같았다.

'내가 대체 왜 이 짓을 하고 있지?'

더 이상 견딜 수 없어 되돌아 나가려는 찰나, 갑자기 통로가 끝나더니 넓고 탁 트인 공간이 나타났다. 윈스턴이 장담한 대로 공간은 생각보다 훨씬 넓었다. 랭던은 재빨리 터널을 빠져나와 안도의 한숨을 내쉬며 아무것도 없는 바닥과 높은 금속 벽을 둘러보면서, 이 모든 것이 치밀하게 계획된 장난이 아닌지 다시 한 번 생각해보았다.

바깥쪽 어디선가 문이 딸깍 하는 소리가 나더니, 높은 벽 너머에서 다급한 발소리가 들려왔다. 아까 랭던이 본 출입문으로 누군가가 안에 들어온 모양이었다. 발소리는 나선 쪽으로 다가온 다음, 랭던 주위로 원을 그리며 점점 가까워지기 시작했다. 소리가 점점 커졌다. 누군지 모르지만 나선 안으로 들어온 게 분명했다.

발소리가 점점 가까워지자 랭던은 한 발 물러서서는 공간의 입구를 바라보았다. 스타카토처럼 딱딱 끊어지는 발소리가 점점 커지더니 한 남자가 터널에서 나타났다. 작은 키에 호리호리한 몸매, 흰 살갗, 날카로운 눈빛, 부스스하게 뭉친 검은 머리칼을 가진 사내였다.

넋 나간 표정으로 한참 동안 멍하니 그 남자를 바라보던 랭던의 얼굴에 이윽고 환한 미소가 번졌다. "역시 위대한 에드먼드 커시는 평범하게 나타나는 법이 없군."

"첫인상을 남길 기회는 한 번뿐이니까요." 커시가 사근사근한 목소리로 대답했다. "보고 싶었어요, 선생님. 와주셔서 감사합니다."

두 남자는 진한 포옹을 했다. 오랜 친구의 등을 몇 번 두드린 랭던은 커시의 몸이 예전보다 야윈 듯한 느낌을 받았다.

"살이 좀 빠진 것 같은데." 랭던이 말했다.

"채식주의자가 되었거든요." 커시가 대답했다. "운동보다는 쉽잖아요."

랭던은 웃었다. "아무튼 다시 만나서 반가워. 늘 그렇듯 자네를 보니 내가 과하게 차려입었다는 느낌이 드는군."

"누구, 저요?" 커시는 입고 있는 검정색 스키니 청바지와 다림질한 흰색 브이넥 티셔츠, 지퍼 달린 항공 재킷을 내려다보았다. "이래 봬도 명품인데요."

"흰 슬리퍼도 명품인가?"

"슬리퍼요? 페라가모 기니스예요."

"그게 내가 걸친 전부보다 더 비싸겠군."

에드먼드는 랭던의 뒤로 가서 그의 고전적인 재킷 라벨을 확인했다. "그래도 꽤 괜찮은데요." 그가 밝게 웃으며 말했다. "값은 제 슬리퍼랑 비슷하겠어요."

"솔직히 말해서, 에드먼드, 자네의 그 합성 친구 윈스턴 말이야…… 상당히 인상적이더군."

커시가 환하게 미소 지었다. "믿기지 않지요? 아마 선생님은 제가 금년에 인공지능 분야에서 어떤 성과를 이루었는지 상상도 못 하실 거예요. 비약적이라고 할 만하지요. 완전히 새로운 방식으로 기계에 문제 해결 능력과 자가 조절 능력을 부여하는 몇 가지 신기술을 개발했거든요. 아직 완성 단계는 아니지만 윈스턴은 나날이 발전하고 있습니다."

랭던은 지난 몇 년 사이 에드먼드의 소년 같은 눈 주위에 깊이 주름이 팬 것을 발견했다. 무척 피곤해 보였다. "에드먼드, 왜 나를 여기까지 불렀는지 설명 좀 해주겠나?"

"빌바오 말입니까? 아니면 리처드 세라의 나선?"

"나선부터 시작하지." 랭던이 말했다. "자네도 내가 폐소공포증이 있다는 걸 알잖아."

"물론 알지요. 하지만 오늘 밤에는 모든 사람이 그동안 안주해왔던 공간에서 벗어나도록 밀어붙일 생각이거든요." 커시가 짓궂게 웃으며 말했다.

"그게 자네의 주특기이기는 하지."

"게다가 선생님과 할 이야기가 있는데, 발표 전에는 사람들 앞에 모습을 드러내고 싶지 않았거든요." 커시가 덧붙였다.

"록 스타는 공연 전에 관객과 어울리지 않는다?"

"바로 그겁니다!" 커시는 여전히 장난스러운 표정을 짓고 있었다. "록 스타는 한 줄기 연기와 함께 마술처럼 펑 하고 무대에 나타나야 제맛이지요."

머리 위의 조명등이 갑자기 희미해졌다가 밝아졌다. 커시는 소매를 올리고 손목시계를 확인하더니 갑자기 심각한 표정을 지으며 랭던을 바라보았다.

"교수님, 시간이 별로 없어요. 오늘 밤은 저에게 굉장히 중요한 순간입니다. 사실 인류 모두에게 중요한 순간이죠."

랭던은 새삼 기대감이 차오르는 것을 느꼈다.

"최근에 한 가지 과학적 사실을 발견했어요." 에드먼드가 말했다. "엄청난 파괴력을 지닌 획기적인 발견이지요. 지구상에 그걸 아는 사람은 거의 없어요. 오늘 밤, 아니 이제 곧 제가 발견한 사실을 온 세상에 생중계로 발표할 겁니다."

"무슨 말을 해야 할지 모르겠군." 랭던이 대답했다. "모든 게 너무 놀라워."

에드먼드가 목소리를 낮추었다. 평소답지 않게 긴장한 듯한 어조였다. "이 정보를 공개하기 전에, 선생님의 조언을 듣고 싶습니다." 그는 잠시 망설이다 한 마디 덧붙였다. "아무래도 제 목숨이 거기에 달린 것 같아서요."

9

나선 안에 선 두 남자 사이에 침묵이 흘렀다.

'선생님의 조언을 듣고 싶습니다……. 제 목숨이 거기에 달린 것 같아서요.'

에드먼드의 말이 공기중에 무겁게 감돌았다. 랭던은 그의 눈동자 속에서 불안감을 읽었다. "에드먼드, 무슨 일이야? 괜찮아?"

전등이 또다시 깜빡였지만 에드먼드는 무시했다.

"저에게는 실로 굉장한 한 해였어요." 에드먼드는 거의 속삭이듯 대답했다. "혼자 초대형 프로젝트에 매달린 끝에 결국 획기적인 발견에 도달했거든요."

"대단하군."

커시는 고개를 끄덕였다. "제가 생각해도 그래요. 오늘 밤 세상에 그 발견을 공개한다고 생각하니 어찌나 흥분되는지 말문이 막힐 지경입니다. 엄청난 패러다임의 변화가 일어날 거예요. 코페르니쿠스 혁명과 맞먹는 파급력을 발휘할 거라고 해도 과언이 아닙니다."

랭던은 순간적으로 이 친구가 농담하는 거라고 생각했지만, 에드먼드의 표정은 진지하기 짝이 없었다.

'코페르니쿠스?' 옛날부터 겸손의 미덕과는 거리가 멀었던 에드먼드이긴 하지만, 방금 한 말은 아무리 생각해도 도가 지나쳤다. 니콜라우스 코페르니쿠스는 행성들이 태양 주위를 돈다는 태양중심설의 아버지고, 태양중심설은 신이 창조한 우주의 중심은 인간이라는 교회의 오랜 가르침을 완전히 뒤집음으로써 1500년대의 과학 혁명을 촉발했다. 교회는 3세기 동안 그의 발견에 맹렬한 비난을 퍼부었지만 한번 엎지른 물을 주워 담을 수는 없었고, 그 이전과 이후의 세상은 완전히 달라지고 말았다.

"선뜻 믿기지 않는 모양이군요." 에드먼드가 말했다. "코페르니쿠스가 아니라 다윈에 비유했다면 조금 나았을까요?"

랭던은 미소 지었다. "그게 그거지 뭐."

"좋습니다, 그럼 이렇게 한번 여쭤볼게요. 인류 역사를 통틀어 우리가 제기한 가장 근본적인 두 개의 질문이 뭘까요?"

랭던은 잠시 생각에 잠겼다. "글쎄, 아마 이 정도가 되지 않을까. '이 모든 것은 어떻게 시작되었는가? 우리는 어디에서 왔는가?'"

"바로 그겁니다. 하지만 두 번째 질문은 이 질문에 부수적으로 붙는 것이죠. '어디에서 왔는가?'가 아니라……."

"'어디로 가는가?'"

"그렇습니다! 인류의 지식 중심에는 이 두 가지 수수께끼가 도사리고 있습니다. 우리는 어디에서 왔는가? 우리는 어디로 가는가? 다시 말해 인간의 '창조'와 인간의 '운명'이죠. 이거야말로 가장 보편적인 수수께끼입니다." 에드먼드는 한층 예리해진 눈매로 랭던의 기색을 살폈다. "선생님, 제가 발견한 것은…… 이 두 가지 질문에 아주 명쾌한 해답을 제시합니다."

랭던은 에드먼드의 그 말, 그리고 그것이 미칠 파문을 생각해보았다. "음…… 뭐라고 말해야 좋을지 모르겠군."

"아무 말씀 안 하셔도 됩니다. 오늘 밤 발표를 마치고 선생님과 이 문제를 깊이 있게 얘기하고 싶어요. 하지만 지금은 이번 일의 어두운 면에 대해서 좀 말씀을 드리고 싶습니다. 저의 발견에 따른 '부작용'이라고나 할까요."

"후폭풍이 있을 거라고 생각하나?"

"의심할 여지가 없어요. 그 두 가지 질문에 대해 대답하려니 오랜 세월 자리 잡아온 종교의 가르침과 정면으로 맞설 수밖에 없더군요. 인간의 창조와 운명은 전통적으로 종교의 영역이었습니다. 그런데 뜬금없이 침입자가 나타났으니, 저의 발견을 반길 리가 없죠."

"흥미롭군." 랭던이 대답했다. "그것 때문에 작년에 보스턴에서 점심 먹으면서 종교 문제로 나를 두 시간 내내 들들 볶았나?"

"맞습니다. 그때 제가 개인적으로 장담했던 내용을 기억하세요? 우리가 살아 있는 동안 과학이 획기적인 성과를 올려 종교 신화가 무너질 거라고 했잖아요."

랭던은 고개를 끄덕였다. '어떻게 잊겠어.' 랭던의 직관상 기억 속에는 커시의 대담한 선언 한 마디 한 마디가 선명히 남아 있었다. "기억하고말고. 그래서 그때 나는 수천 년 동안 과학이 진보했음에도 종교는 살아남았고, 인간 사회의 중요한 목적에 기여했으며, 앞으로도 진화할지언정 사라지지는 않을 거라고 반박하지 않았나."

"정확하게 기억하시는군요. 그때 저는 삶의 목적을 발견했다는 말씀도 드렸습니다. 과학 진실을 이용해 종교 신화를 무너뜨리겠다고 말입니다."

"그래, 아주 확고하게 얘기했지."

"하지만 선생님은 제 주장을 반박하셨죠. 종교 교의를 저해하거나

교의와 상충하는 '과학 진실'을 발견하면 반드시 종교학자와 상의해 보라고 하셨잖아요. 그 과정을 통해 제가 과학과 종교는 같은 이야기를 하는 두 개의 언어라는 점을 깨닫게 될지도 모른다고 말입니다."

"나도 기억해. 과학자와 종교인은 우주의 똑같은 수수께끼를 묘사하기 위해 서로 다른 어휘를 사용하는 경우가 많거든. 흔히 내용보다는 의미론을 두고 갈등이 빚어지곤 하니까."

"음, 그래서 저는 선생님의 조언을 따랐어요." 커시가 말했다. "제 발견을 두고 종교 지도자들에게 자문을 구했죠."

"그래?"

"세계 종교 의회에 대해 잘 아세요?"

"물론이지." 랭던은 다양한 종교 사이의 대화를 모색하는 이 노력을 아주 높이 평가하는 입장이었다.

"마침 올해 의회가 바르셀로나 근처에서 열렸어요. 저희 집에서 한 시간 거리인 몬세라트 수도원에서요."

'멋진 곳이지.' 랭던은 여러 해 전에 산꼭대기에 있는 그 수도원을 방문한 적이 있었다.

"하필 이 중대한 과학적 발표를 하기로 계획한 그 주에 의회가 열린다는 소식을 들었을 때는, 뭐랄까……."

"신의 계시인지도 모른다고 생각했나?"

커시는 웃음을 터뜨렸다. "뭐 비슷합니다. 아무튼 그래서 그 사람들에게 연락을 했어요."

그 말을 들은 랭던은 깜짝 놀랐다. "그 회의장에서 강연이라도 한 거야?"

"아닙니다! 그건 너무 위험하죠. 직접 발표하기 전까지 이 정보가 새어 나가지 않았으면 해서 그중 딱 세 사람하고 만날 약속을 했어요. 기독교와 이슬람, 유대교 대표 한 명씩요. 저까지 네 사람이 몬세라트 수도원의 도서관에서 은밀히 만났습니다."

"자네를 도서관에 들인 게 놀랍군." 랭던이 놀란 표정으로 말했다. "굉장히 신성시되는 곳이라던데."

"제가 전화도, 카메라도, 침입자도 없는 안전한 장소를 요구했거든요. 그랬더니 저를 그 도서관으로 데려가더라고요. 본론으로 들어가기 전에 침묵 서약에 동의해달라고 부탁했어요. 물론 그들도 동의했고요. 지금까지 제 발견에 대해 조금이라도 아는 사람은 지구상에 오로지 그들밖에 없어요."

"환상적이군. 그래서 얘기를 듣고 난 뒤 그 사람들이 어떤 반응을 보이던가?"

커시는 조금 민망한 표정을 지었다. "아무래도 제가 깔끔하게 처리 못 한 것 같아요. 선생님도 아시다시피 제가 일단 열정에 불이 붙고 나면 외교를 잘 못 하잖아요."

"그래, 자네에게는 감수성 훈련이 필요하다는 글을 전에 읽은 적이 있지." 랭던이 웃으며 말했다. '스티브 잡스 같은 수많은 선각자들처럼 말이야.'

"그래서 단도직입적으로 치고 들어가는 습성을 못 버리고 처음부터 사실대로 말해버렸어요. 나는 옛날부터 종교란 일종의 집단 망상이라고 생각했다, 과학자인 나로서는 왜 그리도 많은 명석한 사람들이 각자의 종교에서 위로와 가르침을 구하는지 좀처럼 이해하기가 힘들다, 라고요. 그러자 그들이 묻더군요. 그럼 왜 존중하지도 않는 사람들을 찾아와 자문을 구하느냐고요. 그들이 제 발견에 어떤 반응을 보이는지 살펴볼 의도였다고 대답했어요. 그들의 반응을 보면 제가 진실을 발표했을 때 전 세계의 종교인이 그걸 어떻게 받아들일지 감을 잡을 수 있을 테니까요."

"외교처럼 중요한 것도 없어." 랭던이 얼굴을 찌푸리며 말했다.

"솔직한 게 능사가 아니라는 건 자네도 알지 않나."

커시는 동의하지 않는다는 듯이 손을 내저었다. "종교에 대한 제 입장은 이미 널리 알려져 있어요. 그들도 제 솔직함을 인정해줄 거라고 생각했지요. 아무튼 그러고 나서 제가 무엇을 발견했는지, 그것이 어떻게 세상을 바꿀지를 그들에게 자세히 설명했어요. 심지어는 제 스마트폰을 꺼내서 제가 봐도 상당히 놀라운 어떤 동영상을 보여주기까지 했지요. 다들 할 말을 잃더군요."

"그래도 무슨 말이든 했을 것 아닌가." 랭던은 커시가 도대체 무엇을 발견했는지 점점 호기심이 일었다.

"저는 대화를 원했어요. 하지만 기독교 대표가 나머지 두 사람이 입도 벙긋 못 하게 막더군요. 그러고는 저더러 정보 공개 계획을 다시 생각해보라는 거예요. 그래서 한 달 정도 생각해보겠다고 했죠."

"하지만 오늘 밤에 발표한다며?"

"그래요. 그들에게 아직 몇 주 남았다고 말했죠. 그래야 그들이 공황 상태에 빠지거나 방해하려 하지 않을 테니까요."

"그들도 지금쯤은 오늘 밤 발표한다는 사실을 알 텐데?" 랭던이 물었다.

"썩 반가워하지는 않겠지요. 그들 가운데 한 사람은 특히요." 커시는 랭던을 똑바로 바라보며 말을 이었다. "그날 회의를 주재한 사람이 바로 안토니오 발데스피노 주교였어요. 그 사람 아세요?"

랭던은 정신이 번쩍 들었다. "마드리드 출신?"

커시가 고개를 끄덕였다. "달리 누가 있겠습니까."

'에드먼드의 급진적 무신론에 흔쾌히 귀 기울여줄 이상적인 청중은 아니로군.' 랭던은 생각했다. 발데스피노는 지극히 보수적인 견해의 소유자이자 국왕에게 강력한 영향력을 행사하는 인물로, 스페인 가톨릭계에서 막강한 권력을 쥐고 있었다.

"그가 올해 종교 의회 주최자였어요." 커시가 말을 이었다. "그래서 자연스레 그분에게 만남 주선을 부탁했고요. 그는 혼자 나오겠다고 했고, 저는 이슬람과 유대교 대표도 함께 만나자고 했어요."

조명이 다시 한 번 깜빡거렸다.

커시는 땅이 꺼져라 한숨을 내쉬며 더욱 목소리를 낮추어 말했다. "선생님, 발표 전에 선생님을 만나고 싶었던 이유는 조언을 듣고 싶어서예요. 선생님이 발데스피노를 위험하다고 생각하시는지 궁금해서요."

"위험하냐고?" 랭던이 되물었다. "어떤 면에서?"

"제가 그분에게 보여드린 것이 그분 세계를 위협한다면, 그분이 저에게 어떤 물리적인 위해를 가할 수도 있다고 생각하시나요?"

랭던은 즉시 고개를 가로저었다. "천만에, 그런 일은 있을 수 없어. 자네가 그분에게 무슨 말을 했는지는 모르지만, 발데스피노는 스페인 가톨릭의 기둥일 뿐 아니라 스페인 왕실과의 관계 덕분에 막강한 영향력을 갖고 있어……. 하지만 그분은 성직자이지 청부업자가 아니야. 필요하다면 정치적 권력을 활용하겠지. 자네 주장을 반대하며 강론할 수는 있겠지만, 자네에게 물리적인 위해를 가할 거라고는 생각할 수 없네."

커시는 여전히 확신이 서지 않는 표정이었다. "몬세라트 도서관을 나올 때 그분이 어떤 표정으로 저를 바라보았는지 선생님이 못 보셔서 그래요."

"자네는 그 수도원의 신성불가침 도서관에 앉아서 주교에게 그의 신앙 체계 전부가 망상이라고 주장했어!" 랭던이 소리쳤다. "그가 자네한테 차와 케이크라도 대접할 거라고 기대했나?"

"아니요." 에드먼드가 대답했다. "하지만 회의가 끝난 뒤에 저에게 협박 메시지를 남길 거라고 기대하지도 않았습니다."

"발데스피노 주교가 자네한테 전화를 걸었다고?"

커시는 가죽 재킷 주머니에서 비정상적으로 커다란 스마트폰을 꺼 냈다. 그 휴대 기기는 육각형 무늬가 반복되는 형태의 밝은 청록색 케이스에 들어 있었는데, 랭던은 한눈에 그것이 카탈루냐 출신 현대 건축가 안토니 가우디가 디자인한 패턴임을 알아보았다.

"들어보세요." 커시는 그렇게 말하며 스마트폰 단추를 몇 개 누른 뒤 내밀었다. 스피커에서 더없이 거칠고 진지한 노인의 목소리가 흘 러나왔다.

커시 씨, 나는 안토니오 발데스피노 주교요. 짐작하겠지만 나는 내 두 동료와 마찬가지로 오늘 아침 우리의 만남이 심각한 문제를 야기했다고 생각하오. 심도 깊은 논의가 필요하니 이 메시지를 듣 는 즉시 연락하시오. 이 정보가 공개될 경우 어떤 위험이 초래될 지 다시 한 번 당신께 경고하고 싶소. 만약 전화하지 않으면 나와 내 동료들은 당신의 발견을 먼저 공개해버릴 것이오. 물론 그때는 그 내용이 변질될 것이고, 신뢰도는 바닥에 떨어질 것이며, 당신이 이 세상에 입히려 했던 피해가 고스란히 당신에게 되돌아갈 것이 오……. 그 피해란 당신의 상상을 초월하는 것이오. 당신의 전화를 기다리겠소. 부디 내 결단을 시험하려 들지 말 것을 강력히 제안 하는 바요.

메시지는 그렇게 끝났다.

랭던은 발데스피노의 공격적인 어조에 무척 놀랐지만, 그 음성 메 시지에 두려움보다는 에드먼드가 곧 발표할 발견에 대한 호기심이 커지는 것을 느꼈다. "그래서 자네는 어떻게 했나?"

"아무것도 안 했습니다." 에드먼드는 전화기를 도로 주머니에 넣으며 대답했다. "유치한 협박이라고 생각했거든요. 그들이 자기네 입으로 정보를 발표하기보다 쥐도 새도 모르게 묻어버리는 쪽을 더 바란다고 믿었습니다. 게다가 오늘 밤에 갑자기 발표해버리면 그들의 허를 찌르는 셈이니까, 그들이 선수 치는 건 별로 걱정되지 않았어요." 에드먼드는 말을 멈추고 랭던의 표정을 살폈다. "그런데 지금은…… 잘 모르겠어요, 그분의 말투가 왠지…… 자꾸만 마음에 걸립니다."

"자네가 위험에 처할지도 모른다고 생각하는 건가? 오늘 밤에?"

"아니, 꼭 그런 건 아닙니다. 손님 명단을 철저하게 단속했고, 이 건물의 보안 수준은 아주 높으니까요. 그보다는 공개한 이후에 어떤 일이 벌어질지가 조금 걱정스럽습니다." 하지만 에드먼드는 이내 그 발언을 후회하는 기색을 보였다. "쓸데없는 걱정이지요. 발표를 앞두고 제가 좀 긴장했나 봅니다. 그냥 선생님의 직감을 좀 듣고 싶었어요."

랭던은 점점 더 근심스러운 마음으로 에드먼드의 표정을 살폈다. 에드먼드는 평소답지 않게 창백하고 고심에 찬 듯했다. "내 직감은 자네가 아무리 발데스피노의 분노를 샀다 해도, 그가 자네를 절대 위험에 빠뜨리지 않을 거라고 말하고 있어."

다시 한 번 조명이 어두워지더니, 다시 밝아지지 않았다.

"알겠습니다. 고마워요." 커시는 손목시계를 확인했다. "그만 가봐야 해요. 나중에 다시 뵐 수 있겠지요? 오늘 발표할 정보에 대해 선생님과 꼭 상의하고 싶은 부분이 있어요."

"물론이지."

"좋습니다. 발표가 끝나면 혼란에 빠질 테니, 아수라장을 빠져나가서 조용히 대화할 장소가 필요할 거예요." 에드먼드는 명함을 한 장 꺼내 그 뒷면에 뭔가를 쓰기 시작했다. "발표가 끝나면 택시를 불러서 이 명함을 기사에게 건네세요. 이 지역 택시라면 교수님을 어디로 모셔야 할지 금방 알 겁니다." 그러면서 그는 랭던에게 명함을 건넸다.

랭던은 근처 호텔이나 레스토랑 주소가 적혀 있을 거라고 생각하며 명함을 받았다. 그러나 그 뒷면에는 주소라기보다 암호처럼 보이는 문자가 적혀 있었다.

BIO-EC346

"이걸 택시 기사한테 주라고?"

"예, 어디로 가야 할지 금방 알 겁니다. 그쪽 보안 요원에게 선생님이 가실 거라고 미리 말해두지요. 저도 되도록 빨리 움직일게요."

'보안 요원?' 랭던은 얼굴을 찌푸리며 BIO-EC346이 무슨 비밀스러운 과학 클럽의 암호명이 아닐까 생각해보았다.

"그건 한심하리만치 간단한 암호예요." 에드먼드는 한쪽 눈을 찡긋해 보이며 말했다. "다른 사람은 몰라도 선생님이라면 금방 푸실 겁니다. 그나저나 이따가 놀라지 마시라고 미리 말씀드리자면, 선생님은 오늘 밤 저의 발표에서 꽤 중요한 역할을 하실 겁니다."

랭던은 깜짝 놀랐다. "무슨 역할?"

"걱정 마세요. 선생님은 가만 계셔도 됩니다."

에드먼드 커시는 그렇게 말하며 나선의 출구를 향해 걸음을 옮겼다. "그럼 저는 얼른 무대 뒤로 가봐야겠어요. 윈스턴이 교수님을 안내할 겁니다." 그는 출구 앞에서 잠시 멈춰 뒤를 돌아보았다. "행사 끝나고 뵙겠습니다. 발데스피노에 대한 선생님의 직감이 맞았으면 좋겠네요."

"에드먼드, 긴장할 것 없어. 발표에나 집중하라고. 종교 지도자가 자네를 해칠 일은 없을 테니까." 랭던이 안심시키듯이 말했다.

커시는 여전히 확신이 서지 않는 표정이었다. "제가 하려는 얘기를 듣고 나면 선생님도 생각이 달라지실 겁니다."

10

로마 가톨릭 마드리드 대교구의 성지인 알무데나성모대성당은 마드리드 왕궁과 인접한 신고전주의 양식의 늠름한 성당이다. 고대의 사원 부지에 세워진 이 성당의 이름은 '요새'를 뜻하는 아랍어 알무다이나(al-mudayna)에서 따왔다.

전설에 의하면 1083년 이슬람 세력에게서 마드리드를 탈환한 알폰소 6세는 파손되지 않도록 요새의 벽 속에 숨겨두었던 성모 마리아상을 되찾으려고 혈안이 되었다고 한다. 숨겨둔 성모상을 찾지 못한 알폰소 6세는 기도에 매진했다. 마침내 성벽 일부가 폭파되어 무너져 내리면서 그 속에 숨겨져 있던 성모상이 발견되었는데 몇 세기 전 안치될 당시에 피워둔 촛불이 여전히 타오르고 있었다.

오늘날 알무데나의 성모는 마드리드의 수호성인이 되었고, 그 성모상 앞에서 기도하는 은총을 누리기 위해 수많은 순례자와 관광객들이 이 성당으로 모여든다. 왕궁과 광장을 공유하는 이 성당의 기막힌 위치는, 왕궁을 드나드는 왕족의 모습을 먼발치에서나마 볼 수 있다는 또 다른 매력을 신도들에게 선사한다.

오늘 밤 젊은 복사 한 명이 이 성당 안 깊숙한 곳에서 복도를 다급하게 뛰어다니고 있었다.

'발데스피노 주교님은 어디 계시지?'

'미사가 곧 시작될 텐데!'

안토니오 발데스피노 주교는 이미 몇 십 년 동안 이 성당의 주임 신부 겸 총책임자로 봉직해왔다. 국왕의 오랜 친구이자 영적 조언자이기도 한 발데스피노는 현대화라는 단어 자체를 거부하는, 철저하고도 노골적인 전통주의자였다. 믿기 힘든 일이지만 나이 여든셋의 이 주교는 지금도 성(聖)주간이면 직접 발목에 차꼬를 찬 채 성상(聖像)을 들고 도시의 거리를 행진하는 신도들의 대열에 동참하곤 했다.

'다른 사람도 아닌 발데스피노 주교님이 미사에 늦을 리가 없는데.'

20분 전만 해도 복사는 여느 때처럼 제의실에서 의관을 갖추는 주교를 보좌하고 있었다. 하지만 주교는 옷을 다 갈아입었을 즈음 어디선가 날아든 문자메시지를 확인하더니, 말도 없이 서둘러 사라져버렸다.

'도대체 어디로 가신 거야?'

복사는 성소와 제의실, 심지어 주교 전용 화장실까지 샅샅이 뒤진 끝에, 주교의 집무실을 확인하기 위해 성당의 행정 구역으로 이어지는 복도를 쏜살같이 내달렸다.

멀리서 파이프오르간 소리가 들려오기 시작했다.

'입당송이 시작됐어!'

주교의 개인 집무실 앞에 다다른 복사는 닫힌 문틈으로 한줄기 빛이 새어 나오는 것을 보고 급히 멈춰 섰다. '여기 계시나?'

복사는 조심스레 문을 두드렸다. "¿Excelencia Reverendísima(주교 예하)?"

대답이 없었다.

복사는 조금 더 크게 문을 두드리며 외쳤다. "¿Su Excelencia(예하)?!"

여전히 대답이 없었다.

노인의 건강이 걱정된 복사는 손잡이를 돌리고 문을 밀었다.

'¡Cielos(맙소사)!' 주교의 사적인 공간을 들여다본 복사의 입에서 신음이 흘러나왔다.

발데스피노 주교는 자신의 마호가니 책상 앞에 앉아 노트북 컴퓨터를 뚫어져라 들여다보고 있었다. 머리에 주교관을 쓰고 예복 뭉치를 깔고 앉은 채로 주교장은 아무렇게나 벽에 기대 세워두었다.

복사는 헛기침을 했다. "La santa misa está—(미사가 곧……)"

"Preparada(준비해뒀다)." 주교는 컴퓨터 화면에서 눈을 떼지 않은 채 복사의 말허리를 잘랐다. "Padre Derida me sustituye(데리다 신부가 나 대신 설 것이다)."

복사의 눈이 휘둥그레졌다. '데리다 신부님이 대신한다고?' 이 보좌 신부님이 토요일 밤 미사를 주관하는 일은 전례가 없었다.

"¡Vete ya(그만 가거라)!" 발데스피노는 여전히 고개를 들지 않고 쏘아붙였다. "Y cierra la puerta(그리고 문 닫아)."

겁에 질린 복사는 시키는 대로 문을 닫고 그 자리를 물러났다.

복사는 서둘러 파이프오르간 소리가 나는 쪽으로 몸을 돌리며, 도대체 주교가 컴퓨터로 무엇을 보고 있기에 신에 대한 자신의 의무를 저토록 간단히 저버리는지 의아해했다.

* * *

같은 시각, 아빌라 제독은 구겐하임의 아트리움에서 점점 불어나는 군중 사이를 조심스레 이동하며 손님들이 헤드셋에 대고 뭐라고 중얼거리는 모습을 어리둥절한 표정으로 바라보았다. 이 미술관의 오디오 가이드는 양방향 대화가 가능하도록 설계된 모양이었다.

새삼 헤드셋을 잘 버렸다는 생각이 들었다.

'오늘 밤에는 한 치의 흐트러짐도 용납되지 않는다.'

손목시계를 확인한 뒤 엘리베이터를 살핀 아빌라는 이미 위층의 주 행사장으로 올라가는 손님들로 북적거리는 것을 보고 계단을 선택했다. 계단을 오르다 보니 전날 밤에 느꼈던 회의가 다시 고개를 들었다. '내가 정말로 살인을 저지를 수 있는 인간이 되었단 말인가?' 그의 아내와 아들을 앗아간 신을 모르는 영혼들이 그를 이렇게 바꿔 놓았다. '더 높으신 분이 나의 행동을 허락하셨다.' 그는 스스로 마음을 다잡았다. '나는 지금 올바른 일을 하고 있어.'

첫 번째 계단참에 다다른 그의 시선이 근처 공중에 매달린 통로 위에 서 있는 한 여성에게 날아가 꽂혔다. '스페인의 새 유명 인사로군.' 아빌라는 그 유명한 미인을 바라보며 속으로 중얼거렸다.

그녀는 실루엣이 그대로 드러나는, 검은색 대각선 줄무늬가 몸통을 우아하게 가로지르는 흰 드레스를 입고 있었다. 늘씬한 몸매와 탐스럽고 검은 머릿카락, 품위 있는 몸가짐 등은 만인의 시선을 사로잡기에 충분했다. 아빌라는 그녀를 바라보는 사람이 자기 혼자만이 아님을 알아차렸다.

굳이 사람들의 눈길이 아니더라도, 그 흰옷 입은 여성은 그녀를 그림자처럼 뒤따르는 두 명의 보안 요원들로 시선을 끌었다. 요원들은 표범처럼 자신감에 찬 몸짓으로 빈틈없이 주변을 경계했다. 그들은 자수를 놓은 문장(紋章)과 GR이라는 글자가 큼직하게 새겨진 파란 블레이저를 입고 있었다.

그들의 존재가 그다지 놀랍지는 않았지만 심장 박동이 한층 빨라지는 것은 어쩔 수 없었다. 스페인 군부 출신인 아빌라는 GR이라는 글자가 무엇을 의미하는지 잘 알았다. 저 두 요원은 무장했을 것이고, 지구상의 그 어떤 경호원보다도 잘 훈련되어 있을 터였다.

'저들이 나타났으니 나도 더욱 주의해야겠군.' 아빌라는 속으로 다짐했다.

"이봐요!" 바로 그의 등 뒤에서 남자의 목소리가 들렸다.

아빌라는 뒤를 돌아보았다.

턱시도 밑으로 아랫배가 볼록 나오고 검은 카우보이 모자를 쓴 남자가 그를 바라보며 환하게 웃고 있었다. "정말 멋진 의상이에요!" 그가 아빌라의 제복을 가리키며 말했다. "도대체 그런 옷은 어디서 구할 수 있습니까?"

아빌라는 반사적으로 주먹을 움켜쥐며 상대방을 노려보았다. '평생에 걸친 희생과 봉사로 장만한 옷이지.' "No hablo inglés(난 영어를 못합니다)." 아빌라는 어깨를 으쓱하며 그렇게 답한 뒤, 계속 계단을 올라갔다.

2층의 기다란 복도에 도달한 아빌라는 표지판을 따라 모퉁이의 외딴 화장실로 향했다. 그가 막 안으로 들어가려는 순간, 건물 전체의 조명이 잠시 희미해졌다가 다시 밝아졌다. 손님들에게 프레젠테이션 장소로 이동할 시간임을 상기시키는 신호였다.

아빌라는 아무도 없는 화장실로 들어가 제일 안쪽 칸막이를 선택한 다음, 안에서 문을 잠갔다. 혼자가 되자 그를 깊디깊은 나락으로 끌어들이려는 내면의 악마들이 다시금 익숙한 모습을 드러냈다.

'5년이 지났건만 그 기억은 여전히 나를 괴롭힌다.'

아빌라는 분연히 마음속의 두려움을 몰아내며 주머니에서 묵주를 꺼내 문에 달린 옷걸이에 조심스럽게 걸었다. 그러고는 눈앞에서 평화롭게 흔들리는 구슬과 십자가를 바라보며 자신의 작품을 음미했다. 경건한 자들은 감히 이런 물건을 만든 것을 두고 묵주에 대한 신성 모독이라고 분개할지도 모른다. 하지만 아빌라는 이미 리젠트로부터 극도로 위험할 때는 어떤 절대적 원칙에도 유연하게 대처할 수 있다는 허락을 받은 터였다.

'동기가 이토록 신성하다면,' 리젠트는 약속했다. '신도 용서하실 겁니다.'

아빌라는 영혼이 보호받는 것과 마찬가지로 육신 역시 악으로부터 구제될 것이라는 약속을 받았다. 그는 손바닥에 새겨진 문신을 들여다보았다.

그리스도의 모노그램과 마찬가지로 이것 역시 순전히 글자로만 이루어진 상징이었다. 사흘 전, 지시에 따라 오배자 잉크와 바늘로 이 문신을 새긴 자리는 아직도 빨갛게 부어 따끔거렸다. 리젠트는 만일 체포될 경우 말없이 이 손바닥만 보여주면 몇 시간 안에 석방될 것이라고 했다.

'우리는 정부의 최고위층을 점하고 있습니다.' 리젠트는 그렇게 말했다.

이미 그들의 놀라운 능력을 목격한 아빌라는 든든한 보호막이 자신의 주위를 막아주는 듯한 느낌을 받았다. '여전히 고대의 방식을 존중하는 이들이 존재한다.' 아빌라는 언젠가 자신도 이 엘리트층으로 올라서기를 희망했지만, 지금 당장은 어떠한 역할이든 할 수 있다는 것만으로도 영광이었다.

아빌라는 아무도 없는 화장실에서 전화기를 꺼내 보안 번호로 전화를 걸었다.

첫 번째 신호음이 울리기 무섭게 상대방의 목소리가 들렸다.

"¿Sí(네)?"

"Estoy en posición(도착했습니다)." 아빌라는 그렇게 대답한 뒤 마지막 지시를 기다렸다.

"Bien(좋아요)," 리젠트가 말했다. "Tendrás una sola oportunidad. Aprovecharla será crucial." '기회는 한 번뿐. 절대 놓치지 마세요.'

11

화려한 마천루와 인공 섬들로 유명한 두바이 해안에서 30킬로미터 떨어진 곳, 아랍에미리트 연방 극보수주의 이슬람 문화의 수도인 샤르자에는 유명인들이 파티를 즐기는 별장들이 즐비하다.

600개가 넘는 사원은 물론 지역 최고 대학교가 자리한 샤르자는 신앙과 교육의 중심지이며, 거대한 유전(油田)과 교육을 최우선으로 여기는 통치자가 있는 곳이기도 하다.

오늘 밤, 샤르자가 사랑하는 '알라마' 사예드 알파들의 가족이 밤샘 기도를 위해 한자리에 모였다. 그들은 통상적인 타하주드(이슬람의 밤샘 또는 밤늦게 하는 기도—옮긴이) 대신, 하루 전 흔적도 없이 사라져버린 사랑하는 아버지이자 삼촌이자 남편의 무사 귀환을 기원했다.

현지 언론은 그가 이틀 전 세계 종교 의회에서 돌아온 뒤로 평소답지 않게 '이상하리만치 흥분해 있었다'는 한 동료의 증언을 보도했다. 그 동료는 사예드가 종교 의회에서 돌아온 직후, 누군가와 전화로 열띤 논쟁을 벌이는 것을 우연히 엿들었다고 덧붙였다. 영어였던 탓에 내용을 자세히 알아듣지는 못했지만, 사예드가 어떤 이름을 수차례 반복하는 것을 분명히 들었다고도 했다.

'에드먼드 커시.'

12

나선 조형물을 돌아 나오는 랭던의 머릿속은 복잡했다. 커시와 나눈 대화가 설렘과 긴장감을 동시에 불러일으켰기 때문이다. 커시의 주장이 과장이든 아니든 이 컴퓨터 과학자가 무언가를 발견했으며, 그 발견이 전 세계에 거대한·패러다임 변화를 초래할 것이라 굳게 확신하고 있다는 점만은 분명했다.

'코페르니쿠스 혁명에 버금가는 발견?'

이윽고 나선 조형물을 빠져나온 랭던은 가벼운 현기증을 느꼈다. 조금 전에 바닥에 내려놓았던 헤드셋부터 다시 집어 들었다.

"윈스턴?" 랭던은 헤드셋을 쓰며 말했다. "거기 있어요?"

희미한 잡음과 함께 영국 억양의 안내인이 돌아왔다. "예, 교수님. 저 여기 있습니다. 커시 씨가 아트리움으로 돌아가기에는 시간이 너무 촉박하니 교수님을 직원용 엘리베이터로 모시라고 하더군요. 워낙 큰 엘리베이터니 교수님도 만족하실 거라고 하셨습니다."

"고맙군요. 그는 내 폐소공포를 알거든요."

"이제는 저도 알죠. 잊지 않도록 주의하겠습니다."

윈스턴의 안내에 따라 옆문으로 나오니 시멘트로 덮인 복도에 이어 엘리베이터 승강장이 나타났다. 과연 대형 미술 작품을 실어 나르기 위한 듯 거대한 엘리베이터가 기다리고 있었다.

"맨 위 단추를 누르세요." 랭던이 엘리베이터 안으로 들어서자 윈스턴이 말했다. "3층입니다."

엘리베이터가 목적지에 도착하자, 랭던은 밖으로 나왔다.

"좋습니다." 여전히 낭랑한 윈스턴의 목소리가 랭던의 머릿속에 울려 퍼졌다. "교수님 왼편에 있는 갤러리를 통과할 겁니다. 강당으로 가는 제일 빠른 길입니다."

랭던은 윈스턴의 안내대로 기괴한 설치 예술품들이 전시된 널따란 갤러리로 접어들었다. 철제 대포는 하얀 벽에다 끈적끈적한 붉은 왁스 덩어리를 뿜어낼 터였고, 철망으로 만든 카누는 아무리 봐도 물에 뜰 것 같지 않았으며, 반짝거리는 금속 블록으로 도시 하나를 통째로 재현한 모형도 있었다.

갤러리를 가로질러 출입구로 향하던 랭던은 무의식중에 공간 전체를 압도하는 거대한 작품 한 점에 시선을 고정했다.

'부정할 수가 없군.' 랭던은 그렇게 결론지었다. '저거야말로 이 미술관 전체를 통틀어 가장 괴상한 작품이야.'

실내 전체를 가로지르다시피 걸쳐 있는 수많은 목각 늑대들이 매우 역동적인 자세로 달려와 허공으로 솟구친 끝에 투명한 유리벽과 충돌하는 모습을 연출했고, 그 결과 유리벽 밑에는 죽은 늑대들이 수북이 쌓여 있었다.

"〈정면충돌(Head On)〉이라는 작품입니다." 윈스턴이 묻지도 않은 설명을 늘어놓았다. "늑대 아흔아홉 마리가 맹목적으로 달려와 벽에 충돌하는 이 작품은 규범을 벗어날 용기가 없는 군중을 상징하지요."

상징주의의 역설이 랭던을 강타했다. '오늘 저녁 에드먼드는 가장 극적인 방식으로 규범을 벗어나려 하고 있지 않은가.'

"자, 이제 계속 직진하시면," 윈스턴이 말했다. "저 현란한 다이아몬드 모양의 작품 왼편으로 출입구가 보일 겁니다. 사실 저것은 에드먼드가 제일 좋아하는 작가의 작품이기도 하지요."

유난히 색채가 화려한 그림을 발견한 랭던은 트레이드마크와도 같은 삐뚤삐뚤한 선과 원색, 장난기 어린 눈동자를 한눈에 알아보았다.

'호안 미로로군.' 랭던은 옛날부터 바르셀로나 출신의 이 유명한 예술가의 장난스러운 작품을 좋아했다. 마치 색칠 공부와 초현실적인 스테인드글라스 창문을 뒤섞어놓은 느낌이었다.

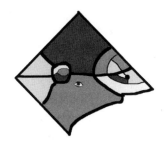

하지만 작품을 향해 다가서던 랭던은 갑자기 걸음을 멈췄다. 붓 자국 하나 없이 매끈한 작품의 표면을 보고 깜짝 놀란 것이다. "모조품인가요?"

"아니요, 진품입니다." 윈스턴이 대답했다.

랭던은 더 자세히 작품을 들여다보았다. 아무리 봐도 대형 프린터로 인쇄한 게 틀림없어 보였다. "윈스턴, 이건 인쇄물이에요. 캔버스 위에 그린 게 아니라고요."

"저는 캔버스에 작업하지 않아요." 윈스턴이 대답했다. "제가 가상으로 작품을 만들면 에드먼드가 인쇄를 해주는 방식이죠."

"잠깐만." 랭던은 믿기지 않는다는 듯이 말했다. "이게 당신 작품이라고?"

"그래요, 호안 미로의 작품을 모방해보았습니다."

"알 만하군." 랭던이 말했다. "아예 미로(Miró)라고 서명까지 해놓았으니."

"아닙니다." 윈스턴이 말했다. "다시 한 번 살펴보세요. 저는 악센트 부호를 빼고 그냥 미로(Miro)라고 서명했어요. 스페인어로 miro는 '나는 본다'라는 뜻입니다."

'기발하군.' 랭던은 윈스턴의 작품 한복판에서 관람자를 바라보는 미로 특유의 눈동자에 주목하며 속으로 중얼거렸다.

"에드먼드가 저더러 자화상을 그려보라고 했는데, 이게 그 결과물입니다."

'이게 당신의 자화상이라고?' 랭던은 울퉁불퉁한 선들을 다시 한 번 유심히 살펴보았다. '당신은 아무래도 굉장히 이상하게 생긴 컴퓨터인 모양이야.'

랭던은 최근에 에드먼드가 컴퓨터에게 알고리즘 예술을 창작하는 법을 가르치는 일에 커다란 관심을 가지고 있다는 글을 읽은 적이 있었다. 다시 말해 고도로 발달한 컴퓨터 프로그램이 예술 작품을 만들어낸다는 것이다. 이렇게 되면 꽤나 불편한 질문이 제기되기 마련이다. 컴퓨터가 예술을 창작하면, 그 작품의 작가는 누가 되는가? 컴퓨터인가, 프로그래머인가? 최근 MIT에서는 상당한 수준의 알고리즘 예술 작품 전시회가 열렸는데, 이를 계기로 하버드의 인문학 강좌에서 아주 곤란한 문제가 제기되었다. 우리를 인간답게 하는 것이 예술인가?

"저는 작곡도 합니다." 윈스턴이 말했다. "궁금하시면 나중에 에드먼드에게 제가 만든 곡을 들려달라고 하세요. 하지만 지금은 좀 서둘러야겠습니다. 곧 프레젠테이션이 시작될 거예요."

갤러리를 나선 랭던은 아트리움이 내려다보이는 높은 통로에 선 자신을 발견했다. 맞은편의 널따란 공간에서는 안내인들이 이제 막 엘리베이터에서 내린 동작 굼뜬 손님들에게 어서 랭던이 있는 쪽으로 이동해달라고 재촉하고 있었다.

"이제 몇 분 후면 오늘 밤의 프로그램이 시작됩니다." 윈스턴이 말했다. "행사장 입구가 보이십니까?"

"보여요. 코앞이네요."

"아주 좋습니다. 마지막으로 하나만 더. 안으로 들어가시면 헤드셋을 수거하는 상자가 보일 겁니다. 에드먼드는 교수님께서 헤드셋을 반납하지 말고 그냥 가지고 계시는 게 좋겠다고 했습니다. 그래야 행사 후에 제가 교수님을 뒷문으로 안내할 수 있을 테니까요. 교수님은 뒷문으로 미술관을 빠져나간 뒤 사람들을 피해 택시를 타시면 됩니다."

랭던은 에드먼드가 명함 뒷면에다 이상한 글자와 숫자를 적은 뒤 그걸 택시 기사에게 건네라고 한 것을 떠올렸다. "윈스턴, 에드먼드가 적어준 것은 'BIO-EC346'이 전부예요. 한심할 만큼 간단한 암호라고 했죠."

"사실입니다." 윈스턴이 재빨리 대답했다. "자, 교수님, 이제 곧 프로그램이 시작됩니다. 그럼 커시 씨의 프레젠테이션을 마음껏 즐기세요. 제가 다시 교수님을 도울 수 있기를 기대하겠습니다."

이어서 돌연히 딸깍 소리가 나며 윈스턴이 사라져버렸다.

출입구로 다가간 랭던은 헤드셋을 벗어 재킷 주머니에 집어넣었다. 그가 서둘러 마지막 입장객들과 함께 안쪽으로 들어서자 그의 등 뒤로 문이 닫혔다.

또 한 번, 앞에 예상하지 못한 공간이 펼쳐졌다.

'이렇게 선 채로 프레젠테이션을 듣는 건가?'

랭던은 넓은 강당의 편안한 의자에 앉아 에드먼드의 발표를 듣게 될 거라고 생각했지만, 막상 행사장에 들어서니 수백 명의 손님이 흰색 페인트를 칠한 좁은 갤러리에 빽빽이 서 있었다. 실내에는 미술 작품도, 의자도 보이지 않았다. 그저 반대편 벽에 강연대가 하나 놓여 있고, 그 옆에 설치된 커다란 LCD 화면에 다음과 같은 글자가 떠 있을 뿐이었다.

2분 7초 후 프로그램 생중계가 시작됩니다

랭던은 더욱 기대감에 부풀어 LCD 화면의 두 번째 줄을 읽었다. 좀처럼 믿기지 않아 두 번을 읽어야 했다.

현 시각 원격 참석자 수: 1,953,694명

'200만 명?'

커시에게서 이 발표회가 실시간으로 중계될 거라는 이야기를 듣기는 했지만, 그 수가 이 정도일 줄은 상상도 하지 못했다. 더욱이 참석자 수는 시간이 갈수록 빠른 속도로 불어나고 있었다.

랭던의 얼굴에 미소가 번졌다. 그의 옛 제자는 확실히 보통내기가 아니다. 이제 문제는 에드먼드가 세상에 내놓을 이야기가 무엇인가였다.

13

두바이 동쪽의 달빛 어린 사막 한복판, 샌드 바이퍼 1100 한 대가 왼쪽으로 급선회하며 멈춰 서는 바람에 일어난 자욱한 모래 장막이 환한 전조등 불빛을 가로막았다.

운전대를 잡고 있던 10대 소년은 고글을 벗고 하마터면 자기가 깔아뭉갤 뻔했던 물체를 유심히 살폈다. 소년은 차에서 내려 불안한 마음으로 모래 위에 쓰러진 시커먼 형체를 향해 다가섰다.

아니나 다를까, 그의 우려는 적중했다.

전조등 불빛 아래, 모래에 얼굴을 박은 사람의 신체가 죽은 듯 널브러져 있었다.

"Marhaba?" 소년이 외쳤다. "이봐요?"

반응이 없었다.

전통적인 셰시아(아랍인들이 쓰는 챙이 없는 붉은 모자―옮긴이)와 헐렁한 싸우브 차림으로 미루어 남자가 틀림없었고, 체구는 땅딸막하지만 평소 굶주리며 사는 사람은 아닐 듯했다. 그가 남겼을 발자국은 이미 오래전에 사라졌을 뿐 아니라 타이어 자국을 확인할 수도 없어서, 그가 어떻게 이 깊은 사막까지 들어왔을지 알 수 없었다.

"Marhaba(이봐요)?" 소년은 다시 한 번 불러보았다.

헛수고였다.

소년은 어찌할 바를 몰라 발끝으로 남자의 옆구리를 살짝 건드려보았다. 제법 살집이 좋은 남자였지만, 이미 바람과 햇빛에 건조가 진행된 듯 촉감이 아주 단단했다.

죽은 게 틀림없다.

소년은 허리를 굽혀 남자의 어깨를 붙잡고 돌려 눕혔다. 생기 없는 눈동자가 하늘을 응시하고 있었다. 모래로 뒤덮인 얼굴과 수염이 마치 삼촌이나 할아버지처럼 친근하고 어딘가 낯이 익었다.

근처에 있던 대여섯 대의 사륜 오토바이와 사막용 차량들이 친구가 무사한지 확인하려고 천둥 같은 소리를 내며 방향을 바꾸었다. 차량들이 요란한 엔진 소리로 모래 언덕을 가득 메우며 언덕을 미끄러져 내려왔다.

다들 시동을 끄고 고글과 헬멧을 벗으며 바싹 마른 시신 주위로 모여들었다. 가끔 대학에서 강연을 하곤 하던 학자 겸 종교 지도자인 유명한 알라마, 사예드 알파들을 알아본 한 소년이 잔뜩 흥분한 목소리로 뭐라고 떠들기 시작했다.

"Matha Alayna 'an naf'al?" 그가 큰 소리로 물었다. '어떻게 하지?'

동그랗게 모여 서서 말없이 시신을 내려다보던 소년들은 이어서 전 세계 여느 10대와 다름없는 행동을 했다. 휴대전화를 꺼내 사진을 찍고 친구들에게 보내기 시작한 것이다.

14

강연대 주위에서 다른 손님들과 어깨를 맞대고 선 로버트 랭던은 쉴 새 없이 불어나는 LCD 화면의 숫자를 경이에 찬 눈으로 보았다.

현 시각 원격 참석자 수: 2,527,664명

좁은 공간에 들어찬 사람들이 각자 한 마디씩 떠들어대자 귀가 먹먹할 정도로 소리가 울렸다. 많은 이들이 기대감에 부풀어 어디론가 전화를 하거나 트위터에 메시지를 남겼다.

기술 요원이 강연대로 다가가 마이크를 톡톡 두드렸다. "신사 숙녀 여러분, 조금 전에 휴대용 전자 기기의 전원을 꺼달라고 부탁드렸습니다. 이제부터 이 행사가 진행되는 동안 모든 와이파이와 이동통신 연결을 차단하겠습니다."

여전히 휴대전화를 붙잡고 있던 많은 손님들은 갑자기 연결이 뚝 끊기는 난감한 사태를 경험했다. 바깥세상과의 모든 연결을 간단히 차단하는 커시의 기술이 무슨 기적이라도 되는 양 다들 망연자실한 표정이었다.

'전자 제품 가게에서 500달러만 주면 살 수 있어.' 랭던 역시 휴대용 통신 차단 기술을 활용해 강의실을 이른바 '데드 존'으로 만들어, 수업 시간에 휴대전화를 들여다보는 학생들의 버릇을 원천적으로 차단하는 몇몇 하버드 교수 가운데 한 명이었다.

커다란 카메라를 어깨에 멘 카메라맨이 강연대가 제일 잘 잡히는 곳에 자리를 잡았다. 실내의 조명이 점점 어두워졌다.

LCD 화면에는 이렇게 쓰여 있었다.

38초 후 프로그램 생중계가 시작됩니다
현 시각 원격 참석자 수: 2,857,914명

랭던은 참석자 수를 확인할 때마다 놀랐다. 이 정도면 미국의 국가 부채 증가 속도보다 훨씬 빠른 셈이었다. 바로 지금, 거의 300만에 육박하는 사람들이 집에 앉아 이 방에서 벌어질 일들을 실시간으로 지켜보고 있다는 사실이 좀처럼 믿기지 않았다.

"30초 남았습니다." 기술 요원이 마이크에 대고 부드러운 목소리로 말했다.

강연대 뒤 벽에 달린 좁은 문이 열리자, 군중은 위대한 에드먼드 커시의 등장을 기대하며 일제히 숨을 죽였다.

하지만 에드먼드는 나타나지 않았다.

문은 거의 10초 동안이나 그대로 열려 있었다.

이윽고 우아한 자태의 여성이 나타나 강연대로 다가섰다. 늘씬한 키에 길고 검은 머리칼, 검은색 대각선 줄무늬가 그려진 흰 드레스에 육감적인 몸매가 고스란히 드러나는, 눈부시게 아름다운 여자였다. 그녀는 마치 바닥을 둥둥 떠오듯 사뿐사뿐 강연대로 다가왔다. 강연대 중앙에 선 그녀는 마이크의 높이를 조절하고 큰 숨을 한 번 몰아쉬더니, 카운트다운이 완료되기를 기다리며 청중들에게 미소를 보냈다.

10초 후 프로그램 생중계가 시작됩니다

여자는 마음을 다잡으려는 듯 눈을 감더니, 더없이 차분한 얼굴로 다시 눈을 떴다.

카메라맨이 손가락 다섯 개를 들어 보였다.

'4, 3, 2……'

실내가 완전히 고요해지자 여자는 눈을 들어 카메라를 바라보았다. LCD 화면이 천천히 바뀌며 그녀의 얼굴이 실시간으로 나타났다. 그녀는 생기 가득한 검은 눈동자를 청중에게 고정한 채 올리브빛 뺨에 흘러내린 머리칼 한 올을 무심히 쓸어 넘겼다.

"안녕하세요, 여러분." 그녀는 스페인 억양이 살짝 묻어나는 우아하고 교양 있는 어투로 입을 열었다. "제 이름은 암브라 비달입니다."

굉장히 힘찬 박수 소리가 실내를 가득 채우는 걸 보니, 손님들 가운데 상당수는 이미 그녀를 알고 있는 게 분명했다.

"¡Felicidades!" 누군가가 소리쳤다. "축하합니다!"

랭던은 여자가 살짝 얼굴을 붉히는 것을 보고 자신이 모르는 뭔가가 있음을 직감했다.

"신사 숙녀 여러분." 그녀는 재빨리 말을 이었다. "지난 5년 동안 빌바오 구겐하임 미술관의 관장으로 일해온 제가, 오늘 밤 정말 특별한 분이 마련한 아주 특별한 행사에 참석하신 여러분을 환영하기 위해 이 자리에 섰습니다."

청중은 열렬히 박수를 쳤고, 랭던도 거기에 합세했다.

"에드먼드 커시는 이 미술관의 너그러운 후원자이자 믿음직한 친구로서, 지난 몇 달 동안 오늘 저녁의 행사를 준비하며 그와 함께 일한 시간은 저 개인적으로도 커다란 영광이었습니다. 조금 전에 확인해보니 전 세계의 소셜 미디어가 뜨겁더군요! 지금쯤 여러분 중에서도 아시는 분이 많겠지만, 에드먼드 커시는 오늘 밤 아주 중요한 과학적 사실을 발표하려고 합니다. 그는 이 발견이 세상에 대한 자신의 가장 큰 공헌으로 길이 기억될 것이라 믿고 있습니다."

다시 한 번 기대에 찬 수군거림이 실내에 번져 나갔다.

검은 머리칼의 여자는 장난스러운 미소를 머금었다. "사실 에드먼드에게 도대체 무엇을 발견했는지 제게만 살짝 귀띔해달라고 사정했지만, 힌트조차 주지 않더군요."

한바탕 웃음이 터지더니 다시 박수갈채가 이어졌다.

"오늘 밤의 특별한 행사는," 그녀가 말을 이었다. "커시 씨의 모국어인 영어로 진행될 예정이지만, 이 자리에 친히 참석하지 못하신 분들을 위해 스무 개 넘는 언어로 실시간 통역이 이루어질 겁니다."

LCD 화면이 바뀐 가운데 암브라가 덧붙였다. "혹시 에드먼드의 자신감을 의심하는 분이 계실까 봐, 15분 전 전 세계 소셜 미디어에 전달된 공식 보도 자료를 여기 소개합니다."

랭던은 LCD 화면을 바라보았다.

오늘 밤: 생중계. CEST(중앙유럽일광절약시간대) 20:00
미래학자 에드먼드 커시가 과학의 얼굴을
영원히 바꿔놓을 발견을 발표한다.

'이렇게 순식간에 300만 명의 시청자를 끌어모았군.' 랭던은 속으로 중얼거렸다.

다시금 강연대 쪽으로 시선을 돌린 랭던은 이제껏 미처 보지 못했던 두 사람의 모습을 발견했다. 석상처럼 무표정한 얼굴의 보안 요원 두 사람이 옆쪽 벽 앞에 서서 주의 깊게 청중을 훑어보고 있었다. 랭던은 그들의 파란색 블레이저에 새겨진 머리글자를 보고 놀라고 말았다.

'구아르디아 레알(Guardia Real)?! 왕실 근위대가 여기서 뭐 하는 거지?'

왕족 가운데 누군가가 이 자리에 참석한 것 같지는 않았다. 스페인 왕실은 독실한 가톨릭 신자로, 에드먼드 커시 같은 무신론자와 공개적으로 엮이려 하지 않을 것이 분명했다.

입헌 군주제를 채택한 스페인의 국왕은 공식적인 권력이 지극히 제한되어 있음에도 국민들에게 여전히 막강한 영향력을 행사했다. 수많은 스페인 국민의 가슴속에 국왕은 여전히 '가톨릭 부부왕(15세기 스페인이 통일국가를 이루고 기독교 국가로 자리 잡게 한 이사벨라 1세와 페르난도 2세 부부를 칭함—옮긴이)의 전통과 스페인 황금세기의 상징으로 남아 있다. 마드리드 왕궁은 여전히 독실한 신앙의 유구한 역사를 기념하는 유적이었다.

랭던은 스페인에서 "의회는 통치하고 국왕은 군림한다"라는 말을 들은 적이 있었다. 오랜 세월에 걸쳐 스페인의 외교를 주도해온 역대 국왕들은 보수 가톨릭의 독실한 신자였다. '지금 국왕도 예외는 아니라지.' 랭던은 현재 국왕의 깊은 종교적 신념과 보수적 가치관에 대한 글을 읽은 적이 있었다.

연로한 국왕이 병석에서 일어나지 못하자, 지난 몇 달 사이에 스페인은 그의 외아들 훌리안에게 권력을 넘겨줄 준비를 시작했다. 언론에 의하면 훌리안 왕자는 오랫동안 아버지의 그늘 아래 조용히 살아온 탓에 알려진 사실이 그리 많지 않았다. 과연 그가 통치자로서 어떤 모습을 보여줄지 온 나라가 궁금해했다.

'훌리안 왕자가 에드먼드의 발표를 정탐하려고 근위대 요원들을 보냈나?'

랭던은 발데스피노 주교가 에드먼드에게 보낸 위협적인 음성 메시지를 퍼뜩 떠올렸다. 하지만 그런 우려에도 불구하고 실내의 분위기는 지극히 우호적이고 열광적이며 안전했다. 에드먼드가 오늘 밤의 보안 수준이 믿을 수 없을 만큼 철통같다고 한 말도 생각났다. 그러니 스페인 왕실 근위대의 등장은 오늘 밤 행사의 원만한 진행을 보장하기 위한 또 다른 예방 조치인지도 몰랐다.

"극적인 전개에 열광하는 에드먼드 커시의 성격을 잘 아시는 분이라면," 암브라 비달이 말을 이었다. "그가 우리를 이 보잘것없는 방에 오랫동안 세워두지는 않으리라는 점을 잘 아실 겁니다."

그러면서 그녀는 반대편의 양 여닫이문을 가리켰다.

"에드먼드 커시는 저 문 안쪽에 오늘 밤의 생생한 멀티미디어 프레젠테이션을 위한 '체험 공간'을 준비해두었습니다. 100퍼센트 컴퓨터로 제어되며, 그 생생한 현장이 실시간으로 전 세계에 중계될 것입니다." 암브라는 잠시 말을 멈추고 자신의 금 손목시계를 확인했다. "오늘 밤의 행사는 초 단위로 치밀하게 짜여 있어서, 에드먼드는 정확히 8시 15분에 시작할 수 있도록 손님 여러분을 저 방으로 모시라고 부탁했습니다. 이제 몇 분 안 남았군요." 암브라는 다시 한 번 양 여닫이문을 가리켰다. "자, 신사 숙녀 여러분, 이제 저곳으로 자리를 옮겨 에드먼드 커시가 우리를 위해 준비한 놀라운 발견을 지켜보시죠."

그녀의 신호에 따라 여닫이문이 활짝 열렸다.

또 다른 갤러리가 나올 거라고 넘겨짚으며 문 너머를 기웃거린 랭던은 그 너머를 보고 깜짝 놀라고 말았다. 문 뒤에 보이는 것은 캄캄한 터널뿐이었다.

* * *

아빌라 제독은 손님들이 무리 지어 어두컴컴한 복도로 몰려 나가는 동안 뒷전에 남아 있었다. 터널 안쪽을 흘낏 들여다본 그는 캄캄한 어둠이 마음에 들었다.

어둠은 그의 임무를 훨씬 수월하게 만들어줄 것이다.

아빌라는 주머니 속의 묵주를 만지작거리며 그의 임무와 관련하여 아까 전달받은 세부 사항들을 하나하나 꼼꼼히 되짚어 보았다.

기회는 한 번뿐. 절대 놓쳐서는 안 된다.

15

지지대 역할을 하는 아치에 멋진 검정색 천이 걸린 약 6미터 너비의 터널은 왼쪽으로 살짝 오르막 경사가 느껴졌다. 바닥에는 호화로운 검정색 카펫이 깔렸고, 벽 아랫부분에는 유일한 조명인 형광등이 두 줄로 나란히 설치되어 있었다.

"신발을 벗어주세요." 손님들이 도착할 때마다 안내인이 작은 소리로 말했다. "모두 신발을 벗어서 들고 가주세요."

랭던도 에나멜 가죽 구두를 벗었다. 유난히 부드러운 카펫에 양말 신은 발이 푹푹 빠지는 것 같았다. 반사적으로 온몸의 긴장이 풀렸다. 주위의 다른 사람들도 만족스러운 한숨을 내쉬었다.

한참을 걸어가니 이윽고 터널의 끝이 보였다. 검은 커튼으로 가려 놓은 곳에 안내인들이 서서 두툼한 해변용 수건 같은 것을 나누어주었다. 손님들이 그걸 받아 들고 커튼 사이로 들어가도록 되어 있는 모양이었다.

이제 터널 안에는 조금 전의 들뜬 웅성거림 대신 불안한 정적이 감돌았다. 랭던이 커튼 앞에 다다르자 안내인이 가지런히 접힌 천 꾸러미를 건네주었다. 알고 보니 그것은 해변용 수건이 아니라 한쪽 끝에 베개를 꿰매 붙인 보드랍고 조그만 담요였다. 랭던은 안내인에게 고맙다고 인사한 뒤 커튼 사이로 들어섰다.

이내 그는 오늘 밤 들어 벌써 두 번째로 자기도 모르게 걸음을 멈췄다. 그가 커튼 너머에서 무엇을 볼 거라고 기대했는지는 확실치 않지만, 적어도 지금 눈앞에 펼쳐진 광경과는 거리가 멀어도 한참 멀 것 같았다.

'우리가…… 야외로 나왔나?'

랭던은 넓은 들판 가장자리에 서 있었다. 머리 위 하늘에는 별들이 반짝이고, 저만치 외롭게 혼자 선 단풍나무 뒤로 갸름한 초승달이 막 떠오르고 있었다. 어디선가 귀뚜라미가 울고 따스한 산들바람이 그의 얼굴을 어루만졌으며, 막 깎은 듯한 잔디의 상쾌한 풀 냄새와 흙 냄새가 공기 속에 가득했다.

"선생님?" 안내인 한 사람이 속삭이며 그의 팔을 잡고 들판 안쪽으로 이끌었다. "풀밭 아무 데나 마음에 드는 자리를 잡으세요. 담요를 펴고 즐기시면 됩니다."

랭던은 얼떨떨한 표정의 다른 손님들과 함께 들판으로 들어가 드넓은 잔디밭에 담요를 펼쳤다. 잘 다듬어진 잔디밭은 하키 경기장 정도의 크기로, 바람에 바스락거리는 온갖 나무와 수풀에 둘러싸여 있었다.

이 모든 것이 가짜라는 사실을 알아차리기까지는 시간이 약간 걸렸다. 풍경 전체가 하나의 거대한 예술 작품이었다.

'거대한 플라네타륨이로군.' 랭던은 그 정교함에 도통 입을 다물지 못했다.

별이 총총 박힌 하늘과 흘러가는 구름, 달, 멀리 보이는 둥근 언덕은 모두 투영된 영상이었다. 바스락거리는 나무와 풀은 진짜였지만, 정교한 모조품인지 아니면 바닥에 화분을 숨기고 심은 진짜 수목인지는 알 수 없었다. 풀과 나무 때문에 외벽이 보이지 않아 방의 크기를 가늠하기 힘들 뿐 아니라 그 모두가 자연 환경이라는 착각을 불러일으켰다.

랭던은 허리를 굽혀 잔디를 만져보았다. 살아 있는 잔디만큼이나 부드러웠지만 몹시 건조했다. 최신 인조 잔디는 운동선수들조차 알아차리지 못할 정도라는 글을 어디선가 읽은 적이 있는데, 커시는 한 걸음 더 나아가 진짜 풀밭처럼 군데군데 솟아오르거나 움푹 파인 요철까지 재현해놓았다.

랭던은 그가 처음으로 자기 자신의 감각에 속아 넘어갔던 순간을 떠올렸다. 어렸을 때 달빛 어린 항구를 떠다니는 조그만 배를 탄 적이 있는데, 갑자기 해적선이 나타나 대포를 쏘며 전투를 벌였다. 어렸던 랭던은 그곳이 항구가 아니라는 사실을 전혀 눈치채지 못했지만, 사실 거기는 디즈니 월드의 고전 놀이기구 '캐리비안의 해적'의 환상을 만들어내는, 물로 가득한 동굴 같은 지하 극장이었다.

오늘 밤 역시 그 효과가 깜짝 놀랄 만큼 현실적이었고, 주위의 다른 손님들이 신기해하고 즐거워하는 모습을 보니 랭던도 덩달아 신기하고 즐거웠다. 또 한 번 에드먼드의 능력을 인정해야 했다. 이런 놀라운 착각을 만들어내는 능력보다도, 수백 명의 성인으로 하여금 값비싼 신발을 벗어던지고 잔디밭에 누워 하늘을 바라보도록 만드는 능력이 더 대단하게 느껴졌다.

'어릴 때는 종종 이랬지. 언젠가부터 그만뒀지만.'

느긋하게 드러누워 베개에 머리를 대니, 몸이 부드러운 잔디밭 속으로 녹아들었다.

머리 위의 깜빡이는 별들을 바라보던 랭던은 깊은 밤 절친한 친구와 함께 볼드 피크 골프장의 페어웨이에 누워 삶의 수수께끼를 생각하던 10대 시절을 떠올렸다. '운이 좋으면,' 랭던은 속으로 중얼거렸다. '오늘 밤 에드먼드 커시가 정말로 그 수수께끼 중 몇 개를 풀어줄지도 몰라.'

* * *

극장 뒤편에서 서성이던 루이스 아빌라 제독은 마지막으로 다시한 번 실내를 살펴본 다음 소리 없이 뒷걸음을 쳐 조금 전에 들어온커튼 사이를 몰래 빠져나왔다. 통로에 홀로 선 그는 천으로 된 벽을더듬어 솔기를 찾아냈다. 그러고는 최대한 조용히 접착 부위를 떼고벽 안으로 들어간 다음, 감쪽같이 도로 붙여 놓았다.

환영이 모두 사라졌다.

아빌라는 더 이상 초원에 서 있지 않았다.

그곳은 타원형 거품에 점령당한 거대한 직사각형 공간이었다. '방안에 또 방이 있는 셈이군.' 돔 형태의 극장 같은 실내 공간에는 각종케이블과 조명등, 스피커 등을 받치는 높은 비계들이 빽빽이 들어차있었다. 일련의 비디오 프로젝터들이 돔의 반투명 표면을 향해 넓은빛줄기를 뿜어내 별이 반짝이는 하늘과 굽이진 언덕 등의 풍경을 만들어내고 있었다.

극적으로 연출해내는 커시의 재주는 감탄스러웠다. 하지만 이 미래학자는 오늘 밤이 얼마나 더 극적으로 변할지는 전혀 상상하지 못하고 있었다.

'이 일에 무엇이 걸려 있는지를 기억해라. 너는 숭고한 전쟁에 나선 병사다. 더 큰 전체의 일부다.'

아빌라는 마음속으로 이 임무를 무수히 연습했다. 그는 주머니에 손을 넣어 큼직한 묵주를 꺼냈다. 그때 돔 안쪽에 달린 여러 개의 스피커에서 한 남자의 목소리가 마치 신의 음성처럼 울려 퍼졌다.

"안녕하십니까, 친구 여러분. 저는 에드먼드 커시입니다."

16

부다페스트의 쾨베시 랍비는 어두컴컴한 하지코의 서재를 초조하게 서성였다. 발데스피노 주교의 연락을 기다리며 한 손에 쥔 리모컨으로 벌써 수차례 텔레비전의 채널을 바꾸어댔다.

텔레비전의 몇몇 뉴스 채널은 정규 방송을 중단하고 10분 전부터 구겐하임에서 송출하는 실시간 영상을 내보내고 있었다. 해설자들은 지금까지 커시가 이룬 업적을 소개하거나 곧 공개될 수수께끼 같은 발견에 대한 나름의 추측을 내놓았다. 세간의 관심이 눈덩이처럼 불어나는 모습에 쾨베시는 기가 찼다.

'나는 이미 이 내용을 봤어.'

사흘 전, 에드먼드 커시는 몬세라트산에서 쾨베시와 알파들과 발데스피노에게 '가편집'된 영상을 보여주었다. 이제 세상은 그들이 본 것과 같은 내용의 프로그램을 보게 될 터였다.

'오늘 밤 이후로 모든 게 변할 것이다.' 쾨베시는 침울한 심정으로 생각했다.

전화벨 소리가 생각에 잠겨 있던 쾨베시를 깨웠다. 그는 얼른 수화기를 집어 들었다.

발데스피노는 인사도 없이 곧장 본론으로 들어갔다. "예후다, 안 좋은 소식을 전하게 되어 유감입니다." 그는 침울한 목소리로 지금 막 아랍에미리트에서 들어온 괴이한 소식을 전했다.

겁에 질린 쾨베시는 손으로 입을 막았다. "알파들 알라마가…… 자살했다고요?"

"당국에서 그렇게 추측하는 모양입니다. 조금 전에 사막 깊은 곳에서 발견되었어요……. 제 발로 죽기 위해 거기까지 걸어 들어간 것처럼 보인답니다." 발데스피노는 잠시 망설이다 말을 이었다. "나로서는 그가 지난 며칠 사이 감당할 수 없을 만큼 극심한 압박감에 시달렸다고 생각할 수밖에 없네요."

쾨베시도 그런 가능성을 생각하니 가슴이 아프고 머릿속이 복잡했다. 그 역시 커시의 발견이 초래할 결과를 놓고 고심을 거듭했지만, 알파들 알라마가 절망에 빠져 스스로 목숨을 끊을 것이라고는 생각도 못 했다.

"뭔가가 잘못되었습니다." 쾨베시가 말했다. "그는 그럴 사람이 아닙니다."

발데스피노는 한참을 침묵했다. "그렇게 말해주셔서 기쁩니다." 이윽고 그도 동의했다. "솔직히 저도 그의 죽음을 자살로 받아들이기가 힘들어요."

"그럼 도대체 누가……?"

"에드먼드 커시의 발견이 비밀로 남기를 원하는 자의 소행이겠지요." 주교가 재빨리 대답했다. "우리처럼 그의 발표가 아직 몇 주 정도 여유 있다고 생각한 사람 아닐까요."

"하지만 커시는 그 발견에 대해 아는 사람이 우리 말고는 아무도 없다고 하지 않았습니까!" 쾨베시가 반박했다. "주교님과 알파들 알라마, 그리고 나 말고는 말입니다."

"어쩌면 그것 역시 커시의 거짓말이었는지 모릅니다. 하지만 설령 그가 우리 셋에게만 이야기한 게 사실이라 해도, 우리의 친구 사예드 알파들이 어떻게든 그 내용을 공개하고 싶어 했다는 점을 잊지 말아야 합니다. 어쩌면 알라마가 아랍에미리트 내의 어느 동료에게 커시의 발견에 대해 얘기했을 수도 있어요. 그리고 그 동료는 나처럼 커시의 발견이 아주 위험한 파장을 불러일으킬 거라고 생각했을지도 모르죠."

"하고 싶은 말이 뭡니까?" 랍비가 화가 나서 쏘아붙였다. "알파들의 동료가 입막음하려고 그를 죽였다? 그게 말이 됩니까?"

"랍비님," 주교는 여전히 침착하게 대답했다. "나 역시 어떻게 된 일인지 전혀 모릅니다. 그저 랍비님과 마찬가지로 영문을 알아보려고 노력하는 것뿐이에요."

쾨베시는 깊은 한숨을 내쉬었다. "미안합니다. 나는 아직도 사예드의 죽음이 믿기지 않아요."

"저도 그렇습니다. 그리고 만약 사예드가 그가 알고 있는 것 때문에 살해되었다면, 우리도 조심해야 합니다. 랍비님과 저도 목표물이 될 수 있어요."

쾨베시는 그 말을 잠시 생각해보았다. "일단 비밀이 공개되고 나면 우리하고는 무관해지지요."

"맞습니다. 하지만 아직은 공개되지 않았어요."

"주교님, 이제 고작 몇 분 남았습니다. 모든 방송에서 그 소식을 다루고 있어요."

"그래요……." 발데스피노는 피곤한 한숨을 내쉬었다. "나의 기도가 응답받지 못했음을 인정해야겠군요."

쾨베시는 발데스피노가 정말로 커시가 마음을 돌리도록 신께 기도를 드렸을지 궁금했다.

"설령 내용이 공개된다 해도," 발데스피노가 말을 이었다. "우리는 안전하지 못해요. 내가 보기에 커시는 사흘 전 종교 지도자들에게 자문을 구했다는 사실을 아주 기꺼이 세상에 털어놓을 것 같습니다. 이제 나는 그가 우리를 찾아온 진짜 이유가 과연 윤리적 투명성 때문이었겠는가 하는 의문이 일어요. 만약 그가 우리 이름까지 거론하면 랍비님과 나는 초미의 관심 대상이 될 거예요. 어쩌면 우리가 뭔가 조치를 취했어야 하지 않느냐며 신도들이 우리를 비난할 수도 있어요. 미안합니다, 나는 그저……." 주교는 할 말이 더 남은 듯 망설였다.

"뭡니까?" 쾨베시가 다잡아 물었다.

"나중에 얘기하십시다. 커시가 본인의 발견을 어떻게 발표하는지 지켜본 다음에 다시 전화를 드리지요. 그때까지 부디 바깥에 나가지 마세요. 문을 잠그고, 아무하고도 이야기 나누지 마세요. 안전히 계셔야 합니다."

"날 걱정하는군요, 안토니오."

"그런 뜻은 아니었습니다." 발데스피노가 대답했다. "우리가 할 수 있는 일은 세상의 반응을 기다리는 것뿐이에요. 이제 문제는 하느님의 손으로 넘어갔으니까요."

17

하늘에서 에드먼드 커시의 목소리가 울려 퍼진 이후, 구겐하임 미술관 실내에 자리한 시원한 초원에는 정적이 감돌았다. 수백 명의 손님들은 담요 위에 드러누워 하늘의 눈부신 별들을 바라보았다. 로버트 랭던 역시 거의 한복판에 누워 점점 고조되는 기대감을 억누르고 있었다.

"오늘 밤, 우리 모두 다시 한 번 어린아이가 되어봅시다." 커시의 목소리가 이어졌다. "별빛 아래 누워 모든 가능성에 마음을 활짝 열어봅시다."

랭던은 청중 사이에 설렘이 파도처럼 일렁이는 것을 느꼈다.

"오늘 밤, 우리 모두 고대의 탐험가가 되어봅시다." 커시가 말했다. "모든 것을 버리고 광활한 바다로 떠난 사람들……, 지금까지 그 누구의 눈에도 띄지 않았던 땅을 처음 발견한 사람들……. 세상은 철학자들이 상상했던 것보다 훨씬 더 넓다는 사실을 깨닫고 경외감에 무릎 꿇은 사람들……. 그들이 오랫동안 간직해온 세상에 대한 믿음은 새로운 발견 앞에 산산이 무너져 내렸습니다. 오늘 밤 우리의 마음이 바로 그렇게 될 것입니다."

'인상적이군.' 랭던은 속으로 생각했다. 사전에 녹음된 목소리인지, 아니면 무대 뒤 어딘가에서 에드먼드가 직접 원고를 읽고 있는지 궁금했다.

"친구들이여," 에드먼드의 목소리가 그들의 머리 위에서 울려 퍼졌다. "우리는 오늘 밤 중요한 발견이 이루어졌다는 소식을 듣고 이 자리에 모였습니다. 이런 무대를 준비한 점을 부디 양해해주시기 바랍니다. 인류의 철학이 변화해온 모든 순간처럼, 오늘 밤 이 순간이 어떻게 탄생할 수 있었는지 그 역사적 맥락을 이해하는 일이 중요합니다."

때맞춰 멀리서 천둥소리가 몰려왔다. 랭던은 스피커에서 흘러나오는 굵직한 저음에 내장이 흔들리는 것 같았다.

"오늘 밤의 분위기에 적응하실 수 있도록," 에드먼드가 말을 이었다. "저명한 학자 한 분을 모시게 되어 큰 영광으로 생각합니다. 이분은 상징과 암호, 역사와 종교, 그리고 예술 분야의 신화적 존재이자 저의 소중한 친구이기도 하지요. 신사 숙녀 여러분, 하버드 대학의 로버트 랭던 교수님을 열렬히 환영해주십시오."

랭던은 팔꿈치를 딛고 몸을 벌떡 일으켰다. 청중의 열광적인 박수가 이어지는 가운데, 하늘의 별들이 희미하게 자취를 감추자 사람들이 가득 들어찬 넓은 강당이 하늘 가득 펼쳐졌다. 무대 위에서는 랭던이 특유의 해리스 트위드 재킷을 입은 채 완전히 몰입한 청중 앞을 서성이고 있었다.

'에드먼드가 말한 내 역할이라는 게 바로 이거로군.' 랭던은 엉거주춤 도로 풀밭 위에 몸을 눕히며 생각했다.

"초기의 인류는," 화면 속의 랭던이 강연을 시작했다. "자신들의 우주, 특히 합리적으로 이해할 수 없는 현상을 경의의 대상으로 여겼습니다. 그들은 이 경이로움을 설명하기 위해 수많은 신과 여신을 창조해냈지요. 천둥, 파도, 지진, 화산, 불임, 전염병, 심지어는 사랑조차도 그 대상이었습니다."

'정말 초현실적이야.' 랭던은 똑바로 드러누워 자기 자신을 바라보며 생각했다.

"고대 그리스 사람들은 바다의 썰물과 밀물 현상을 포세이돈의 변덕 때문이라고 생각했습니다." 천장에서 랭던의 모습이 사라졌지만 목소리는 계속 이어졌다.

거센 파도가 몰아치는 바다가 나타나면서 방 전체가 흔들리기 시작했다. 랭던은 놀란 가슴을 진정시키며, 몰아치던 파도가 눈발 날리는 황폐한 동토로 변해가는 모습을 지켜보았다. 어디선가 차가운 바람이 불어와 초원 위를 훑고 지나갔다.

"계절이 겨울로 바뀌는 것은," 랭던의 목소리가 이어졌다. "해마다 지하 세계로 끌려가는 페르세포네에 대한 지구의 슬픔에서 비롯되었지요."

공기가 다시 따뜻해지더니 얼어붙은 풍경 속에서 산이 하나 솟아나 점점 높아졌다. 그 꼭대기에서 불꽃과 연기와 용암이 솟구쳤다.

"로마인들에게 화산은," 랭던은 설명을 술술 이어갔다. "신들의 대장장이인 불카누스의 집으로 간주되었습니다. 불카누스가 산 밑의 거대한 용광로에서 작업하기 때문에 그의 굴뚝으로 불꽃이 뿜어져 나오는 것이었지요."

랭던은 유황 냄새가 혹 끼쳐오자 자신의 강연을 오감이 총동원되는 체험으로 바꿔놓은 에드먼드의 천재성에 또 한 번 감탄했다.

우르릉거리던 화산 소리가 갑자기 멎었다. 정적 속에서 다시 귀뚜라미가 울기 시작했고, 초원에는 따스한 산들바람이 불었다.

"고대인들은 수많은 신을 만들었습니다." 랭던이 말했다. "이 행성의 수수께끼뿐만 아니라 그들 몸의 수수께끼를 설명하기 위해서였습니다."

머리 위에 다시금 반짝이는 별들이 모습을 드러냈고, 그 위에 선들이 그려지며 각각의 별을 대표하는 다양한 신들의 모습이 겹쳐졌다.

"불임은 유노 여신의 총애를 잃은 대가였습니다. 사랑은 에로스의 목표물이 된 결과였지요. 전염병은 아폴로가 내린 벌로 간주되었습니다."

새로운 신들의 형상과 함께 새로운 별자리가 밝아졌다.

"제 책을 읽으신 분들은," 랭던의 목소리가 계속 이어졌다. "아마 제가 '틈새의 신'이라는 개념을 사용한다는 걸 아실 겁니다. 이것은 고대인들이 자기 주변의 세상에서 도저히 이해할 수 없는 현상을 경험할 때, 그 틈새를 신의 존재로 메운다는 뜻입니다."

이제 하늘은 고대의 신들을 묘사한 그림과 조각상 들로 가득 찼다.

"셀 수 없이 많은 신들이 셀 수 없이 많은 틈새를 메웠습니다." 랭던이 말했다. "하지만 세월이 흐르면서 과학 지식이 점점 쌓여가기 시작했지요." 이번에는 수학과 기술 분야의 각종 기호가 무리 지어 하늘을 채웠다. "자연계에 대한 이해의 공백이 점점 사라지면서 신들로 가득했던 판테온도 점점 줄어들었습니다."

포세이돈의 이미지가 천장 전면을 채웠다.

"이를테면 우리가 밀물과 썰물의 원인이 달의 주기라는 것을 알게 되면서 더 이상 포세이돈을 들먹일 필요가 없어졌고, 결국 우리는 그를 무지의 시대가 남긴 어리석은 신화의 영역으로 추방해버렸습니다."

포세이돈의 이미지는 한 줄기 연기와 함께 사라졌다.

"다른 신들도 모두 비슷한 운명에 처했습니다. 우리의 지성이 진화함에 따라 그 효용을 잃고 사라져갔지요."

머리 위에서 천둥의 신, 지진의 신, 전염병의 신, 그 외 여러 신들이 하나하나 점멸하며 사라지기 시작했다.

이미지의 숫자가 크게 줄어들었을 즈음, 랭던이 덧붙였다. "하지만 이 점을 분명히 알아야 합니다. 이 신들은 절대 '그래, 그럼 이제 그만 안녕' 하고 순순히 물러나지 않습니다. 하나의 문화가 신을 버리는 과정은 실로 처절합니다. 종교 신념은 우리가 가장 사랑하고 신뢰하는 사람들, 즉 우리의 부모님과 선생님과 종교 지도자 들에 의해 어렸을 때부터 우리의 정신 깊숙이 새겨집니다. 따라서 모든 종교 변화는 여러 세대에 걸쳐 서서히 진행되며, 그나마도 깊은 고뇌와 때로는 유혈 사태를 동반할 때가 많습니다."

요란한 칼 소리와 고함 소리가 하나둘씩 사라져가는 신들의 모습과 함께 울려 퍼졌다. 마지막으로 단 한 명의 신만이 남았다. 어디서 많이 본 듯한, 하얀 수염이 나부끼는 주름진 얼굴…….

"제우스입니다……." 랭던이 더욱 힘주어 설명을 이어갔다. "모든 신들의 신이지요. 모든 이교의 신들이 가장 두려워하고 경외하는 신입니다. 제우스는 다른 어떤 신보다도 절멸에 힘껏 저항하며 자신의 빛이 사라지지 않도록 격렬한 싸움을 벌였습니다. 마치 제우스 자신이 이전의 신들을 대체할 때와 마찬가지로요."

천장에서 스톤헨지와 쐐기문자가 새겨진 수메르의 석판, 이집트의 대피라미드 등이 휙 나타났다 사라졌다. 이어서 제우스의 흉상이 다시 나타났다.

"제우스의 추종자들이 자기네 신을 포기하지 않으려고 완강히 저항하는 바람에 정복자 입장인 기독교는 제우스의 얼굴을 새로운 신의 얼굴로 채택할 수밖에 없었습니다."

천장에 뜬 수염 난 제우스의 흉상이 똑같은 수염을 기른 또 하나의 얼굴로 자연스럽게 변형되었다. 그것은 바로 미켈란젤로가 시스티나 성당의 천장에 그린 〈아담의 창조(Creation of Adam)〉에서 묘사한 기독교의 하느님 얼굴이었다.

"오늘날 우리는 더 이상 제우스 신화에 나오는 것처럼 염소에게서 자란 어린아이가 키클로페스라는 외눈박이 괴물들에게서 힘을 얻었다는 식의 이야기를 믿지 않습니다. 현대적 사고로 무장한 우리에게 이런 이야기들은 모두 신화로 치부됩니다. 미신으로 가득한 우리의 과거를 재미 삼아 슬쩍 들여다볼 수 있는 별난 허구적 이야기인 셈이지요."

이제 천장에는 먼지 자욱한 도서관의 서가에 고대 신화를 다룬 두꺼운 가죽 장정 책들이 자연 숭배와 바알, 이난나, 오시리스, 그 밖의 수많은 고대 신학서들과 함께 한쪽 구석에 처량하게 꽂혀 있는 사진이 등장했다.

"이제는 사정이 달라졌습니다!" 랭던이 굵은 음성으로 선언하듯 말했다. "우리는 현대인이니까요."

하늘에 새로운 이미지들이 나타났다. 우주 탐험…… 컴퓨터 칩…… 의학 연구소…… 입자 가속기…… 비상하는 제트기…… 하나같이 선명하고 화려한 사진들이었다.

"우리는 지적으로 진화하고 기술적으로 숙련된 사람들입니다. 우리는 거대한 대장장이가 화산 밑에서 일하고 있다거나, 신들이 파도나 계절을 다스린다는 이야기를 믿지 않습니다. 우리는 고대의 인류와는 전혀 다른 존재입니다."

'혹은 같은 존재일까요?' 랭던은 화면을 따라 입을 벙긋거리며 소리 없이 말했다.

"혹은 같은 존재일까요?" 랭던의 실제 목소리가 들렸다. "우리는 스스로를 현대적이고 합리적인 존재라고 생각하지만, 인간이라는 종이 가장 폭넓게 믿고 있는 종교에는 여전히 마법 같은 주장이 허다합니다. 죽었다가 다시 살아난 사람, 처녀가 아기를 낳는 기적, 복수심에 눈이 멀어 전염병과 홍수를 일으키는 신, 구름 자욱한 천국이나 불구덩이 지옥으로 이어지는 사후 세계의 약속 등이지요."

랭던이 설명을 이어가는 동안 천장에는 예수의 부활과 성모 마리아, 노아의 방주, 갈라지는 홍해, 천국과 지옥 등 널리 알려진 기독교 이미지가 스쳐 지나갔다.

"자, 그럼 잠시," 랭던이 말했다. "미래의 역사학자와 인류학자가 어떤 반응을 보일지 상상해봅시다. 그들은 우리보다 먼 발치에서 현재를 바라볼 테니, 우리의 종교적 신념을 무지한 시대의 신화라는 범주에 넣지 않을까요? 우리의 신들을, 우리가 제우스를 보듯이 바라보지 않을까요? 우리의 성스러운 경전을 모아다가 먼지 자욱한 역사의 서가에 방치하지 않을까요?"

이 질문은 한참 동안이나 어둠 속에 매달려 여운을 남겼다.

다음 순간, 갑자기 에드먼드 커시의 목소리가 침묵을 깨뜨렸다.

"그렇습니다, 교수님." 높은 곳에서 미래학자의 목소리가 쩌렁쩌렁 울려왔다. "저는 교수님이 말씀하신 그대로 될 거라고 믿습니다. 우리의 미래 세대는 우리처럼 기술적으로 진보한 종족이 어떻게 우리 시대 종교의 가르침을 그대로 믿을 수 있었을지 의문을 품을 것입니다."

커시의 목소리에 점점 힘이 실리고, 천장에는 일련의 새로운 이미지가 번쩍이기 시작했다. 아담과 이브, 부르카를 두른 여자, 불 속을 걷는 힌두교도…….

"미래 세대는 우리의 현 전통을 바라보며 우리가 무지의 시대를 살았다고 결론 내릴 것입니다." 커시가 말했다. "그 증거로, 그들은 우리가 마법의 동산에서 성스럽게 창조되었다는 믿음, 전지전능한 창조주가 여성들은 머리를 가리도록 명령했다는 믿음, 혹은 신에게 영광을 돌리기 위해 우리 몸을 불태우는 위험을 감수했다는 믿음 등을 제시하겠지요."

더 많은 이미지가 나타났다. 귀신 쫓기와 세례식에서부터 보디 피어싱과 짐승을 제물로 바치는 번제(燔祭)에 이르기까지, 전 세계에서 벌어지는 종교의식을 담은 사진들이 한데 뒤섞여 삽시간에 지나갔다. 슬라이드 쇼는 인도의 어느 성직자가 15미터 높이 탑 위에서 조그만 갓난아기를 달랑거리며 들고 있는, 불안하기 짝이 없는 영상으로 끝이 났다. 사제가 갑자기 손을 놓자 아기는 15미터 아래로 추락해 마을 사람들이 소방관의 그물처럼 펼쳐 들고 있던 담요 위로 떨어졌다.

'그리시네시와르 사원이로군.' 랭던은 속으로 중얼거리며, 그렇게 하면 아기에게 신의 은총이 전해진다고 믿는 이들이 있다는 사실을 떠올렸다.

다행히도 심란한 동영상은 그쯤에서 막을 내렸다.

칠흑같이 어두워진 실내에 커시의 목소리가 울려 퍼졌다. "정확한 논리적 분석 능력을 갖춘 현대인이, 동시에 지극히 간단한 합리적 사고만으로도 여지없이 무너져 내릴 종교 신념을 용납하는 현상을 어떻게 이해할 수 있을까요?"

머리 위에 별들이 환하게 반짝이는 하늘이 되살아났다.

"이 질문의 대답은," 에드먼드가 결론지었다. "아주 간단합니다."

하늘의 별들이 갑자기 더욱 밝고 풍성해졌다. 가느다란 실 같은 섬유들이 생겨나 별들 사이를 이어나가니, 이내 서로 촘촘히 연결된 무한한 그물망이 형성되었다.

'뉴런이다.' 랭던은 에드먼드가 다시 설명을 이어가기 전에 이미 그 의도를 알아차렸다.

"인간의 뇌입니다." 에드먼드가 말했다. "인간의 뇌는 왜 자신이 믿는 것을 믿을까요?"

머리 위에서 몇 개의 교차점이 반짝거리며 섬유 조직을 통해 다른 뉴런으로 전기 신호를 전달했다.

"여러분의 뇌는 유기체로 만들어진 컴퓨터처럼 나름의 운영체제를 가지고 있습니다." 에드먼드가 말했다. "그것은 언어, 귀에 착착 감기는 곡조, 사이렌 소리, 초콜릿의 맛, 그 밖에 하루 종일 흘러 들어오는 어지러운 입력 정보 모두를 조직하고 정의하는 일련의 규칙이지요. 여러분은 충분히 상상하실 수 있겠지만, 흘러들어오는 정보의 흐름은 정신없을 정도로 다양하고 지속적입니다. 그리고 우리의 뇌는 이 모든 것을 이해해야 합니다. 사실 우리의 현실 인식을 정의하는 것은 뇌의 운영체제를 구성하는 프로그램입니다. 우리의 뇌 기능을 좌우하는 프로그램을 만든 사람이 다분히 뒤틀린 유머 감각의 소유자라는 사실이 유감이긴 하지요. 즉, 우리가 터무니없는 것들을 믿는 것은 우리 잘못이 아니라는 뜻입니다."

머리 위에서 시냅스가 해체되고 뇌 속에서부터 익숙한 이미지들이 생겨났다. 천문도, 물 위를 걷는 예수, 사이언톨로지의 창시자 L. 론 허버드, 이집트의 오시리스 신, 팔이 넷 달린 힌두교의 코끼리 신 가네샤, 진짜 눈물을 흘리는 성모 마리아의 대리석 조각상……

"그래서 나는 프로그래머의 입장에서 자문해보았습니다. 그런 비논리적인 출력을 만들어내는 운영체제는 도대체 어떻게 생겨먹었을까? 만약 우리가 인간의 마음을 들여다보고 그 운영체제를 읽을 수 있다면, 분명 이런 것을 발견하게 될 겁니다."

두 개의 문장이 머리 위에 큼직하게 나타났다.

혼돈을 경멸하라.

질서를 창출하라.

"이것이 우리 뇌의 기본 프로그램입니다." 에드먼드가 말했다. "따라서 이것이야말로 인간이 어디로 이끌리는지를 정확하게 대변합니다. 혼돈에 반대하고, 질서를 선호하죠."

어린아이가 제멋대로 피아노 건반을 내려치는 듯한 불협화음으로 실내가 진동했다. 랭던은 자신도 모르게 팽팽한 긴장감을 느꼈다. 주위 사람들도 마찬가지였다.

극심한 소음 속에서 에드먼드가 소리쳤다. "누군가가 아무렇게나 피아노 건반을 두드리는 소리는 견디기 힘든 고통을 안겨줍니다! 하지만 똑같은 음으로 더 나은 질서를 만들어낸다면⋯⋯."

되는대로의 소음이 멎고, 드뷔시의 〈달빛(clair de lune)〉이 감미로운 선율로 그 자리를 채웠다.

랭던은 근육이 이완되는 것을 느꼈다. 실내를 가득 채웠던 긴장감이 사라지는 것 같았다.

"우리의 뇌가 기뻐합니다." 에드먼드가 말했다. "음은 똑같습니다. 악기도 똑같습니다. 그러나 드뷔시는 '질서'를 만들어냅니다. 질서를 만들어서 얻는 즐거움이 우리로 하여금 직소 퍼즐을 맞추고 벽에 비스듬히 걸린 그림을 바로잡게 합니다. 체계화하려는 우리의 기질은 우리의 DNA에 이미 새겨져 있습니다. 따라서 인간이 만들어낸 최고의 발명품이 컴퓨터라는 사실은 그리 놀랍지 않습니다. 컴퓨터는 우리가 혼돈에서 질서를 창출하는 것을 돕기 위해 만들어진 기계입니다. 스페인어로 컴퓨터를 'ordenador'라고 하는데, 문자 그대로 '질서를 창출한다'는 뜻입니다."

거대한 슈퍼컴퓨터와 그 단말기 앞에 앉아 있는 청년의 모습이 나타났다.

"여러분이 이 세상 모든 정보에 접근할 수 있는 강력한 컴퓨터를 갖고 있다고 상상해보십시오. 여러분은 이 컴퓨터에게 원하는 질문은 무엇이든 던질 수 있습니다. 확률에 따르면 여러분은 인간이 처음 자의식을 갖게 된 이후 끊임없이 우리를 사로잡은 가장 근본적인 두 질문 가운데 하나를 물어볼 가능성이 높습니다."

청년이 단말기에 타이핑을 하자 문장이 나타났다.

우리는 어디에서 왔는가?
우리는 어디로 가는가?

"바꿔 말해서," 에드먼드가 말했다. "여러분은 우리의 '근원(origin)'과 우리의 '운명(destiny)'을 물을 것입니다. 여러분의 질문에 컴퓨터는 이런 답을 내놓겠지요."

단말기가 깜빡거렸다.

데이터가 부족해 정확한 답을 찾을 수 없음.

"별 도움이 안 되죠." 커시가 말했다. "하지만 적어도 정직한 대답이기는 합니다."

이어서 인간의 뇌가 화면에 나타났다.

"하지만 만약 당신이 이 작은 생물학적 컴퓨터를 향해 똑같이 '우리는 어디에서 왔는가?'라고 물으면, 전혀 다른 일이 벌어집니다."

사람의 뇌에서 일련의 종교적 이미지가 흘러나오기 시작했다. 아담에게 생기를 불어넣는 하느님, 진흙으로 최초의 인간을 빚어내는 프로메테우스, 자신의 다양한 신체 부위를 가지고 인간을 창조하는 브라흐마, 구름을 가르고 두 인간을 땅으로 내려보내는 아프리카의 신, 나뭇조각으로 남자와 여자를 만들어내는 노르웨이의 신…….

"이제 여러분은 묻습니다." 에드먼드가 말했다. "우리는 어디로 가는가?"

또다시 사람의 뇌에서 더 많은 이미지가 줄줄이 흘러나오기 시작했다. 순결한 천국, 불타는 지옥, 이집트《사자의 서》에 나오는 상형문자, 영혼과 육체의 분리를 새긴 석판, 엘리시움에 대한 그리스인들의 묘사, 영혼의 재생을 그린 카발라의 그림, 불교와 힌두교에 나오는 윤회의 도식, 서머랜드를 표현한 신지학의 원…….

"인간의 뇌한테는," 에드먼드가 설명했다. "어떤 대답이든 내놓는 것이 아무 대답도 안 하는 것보다 낫습니다. 우리는 '데이터 부족'이라는 반응에 극도의 불안감을 느낍니다. 그래서 우리의 뇌는 적어도 질서의 '환상'을 제시할 수 있는 데이터를 '창안'하죠. 그 결과 무수한 철학과 신화와 종교가 등장해 마치 보이지 않는 세계를 설명할 수 있는 질서와 구조가 실재한다는 믿음을 갖게 하는 겁니다."

종교 관련 이미지가 계속 흘러나오는 가운데, 에드먼드의 연설은 강도를 더해갔다.

"우리는 어디에서 왔는가? 우리는 어디로 가는가? 인간이라는 존재에 대한 이 근본적인 질문은 늘 저를 사로잡았고, 그래서 저는 오래전부터 그 답을 찾는 꿈을 꾸어왔습니다." 잠깐 숨을 돌리고 말을 잇는 에드먼드의 목소리가 약간 침울해졌다. "안타깝게도 종교적 신념에 사로잡힌 사람들은 이 거대한 질문의 답을 이미 알고 있다고 생각합니다. 또한 모든 종교가 똑같은 답을 제시하는 것은 아니기 때문에 누구의 답이 옳은가를 놓고 문화 충돌이 빚어집니다. 어떤 신의 이야기가 '유일하게 참된 이야기'인지를 놓고 다투는 것이지요."

머리 위 스크린에 총알이 날아가고 대포가 터지는 장면이 쏟아져 나왔다. 격렬한 종교전쟁의 참상을 담은 사진들에 이어 흐느끼는 피

난민, 흩어진 가족, 민간인의 시신이 화면을 가득 채웠다.

"종교의 역사가 시작된 이래 우리 인간은 무신론과 기독교, 이슬람과 유대교, 힌두교, 그 밖에 모든 종교의 열성 신자들이 퍼붓는 십자포화에 시달려왔고, 그런 우리를 하나로 묶어주는 유일한 매개는 '평화'에 대한 깊은 갈망이었습니다."

지옥 같은 전쟁의 이미지가 사라지고 별이 반짝이는 고요한 하늘이 그 자리를 대신했다.

"우리가 기적적으로 삶의 가장 큰 질문에 대한 답을 알게 된다면 어떤 일이 벌어질지 상상해보십시오⋯⋯. 어느 순간 갑자기 한 치의 허점도 없는 증거가 발견돼, 우리는 그저 하나의 종으로서 두 팔 벌려 다 함께 그 진실을 끌어안을 수밖에 없게 된다면 말입니다."

눈을 감고 기도에 열중하는 성직자의 모습이 스크린에 비쳤다.

"영적 탐구는 언제나 종교의 영역이었고, 우리로 하여금 그 가르침에 맹목적인 믿음을 갖도록 유도했습니다. 설령 그것이 논리적으로 타당하지 않더라도 말입니다."

눈을 감은 채 찬양하고, 엎드려 절하고, 주문을 외고, 기도를 드리는 열성 신도들의 모습이 화면을 가득 채웠다.

"하지만 신앙은," 에드먼드가 말했다. "본질적으로 눈에 보이지 않고 정의할 수 없는 무언가를 믿으라고 요구합니다. 실증적 증거가 없는 무언가를 사실로 받아들여야 합니다. 따라서 우리는 모두 다른 것을 믿을 수밖에 없는 처지가 됩니다. '보편적' 진리가 없기 때문입니다." 에드먼드는 잠시 숨을 골랐다. "하지만⋯⋯."

천장의 이미지들이 한데 뒤섞여 사라지고, 눈을 크게 뜬 채 현미경을 들여다보는 한 여학생의 모습이 나타났다.

"과학은 신앙의 안티테제입니다." 에드먼드가 말을 이었다. "과학은 본질적으로 아직 알려지지 않은 것, 정의되지 않은 것들의 물리적인 증거를 찾아내고자 하고, 눈으로 확인할 수 있는 사실을 앞세워 미신과 오류를 거부합니다. 과학이 해답을 제시할 때, 그 해답은 보편성을 담보합니다. 인간은 그것을 놓고 전쟁을 벌이지 않습니다. 오히려 그 주위로 모여듭니다."

이제 스크린에는 NASA(미국 항공우주국)와 CERN(유럽입자물리연구소)을 비롯한 각종 연구소에서 다양한 인종의 과학자들이 새롭게 밝혀진 정보를 둘러싸고 서로 끌어안으며 기쁨을 나누는 역사적인 순간들의 자료가 흘러나왔다.

"친구 여러분," 에드먼드의 목소리가 속삭임으로 잦아들었다. "저는 지금까지 살아오면서 많은 예측을 내놓았습니다. 그리고 오늘 밤, 또 하나의 예측을 발표하려 합니다." 그는 천천히, 긴 숨을 내쉬었다. "종교의 시대는 이제 그 막을 내리고 있습니다." 그가 말했다. "과학의 시대가 밝아오고 있습니다."

실내에 쥐 죽은 듯 정적이 흘렀다.

"오늘 밤, 인류는 그 시대를 향해 비약적으로 도약할 것입니다."

그 말에 랭던은 간담이 서늘해졌다. 에드먼드가 말하는 수수께끼의 발견이 무엇이건 간에, 그는 지금 자신과 전 세계 종교 사이에 대결전의 장을 연 셈이었다.

18

 ConspiracyNet.com

에드먼드 커시 관련 기사 업데이트

종교 없는 미래?

미래학자 에드먼드 커시가 무려 300만 명의 온라인 시청자가 실시간으로 지켜보는 가운데, 인류의 가장 오랜 두 가지 질문에 답을 제시할 과학적 발견을 공개할 예정이다.

사전 녹화된 하버드 대학 로버트 랭던 교수의 흥미진진한 도입 강연에 이어, 에드먼드 커시는 종교적 믿음에 대한 신랄한 비판과 함께 "종교의 시대는 막을 내리고 있다"는 대담한 예측을 내놓았다.

지금 이 시각까지, 이 저명한 무신론자는 평소와 다른 자제심과 예의를 보이고 있다. 커시의 반종교적인 과거 발언 모음은 여기를 클릭.

19

돔형 극장의 천으로 된 벽 밖, 아빌라 제독은 미로처럼 얽힌 비계 뒤에 몸을 숨겨가며 최적의 위치로 이동했다. 잔뜩 자세를 낮춰 그림자에 몸을 숨긴 채, 강당 정면 근처의 벽 바깥 면에서 불과 몇 센티미터 떨어진 곳에 적당한 자리를 확보한 것이다.

그는 조용히 주머니에 손을 넣어 묵주를 꺼냈다.

'기회를 놓쳐선 안 된다.'

묵주의 끈을 더듬던 손이 묵직한 금속 십자가에 닿자, 아래층에서 금속 탐지기 앞 보안 요원이 이 물건을 자세히 살펴보지 않은 것이 새삼 놀랍게 느껴졌다.

아빌라는 십자가의 세로축 속에 숨겨진 면도날을 이용해 천으로 된 벽을 15센티미터가량 수직으로 갈라, 그 틈을 조심스레 벌리고 전혀 딴판인 세상을 살짝 들여다보았다. 수목이 우거진 초원에 수백 명의 청중이 담요를 깔고 누워 별을 올려다보고 있었다.

'저들은 무슨 일이 벌어질지 상상도 못 할 테지.'

아빌라는 왕실 근위대 요원 두 명이 초원의 반대편, 즉 강당의 오른편 앞쪽 구석에 서 있는 것을 확인하고 회심의 미소를 지었다. 그들은 나무 그림자 뒤에 몸을 숨긴 채 한껏 경직된 자세로 서 있었다. 조명이 워낙 어두워 그들은 일이 다 끝나도록 아빌라를 발견하지 못할 터였다.

요원 주위에는 단 한 사람, 이 미술관의 관장 암브라 비달밖에 없었다. 그녀는 초조한 모습으로 자세를 바꿔가며 커시의 발표를 지켜보고 있었다.

자신의 위치에 만족한 아빌라는 벌려놓은 벽 틈을 여미고 다시 십자가에 정신을 집중했다. 대부분의 십자가와 마찬가지로 이것 역시 양팔을 이룬 가로축이 세로축보다 짧은 모양새였다. 하지만 이 십자가의 양팔은 세로축에 자석으로 부착되어 있어 떼어낼 수 있었다.

아빌라는 십자가의 한쪽 팔을 잡고 힘껏 비틀었다. 팔이 분리되면서 조그만 물체 하나가 그의 손바닥에 떨어졌다. 아빌라는 반대쪽 팔도 떼어냈다. 가로축을 떼어낸 십자가는 그저 묵직한 줄에 걸린 길쭉한 직사각형 금속 막대였다.

아빌라는 안전을 위해 묵주를 다시 주머니에 넣었다. '조금 이따 필요할 테니까.' 그러고는 십자가의 양팔에 숨겨져 있던 조그만 두 개의 물체에 집중했다.

'단거리 탄환 두 발.'

아빌라는 등 뒤로 손을 뻗어 허리띠 아래를 더듬어, 재킷 밑에 몰래 숨겨 들여온 작은 물체를 끄집어냈다.

미국의 코디 윌슨이라는 아이가 3D 프린터를 이용해 최초의 폴리머 권총 '리버레이터'를 개발한 지 몇 년이 지나는 사이, 관련 기술이 비약적으로 발전했다. 세라믹과 폴리머를 섞은 새로운 화기는 화력 자체가 썩 뛰어나지는 않지만 금속 탐지기에 적발되지 않는 치명적인 장점으로 사정거리의 한계를 상쇄했다.

'가까이 접근할 수만 있으면 된다.'

모든 것이 계획대로 된다면 지금의 위치는 완벽할 터였다.

경위는 모르지만 리젠트는 오늘 저녁 행사의 진행 순서와 장소 배치에 대한 내부 정보를 입수했다……. 덕분에 그는 아빌라가 어떻게 임무를 수행해야 하는지 아주 명확하게 설명할 수 있었다. 그 결과는 참혹하겠지만, 신을 부정하는 에드먼드 커시의 서론을 직접 목격한 아빌라는 오늘 밤 자신의 죄를 용서받으리라고 확신했다.

'우리의 적이 전쟁을 도발하고 있어요.' 리젠트는 그렇게 말했다. '죽이지 않으면 우리가 죽을 것입니다.'

* * *

강당의 오른쪽 구석에 서 있던 암브라 비달은 자신의 불안감이 겉으로 드러나지 않기를 간절히 바랐다.

'에드먼드는 이 행사를 과학 프로그램이라고 했어.'

이 미국인 미래학자는 평소에도 종교에 대한 반감을 여과 없이 드러내는 인물이었지만, 암브라는 오늘 밤의 프레젠테이션이 이토록 적대적이리라고는 미처 예상하지 못했다.

'사전 검토의 기회조차 주지 않았어.'

이 행사 때문에 미술관 이사회가 한바탕 난리를 칠 것이 분명했지만, 지금 당장 암브라가 걱정하는 것은 훨씬 개인적인 부분이었다.

2주 전, 암브라는 막강한 영향력을 가진 인물에게 자신이 오늘 밤의 행사에 관계하고 있다고 털어놓았다. 그러자 그는 그녀에게 당장 손을 떼라고 조언했다. 내용도 제대로 모르는 행사를 무턱대고 주최하는 일은 위험하다는 경고였다. 특히나 그 행사의 주체가 유명한 무신론자인 에드먼드 커시라면 더욱 그러했다.

'그는 행사를 취소하라고 명령하다시피 했어.' 암브라는 기억을 더듬었다. '하지만 그 독선적인 말투에 화가 치밀어 그냥 무시해버렸지.'

지금, 별빛 가득한 하늘 아래 혼자 서 있는 암브라는 그 사람이 어디에선가 두 손으로 머리를 감싼 채 이 생중계를 지켜보고 있지 않을지 생각해보았다.

'물론 보고 있겠지.' 암브라는 생각했다. '문제는 얼마나 화를 낼까인데……'

* * *

알무데나성모대성당 안에서는 발데스피노 주교가 뻣뻣한 자세로 노트북 컴퓨터에 시선을 고정한 채 자신의 책상 앞에 앉아 있었다. 왕궁 주변의 모든 사람이 이 프로그램을 지켜보고 있을 것이었다. 특히 스페인의 차기 국왕 자리를 예약해둔 훌리안 왕자는 더더욱 그럴 터이다.

'지금쯤 왕자는 폭발 직전이겠군.'

오늘 밤, 스페인이 자랑하는 대표적인 미술관 가운데 하나가 저명한 미국인 무신론자와 함께, 종교학자들이 이미 '신성모독에, 반기독교적인 선전 전술'이라 규정한 방송을 내보내고 있었다. 논란을 더욱 부채질하는 것은 이 행사를 주관하는 미술관의 관장이 혜성처럼 등장한 스페인의 새로운 인사라는 점이었다. 빼어난 미모의 암브라 비달은 지난 두 달 동안 스페인 언론의 헤드라인을 독점하며 밤낮없이 전 국민의 동경을 받는 인물로 등극했다. 그런 암브라가 신에 대한 전면 공격과 다름없는 오늘 밤 행사를 주관함으로써 모든 것을 위기에 빠뜨렸다는 점은 실로 믿기 힘든 일이었다.

'훌리안 왕자도 침묵할 수만은 없을 텐데.'

머지않아 스페인 가톨릭의 간판이 될 훌리안이지만, 그것은 오늘 밤에 벌어진 사태를 수습해야 하는 임무에 비교하면 지극히 사소한 문제일 뿐이었다. 이 사태가 더욱 근심스러운 까닭은 훌리안 왕자가 바로 지난달 암브라 비달을 전국적인 유명 인사의 반열에 올려놓은 소식을 발표했기 때문이었다.

바로 두 사람의 약혼 발표였다.

20

로버트 랭던은 오늘 저녁의 행사가 흘러가는 방향에 약간의 불안감을 느꼈다.

에드먼드의 발표는 종교 전반을 공개적으로 규탄하는 위험천만한 수위로 치닫고 있었다. 랭던은 에드먼드가 지금 이 자리에 모인 불가지론 과학자 그룹뿐만 아니라, 인터넷으로 실황을 지켜보는 전 세계의 수백만 시청자들을 상대로도 말하고 있다는 걸 잊은 건 아닌가 의구심까지 일었다.

'애초에 논쟁을 유발하려는 의도였던 게 분명해.'

랭던은 이 프로그램에 자신이 등장했다는 사실 또한 부담스러웠다. 에드먼드는 그 동영상을 일종의 헌사로 간주했겠지만, 과거에도 본의 아니게 종교적 논란에 휘말린 적이 있는 랭던은 두 번 다시 그런 경험을 되풀이하고 싶지 않았다.

에드먼드가 미리 만들어둔 시청각 자료를 동원해 공격 수위를 더욱 높여가자, 랭던은 무심코 넘겼던 발데스피노 주교의 음성 메시지에 대해 다시 생각하기 시작했다.

에드먼드의 목소리가 다시 실내에 퍼졌고, 머리 위 영상들이 뒤섞여 전 세계 온갖 종교적 상징의 콜라주가 되었다. "솔직히 말씀드려서," 에드먼드가 말했다. "저도 오늘 밤의 발표에 대해, 특히 그것이 신앙인들에게 어떤 영향을 미칠지에 대해 많은 생각을 해보았습니다." 에드먼드는 호흡을 가다듬으며 말을 이었다. "그래서 사흘 전, 약간은 저답지 않은 행동을 했습니다. 종교적 관점을 존중하는 저의 입장을 분명히 하고, 또한 저의 발견이 다양한 종교인들에게 어떻게 받아들여질지를 미리 가늠해보기 위해 이슬람과 기독교, 그리고 유대교를 대표하는 저명한 종교 지도자 세 분을 조용히 찾아가 제가 발견한 내용을 말씀드렸습니다."

곳곳에서 숨죽여 소곤대는 소리가 울렸다.

"예상대로 세 분 모두 커다란 놀라움과 근심, 그리고 심지어 분노까지 드러냈습니다. 한결같이 부정적인 반응을 보인 게 사실이지만, 그럼에도 불구하고 기꺼이 저를 만나주신 그분들께 감사를 드리고 싶습니다. 예의상 그분들의 이름은 밝히지 않겠지만, 오늘 밤의 이 발표를 방해하려는 시도를 하지 않은 것 또한 감사드립니다."

에드먼드는 잠시 호흡을 가다듬고 한 마디 덧붙였다. "신은 그들이 충분히 그렇게 할 수도 있었음을 알고 계시겠죠."

아슬아슬하게 줄타기를 하며 솜씨 좋게 자신의 기반을 보호하는 에드먼드에게 감탄할 수밖에 없었다. 종교 지도자들을 만나기로 마음먹은 것은 이 미래학자가 세간에 알려진 것과는 달리 아주 개방적이고 믿을 만하며 불편부당한 사람이라는 암시로 연결되었다. 그렇게 생각하니 몬세라트에서의 만남이 사전 조사와 홍보를 위한 전략이 아니었을까 하는 의심이 일었다.

'아주 비상한 안전장치였던 셈이군.' 랭던은 생각했다.

"역사적으로," 에드먼드의 목소리가 이어졌다. "종교적 열정은 언제나 과학의 진보를 억압했습니다. 오늘 밤 전 세계 종교 지도자들께 자제력과 이해심을 가지고 지금부터 제가 드리고자 하는 이야기를 들어주십사 부탁드립니다. 피로 물든 폭력의 역사가 되풀이되어서는 안 됩니다. 과거의 잘못이 되풀이되어서는 안 됩니다."

원래 있던 천장의 이미지가 사라지고 성벽으로 둘러싸인 고대 도시가 그 자리에 들어섰다. 사막 한복판을 가르며 흐르는 강 옆에 완벽한 원형 도시가 자리하고 있었다.

랭던은 그 도시가 고대 바그다드임을 한눈에 알아보았다. 총안(銃眼)을 뚫은 세 개의 성벽이 동심원을 이루며 둘러싼 원형 도시는 흔치 않았다.

"8세기의 바그다드는," 에드먼드가 말했다. "지구상에서 가장 뛰어난 교육 중심지로 명성이 자자했습니다. 대학과 도서관에서는 모든 종교와 철학과 과학을 두 팔 벌려 환영했습니다. 500년 동안 이 도시에서 흘러나온 과학적 개혁의 물결은 사상 유례를 찾아볼 수 없는 것이었고, 오늘날까지도 현대 문화에 그 흔적을 남기고 있습니다."

머리 위에 별들이 다시 나타났다. 이번에는 그중 상당수에 이름이 달려 있었다. '베가, 베텔게우스, 리겔, 알제바르, 데네브, 아크라브, 키탈파.'

"이 이름들은 모두 아랍어에서 나왔습니다." 에드먼드가 말했다. "현재 밤하늘의 별들이 가진 이름의 3분의 2 이상이 아랍어에서 비롯되었습니다. 아랍 세계의 천문학자들이 그 별들을 발견했기 때문입니다."

하늘은 아랍어 이름을 가진 별들로 가득 채워져 빈자리가 남아나질 않았다. 이내 이름들이 사라지고 드넓은 하늘만 남았다.

"그리고 물론 우리가 별들을 세고 싶다면……."

가장 밝은 별들 옆에 로마 숫자들이 하나둘 나타났다.

'I, II, III, IV, V……'

숫자들이 갑자기 멈추더니 모두 사라졌다.

"로마 숫자를 사용하지는 않습니다." 에드먼드가 말했다. "우리는 아라비아 숫자를 사용합니다."

아라비아 숫자로 다시 번호가 매겨지기 시작했다.

'1, 2, 3, 4, 5……'

"여러분은 아마 이슬람의 이 발명품을 아실 겁니다." 에드먼드가 말했다. "그리고 우리는 아직도 그것들의 아랍어 이름을 사용하죠."

하늘에 ALGEBRA(대수학)라는 단어가 나타나더니 일련의 다원 방정식들에 에워싸여 허공을 둥둥 떠다녔다. 이어서 ALGORITHM(알고리즘)이라는 단어가 다양한 공식들과 함께 나타났다. 그다음에는 AZIMUTH(방위각)이라는 단어들이 지평선의 각도를 나타내는 도형들과 함께 등장했다. 점점 빠른 속도로 단어가 흘러갔다. NADIR(천저), ZENITH(천정), ALCHEMY(연금술), CHEMISTRY(화학), CIPHER(암호), ELIXIR(불로장생의 약), ALCOHOL(알코올), ALKALINE(알칼리성), ZERO(제로)……

낯익은 아랍어 단어들이 흘러가는 동안, 랭던은 많은 미국인들이 바그다드를 그저 흙먼지와 전쟁에 찌든 중동의 여러 도시 가운데 하나로만 인식하는 현실을 개탄했다. 그들은 바그다드가 한때 과학 진보의 심장이었다는 사실을 알지 못한다.

"11세기 말경," 에드먼드의 목소리가 이어졌다. "지구상에서 가장 위대한 지적 탐구와 발견은 바그다드와 그 주변에서 이루어졌습니다. 그러나 하룻밤 사이 모든 것이 변해버렸습니다. 지금은 이슬람 역사상 가장 중요한 인물 가운데 하나로 꼽히는 하미드 알가잘리가 플라톤과 아리스토텔레스의 논리에 의문을 제기하면서 수학을 '악마의 철학'이라 규정하는 상당히 설득력 있는 글을 남겼고, 이는 과학적 사고를 가로막는 사건들의 분수령이 되었습니다. 신학 연구가 강제되었고, 결국 이슬람의 모든 과학적 움직임이 붕괴되었습니다."

과학과 관련된 단어들이 사라지고, 그 자리에 이슬람의 종교적 글귀들이 나타났다.

"계시가 연구를 대체했습니다. 오늘날까지도 이슬람 과학계는 과거의 영화를 되찾고자 노력하고 있습니다." 에드먼드는 잠시 후 덧붙였다. "물론 기독교의 과학계 사정도 별반 다르지 않죠."

천장에 코페르니쿠스, 갈릴레이, 브루노 같은 천문학자들의 초상이 나타났다.

"과학적 사고 능력이 탁월한 이들에 대한 교회의 주도면밀한 살해, 투옥, 협박으로 인류의 진보는 최소 한 세기 이상 지연되었습니다. 그나마 요즘은 과학의 혜택에 대한 우리의 인식이 조금 나아진 덕에 교회의 공격도 조금 완화되었습니다만⋯⋯." 에드먼드는 깊은 한숨과 함께 덧붙였다. "과연 그럴까요?"

십자가상과 뱀이 그려진 지구 모양의 로고가 다음의 글귀와 함께 나타났다.

과학과 생명에 대한 마드리드 선언

"최근 세계 가톨릭 의사 협회는 바로 이곳 스페인에서 '영혼이 결여된 과학'은 교회가 제재해야 한다는 주장과 함께 유전공학에 대한 전쟁을 선포했습니다."

지구 모양 로고가 또 다른 동그라미로 변형되었다. 거대한 입자 가속기의 개요를 나타낸 설계도였다.

"이것은 텍사스에 만들어질 예정이었던 초전도 초대형 입자 가속기입니다. 세계에서 제일 큰 입자 가속기로, '창조'의 순간을 재현할 가능성을 가진 프로젝트였지요. 이 장치는 아이러니하게도 미국의 바이블 벨트 심장부에 설치될 예정이었습니다."

이미지는 텍사스 사막을 가로지르며 뻗어나간 고리 모양의 거대한 시멘트 구조물로 바뀌었다. 그 시설은 절반만 지어진 채 흙먼지에 뒤덮여 명백히 방치되어 있었다.

"미국의 초대형 입자 가속기는 우주에 대한 인류의 이해를 크게 발전시킬 수 있었지만, 예산 문제와 놀라운 곳에서 비롯된 정치적 압력으로 프로젝트 자체가 무산되고 말았습니다."

텔레비전에 등장한 젊은 설교자가 '신의 입자'라는 제목이 붙은 베스트셀러 저서를 흔들어대며 성난 목소리로 외치는 동영상이 화면에 떠올랐다. "우리는 원자가 아니라 우리의 심장 속에서 주님을 찾아야 합니다! 이 터무니없는 실험에 수십억 달러를 쏟아붓는 일은 텍사스주의 수치이자 주님에 대한 모욕입니다!"

에드먼드의 목소리가 돌아왔다. "제가 말씀드린 이런 갈등들, 곧 종교적 미신이 이성을 짓밟는 일들은 지속적으로 이어지는 전쟁의 사소한 국지전일 뿐입니다."

천장에는 현대 사회에서 흔히 볼 수 있는 폭력적인 영상들이 나타났다. 유전학 연구소 앞에 진을 친 시위대, 트랜스휴머니즘 회의장 앞에서 분신을 시도하는 성직자, 창세기를 움켜쥔 채 주먹을 흔들어대는 복음주의자들, 다윈의 물고기를 잡아먹는 예수의 물고기, 줄기세포 연구와 동성애자의 권리와 낙태를 비난하는 성난 종교 단체의 옥외 광고들, 또한 그에 반발해 똑같이 분노를 표출하는 광고판들.

랭던은 어둠 속에 누운 채 자신의 심장이 뛰는 소리를 들었다. 갑자기 바닥에서 지하철 전동차가 다가올 때의 진동이 느껴졌다. 진동이 점점 거세지고 나서야 랭던은 정말로 땅이 흔들리고 있음을 알아차렸다. 그의 등이 닿은 풀밭 밑에서 거대한 진동이 발생해 돔 전체가 굉음과 함께 뒤흔들렸다.

굉음은 풀밭 밑에 설치된 서브우퍼에서 흘러나오는, 천둥 치듯 흐르는 거센 강물 소리였다. 랭던은 마치 성난 강물 한복판에 누워 있는 듯 차갑고 축축한 물보라가 얼굴과 몸을 휘감는 것을 느꼈다.

"이 소리가 들리십니까?" 에드먼드가 천둥 같은 물소리를 뚫고 외쳤다. "이것은 누구도 막을 수 없는 '과학적 지식'이라는 강이 도도히 흘러가는 소리입니다!"

물소리는 더욱 커졌고, 미세한 물방울이 랭던의 뺨을 축축하게 적셨다.

"인간이 처음 불을 발견한 이후," 에드먼드의 목소리도 격앙되었다. "이 강은 끊임없이 힘을 축적해왔습니다. 모든 발견은 새로운 발견을 촉발하는 도구가 되었고, 이 강은 한 방울씩 물을 더해갔습니다. 오늘날 우리는 그 누구도 대항하지 못할 힘으로 거세게 전진하는 거대한 파도의 꼭대기에 올라타고 있습니다!"

실내는 더욱 격렬하게 요동쳤다.

"'우리는 어디에서 왔는가!'" 에드먼드가 소리쳤다. "'우리는 어디로 가는가!' 우리는 오래전부터 그 해답을 찾아낼 '운명'이었습니다! 우리의 탐구 방법은 수천 년에 걸쳐 기하급수적으로 늘어났습니다!"

이제 실내에는 물안개와 바람이 사정없이 몰아쳤고, 천둥 같은 강물 소리에 귀가 먹먹할 지경이었다.

"생각해보십시오!" 에드먼드가 말했다. "초기의 인류가 불을 발견한 때로부터 바퀴를 발명할 때까지 100만 년이 넘는 시간이 걸렸습니다. 그 후 인쇄술을 발명하는 데는 몇천 년밖에 걸리지 않았습니다. 그리고 망원경을 만들기까지 고작 200년이 소요됐습니다. 그다음 증기기관, 휘발유를 사용하는 자동차, 우주 왕복선을 만드는 데 걸린 시간을 획기적으로 단축했습니다. 우리가 우리 자신의 DNA 변형을 시작하기까지 걸린 시간은 불과 20년뿐이었습니다! 이제는 과학적 진보를 월 단위로 따져야 할 지경입니다." 에드먼드가 소리쳤다. "그 야말로 눈알이 돌아갈 정도의 속도입니다. 오늘날 최고 속도를 자랑하는 슈퍼컴퓨터가 주판처럼 보일 날이 머지않습니다. 지금의 최첨단 수술 기법은 야만으로 보일 것입니다. 지금의 에너지원들은 양초로 방을 밝히던 것만큼이나 신기하게 보일 것입니다!"

에드먼드의 목소리와 거센 물소리가 어둠 속에 계속 울려 퍼졌다.

"고대 그리스인들은 옛 문화를 연구하기 위해 몇 세기를 돌아봐야 했지만, 오늘날의 우리는 지극히 당연하게 여겨지는 기술을 누리지 못하고 살아온 사람들을 찾기 위해 단 한 세대만을 돌아봅니다. 인간의 진보를 나타내는 일정표는 점점 압축되고 있습니다. '고대'와 '현대'를 구분하는 공간은 완전히 수축되어 사라져버렸습니다. 이로써 저는 여러분에게 향후 몇 년간 이루어질 인간의 발전은 더없이 충격적이고, 파괴적이며, 상상을 초월할 거라고 장담합니다!"

예고 없이 물소리가 멎었다.

하늘에는 별들이 다시 떠올랐다. 따스한 산들바람과 귀뚜라미 소리도 되살아났다.

손님들은 일제히 안도의 한숨을 내쉬었다.

갑작스러운 침묵 속에서, 에드먼드의 목소리가 속삭임이 되어 돌아왔다.

"친구 여러분," 아주 부드러운 목소리였다. "여러분이 제가 약속한 발견 때문에 이 자리에 오셨다는 걸 잘 압니다. 장황한 서론을 참아주셔서 감사합니다. 이제 우리의 사고를 옭아맨 과거의 족쇄를 벗어던집시다. 이제는 발견의 기쁨을 함께 나눌 시간입니다."

그 말이 떨어지기 무섭게 사방에서 나지막이 안개가 피어올랐다.

하늘에서는 여명이 떠올라 희미한 빛으로 청중을 어루만졌다.

갑자기 한줄기 스포트라이트가 쏟아지더니 강당 뒤쪽으로 휙 움직였다. 동시에 모든 청중이 몸을 일으키고 앉아 드디어 에드먼드 커시가 등장할 거라 기대하며 안개를 뚫고 뒤돌아보았다. 그러나 몇 초후, 스포트라이트는 다시 앞으로 돌아왔다.

청중들의 시선도 그 빛줄기를 쫓았다.

그러자 그 화려한 스포트라이트 불빛 속에 환한 미소를 머금은 에드먼드 커시가 서 있었다. 정면에는 몇 초 전까지만 해도 없던 강연대가 설치되어 있었다. 에드먼드는 두 손을 강연대 가장자리에 얹고 당당한 모습으로 청중을 마주 보았다. "안녕하세요, 친구 여러분." 뛰어난 흥행사의 상냥한 인사말과 함께 안개가 걷히기 시작했다.

다음 순간, 청중이 일제히 자리를 박차고 일어나 이 행사의 주최자에게 박수를 보냈다. 랭던도 흐뭇하게 웃으며 그 대열에 합세했다.

'연기처럼 나타나는 건 에드먼드를 따를 자가 없지.'

지금까지 진행된 오늘 밤의 프레젠테이션은 종교적 신념에 맞서는 무거운 주제에도 불구하고 발표자 자신만큼이나 대담하고 당당한 걸작이었다. 랭던은 자유로운 사고를 추구하는 전 세계의 수많은 사람들이 왜 에드먼드를 우상시하는지, 그 이유를 이제야 실감했다.

'다른 건 둘째 치고 자신의 생각을 저토록 효과적으로 표현할 수 있는 사람도 드물어.'

머리 위의 스크린에 에드먼드의 얼굴이 비치자, 랭던은 그 얼굴이 조금 전보다 훨씬 덜 창백해 보인다는 사실을 깨달았다. 분명히 전문가의 화장술이 위력을 발휘했을 것이다. 그럼에도 불구하고 랭던은 그가 몹시 지쳐 보인다는 느낌을 떨치기 힘들었다.

박수 소리가 워낙 요란한 나머지, 랭던은 재킷 주머니 속의 진동을 겨우 알아차릴 수 있었다. 무의식 중에 전화기를 꺼내려고 주머니에 손을 넣은 랭던은 문득 전원을 꺼두었다는 사실을 떠올렸다. 주머니 속의 다른 기기가 진동하고 있었다. 뼈 전도 헤드셋 속에서 윈스턴이 뭐라고 고래고래 고함을 치는 듯했다.

'하필 이럴 때.'

랭던은 재킷 주머니에서 헤드셋을 꺼내 머리에 뒤집어썼다. 패드가 턱뼈에 닿는 순간, 랭던의 머릿속에 윈스턴 특유의 억양이 울려 퍼졌다.

"……교수님? 제 말 들리십니까? 전화기가 다 먹통이라서요. 교수님과만 연락할 수 있어요. 랭던 교수님?!"

"예, 윈스턴? 잘 들립니다." 랭던은 주변의 박수 소리를 뚫고 대답했다.

"맙소사, 감사합니다." 윈스턴이 말했다. "잘 들으세요. 심각한 문제가 생겼습니다."

21

　세계 무대에서 짜릿한 승리의 순간을 수없이 경험해본 에드먼드 커시는 업적이라는 확실한 동기를 품은 사람이었지만, 좀처럼 만족 감을 느끼지 못했다. 하지만 강연대에 서서 열렬한 박수갈채를 받고 있는 이 순간만큼은 자기 손으로 세상을 바꾸는 짜릿한 기쁨을 스스로에게 허락하기로 마음먹었다.

　'앉으세요, 친구들.' 에드먼드는 혼잣말처럼 속삭였다. '아직 최고의 순간은 시작되지 않았으니까.'

　안개가 걷히자, 에드먼드는 하늘을 올려다보고 싶은 충동을 애써 억눌렀다. 천장 한가득 클로즈업된 그의 얼굴을 전 세계 수백만 시청 자들이 지켜보고 있었다.

　'전 세계가 이 순간을 주시하고 있어.' 그렇게 생각하니 자부심이 차올랐다. '국경, 계급, 교파를 모두 초월하는 순간이다.'

　에드먼드는 왼쪽으로 눈길을 돌려 한쪽 구석에 서 있는 암브라 비 달에게 가벼운 목례로 감사의 뜻을 전하려 했다. 지금까지 그녀는 지칠 줄 모르는 추진력으로 그와 함께 이 순간을 준비해왔다. 하지만 놀랍게도 암브라는 그를 바라보고 있지 않았다. 그녀는 근심에 찬 얼굴로 청중을 응시하고 있었다.

* * *

'뭔가가 잘못됐어.' 암브라는 구석진 자리에 서서 실내를 둘러보며 생각했다.

홀 한복판에서 훤칠한 키에 근사하게 차려입은 한 남자가 두 팔을 흔들며 사람들 사이를 헤치고 암브라 쪽으로 다가오고 있었다.

'저 사람은 로버트 랭던이잖아.' 암브라는 에드먼드의 동영상에서 본 이 미국인 교수를 한눈에 알아보았다.

랭던이 빠른 속도로 다가오자, 두 명의 근위대 요원이 그를 제지하려고 신속히 움직였다.

'왜 저러는 거지?' 암브라는 랭던의 표정에서 무슨 일이 벌어졌음을 직감했다.

암브라는 에드먼드도 이 뜻밖의 사태를 알아차렸는지 확인하려고 강연대 쪽으로 돌아섰다. 그러나 에드먼드는 청중을 향하지 않고, 그녀를 정면으로 바라보고 있었다.

'에드먼드! 뭔가 잘못됐어요!'

그 순간, 고막을 찢을 듯한 굉음과 함께 에드먼드의 머리가 뒤로 획 젖혀졌다. 암브라는 극심한 공포 속에 그의 이마에 뚫린 붉은 구멍이 커져가는 모습을 보았다. 그의 눈동자가 살짝 뒤로 넘어갔지만, 그의 몸은 뻣뻣하게 굳어가는 와중에도 두 손으로 강연대를 꽉 붙들고 있었다. 다음 순간 혼란스러운 얼굴로 휘청하더니 마치 고목이 쓰러지듯 한쪽 옆으로 전신이 기울어지다가 바닥으로 쓰러졌다. 피로 물든 머리가 인조 잔디에 부딪혀 살짝 튀어올랐다.

암브라가 방금 자기 눈으로 무엇을 목격했는지 알아차리기도 전에, 근위대 요원 한 명이 몸을 날려 그녀를 덮쳤다.

* * *

잠시 시간이 멈춘 듯했다.

그리고…… 대혼란이 일었다.

피로 물든 에드먼드의 시신이 스크린을 가득 메운 가운데, 언제 다시 터져 나올지 모르는 총격을 피하려는 청중이 거대한 파도를 이루며 강당 뒤쪽으로 우르르 몰려들었다.

주위는 온통 혼란의 도가니였지만, 로버트 랭던은 충격으로 온몸이 마비돼 그 자리에서 꼼짝도 하지 못했다. 엎어지면 코 닿을 거리에 그의 친구가 여전히 청중을 향한 채 옆으로 쓰러져 있었고, 그의 이마에 뚫린 총구멍에서 연신 붉은 피가 흘러내렸다. 참담하게도, 이미 생기를 잃은 에드먼드의 얼굴에 스포트라이트가 계속 쏟아졌다. 삼각대 위에 얹힌 채 아무도 지켜보지 않는 텔레비전 카메라가 그 모습을 둥근 천장에, 나아가 온 세상에 그대로 내보내고 있었다.

랭던은 마치 꿈속에서 움직이는 듯이 텔레비전 카메라를 향해 달려가, 더 이상 에드먼드의 얼굴을 비추지 못하도록 위쪽으로 틀었다. 그런 다음에야 고개를 돌려 얽히고설킨 군중 사이로 강연대 옆에 쓰러진 에드먼드를 봤지만, 굳이 확인하지 않아도 이미 숨이 끊어졌음을 알 수 있었다.

'맙소사……. 자네에게 위험을 알리려 했지만, 윈스턴의 경고가 너무 늦었어.'

에드먼드의 시신에서 그리 멀지 않은 곳에, 근위대 요원이 자신의 몸으로 암브라 비달을 엄호하며 바닥에 엎드린 것이 보였다. 랭던은 서둘러 그녀를 향해 달려가려 했지만, 요원이 본능적으로 반응했다. 단 세 걸음의 비호같은 동작으로 튀어나와 랭던을 향해 몸을 날린 것이다.

요원이 어깨로 랭던의 흉골을 들이받은 순간, 랭던은 폐 안의 모든 숨을 바깥으로 내뱉으며 온몸으로 퍼지는 극심한 통증의 충격 속에 허공으로 떠올라 그대로 인조 잔디 위에 처박혔다. 미처 숨을 내쉴 겨를도 없이 억센 손아귀가 그의 몸을 돌려 눕히더니, 왼팔을 등 뒤로 꺾어 올리는 동시에 강철 같은 손바닥으로 뒤통수를 짓눌렀다. 랭던은 왼쪽 뺨이 잔디에 짓이겨진 채 옴짝달싹할 수 없었다.

"당신은 총격이 일어나기 전에 이미 알고 있었어." 요원이 소리쳤다. "범인과 한패가 아니고서야 그럴 수가 없지!"

* * *

약 20미터 떨어진 곳에서 또 한 명의 왕실 근위대 요원 라파 디아스가 도망치는 청중 사이를 헤치며, 총격의 섬광이 보였던 측면 벽 쪽으로 향했다.

'암브라 비달은 무사하다.' 그는 스스로를 확신시켰다. 동료가 그녀를 바닥에 눕히고 자신의 몸으로 엄호하는 것을 분명히 보았다. 디아스 자신은 지금 희생자를 위해 할 수 있는 일이 아무것도 없었다. '에드먼드 커시는 몸이 바닥에 닿기도 전에 숨이 끊어졌어.'

디아스는 청중 가운데 한 명이 총성이 터지기 직전에 강연대를 향해 달려가며 위험을 미리 경고하려던 모습을 똑똑히 보았다.

그가 왜 그런 행동을 했는지는 나중에 알아봐도 늦지 않을 터이다.

지금 당장 그가 감당해야 할 임무는 단 하나였다.

'총을 쏜 자를 잡아야 한다.'

섬광이 터진 지점에 다다른 디아스는 천으로 덮인 벽 틈을 발견하고 그 사이로 손을 넣어 천을 바닥까지 찢어냈다. 그 너머로 미로처럼 얽힌 비계가 보였다.

디아스의 왼쪽에서 뭔가 움직이는 형체가 포착되었다. 흰 군복을 입은 키 큰 남자 하나가 드넓은 공간 반대편의 비상구를 향해 전속력으로 달려가고 있었다. 다음 순간, 도망자는 눈 깜빡할 사이에 비상구 너머로 사라져버렸다.

즉시 추격을 시작한 디아스는 돔 뒤편의 각종 전기 제품 사이를 요리조리 빠져나간 끝에 용의자가 사라진 비상구를 박차고 나가 시멘트 계단으로 뛰어들었다. 난간 너머 아래쪽을 살피니 두 개 층 아래에서 도망자가 맹렬한 속도로 나선형 계단을 달려 내려가는 것이 보였다. 디아스는 한 번에 다섯 칸씩 계단을 내려가 그 뒤를 쫓았다. 보이지 않는 아래쪽 어디에선가 비상구 문이 열렸다가 쾅 닫히는 소리가 났다.

'놈이 건물을 빠져나갔다!'

1층에 다다른 디아스는 가로 밀대가 달린 비상구 양 여닫이문을 향해 전력 질주해 온 체중을 실어 몸을 날렸다. 하지만 문은 위층처럼 활짝 열리지 않고 고작 몇 센티미터 달싹거리다 말았다. 강철 벽을 들이받은 것과 다를 바 없었다. 디아스는 충격을 이기지 못하고 뒤로 나동그라졌다. 극심한 통증이 어깨를 파고들었다.

당황한 디아스는 힘겹게 몸을 일으켜 다시 문을 열려고 애썼다.

디아스는 문틈으로 겨우 뭐가 문제인지 살필 수 있었다.

얄궂게도 문 바깥 손잡이가 고리 같은 것으로 고정되어 있었다. 구슬을 꿴 줄이 바깥 손잡이에 감겨 있었던 것이다. 그 구슬 배열이 스페인의 어지간한 가톨릭 신자라면 다 알 만큼 익숙해서 디아스는 더욱 혼란스러웠다.

'저건 묵주 아닌가?'

디아스는 통증을 무릅쓰고 있는 힘을 다해 또 한 번 문을 밀었지만, 묵주는 끊어지지 않았다. 그는 난데없는 묵주의 등장에, 또한 그것을 자신의 힘으로 끊어낼 수 없다는 사실에 당혹해서 좁은 문틈으로 바깥을 바라보았다.

"¿Hola(저기요)?" 디아스는 문틈으로 소리쳤다. "¡¿Hay alguien(아무도 없어요)?!"

돌아오는 것은 침묵뿐이었다.

문틈으로 높은 콘크리트 벽과 텅 빈 뒷골목이 보였다. 누군가가 우연히 지나가다가 묵주를 풀어줄 가능성은 희박했다. 뾰족한 수가 없다는 생각에 그는 블레이저 속의 총집에서 권총을 꺼냈다. 그러고는 공이치기를 당기고 총구를 문틈으로 내밀었다. 총구 끝이 묵주 줄에 닿았다.

'성스러운 묵주에 대고 총을 쏜다? Qué Dios me perdone(신이여, 저를 용서하소서).'

디아스의 시야에 아직 붙어 있는 십자가의 일부가 오르내렸다.

그는 방아쇠를 당겼다.

우레 같은 총성과 함께 문이 열렸다. 디아스가 밖으로 뛰쳐나가자, 시멘트 바닥에 떨어진 묵주 구슬들이 사방에서 통통 튀어 올랐다.

흰옷 입은 암살자는 온데간데없었다.

* * *

100미터가량 떨어진 곳, 루이스 아빌라 제독을 뒷좌석에 태운 검정색 르노 승용차가 빠른 속도로 미술관에서 멀어지고 있었다.

묵주의 구슬을 꿴 신소재 벡트란 섬유의 장력은 추격자의 움직임을 지연시키는 데 결정적인 역할을 했다.

'이제 사라지기만 하면 된다.'

아빌라를 태운 자동차는 꾸불꾸불한 네르비온강을 따라 북서쪽으로 속력을 낸 끝에, 아베니다 아반도이바라를 빠르게 지나치는 차들 사이로 섞여 들었다. 그제야 아빌라는 긴장을 풀고 안도의 한숨을 내쉬었다.

오늘 밤 그의 임무는 더 바랄 나위 없이 완벽하게 마무리되었다.

마음속에서 오리아멘디 찬가의 밝은 가락이 울려오기 시작했다. 그 오래된 가사는 바로 이곳 빌바오에서 벌어진 피비린내 나는 전투에서 비롯된 것으로 알려져 있었다. '¡Por Dios, por la Patria y el Rey!" 아빌라는 마음속으로 따라 불렀다. '신과 조국 그리고 국왕을 위하여!'

전투의 함성은 잊힌 지 오래였지만…… 전쟁은 이제 막 시작되었다.

22

마드리드 왕궁은 유럽에서 가장 큰 궁전이자 고전주의와 바로크 양식이 가장 환상적으로 융합된 건축물 가운데 하나로 꼽힌다. 9세기 무어인들의 성터에 세워진 이 왕궁의 3층 구조의 정면에는 기둥들이 바로 앞 아르메리아 광장의 150미터 가로 폭을 가득 채우며 늘어서 있다. 건평이 14만 제곱미터에 육박하는 실내에는 무려 3418개의 방이 미로처럼 얽혀 있다. 벨라스케스와 고야, 루벤스의 명화들을 포함한 값을 따지기조차 힘든 종교 미술품들이 응접실과 침실, 복도를 장식했다.

여러 세대에 걸쳐 스페인 왕과 왕비의 공식 거처로 활용된 이 왕궁은 왕족이 보다 한적하고 수수한 도시 외곽의 사르수엘라 궁전으로 거처를 옮긴 뒤로는 주로 국정을 돌보는 공간으로 사용되었다.

그러나 몇 달 전부터 마드리드 왕궁은 이제 곧 스페인 국왕으로 등극할 마흔두 살의 훌리안 왕세자가 영구적으로 거주할 자택으로 탈바꿈했다. 대관식을 앞두고 한껏 가라앉은 분위기 속에서 '좀 더 자주 국민들의 눈에 띄는 게 좋다'는 측근들의 조언에 따라 이 왕궁으로 거처를 옮긴 것이다.

홀리안 왕자의 부친인 현 국왕은 불치병으로 몇 달째 병석을 벗어나지 못했다. 급기야 국왕이 정신까지 오락가락하는 지경에 이르자, 왕궁은 선왕이 서거한 뒤 왕세자를 왕위에 올리고 권력을 이양할 준비에 박차를 가했다. 권력의 변화가 코앞으로 다가온 지금, 홀리안 왕세자를 바라보는 스페인 국민들의 마음속에 어른거리는 질문은 단 하나였다.

'과연 그는 통치자로서 어떤 면모를 보일 것인가?'

언젠가 왕위를 물려받게 될 거라는 부담감 때문인지, 홀리안 왕자는 어려서부터 상당히 신중하고 조심스러웠다. 그의 어머니는 둘째 임신 중에 조산으로 인한 합병증으로 세상을 떠났고, 그의 아버지는 모두의 예상을 깨고 재혼을 포기해 홀리안을 스페인 왕좌의 유일한 계승자로 남겨두었다.

'스페어타이어 없는 상속자'. 홀리안 왕자를 두고 영국의 타블로이드 신문들은 그렇게 비아냥거렸다.

홀리안이 극도로 보수적인 부친 밑에서 자랐다는 사실 때문에 전통을 중시하는 대부분의 스페인 국민들은 그가 기존의 관례와 전통적인 제의를 고수함은 물론, 스페인의 유서 깊은 가톨릭 역사를 존중해가며 스페인 왕실의 위엄을 이어갈 것이라고 기대했다.

여러 세기에 걸쳐 가톨릭에 헌신적인 국왕들의 유산은 스페인의 도덕적 핵심이 되었다. 그러나 최근 들어 이 나라의 종교적 토대가 와해되는 분위기가 조성되었고, 스페인은 아주 오래된 것과 아주 새로운 것 사이의 격렬한 줄다리기가 거듭되는 상황에 봉착했다.

스페인의 블로그나 소셜 미디어에서는 홀리안이 일단 아버지의 그늘에서 벗어나면 대담하고 진보적이며 세속적인 지도자의 본색을 드러낼 것이라는 추측을 퍼뜨리는 자유주의자들이 늘고 있었다. 궁극적으로는 다른 많은 유럽 국가들의 선례를 쫓아 군주제를 완전히 철폐하려 할지도 모른다는 예측까지 나왔다.

훌리안의 부친은 국왕으로서의 역할을 아주 적극적으로 수행하는 편이라, 아들이 정치에 참여할 여지를 거의 두지 않았다. 그는 훌리안이 청춘을 충분히 즐겨야 하고, 결혼해서 완전히 자리를 잡기 전에는 나랏일에 관여할 필요가 없다고 공공연히 말하곤 했다. 덕분에 훌리안의 사십 평생은 스페인 언론에 시시콜콜 보도되었듯 사립학교와 승마, 각종 행사 참석과 기금 마련, 세계 여행 등으로 점철되었다. 이처럼 뚜렷이 내세울 만한 업적이 없음에도 불구하고, 훌리안 왕자가 스페인에서 첫손에 꼽히는 신랑감이라는 사실에는 의심의 여지가 없었다.

올해 마흔두 살인 이 잘생긴 왕자는 오랜 세월에 걸쳐 수많은 여성과 공개 데이트를 즐겼음에도, 대책 없는 낭만주의자라는 평가가 무색하게 아직 그의 마음을 훔친 여자는 아무도 없었다. 그러던 훌리안이 지난 몇 달 사이에 미모의 여성과 함께하는 모습이 수차례 목격되었다. 얼핏 보면 패션모델 출신으로 오인될 법한 이 여성은 빌바오 구겐하임 미술관의 관장으로 매우 존경받는 인물이었다.

언론에서는 암브라 비달이야말로 '현대의 국왕과 가장 잘 어울리는 배필'이라는 찬사를 쏟아냈다. 그녀는 남부럽지 않은 교양과 성공적인 경력을 쌓아왔고, 무엇보다도 스페인 귀족 가문이 아닌 평민 출신이었다.

왕자 역시 그런 평가에 동의해 교제를 시작하고 얼마 지나지 않아 예상을 완전히 뒤엎는 낭만적인 청혼을 했고, 암브라 비달은 그 청혼을 받아들였다.

이후 몇 주 동안 언론은 날마다 암브라 비달에 대한 기사를 쏟아냈다. 미모만이 그녀가 가진 매력의 전부가 아니라는 이야기였다. 그녀는 그 누구보다도 독립적이었으며, 머지않아 스페인의 왕비가 될 신분임에도 불구하고 왕실 근위대가 자신의 일상에 관여하는 것을 거부했다. 심지어 근위대는 대규모 대중 행사가 아닌 이상 그녀의 경호를 시도조차 못 했다.

근위대장이 조금 더 보수적이거나 몸의 윤곽이 덜 드러나는 의상을 선택하는 것이 좋겠다고 제안하자, 암브라는 왕실 의상실장에게서 경고를 받았다고 공개적으로 농담을 던지기도 했다.

진보적인 잡지들도 하나같이 그녀의 얼굴로 표지를 도배했다. "암브라, 스페인의 아름다운 미래!" 그녀가 인터뷰를 거절하면 '독립적인 성품'이라고 칭송했고, 인터뷰에 응하면 '소통에 능하다'며 찬사를 퍼부었다.

반면 보수적인 잡지들은 이 자신만만한 왕비 후보자를 미래의 국왕에게 위험한 영향을 미칠, 권력에 굶주린 기회주의자라고 반격했다. 그들은 왕자의 권위를 인정하지 않는 듯한 그녀의 태도를 증거로 내세웠다.

초창기에는 암브라가 자신의 약혼자인 왕세자를 '훌리안 님'이나 '전하'라고 부르는 전통적인 관례를 무시한 채 그냥 이름만 부르는 습관을 문제 삼았다.

그러나 사실 그다음에 제기된 우려가 훨씬 심각했다. 지난 몇 주 동안 암브라는 일정상 왕자를 만날 시간적 여유가 거의 없는 가운데, 빌바오의 미술관 근처에서 유명한 무신론자이자 미국인 과학자인 에드먼드 커시와 함께 점심을 먹는 장면을 종종 노출시켰다.

에드먼드와의 점심 식사는 미술관의 중요한 후원자와 함께한 기획 회의의 연장일 뿐이라는 암브라의 해명에도 불구하고, 왕궁 내부 소식통으로 훌리안이 분노로 부글부글 끓기 시작했다는 소문이 흘러나

오고 있었다.

그를 비난하는 사람은 아무도 없었다.

문제의 핵심은 홀리안의 아름다운 약혼녀가 약혼을 발표한 지 불과 몇 주 만에 다른 남자와 대부분의 시간을 함께 보내고 있다는 것이었다.

23

랭던의 얼굴은 여전히 잔디밭에 짓눌린 상태였다. 그의 몸 위에 올라탄 요원의 체중은 실로 무지막지했다.

하지만 랭던은 이상하리만치 아무 느낌이 없었다.

슬픔과 공포, 분노가 한데 뒤섞여 산산이 흩어진 끝에 아무것도 느낄 수 없게 되어버린 것이다. 세계에서 가장 뛰어난 뇌를 자랑하는 천재이자 그의 소중한 친구가 가장 잔혹한 방식으로 공개 처형되었다. '그는 일생의 가장 위대한 발견을 공개하기로 한 순간을 코앞에 두고 살해당했다.'

랭던은 한 생명의 비극적인 종말이 또 하나의 상실을 동반한다는 사실을 깨달았다. 바로 과학계가 입을 치명적인 손실이었다.

'이제 세상은 에드먼드가 무엇을 발견했는지 영원히 알 수 없게 되었다.'

랭던은 갑작스러운 분노를 느끼며 단호히 결심했다.

'누가 한 짓인지 밝혀내기 위해 내가 할 수 있는 일을 다 하겠어. 에드먼드, 나는 자네의 유산을 지키기 위해 최선을 다할 거야. 자네의 발견을 세상에 알릴 방법을 찾아내겠어.'

"당신은 알고 있었어." 근위대원의 거친 목소리가 귀 바로 옆에서 들려왔다. "무슨 일이 일어날지 예측이라도 한 듯이 강연대를 향해 다가서고 있었잖아."

"나는…… 경고를…… 받았어요." 랭던은 숨을 쉬기도 힘들었지만 간신히 그렇게 더듬거렸다.

"누구에게서?"

랭던은 헤드셋이 비뚤어져서 뺨에 비스듬히 걸려 있음을 느꼈다. "내가 쓰고 있는 헤드셋……. 이건 가상 안내인이에요. 에드먼드 커시의 컴퓨터가 나에게 경고한 셈이지요. 손님 명단에서 이상한 이름을 발견했는데, 스페인 해군에서 퇴역한 제독이었대요."

근위대원이 랭던의 귀에 머리를 어찌나 바짝 댔는지, 랭던은 그의 귀에 꽂힌 무전 수신기에서 나는 소리를 들을 수 있었다. 수신기에서 숨이 넘어갈 것처럼 다급한 목소리가 터져 나왔다. 뛰어나지는 않은 랭던의 스페인어 실력으로도 좋지 않은 소식을 알아들을 수 있었다.

'…el asesino ha huido(암살자가 도주했다)…'

범인이 도주했다.

'…salida bloqueada(출구가 막혔다)…'

출구가 봉쇄되었다.

'…uniforme militar blanco(흰 군복)…'

'군복'이라는 단어가 들리자 랭던을 짓누르고 있던 근위대원이 힘을 약간 풀었다. "¿Uniforme naval(해군 제복)?" 근위대원이 무전기 너머의 동료에게 물었다. "Blanco… ¿Como de almirante(흰색…… 해군 제독이 입는)?"

그렇다는 대답이 흘러나왔다.

'해군 제복.' 랭던은 생각했다. '윈스턴이 옳았어.'

근위대원은 랭던을 놓아주고 일어섰다. "돌아누우시오."

랭던은 힘겹게 몸을 비튼 다음, 팔꿈치에 힘을 주어 상체를 일으켰다. 머릿속이 빙글빙글 돌고 가슴팍에는 멍이 든 것 같았다.

"움직이지 말아요." 근위대원이 명령했다.

랭던은 어차피 움직일 생각이 없었다. 지금 그를 내려다보며 서 있는 근위대원은 90킬로그램이 넘는 탄탄한 근육질 몸을 가졌고, 자신의 임무에 굉장히 진지하게 임하는 사람임을 방금 똑똑히 목격했기 때문이었다.

"¡Inmediatamente(어서)!" 요원이 무전기에 대고 소리쳤다. 현지 경찰에게 지원을 요청하고 미술관 주위의 도로를 봉쇄하기 위해 신속한 조치가 필요한 모양이었다.

…policía local(지역 경찰)… bloqueos de carretera(도로 봉쇄)…

랭던이 있는 곳에서는 여전히 옆쪽 벽 근처에 쓰러져 있는 암브라 비달이 똑똑히 보였다. 그녀는 몸을 일으키려 했지만 다시 균형을 잃고 쓰러지며 손과 무릎으로 바닥을 짚고 있었다.

'누가 저 여자부터 좀 도와주지!'

그러나 근위대원은 딱히 누구에게랄 것도 없이 돔 저편으로 버럭버럭 고함을 질러댔다. "¡Luces(조명)! ¡Y cobertura de móvil(그리고 이동통신망)!" 불을 켜고, 통신망을 복구하라는 뜻인 듯했다.

랭던은 간신히 얼굴에 걸친 헤드셋을 바로잡았다.

"윈스턴, 내 말 들려요?"

근위대원이 몸을 돌려 랭던을 흘끗 쳐다보았다.

"예, 들립니다." 윈스턴의 목소리는 덤덤했다.

"윈스턴, 에드먼드가 총격을 당했어요. 지금 즉시 조명을 켜고 통신망을 복구했으면 좋겠는데, 당신이 할 수 있나요? 아니면 할 수 있는 사람에게 연락을 취하거나?"

불과 몇 초도 안 되어 돔의 조명이 일제히 밝혀지며 달빛 어린 초원의 환영이 사라지고 담요만 여기저기 버려진 널따란 인조 잔디밭이 본모습을 드러냈다.

근위대원은 랭던이 발휘한 능력에 깜짝 놀란 모양이었다. 잠시 후 그가 손을 뻗어 랭던을 일으켜 세웠다. 두 사람은 환한 불빛 아래 서로를 마주 보고 섰다.

근위대원은 랭던만큼이나 키가 컸고, 머리를 **빡빡** 밀었으며, 파란 블레이저 속의 근육이 무척 탄탄해 보였다. 창백한 얼굴에 박힌 날카로운 눈동자가 레이저라도 쏘듯이 랭던에게 고정되어 있었다.

"조금 전 동영상에 나온 분이로군요. 로버트 랭던 교수님입니까?"

"맞습니다. 에드먼드 커시는 내 제자이자 친구였어요."

"왕실 근위대의 폰세카 요원입니다." 그가 완벽한 영어로 말했다. "해군 제복에 대해 어떻게 알았는지 말해보십시오."

랭던은 강연대 옆에 꼼짝 않고 누워 있는 에드먼드를 돌아보았다. 암브라 비달이 두 명의 미술관 경비원과 함께 시신 옆에 무릎을 꿇고 있었다. 그 옆에 선 구급대원은 이미 에드먼드를 소생시키려는 노력을 포기한 모양이었다. 암브라가 담요로 시신을 덮었다.

에드먼드는 완전히 숨이 끊어진 게 분명했다.

랭던은 속이 울렁거렸고, 처참하게 살해된 친구에게서 눈길을 뗄 수가 없었다.

"저 사람은 이미 늦었습니다." 폰세카가 말했다. "어떻게 알았는지나 얘기하시죠."

랭던은 그를 돌아보았다. 그의 말투에는 오해의 여지가 없었다. 그것은 부탁이 아니라 명령이었다.

랭던은 재빨리 윈스턴에게서 들은 이야기를 전달했다. 윈스턴은 손님용 헤드셋 하나가 버려졌다는 사실을 발견했고, 한 직원이 쓰레기통에서 그 헤드셋을 찾아냈으며, 그것이 어느 손님 것이었는지를 확인한 결과 그 사람이 마지막 순간에 명단에 추가됐음을 알아냈다.

"있을 수 없는 일입니다." 근위대원이 눈을 가늘게 떴다. "손님 명단은 어제 마감되었습니다. 전원의 신원을 조회했고요."

"이 사람은 아닙니다." 랭던의 헤드셋에서 윈스턴의 목소리가 흘러나왔다. "마음에 걸려서 손님 이름을 검색해보니 스페인 해군 제독 출신, 알코올중독과 5년 전 세비야에서 발생한 테러 사건으로 인한 외상 후 스트레스 증세로 퇴역했다는 사실이 드러났습니다."

랭던은 그 정보를 폰세카에게 전달했다.

"성당에서 일어났던 폭탄 테러?" 폰세카는 믿기지 않는다는 표정이었다.

"게다가," 윈스턴의 설명이 이어졌다. "그가 커시 씨와 어떤 연관도 없다는 사실이 걱정되어 미술관 보안팀에게 경보를 발령하라고 요청했지만, 좀 더 결정적인 증거가 없는 이상 에드먼드의 행사를 망칠 수 없다는 대답이 돌아왔습니다. 전 세계에 생중계되는 행사를 그런 이유로 중단시킬 수는 없다는 것이었지요. 에드먼드가 오늘 밤을 위해 얼마나 많은 노력을 기울였는지 잘 알기 때문에 그 논리가 타당하다고 생각했습니다. 그래서 즉시 교수님께 연락을 취했습니다. 교수님이 그 사람을 찾아내면 보안 요원들을 은밀히 그쪽으로 유도할 수 있을 테니까요. 제가 좀 더 강력한 조치를 취했어야 했습니다. 에드먼드를 구하지 못했어요."

랭던은 에드먼드가 만든 컴퓨터에 불과한 윈스턴이 죄책감을 느낀다는 사실에 약간 마음이 불편했다. 담요로 덮인 에드먼드의 시신을 다시 한 번 돌아보니, 암브라 비달이 그에게 다가오고 있었다.

폰세카는 다가오는 그녀를 무시한 채 여전히 랭던에게 시선을 고정했다. "그럼 그 컴퓨터가 교수님에게 문제의 해군 제독 이름을 말해주었습니까?"

랭던은 고개를 끄덕였다. "루이스 아빌라 제독이라고 했어요."

랭던이 그 이름을 말하는 순간, 암브라는 동작을 멈추며 겁에 질린 표정으로 랭던을 바라보았다.

암브라의 반응을 알아차린 폰세카가 재빨리 그녀를 향해 다가섰다. "비달 관장님? 그자를 아십니까?"

암브라는 얼른 대답을 못 하고 시선을 내려 마치 유령이라도 본 사람처럼 바닥만 쳐다보았다.

"비달 관장님." 폰세카가 다그쳤다. "루이스 아빌라 제독, 이 사람을 아십니까?"

암브라의 어쩔 줄 모르는 표정만 봐도 그녀가 살인범을 알고 있다는 것은 분명했다. 잠깐 동안의 당혹스러운 순간이 지나자, 그녀는 두어 번 눈을 깜빡거리며 미몽에서 깨어난 사람처럼 검은 눈동자를 또렷이 빛냈다. "아뇨…… 몰라요." 그녀는 랭던을 바라보며 그렇게 속삭이더니, 이내 폰세카를 돌아보았다. "그저…… 범인이 스페인 해군 장교였다는 소리에 충격받았을 뿐이에요."

'거짓말이야.' 랭던은 그녀가 왜 자신의 반응을 위장하려 하는지 궁금했다. '틀림없어. 그 이름을 아는 게 분명해.'

"손님 명단 관리자가 누굽니까?" 폰세카가 암브라를 향해 한 발 더 다가서며 물었다. "그 사람 이름을 누가 추가했습니까?"

암브라의 입술이 떨리기 시작했다. "모…… 몰라요."

갑자기 사방에서 휴대전화 벨 소리와 각종 신호음이 터져 나오면서 폰세카의 질문이 중단되었다. 윈스턴이 휴대전화 서비스를 복구하는 방법을 찾아낸 모양이었다. 전화벨 소리 가운데 하나는 폰세카의 블레이저 주머니에서 울리고 있었다.

근위대 요원은 전화기를 꺼내 발신인을 확인하더니, 깊은 한숨을 내쉬며 전화를 받았다. "Ambra Vidal está a salvo." 그가 말했다.

'암브라 비달은 무사합니다.' 랭던은 제정신이 아닌 그녀를 돌아보았다. 그녀는 이미 랭던을 바라보고 있었다. 눈이 마주치자, 그들은 한참 동안 시선을 교환했다.

그때 랭던의 헤드셋에서 윈스턴의 목소리가 되살아났다.

"교수님," 윈스턴이 속삭였다. "암브라 비달은 루이스 아빌라가 어떻게 손님 명단에 올라갔는지 잘 알고 있습니다. 바로 그녀가 그 이름을 명단에 올렸으니까요."

랭던이 그 말의 의미를 이해하기까지 약간 시간이 걸렸다.

'암브라 비달이 직접 범인의 이름을 명단에 올렸다고?'

'그래놓고 지금은 거짓말을 하고 있다?!'

랭던이 사태를 제대로 파악하기도 전에, 폰세카가 암브라에게 자신의 휴대전화를 내밀었다.

그가 말했다. "Don Julián quiere hablar con usted(훌리안 님께서 이야기하길 원하십니다)."

암브라는 그 전화기가 무슨 벌레라도 되는 듯이 기겁하며 물러났다. "나는 괜찮다고 전해주세요." 그녀가 말했다. "좀 있다 내가 전화한다고 하세요."

폰세카의 얼굴에 좀처럼 믿을 수 없다는 표정이 떠올랐다. 그는 전화기를 손으로 가리고 암브라에게 말했다. "Su alteza Don Julián, el príncipe, ha pedido―(훌리안 전하, 왕자께서 요구하…….)"

"왕자라도 상관없어요." 암브라도 지지 않고 맞받았다. "만약 그가 정말로 내 남편이 되길 원한다면, 나에게도 나만의 공간이 필요할 때가 있다는 사실을 알아야 해요. 나는 방금 살인 현장을 목격했어요. 마음을 가라앉힐 시간이 필요하다고요. 그에게 내가 조금 있다가 전화하겠다고 전해주세요."

폰세카는 경멸에 가까운 눈빛으로 암브라를 바라보았다. 잠시 후, 그는 돌아서서 전화기를 귀에 댄 채 저만치 걸어갔다.

랭던은 이 이상한 대화를 통해 작은 수수께끼 하나를 해결했다. '암브라 비달이 스페인 왕세자 훌리안과 약혼한 사이라고?' 그 소식은 암브라가 왜 그렇게 유명 인사 대접을 받는지, 또한 왜 이 자리에 왕실 근위대가 나타났는지를 설명해주었다. 비록 그녀가 약혼자의 전화를 피하는 이유는 여전히 알 수 없었지만. '훌리안 왕자가 텔레비전으로 현장을 지켜보았다면 죽도록 걱정될 법도 하지.'

다음 순간, 랭던은 그보다 훨씬 충격적인 깨달음에 정신이 번쩍 들었다.

'맙소사……. 암브라 비달이 마드리드 왕궁과 연결되어 있었어.'

이 뜻밖의 우연은 발데스피노 주교가 에드먼드에게 보낸 협박성 음성 메시지와 맞물려 랭던의 간담을 서늘하게 했다.

24

마드리드 왕궁에서 약 180미터 떨어진 알무데나성모대성당에서는 발데스피노 주교가 아직도 벌어진 입을 다물지 못하고 있었다. 그는 여전히 제의를 갖춰 입은 채 자신의 집무실에 놓인 노트북으로 빌바오에서 전송되는 화면에 시선을 고정하고 있었다.

'엄청난 뉴스거리군.'

아닌 게 아니라 이미 전 세계의 언론에 한바탕 난리가 났다. 대형 언론사들은 에드먼드 커시의 발표를 분석하기 위해 과학과 종교 분야의 전문가들을 대기시켜놓았지만, 지금은 모든 사람의 관심이 누가, 왜 커시를 살해했는가에 집중되어 있었다. 모든 정황을 미루어 보아 커시의 발견이 세상의 빛을 보지 못하도록 누군가 아주 단단히 작정한 게 틀림없다고 추정하는 분위기였다.

한참 동안 생각에 잠겨 있던 발데스피노는 휴대전화를 꺼내 통화를 시도했다.

첫 번째 신호음이 끝나기도 전에 쾨베시 랍비가 전화를 받았다.

"끔찍한 일입니다!" 랍비의 목소리는 비명에 가까웠다. "나도 텔레비전을 보고 있었어요! 당장 당국에 연락해서 우리가 알고 있는 내용을 알려야 합니다."

"랍비님." 발데스피노가 차분한 목소리로 대답했다. "아주 끔찍한 일이 벌어졌다는 말씀에는 동의합니다. 하지만 행동을 취하기 전에 생각부터 좀 해봐야 해요."

"뭘 생각한단 말입니까!" 쾨베시가 소리쳤다. "누군가가 어떤 대가를 치러서라도 커시의 발견을 묻어버리겠다고 작정한 게 분명해요. 그리고 그들은 도살자입니다! 나는 사예드도 그자들에게 살해되었다고 확신해요. 우리가 누구인지 알고 있을 테니, 다음은 우리 차례겠죠. 주교님과 나에게는 당국을 찾아가 커시가 우리에게 한 말을 전해야 할 도덕적 책무가 있어요."

"도덕적 책무요?" 발데스피노가 되물었다. "내 귀에는 그 정보를 대중에게 공표해서 랍비님과 내 입을 막을 필요가 없도록 하겠다는 의도로 들리는군요."

"당연히 우리의 안전도 고려해야죠." 랍비가 말했다. "하지만 우리에게 세상에 대한 도덕적 책무가 있는 것도 사실입니다. 커시의 발견이 몇몇 근본적인 종교적 믿음에 의문을 불러일으킬 거라는 사실은 알지만, 내가 지금까지 짧지 않은 생을 살아오면서 배운 게 하나 있다면 아무리 커다란 시련이 닥쳐도 '믿음'은 끝까지 살아남는다는 겁니다. 나는 설령 우리가 커시의 발견을 공개한다 해도 '믿음'이 이번 위기를 무사히 넘길 거라고 믿습니다."

"잘 알겠습니다, 랍비님." 주교는 최대한 담담한 말투를 유지하며 대답했다. "분명히 결심하신 것 같군요. 랍비님의 생각을 존중합니다. 만약 대화 상대가 필요하시다면, 언제든 환영입니다. 비록 그 때문에 내 생각이 흔들리더라도요. 하지만 한 가지 당부해두죠. 만약 우리가 커시의 발견을 세상에 공개하게 된다면, 랍비님과 내가 그 일을 함께해야 합니다. 이 끔찍한 살인 사건 때문에 허둥지둥 서두를 게 아니라 품위를 지키며 당당하게 발표해야 한다는 말씀입니다. 미리 계획을 세우고, 연습도 해보고, 제대로 형식을 갖춰야 합니다."

쾨베시는 아무 말도 하지 않았지만 발데스피노의 귀에는 그의 숨소리가 들렸다.

"랍비님," 주교가 말을 이었다. "지금 이 순간 가장 시급한 문제는 우리 각자의 안전이에요. 상대는 잔혹한 살인범입니다. 만약 랍비님이 당국이나 텔레비전 방송국을 찾아가는 등 지나치게 눈에 띄는 움직임을 보인다면 또 한 번 끔찍한 결과가 초래될지도 몰라요. 나는 특히 랍비님이 걱정입니다. 나야 왕궁 경내에 있으니 보호받을 수 있지만 랍비님은…… 랍비님은 부다페스트에 혼자 계시지 않습니까. 커시의 발견은 확실히 목숨이 달린 일이에요. 내가 당신의 신변 보호를 위해 손을 좀 써보겠습니다, 예후다."

쾨베시는 한참 만에야 겨우 반응을 보였다. "마드리드에서? 어떻게……."

"어느 정도는 왕실 경호 병력을 움직일 수 있어요. 그러니 문을 걸어 잠그고 집에서 나오지 마세요. 왕실 근위대 요원 두 명을 보내 랍비님을 마드리드로 모셔 오도록 할 테니까요. 일단 왕궁으로 들어오시면 안전이 보장될 거예요. 그다음에 나랑 얼굴을 맞대고 앉아 어떻게 움직이는 게 최선일지를 상의해보십시다."

"내가 마드리드로 간다 해도," 랍비가 머뭇거리며 말했다. "주교님과 내 의견이 일치하지 않으면 어떻게 하지요?"

"일치할 겁니다." 주교가 말했다. "내가 구세대이긴 해도 랍비님과 마찬가지로 현실주의자이기도 하거든요. 머리를 맞대면 틀림없이 최선의 대책이 나올 거예요. 나는 반드시 그렇게 될 거라고 믿어요."

"만약 주교님의 믿음이 잘못되었다면요?" 쾨베시가 집요하게 물었다.

발데스피노는 속이 부글부글 끓었지만 잠시 시간을 들여 큰 숨을 몰아쉰 다음 최대한 차분하게 말하려 애썼다. "예후다, 만약 끝까지 우리가 함께 나아갈 방법을 찾지 못하면, 그때 갈라섭시다. 그렇게 된다 해도 우리의 우정은 변함없을 거예요. 각자 자신이 최선이라고 생각하는 쪽으로 나가면 되지 않겠습니까. 내 말 믿으세요."

"고맙습니다." 쾨베시가 대답했다. "그럼 주교님을 믿고 마드리드로 가겠습니다."

"좋습니다. 그때까지는 문을 걸어 잠그고 누구와도 대화하지 마세요. 일단 짐부터 꾸려두어야겠지요. 준비되는 대로 내가 다시 연락을 드리겠습니다." 발데스피노는 잠시 뜸을 들이다가 한마디 덧붙였다. "믿음을 가지세요. 그럼 곧 만납시다."

발데스피노는 전화를 끊었지만, 마음속에 불안감이 남았다. 앞으로도 계속 쾨베시를 통제하려면, 합리적이고 신중한 상황 판단만 강조해서는 안 되겠다는 생각이 들었다.

'쾨베시는 공황 상태에 빠져 있어……. 사예드처럼.'

'둘 다 큰 그림을 보지 못하고 있어.'

발데스피노는 노트북을 닫아 겨드랑이에 끼고 어두컴컴한 복도를 걸어갔다. 여전히 제의를 입은 채로 성당을 빠져나온 발데스피노는 서늘한 밤공기 속 광장을 가로질러 하얗게 빛나는 왕궁 정면으로 다가갔다.

정문 위에 스페인 왕가의 문장이 걸려 있었다. 양옆에 헤라클레스의 기둥이 있고, 기둥에 '보다 먼 세계로'라는 뜻의 고대 표어 'PLUS ULTRA(플루스 울트라)'가 적혀 있었다. 어떤 이들은 이것이 황금세기에 제국을 확장한 스페인의 오랜 원정을 나타낸다고 믿었고, 어떤 이

들은 이번 생 다음에 존재하는 천국에서의 삶에 대한 이 나라의 오랜 믿음을 반영한다고 믿었다.

발데스피노는 어느 쪽이든 이 표어가 날이 갈수록 빛을 잃어간다고 생각했다. 그는 왕궁 높이 휘날리는 스페인 국기를 보자 병석에 누운 국왕이 떠올라 슬픈 한숨을 내쉬었다.

'그분이 떠나고 나면 많이 그립겠지.'

'내가 그토록 많은 빚을 졌으니.'

주교는 몇 달 전부터 도시 외곽의 사르수엘라 궁전에 누워 있는 오랜 친구를 날마다 찾아갔다. 며칠 전에는 국왕이 친히 발데스피노를 머리맡으로 불러 수심 가득한 눈으로 바라보았다.

"안토니오." 국왕은 겨우 속삭이듯 말했다. "내 아들이…… 너무 성급하게 약혼하지 않았나 걱정스러워."

'성급한 게 아니라 정신이 나갔던 거지.' 발데스피노는 속으로 생각했다.

두 달 전 훌리안 왕자가 발데스피노를 찾아와 알게 된 지 얼마 되지도 않은 암브라 비달에게 청혼할 생각이라고 털어놓았을 때, 어이가 없어진 발데스피노는 좀 더 신중하게 생각해보는 게 어떻겠느냐고 충고했다. 하지만 왕자는 자신이 이미 사랑에 빠졌을 뿐 아니라, 부친에게 하나밖에 없는 아들이 결혼하는 모습을 보여드려야 한다고 주장했다. 한발 더 나아가, 암브라와 가정을 꾸리려면 그녀가 더 나이들기 전에 결혼해야 한다는 이유까지 내세웠다.

발데스피노는 차분히 미소 지으며 국왕을 바라보았다. "제 생각도 마찬가지입니다. 훌리안 전하의 청혼은 우리 모두를 깜짝 놀라게 했으니까요. 하지만 왕세자께서는 폐하를 기쁘게 해드리려는 마음뿐이었습니다."

"그의 책무는," 국왕이 완고하게 말했다. "자기 아버지를 기쁘게 하는 게 아니라 조국을 기쁘게 하는 것이네. 게다가 비달 양은 사랑스럽기는 하지만, 우리가 알지 못하는 외부인이야. 훌리안 왕자의 청혼을 받아들인 그녀의 동기가 의심스럽네. 지체 높은 가문의 여성이라면 그토록 성급한 청혼을 받아들였을 리가 없어."

"지당하신 말씀입니다." 발데스피노는 그렇게 대답했다. 굳이 암브라의 입장을 옹호하자면, 훌리안 왕자가 그녀에게 선택할 여지를 거의 주지 않았을 터이다.

국왕은 부드럽게 손을 뻗어 주교의 앙상한 손을 맞잡았다. "친구여, 시간이 다 어디로 흘러버렸는지 모르겠네. 자네도 나도 이제 늙었으니 말이야. 자네에게 감사하고 싶어. 오랫동안 내게 슬기로운 조언을 들려주었지. 내가 아내를 잃었을 때, 우리의 조국에 큰 변화가 일어났을 때, 자네의 확신에 힘입어 어려움을 이겨낼 수 있었네."

"폐하와의 우정은 제게 보석과도 같은 영광으로 영원히 남을 것입니다."

국왕은 힘없이 미소 지었다. "안토니오, 자네가 내 곁에 머물려고 얼마나 많은 희생을 치렀는지 알아. 로마 건도 그렇고."

발데스피노는 어깨를 으쓱했다. "추기경이 된다고 해서 제가 주님께 더 가까이 갔을 거라는 보장은 없습니다. 제가 있을 곳은 언제나 여기, 폐하 곁이었습니다."

"자네의 충성은 내게 커다란 축복이었네."

"저 역시 폐하께서 베푸신 은혜를 결코 잊지 않을 것입니다."

국왕은 주교의 손을 꼭 잡은 채 눈을 감았다. "안토니오…… 난 걱정일세. 내 아들이 머지않아 큰 배의 키를 잡게 될 텐데, 그 아이는 아직 배를 몰 준비가 되어 있지 않아. 부디 그를 잘 인도해주게. 그의 북극성이 되어주게. 특히 파도가 거칠수록 키를 잡은 그의 손에 자네의 손을 얹어주게. 무엇보다도, 그가 항로를 벗어나면 제자리로 돌아올 수 있도록 자네가 도와주게……. 모든 것이 순결한 그 자리로 돌아가도록."

"아멘." 주교가 속삭였다. "굳게 약속드리겠습니다."

이제, 발데스피노는 다시금 서늘한 밤공기 속에 광장을 가로지르며 눈을 들어 하늘을 올려다보았다. '폐하, 제가 폐하의 마지막 바람을 이루기 위해 최선을 다하고 있음을 부디 알아주십시오.'

발데스피노는 국왕이 텔레비전조차 볼 수 없을 정도로 쇠약해졌다는 점을 위안 삼았다. '만약 폐하가 오늘 밤 빌바오에서 벌어진 일을 보셨다면, 그토록 사랑하시는 조국의 현실을 목격하고 그 자리에서 숨을 거두셨을지도 모른다.'

발데스피노의 오른쪽 철문 너머로, 바일렌 대로를 따라 언론사 방송 차량들이 모여 위성 안테나를 펼치고 있었다.

'하이에나들.' 머릿속으로 중얼거리는 발데스피노의 옷자락이 저녁 바람에 마구 펄럭였다.

25

'애도는 나중에 하자.' 랭던은 북받치는 감정을 억누르며 스스로를 타일렀다. '지금은 행동할 시간이다.'

랭던은 이미 윈스턴에게 범인을 잡는 데 도움이 될 만한 정보가 담긴 보안 카메라 영상을 찾아달라고 부탁해두었다. 그리고 발데스피노 주교와 아빌라 사이를 연결할 단서가 있는지도 알아보라고 했다.

폰세카 요원은 여전히 전화기를 붙든 채 원래 자리로 돌아오는 중이었다. "Sí… sí(네…… 네)." 그가 말했다. "Claro. Inmediatemente(물론입니다. 즉시)." 통화를 마친 폰세카는 넋 나간 표정으로 옆에 서 있는 암브라를 돌아보았다.

"비달 관장님, 지금 출발해야 합니다." 폰세카가 날카로운 목소리로 말했다. "훌리안 님께서 지금 즉시 관장님을 안전하게 왕궁으로 모셔 오라고 지시하셨습니다."

암브라는 눈에 띄게 긴장했다. "에드먼드를 이대로 두고 갈 순 없어요!" 그녀가 담요에 덮인 초라한 시신을 가리키며 말했다.

"여기는 현지 경찰이 수습할 겁니다." 폰세카가 대답했다. "검시관도 오고 있습니다. 모두 최대한 예의를 갖추어 조심스럽게 커시 씨를 다룰 것입니다. 이제 그만 가시죠. 관장님이 위험에 처하신 건 아닌지 걱정입니다."

"나는 전혀 위험하지 않아요!" 암브라가 그를 향해 다가서며 말했다. "암살범은 얼마든지 나를 쏠 수 있었지만 그러지 않았어요. 그가 노린 사람은 에드먼드였다고요!"

"비달 관장님!" 폰세카의 목에 핏줄이 꿈틀거렸다. "왕자님께서 당신이 마드리드로 오기를 원하십니다. 그분은 관장님의 안전을 걱정하십니다."

"아니에요." 암브라가 반박했다. "그는 정치적 후폭풍을 걱정할 뿐이에요."

폰세카는 길고 느리게 한숨을 내쉬며 목소리를 낮추었다. "비달 관장님, 오늘 밤에 일어난 사건은 스페인에 큰 타격이 될 겁니다. 왕자님께도 마찬가지고요. 관장님이 오늘 밤의 행사를 주최하기로 한 것은 매우 유감스러운 결정이었습니다."

갑자기 랭던의 머릿속에 윈스턴의 목소리가 울려 퍼졌다. "교수님? 미술관 보안팀에서 건물 외부에 설치된 카메라 영상을 분석한 결과 뭔가를 찾은 것 같습니다."

랭던은 윈스턴의 말에 귀를 기울이다가, 암브라를 책망하는 폰세카의 말을 끊으며 손을 내저었다. "요원님, 컴퓨터가 말하기를 미술관 옥상에 설치된 카메라 가운데 하나가 도주 차량의 윗면을 찍었다고 합니다."

"그렇습니까?" 폰세카가 깜짝 놀란 표정을 지었다.

랭던은 윈스턴이 알려준 정보를 전달했다. "검정색 승용차가 뒷골목을 빠져나가는 장면인데…… 각도 때문에 번호판은 식별이 안 되지만…… 앞 유리에 흔치 않은 스티커가 붙어 있었다고 하네요."

"무슨 스티커입니까?" 폰세카가 물었다. "현지 경찰에 연락하면 금방 찾을 수 있을 겁니다."

"그 스티커는," 윈스턴이 랭던의 머릿속에서 대답했다. "저에게 입력되어 있지 않은 것인데, 전 세계 모든 상징과 비교한 결과 딱 한 건 일치하는 결과를 얻었습니다."

랭던은 윈스턴이 그토록 빠르게, 그토록 많은 일을 해냈음에 감탄했다.

"제가 얻어낸 결과는," 윈스턴이 말했다. "'아말감법(수은에 녹여 금과 은을 추출하는 야금법—옮긴이)'을 뜻하는 고대 연금술의 상징이었습니다."

'뭐라고?' 랭던은 주차장이나 정치 단체의 로고일 거라고 생각했다. "차에 붙은 스티커가…… 아말감법 상징이라고?"

폰세카는 무슨 뚱딴지같은 소리인지 모르겠다는 표정이었다.

"뭔가 실수가 있는 것 같군요, 윈스턴." 랭던이 말했다. "요즘 세상에 누가 연금술 상징을 차에 붙이고 다니겠어요?"

"그건 저도 모릅니다." 윈스턴이 대답했다. "일치하는 결과가 그것 한 건밖에 없었으니까요. 그것도 99퍼센트 일치하는 것으로 나타났습니다."

랭던의 남다른 기억력은 재빨리 아말감법을 나타내는 연금술 상징을 떠올렸다.

"윈스턴, 그 자동차 앞 유리에서 본 것을 정확히 설명해봐요."

컴퓨터는 거침없이 대답했다. "세로선 하나에 가로선 세 개가 가로 지르는 형태였습니다. 세로선 꼭대기에는 위를 향해 벌어진 아치가 그려져 있고요."

'바로 그거야.' 랭던은 미간을 찌푸리며 다시 물었다. "꼭대기에 갓돌 같은 것이 얹혀 있던가요?"

"맞습니다. 양팔 위에 짧은 가로선이 그려져 있었어요."

'그렇다면 아말감법이 맞는데.'

랭던은 잠시 혼란에 빠졌다. "윈스턴, 카메라에 찍힌 사진을 보내줄래요?"

"물론입니다."

"내 전화기로 보내십시오." 폰세카가 명령했다.

랭던이 폰세카의 휴대전화 번호를 윈스턴에게 알려주자, 잠시 후 그의 전화기에서 신호음이 울렸다. 다들 폰세카 주위에 모여 해상도 낮은 흑백사진을 들여다보았다. 인적 없는 골목을 지나는 검정색 승용차를 위에서 찍은 사진이었다.

과연 앞 유리 왼쪽 하단 모서리에 윈스턴이 설명한 것과 같은 스티커가 붙어 있었다.

'아말감법이라. 거참 이상하군.'

랭던은 갈피가 잡히지 않아 폰세카의 전화기에 뜬 사진을 손가락으로 확대했다. 그러고는 허리를 숙이고 사진을 더욱 자세히 들여다보았다.

랭던은 이내 뭐가 문제인지 알아차렸다. "이건 아말감법이 아니군." 그가 말했다.

사진 속의 상징은 윈스턴이 설명한 것과 아주 흡사하기는 했지만 정확히 일치하지는 않았다. 기호학에서 '흡사한' 것과 '일치하는' 것의 차이는 나치의 상징과 길상을 뜻하는 불교의 만(卍)의 차이에 맞먹는 경우가 많았다.

'이래서 사람의 머리가 컴퓨터보다 나을 때도 있다는 소리가 나오는 모양이군.'

"이건 하나의 스티커가 아니에요." 랭던이 말했다. "스티커 두 개가 살짝 겹친 겁니다. 아래쪽 스티커는 흔히 '교황 십자가'라고 불리는 특수한 형태의 십자가예요. 요즘 들어 굉장히 인기가 좋죠."

바티칸 역사상 가장 자유주의적인 교황이 선출되자, 전 세계의 많은 사람들은 세 줄의 가로선이 있는 이 교황 십자가를 붙이고 다니며 교황의 새로운 정책에 대한 지지를 표현했다. 랭던이 살고 있는 매사추세츠주 케임브리지에서도 이 십자가를 흔히 볼 수 있었다.

"그 위에 덧붙인 U 자 모양은," 랭던이 말했다. "완전히 별개의 스티커예요."

"아, 교수님 말씀이 맞네요." 윈스턴이 말했다. "그 회사의 전화번호를 찾아볼게요."

랭던은 윈스턴의 신속한 반응에 또 한 번 혀를 내둘렀다. '벌써 이 로고를 쓰는 회사가 어딘지 알아낸 거야?' "아주 좋아요. 그 회사에 연락해보면 문제의 자동차를 추적할 수 있을 거예요."

폰세카는 아직도 어리둥절한 표정이었다. "차를 추적한다는 말씀입니까? 어떻게?"

"이 도주용 차량은 빌린 겁니다." 랭던이 앞 유리에 붙은 세련된 U 자를 가리키며 말했다. "우버 택시예요."

26

믿기지 않는다는 듯 눈을 휘둥그레 뜬 폰세카의 표정만으로는 스티커의 정체가 생각보다 너무 빨리 밝혀져서 놀란 것인지, 아니면 아빌라 제독이 전혀 의외의 차편으로 도주해서 놀란 것인지 아리송했다. '아빌라 제독이 우버를 불렀다.' 랭던은 그 선택이 현명한지 어리석은지 잘 판단이 서지 않았다.

언제 어디서나 '부르면 오는' 우버의 택시 서비스는 지난 몇 년 사이에 전 세계를 휩쓸었다. 누구나 스마트폰만 있으면 우버 기사에게 서비스를 요청할 수 있고, 자신의 자동차를 즉석 택시로 변신시켜 여분의 돈을 벌 수 있다는 이점 때문에 우버 기사의 숫자도 크게 늘어나고 있었다. 스페인에서 합법화된 건 최근이고, 우버 측에서는 기사들에게 U 자 로고를 앞 유리에 붙이도록 요구했다. 마침 아빌라가 타고 달아난 우버 택시의 기사는 신임 교황의 팬이기도 한 모양이었다.

"폰세카 요원님." 랭던이 말했다. "윈스턴이 임의로 지역 경찰에게 도주 차량 사진을 보내 검문소들에 배포할 수 있도록 했다는군요."

폰세카의 입이 떡 벌어졌다. 랭던은 고도로 훈련받은 이 요원이 누군가를 따라잡아야 하는 상황에 익숙하지 않다는 사실을 알아차렸다. 폰세카는 윈스턴에게 고맙다고 인사해야 할지, 주제넘게 나서지 말라고 질책해야 할지 판단하지 못하는 눈치였다.

"지금은 윈스턴이 우버의 비상 연락 번호에 전화를 걸고 있어요."

"안 됩니다!" 폰세카가 말했다. "그 번호를 알려주십시오. 내가 직접 전화하겠습니다.. 우버 측에서도 컴퓨터보다는 왕실 근위대 선임 요원에게 협조하고 싶어 할 테니까."

랭던이 생각해도 그 말이 옳은 것 같았다. 게다가 명색이 왕실 근위대 요원이라면 암브라를 마드리드까지 데려가느라 기량을 소모하느니 살인범 잡는 일을 돕는 게 훨씬 나을 것 같기도 했다.

폰세카가 윈스턴에게서 전화번호를 받아서 통화를 시도하는 동안, 랭던은 금방 범인을 잡을 자신감에 찼다. 차량의 위치를 파악하는 기술은 우버의 사업이 번창하는 가장 핵심 요소였다. 스마트폰만 있으면 누구나 지구상 모든 우버 기사의 위치를 정확히 파악할 수 있었다. 따라서 이제 폰세카는 조금 전 구겐하임 미술관 뒤에서 승객을 태운 기사의 위치를 물어보기만 하면 되는 셈이었다.

"¡Hostia(젠장)!" 폰세카가 거칠게 내뱉었다. "Automatizada(자동 응답이라니)." 그러고는 키패드에 숫자를 하나 입력하고 기다리는 것을 보니, 자동화된 목록에서 메뉴를 선택해야 하는 모양이다. "랭던 교수님, 우버와 연결되어 도주 차량을 찾으면, 여기 일은 현지 경찰에게 넘기고 디아스 요원과 나는 당신과 비달 관장님을 마드리드로 모셔 갈 생각입니다."

"나를?" 랭던이 깜짝 놀라 되물었다. "아니, 나는 같이 못 가요."

"가야 합니다." 폰세카가 말했다. "교수님이 소지한 컴퓨터 장난감도 같이." 그러면서 그는 랭던의 헤드셋을 가리켰다.

"미안합니다." 랭던은 살짝 힘주어 말했다. "나는 마드리드까지 동행할 수 없습니다."

"이상하군요." 폰세카가 말했다. "당신, 하버드 대학 교수라고 하지 않았습니까?"

랭던은 어리둥절한 표정으로 그를 바라보았다. "그런데요?"

"좋습니다." 폰세카가 단호하게 말했다. "똑똑한 분이니 당신에게 선택의 여지가 없다는 것 정도는 아시겠군요."

폰세카는 그 말을 남긴 채 전화기를 붙잡고 저쪽으로 걸어갔다.

랭던은 그의 뒷모습을 멍하니 보았다. '무슨 뚱딴지같은 소리야.'

"교수님?" 어느 틈에 랭던 뒤로 바짝 다가선 암브라가 조그맣게 속삭였다. "지금부터 제가 하는 얘기를 잘 들어주세요. 아주 중요한 일이에요."

뒤를 돌아본 랭던은 잔뜩 겁에 질린 암브라의 얼굴을 보고 깜짝 놀랐다. 말을 제대로 잇지 못할 정도의 충격은 이제 가신 듯, 그녀의 말투는 아주 또렷하고 절박했다.

"교수님." 그녀가 말했다. "에드먼드가 교수님의 동영상을 프레젠테이션에 넣은 것만 봐도 그가 교수님을 얼마나 존경했는지 알 수 있어요. 그렇기 때문에 저는 교수님을 전적으로 신뢰하려 해요. 교수님께 드릴 말씀이 있어요."

랭던은 불안한 눈빛으로 그녀의 눈치를 살폈다.

"에드먼드가 살해된 건 제 잘못이에요." 그렇게 속삭이는 그녀의 깊은 갈색 눈동자에 눈물이 고였다.

"뭐라고요?"

암브라는 초조한 눈길로 폰세카를 바라보았다. 폰세카는 그들의 말소리가 들리지 않을 만큼 떨어져 있었다. "손님 명단 말이에요." 암브라가 다시 랭던을 바라보며 말을 이었다. "마지막 순간에 그 이름이 추가됐다고 했죠?"

"그래요, 루이스 아빌라."

"그 이름을 추가한 사람이 바로 저예요." 암브라는 갈라진 목소리로 실토했다. "제가 그랬다고요!"

'윈스턴의 말이 옳았어…….' 랭던은 얼떨떨한 심정으로 생각했다.

"에드먼드가 살해된 건 저 때문이에요." 그녀는 금방이라도 눈물을 쏟을 듯한 표정으로 말을 이었다. "제가 살인자를 이 건물 안으로 들인 거예요."

"잠깐만." 랭던은 그녀의 떨리는 어깨에 한쪽 손을 얹으며 말했다. "말해보세요, 왜 그 이름을 추가했나요?"

암브라는 다시 한 번 초조한 눈길로 폰세카를 바라보았다. 그는 여전히 20미터가량 떨어진 곳에서 통화에 열중해 있었다. "제가 깊이 믿고 있는 사람에게서 마지막 순간에 부탁받았어요. 개인적인 부탁이라며 아빌라 제독의 이름을 명단에 넣어달라고요. 행사가 시작되기 몇 분 전이었고 전 너무 바빴어요. 그래서 별 생각 없이 그 부탁을 들어준 거예요. 게다가 그 사람은 해군 제독이었다면서요! 어떻게 그런 사람을 의심할 수 있었겠어요?" 암브라는 에드먼드의 시신을 내려다보며 가냘픈 손으로 입을 막았다. "그리고……."

"암브라." 랭던이 속삭이는 목소리로 물었다. "당신에게 아빌라의 이름을 추가해달라고 부탁한 사람이 누굽니까?"

암브라는 마른침을 꿀꺽 삼켰다. "제 약혼자요……. 스페인의 왕세자, 훌리안 왕자."

랭던은 그 말을 어떻게 받아들여야 할지 몰라 멍하니 그녀를 바라보았다. 구겐하임 미술관의 관장이 방금 털어놓은 이야기는 다시 말해 스페인 왕자가 에드먼드 커시 암살 계획의 조력자라는 뜻이었다. '있을 수 없는 일이야.'

"왕궁에서는 제가 범인의 신원을 알게 될 거라고 생각하지 못했을 게 틀림없어요." 암브라가 말했다. "하지만 이제 알아버렸으니……. 저에게도 위험이 닥치지 않을까 두려워요."

랭던은 다시 그녀의 어깨에 한 손을 얹었다. "여기서는 완벽하게 안전해요."

"아니에요." 암브라가 강한 어조로 속삭였다. "지금 이곳에서는 교수님이 알지 못하는 일들이 벌어지고 있어요. 교수님도 저와 함께 이곳을 빠져나가야 해요. 지금 당장!"

"어떻게 빠져나간단 말입니까?" 랭던이 반박했다. "우리는 여기서 한 발도……."

"제발 제 말 좀 들어주세요." 암브라가 재촉했다. "저는 에드먼드를 도울 방법을 알고 있어요."

"뭐라고요?" 랭던은 그녀가 아직도 충격에서 헤어나지 못한 것 아닌가 생각했다. "이제 누구도 에드먼드를 도울 수 없어요."

"그렇지 않아요." 암브라가 확신에 찬 목소리로 말했다. "하지만 일단, 바르셀로나에 있는 그의 집으로 가야 해요."

"도대체 그게 무슨 말입니까?"

"제 말 잘 들으세요. 저는 에드먼드가 우리가 어떻게 하기를 원하는지 알고 있어요."

암브라 비달은 그때부터 15초 동안 한껏 목소리를 낮추어 랭던에게 뭐라고 속삭였다. 그녀의 말을 듣는 동안 랭던의 심장이 빠르게 뛰었다. '맙소사.' 그는 생각했다. '이 여자 말이 맞아. 이렇게 되면 사태가 완전히 달라지는데.'

말을 마친 암브라는 도전적인 눈빛으로 랭던을 올려다보았다. "이제 왜 우리가 여기를 빠져나가야 하는지 아시겠죠?"

랭던은 주저 없이 고개를 끄덕였다. "윈스턴." 그가 헤드셋에 대고 말했다. "자네도 암브라가 방금 나한테 한 이야기를 들었지?"

"예, 교수님."

"자네도 알고 있었나?"

"아니요."

랭던은 최대한 신중을 기하며 말을 이었다. "윈스턴, 컴퓨터가 자기를 만든 사람에게 충성심을 느끼는지는 모르겠지만, 만약 그렇다면 지금이야말로 그걸 발휘할 때야. 우리는 자네 도움이 필요해."

27

랭던은 여전히 우버와의 통화에 열중해 있는 폰세카에게 한쪽 눈
을 고정한 채 강연대 쪽으로 다가섰다. 그사이 암브라 역시 랭던이
시킨 대로 자신의 전화기로 통화를 하며, 혹은 하는 척하며 태연하게
강당 한복판으로 걸어갔다.

'폰세카에게 훌리안 왕자와 통화하기로 했다고 말해요.'

강연대 앞에 다다른 랭던은 마지못해 시선을 돌려 바닥에 쓰러져
있는 에드먼드의 시신을 내려다보았다. '에드먼드.' 이어서 랭던은
암브라가 덮어놓은 담요를 조심스럽게 들췄다. 그토록 반짝이던 에
드먼드의 눈동자는 이제 생기 잃은 두 개의 구멍이 되어 이마에 뚫린
진홍색 총구멍 아래 자리하고 있었다. 랭던은 그 끔찍한 모습에 몸서
리쳤다. 극심한 상실감과 분노에 심장이 마구 두근거렸다.

잠시 랭던은 남다른 재능과 희망을 품은 채 자신의 강의실로 들어
서던 더벅머리 학생의 모습을 눈앞에 그려보았다. 그는 실로 짧은 시
간에 참으로 많은 것을 이뤄냈다. 그토록 눈부신 재능을 가진 그를,

오늘 밤 누군가가 무참히 살해했다. 분명 그의 발견을 영원히 묻어버리기 위해서였다.

'내가 과감하게 움직이지 않으면,' 랭던은 생각했다. '내 제자의 가장 큰 업적이 영원히 세상의 빛을 보지 못하겠지.'

강연대에 폰세카의 시선이 어느 정도 가려지도록 자리 잡은 랭던은 에드먼드의 시신 옆에 무릎을 꿇고 앉아 그의 눈을 감기고 두 손을 모은 후에, 경건한 기도자의 자세를 갖추었다.

무신론자를 위해 기도하는 것만큼 어울리지 않는 일도 없다는 생각에 랭던은 미소 지었다. '에드먼드, 자네는 누가 자네를 위해 기도하기를 원하지 않을 거라는 사실을 나도 잘 알아. 걱정 말게, 친구. 사실 나도 기도하려고 이러는 건 아니니까.'

에드먼드 앞에 무릎을 꿇은 랭던은 자꾸만 밀려드는 두려움을 억눌렀다. '내가 자네에게 주교는 위험한 인물이 아니라고 장담했지. 만약 발데스피노가 이 일과 연관되어 있다고 밝혀지면……' 랭던은 그 생각을 애써 마음속에서 몰아냈다.

랭던은 폰세카가 자신이 기도하는 모습을 봤을 거라는 확신이 들자, 조심스럽게 몸을 앞으로 숙여 에드먼드의 가죽 재킷 안주머니에서 그의 큼직한 청록색 전화기를 꺼냈다.

랭던은 슬쩍 폰세카를 돌아보았다. 그는 여전히 전화기를 붙든 채, 이제는 랭던보다 암브라에게 더 신경을 쓰고 있었다. 암브라는 누군가와 통화하며 이리저리 움직이면서 폰세카에게서 점점 멀어지고 있었다.

랭던은 다시 에드먼드의 전화기에 시선을 돌리며 침착하게 큰 숨을 내쉬었다.

'할 일이 하나 더 남았어.'

랭던은 허리를 굽혀 에드먼드의 오른손을 들어 올렸다. 이미 싸늘하게 식어 있었다. 랭던은 전화기를 에드먼드의 손끝으로 가져가 둘째 손가락을 조심스레 지문 감지기에 댔다.

딸깍하고 전화기가 잠금 해제되었다.

랭던은 재빨리 설정 메뉴로 들어가 비밀번호 잠금 기능을 해제했다. '영원히 잠기지 않도록.' 이어서 랭던은 전화기를 자신의 재킷 주머니에 넣고 에드먼드의 시신을 다시 담요로 덮었다.

* * *

멀리서 사이렌 소리가 들려오는 가운데, 휴대전화를 귀에 댄 채 통화에 여념 없는 모습으로 텅 빈 강당 한복판에 혼자 서 있던 암브라는 줄곧 자신의 동작 하나하나를 지켜보는 폰세카의 시선을 감지했다.

'서둘러요, 랭던 교수님.'

조금 전, 이 미국인 교수는 암브라에게서 최근에 에드먼드와 나눈 대화를 전해 들은 직후 곧장 행동을 개시했다. 암브라는 불과 이틀 전 바로 이 강당에서 에드먼드와 함께 행사 준비 상황을 점검하다가, 그가 좀 쉬었다 하자며 그날 저녁 들어 벌써 세 번째로 시금치를 갈아 만든 음료를 들이켜는 것을 보았다. 에드먼드의 얼굴에 피곤한 기색이 역력했다.

"에드먼드, 딱 한 마디만 할게요." 암브라가 말했다. "그 채식 다이어트가 당신에게 맞는지 잘 모르겠어요. 얼마나 창백하고 말라 보이는지 알아요?"

"말라 보인다고요?" 에드먼드는 웃음을 터뜨렸다. "누가 할 소린데 그래요."

"난 하나도 안 말랐거든요."

"아슬아슬해요." 에드먼드는 짐짓 성난 표정을 지어 보이는 그녀에게 짓궂은 윙크를 보냈다. "창백한 건 좀 봐줘요. 난 하루 종일 LCD 화면 빛을 쬐고 앉아 있는 컴퓨터쟁이니까."

"음, 이제 이틀 후면 온 세상 앞에 나서야 할 텐데, 이왕이면 혈색이라도 좀 좋아 보이는 게 낫지 않겠어요? 내일이라도 나가서 햇볕을 쬐거나, 일광욕 효과를 내는 컴퓨터 모니터를 개발해봐요."

"나쁜 아이디어는 아니로군요." 에드먼드가 인상 깊다는 표정으로 말했다. "특허를 내야겠는걸요." 그는 그렇게 말하며 웃음을 터뜨린 뒤, 하던 일로 돌아갔다. "그나저나 토요일 밤 행사 순서는 이제 확정된 거지요?"

암브라는 고개를 끄덕이며 대본을 들여다보았다. "내가 대기실에서 손님들을 맞이한 다음, 강당으로 이동해서 서론에 해당하는 동영상을 보고, 그다음에 당신이 마술사처럼 펑 하고 저기 강연대 앞에 나타나는 거죠." 암브라는 극장 정면을 가리켰다. "그런 다음에 당신이 발표하면 돼요."

"완벽하군." 에드먼드가 말했다. "한 가지 사소한 걸 덧붙이자면," 에드먼드가 싱긋 웃으며 말을 이었다. "내 발언 시간은 일종의 막간 행사 비슷하게 진행될 겁니다. 내가 손님들하고 직접 인사도 나누고, 다들 일어나서 다리도 좀 뻗고, 본격적인 2부 순서로 들어가기 전에 바람도 좀 잡아야 하니까요. 본론은 내 발견을 설명하는 멀티미디어 프레젠테이션으로 진행할 거예요."

"그럼 그 부분도 이미 녹화해두었나요? 도입부처럼?"

"그래요, 며칠 전에 마무리했어요. 지금은 시각 문화의 시대예요. 어떤 과학자가 강연대에 서서 떠드는 것보다 멀티미디어 프레젠테이션이 훨씬 흥미를 끌죠."

"당신은 '어떤' 과학자가 아니잖아요." 암브라가 말했다. "어쨌든 틀린 말은 아니네요. 나도 어서 보고 싶어요."

암브라는 에드먼드의 프레젠테이션이 보안상의 이유로 외부의 믿을 만한 전용 서버에 저장되어 있다는 사실을 알고 있었다. 모든 자료는 원격 지역에서 미술관의 영상 시스템으로 실시간 전송될 예정이었다.

"2부 순서로 들어갈 때는," 암브라가 물었다. "누가 시작 단추를 누르죠? 당신, 아니면 나?"

"내가 할 겁니다." 에드먼드가 전화기를 꺼내며 말했다. "이걸로." 그러면서 그는 청록색 가우디 케이스를 씌운 큼직한 스마트폰을 내밀었다. "이것도 다 발표의 일부예요. 암호화된 원격 서버에 이렇게 접속하면……."

에드먼드가 단추를 몇 개 누르자 스피커폰이 한 번 울리며 연결되었다.

컴퓨터로 합성한 듯한 여자 목소리가 흘러나왔다. "안녕하세요, 에드먼드. 비밀번호를 입력해주세요."

에드먼드는 미소를 지었다. "그다음 전 세계가 지켜보는 가운데 비밀번호를 입력하면 나의 발견이 이 강당은 물론 전 세계로 동시에 흘러나가는 거지요."

"꽤나 극적이네요." 암브라가 말했다. "당신이 혹시라도 비밀번호를 잊어버리면 어떻게 되죠?"

"난감해지겠죠."

"어디다 적어놨어요?" 암브라가 장난스럽게 물었다.

"무슨 불경한 말씀을." 에드먼드는 웃음을 터뜨렸다. "컴퓨터 과학자들은 절대로 비밀번호를 적어놓지 않아요. 하지만 걱정 마요. 비밀번호는 마흔일곱 자리밖에 안 되니까. 절대 안 잊을 자신 있어요."

암브라의 눈이 휘둥그레졌다. "마흔일곱 자리?! 에드먼드, 당신은 이 미술관 출입증 비밀번호 네 자리도 못 외우잖아요! 마흔일곱 개나

되는 무작위 숫자나 문자를 어떻게 외우려고 그래요?"

에드먼드는 다시 웃음을 터뜨렸다. "굳이 외우고 말고 할 것도 없어요. 내 비밀번호는 무작위가 아니니까." 그러면서 그는 목소리를 낮춰 덧붙였다. "사실 내 비밀번호는 내가 제일 좋아하는 시의 한 구절이에요."

암브라는 얼른 이해가 안 가는 모양이었다. "시를 비밀번호로 쓴다고요?"

"안 될 이유라도 있나요? 마침 그 구절이 딱 마흔일곱 글자더라고요."

"음, 그건 별로 안전해 보이지 않는데요."

"그래요? 내가 제일 좋아하는 시구절을 짐작할 수 있겠어요?"

"난 당신이 시를 좋아하는 줄도 몰랐거든요."

"바로 그거예요. 설령 누군가 내 비밀번호가 시의 한 구절이라는 사실을 알아냈다 해도, 또한 많고 많은 가능성 중에서 정확한 구절을 알아냈다 해도, 그 사람은 내가 보안 서버에 접속할 때 사용하는 아주 긴 전화번호를 또 알아내야 해요."

"당신이 방금 단축 다이얼을 이용해 전화를 건 그 번호 말이에요?"

"그래요. 이 전화기에는 또 자체 비밀번호가 걸려 있고, 전화기가 내 가슴 주머니에서 나올 일은 절대 없어요."

암브라는 짓궂게 웃으며 두 손을 치켜들었다. "알았어요, 당신이 이겼어요." 그녀가 말했다. "그나저나 당신이 제일 좋아하는 시인이 누군데요?"

"시도는 좋았어요." 에드먼드가 손가락 하나를 까딱거리며 말했다. "토요일까지만 기다려요. 내가 선택한 시구절은 아주 완벽하니까." 그러면서 그는 싱긋 웃었다. "미래에 대한 시예요. 일종의 예언이라고나 할까. 그 예언이 이미 실현되고 있어서 기쁘네요."

이제 암브라의 생각은 현실로 돌아왔다. 문득 에드먼드의 시신을

바라본 암브라는 랭던의 모습이 보이지 않는다는 사실에 큰 충격을
받았다.

'어디로 갔지!'

더욱 걱정스러운 것은, 또 한 명의 근위대원인 디아스 요원이 천으
로 덮인 벽의 틈을 통해 강당 안으로 돌아왔다는 점이었다. 디아스는
실내를 한 바퀴 둘러본 뒤, 곧장 암브라 쪽으로 걸어오기 시작했다.

'저 사람들은 절대로 나를 여기서 내보내주지 않을 거야!'

갑자기 랭던이 그녀 옆에 나타났다. 그는 암브라의 등에 가볍게 손
을 대고 지긋이 밀어 방향을 인도해갔다. 두 사람은 처음에 사람들이
입장한 복도와 이어진 강당 반대편으로 빠르게 나아갔다.

"비달 관장님!" 디아스가 소리쳤다. "두 분 어디 가십니까?!"

"금방 돌아올 겁니다." 랭던은 그렇게 대답하며 걸음을 늦추지 않
고 강당 뒤편 출입구 쪽으로 암브라를 이끌었다.

"랭던 씨!" 이번에는 폰세카 요원이 그들 뒤에서 소리쳤다. "당신
은 이 방을 벗어나면 안 됩니다!"

암브라는 등에 닿은 랭던의 손에 더욱 힘이 들어가는 것을 느꼈다.

"윈스턴." 랭던이 헤드셋에 대고 속삭였다. "지금이야!"

다음 순간, 강당 전체가 캄캄한 어둠에 휩싸였다.

28

폰세카 요원과 그의 동료 디아스는 휴대전화의 손전등으로 발밑을 비추며 캄캄한 강당을 내달린 끝에, 랭던과 암브라가 막 사라진 복도로 뛰어나갔다.

복도를 절반쯤 지났을 때, 폰세카는 암브라의 휴대전화가 바닥에 깔린 카펫 위에 떨어져 있는 것을 발견했다. 폰세카는 깜짝 놀라 걸음을 멈췄다.

'비달 관장이 전화기를 버렸다?'

왕실 근위대는 암브라의 동의 아래 그녀의 위치를 스물네 시간 확인할 수 있도록 아주 간단한 위치 추적 어플리케이션을 사용하고 있었다. 암브라가 휴대전화를 일부러 버리고 갔다면, 그 이유는 단 하나뿐이었다. 그녀 스스로 근위대의 보호망을 빠져나가기로 작정한 것이었다.

거기까지 생각이 미친 폰세카는 몹시 불안해졌다. 물론 그 불안감은 자신의 상관에게 미래의 스페인 왕비가 사라졌다는 사실을 보고

해야 하는 상황의 불안감과는 비교가 안 되었다. 근위대의 사령관은 왕자의 이해관계가 얽힌 문제에 관한 한 지극히 집착하며 무자비한 면모를 보였다. 오늘 밤에도 사령관은 폰세카를 따로 불러 아주 간단한 지시를 내렸다. "암브라 비달에게 문제가 생기지 않도록 안전하게 보호하라."

'어디 있는지를 알아야 보호를 하든지 말든지 할 것 아냐!'

두 요원이 서둘러 복도를 벗어나 캄캄한 대기실에 도착했을 때, 그 방은 마치 유령들의 회의장처럼 보였다. 방금 목격한 것을 전달하며 바깥세상과 소통하는, 충격으로 새하얗게 질린 손님들의 얼굴을 휴대전화 불빛이 비추고 있었다.

"불 좀 켜봐요!" 몇몇 사람이 소리쳤다.

폰세카는 자신의 전화벨 소리를 듣고 얼른 전화를 받았다.

"폰세카 요원, 여기는 미술관 보안팀입니다." 젊은 여자가 사무적으로 말했다. "지금 계신 곳의 조명이 꺼져 있습니다. 아마 컴퓨터가 오작동을 일으킨 것 같아요. 곧 전력을 공급하겠습니다."

"실내의 보안 카메라는 작동하고 있습니까?" 폰세카는 미술관의 보안 카메라에 야간 투시 기능이 갖춰져 있다는 사실을 알고 있었다.

"네, 작동합니다."

폰세카는 캄캄한 실내를 둘러보며 말했다. "암브라 비달이 방금 극장과 연결된 대기실로 들어갔습니다. 거기서 어느 쪽으로 갔는지 확인할 수 있겠습니까?"

"잠시 기다리세요."

기다리는 동안 폰세카의 가슴이 좌절감으로 쿵쿵 뛰었다. 조금 전 우버 측으로부터 범인이 탄 도주 차량을 추적하는 데 문제가 생겼다는 소식을 전해 들은 터였다.

'오늘 밤에는 왜 이렇게 되는 일이 없지?'

하필 오늘 밤은 폰세카가 암브라 비달의 경호를 맡은 첫날이었다. 근위대 선임 요원인 폰세카는 평소에는 훌리안 왕자의 경호 임무에만 투입되었다. 그런 그에게 오늘 아침 사령관이 따로 직접 지시를 내린 것이다. "오늘 밤 비달 관장이 훌리안 왕자님의 뜻을 거역하고 어떤 행사를 주관할 예정이다. 자네가 그녀를 수행하면서 안전을 책임지도록 해."

폰세카는 암브라가 주관하는 그 행사가 종교에 대한 전면 공격으로 점철되다가 공개적인 암살로 귀결될 거라고는 꿈에도 상상하지 못했다. 암브라가 화난 표정으로 훌리안 왕자의 걱정스러운 전화를 거부하던 모습은 다시 생각해도 이해가 가지 않았다.

그 모두가 상식적으로 납득할 수 없는 일이었고, 그녀의 행동은 점점 더 이해하기 힘든 쪽으로 치닫고 있었다. 지금까지의 정황으로 봤을 때 암브라 비달은 미국인 교수와 함께 달아나겠다고 자신의 신변 보호 장치를 모두 내버리려 하고 있었다.

'훌리안 왕자님이 이 사실을 알면⋯⋯.'

"폰세카 요원?" 보안팀 직원의 목소리가 돌아왔다. "비달 관장님과 남성 동반자는 대기실을 빠져나간 것으로 확인됩니다. 그들은 통로를 지나 루이스 부르주아의 〈밀실(Cells)〉이 전시된 갤러리로 들어갔어요. 대기실 문 밖으로 나가 우회전해서 오른쪽 두 번째 갤러리입니다."

"고맙습니다! 계속 추적해주십시오!"

폰세카와 디아스는 대기실을 가로질러 통로로 들어섰다. 발아래, 한 무리의 손님이 출구를 향해 서둘러 로비를 지나는 모습이 보였다.

보안팀에서 알려준 대로, 폰세카는 오른쪽에 커다란 갤러리로 이어지는 입구가 있음을 발견했다. 전시 작품의 제목은 〈밀실〉이었다.

갤러리는 아주 넓었고, 아무렇게나 생긴 하얀 조각품들이 들어 있는 이상한 우리 같은 울타리로 가득했다.

"비달 관장님!" 폰세카가 소리쳤다. "랭던 씨!"

대답이 없자, 두 요원은 그곳을 샅샅이 뒤지기 시작했다.

* * *

근위대 요원들 뒤로 방 몇 개쯤 떨어져서, 그러니까 돔 강당 바로 바깥에서 랭던과 암브라는 미로처럼 얽힌 비계 사이를 조심스럽게 기어올라 멀리 '비상구' 표시등이 희미하게 켜진 곳으로 다가가고 있었다.

지난 몇 분 사이 그들이 한 행동은 랭던과 윈스턴이 함께한 일종의 교란 작전이었다.

랭던의 신호에 따라 윈스턴이 조명을 모두 차단하자 강당은 어둠에 잠겼다. 랭던은 기억에 의지해 자신의 현재 위치와 복도 출구 사이의 거리를 거의 완벽하게 가늠해냈다. 복도 입구에서 암브라는 자신의 휴대전화를 버렸고, 그다음에는 복도로 들어서는 대신 방향을 돌려 강당으로 돌아왔다. 천으로 덮인 벽을 더듬으며 맞은편으로 돌아간 그들은 근위대 요원이 살인범을 쫓아 빠져나갔던 틈새를 찾아내 강당 벽 바깥으로 나간 다음, 비상계단 표시등을 향해 내달린 것이다.

랭던은 윈스턴이 그토록 신속하게 그들을 돕기로 결정한 것을 떠올리며 놀라워했다. "비밀번호를 알아야 에드먼드의 발견을 공개할 수 있다면," 윈스턴이 말했다. "우리는 최대한 빨리 그 비밀번호를 알아내야 합니다. 저에게는 오늘 밤 에드먼드의 발표가 성공리에 끝나도록 최선을 다하라는 명령이 떨어졌습니다. 이제 애초의 계획이 실패로 돌아간 만큼, 저는 그 실패를 만회하기 위해 할 수 있는 모든 노력을 기울여야 합니다."

랭던은 그런 윈스턴에게 고맙다는 말을 하고 싶었지만, 윈스턴은 숨 돌릴 틈조차 주지 않고 계속 그들을 몰아붙였다. 윈스턴은 마치 몇 배속으로 재생하는 오디오북처럼, 인간이라면 도저히 흉내 낼 수 없을 만큼 빠르게 말을 쏟아냈다.

"제가 에드먼드의 프레젠테이션에 접속할 수 있다면 당장이라도 그렇게 하겠지만," 윈스턴이 말했다. "아시다시피 그건 멀리 떨어진 보안 서버에 저장되어 있습니다. 따라서 우리가 그의 발견을 세상에 공개하려면 특수 제작한 그의 휴대전화와 비밀번호가 필요합니다. 마흔일곱 글자로 이루어진 시구절을 찾기 위해 지금까지 출간된 모든 텍스트를 검색해봤지만, 불행히도 연을 어떻게 나누느냐에 따라 수십만 혹은 그 이상의 가능성이 발견되었습니다. 게다가 에드먼드는 몇 차례의 비밀번호 입력 시도가 실패하면 더 이상 시도할 수 없도록 차단 인터페이스를 만들어두었습니다. 그 때문에 무제한으로 입력해볼 수도 없는 상황입니다. 이렇게 되면 남은 선택은 하나뿐입니다. 다른 방법으로 비밀번호를 찾아야 한다는 뜻이지요. 저도 즉시 바르셀로나에 있는 에드먼드의 자택으로 가야 한다는 비달 관장님의 의견에 동의합니다. 에드먼드가 제일 좋아하는 시구절이 있다면 아마도 그 시가 수록된 '책'을 가지고 있을 테고, 심지어 어떤 형태로든 해당 구절에 표시를 해놓았을지도 모릅니다. 제 계산에 의하면 에드먼드는 두 분이 바르셀로나로 가서 비밀번호를 찾아내고, 그것을 이용해 그의 발견을 계획대로 발표해주기를 원했을 가능성이 아주 높습니다. 한 가지 덧붙이자면, 손님 명단에 아빌라 제독을 추가해달라는 전화는 비달 관장님의 증언처럼 실제로 마드리드 왕궁에서 발신된 것으로 확인되었습니다. 그런 이유로 저는 왕실 근위대 요원들을 믿어서는 안 된다는 판단에 도달했고, 그들을 엉뚱한 곳으로 유인해

두 분의 도피를 돕기로 결정했습니다."

놀랍게도 윈스턴은 그 결정을 실행에 옮길 방법을 이미 찾아낸 뒤였다.

이윽고 비상구에 다다르자, 랭던은 조용히 문을 열어 암브라를 먼저 내보내고 등 뒤로 문을 닫았다.

"좋습니다." 랭던의 머릿속에서 윈스턴의 목소리가 다시 들려왔다. "이제 계단에 도착했군요."

"근위대 요원들은?" 랭던이 물었다.

"아주 멀리 있습니다." 윈스턴이 대답했다. "제가 지금 보안팀 직원으로 위장해 그들과 통화하면서, 여기서 멀리 떨어져 있는 갤러리로 유인해놓았습니다."

'믿을 수가 없어.' 랭던은 그렇게 중얼거리며 암브라를 향해 고개를 끄덕였다. "잘되어가는 것 같군요."

"계단으로 1층에 내려가면 미술관을 빠져나갈 수 있습니다." 윈스턴이 말했다. "미리 말씀드리지만, 일단 건물을 빠져나가면 교수님의 헤드셋은 더 이상 저와 연결되지 않습니다."

'제길.' 랭던도 미처 그 생각은 하지 못했다. "윈스턴." 그가 서둘러 물었다. "혹시 에드먼드가 지난주에 몇몇 종교 지도자에게 자신의 발견을 공개했다는 사실을 알고 있나?"

"가능성이 높아 보이지 않는군요." 윈스턴이 대답했다. "물론 오늘 밤에 보여준 도입부는 에드먼드의 발견이 심오한 종교적 의미를 담고 있음을 암시했으니, 그 분야의 지도자들과 미리 상의해보고 싶었을 수는 있겠네요."

"나도 그렇게 생각해. 하지만 그들 가운데 한 사람이 마드리드의 발데스피노 주교라는 점이 마음에 걸리는군."

"흥미롭군요. 온라인상의 수많은 자료는 그가 스페인 국왕과 아주 가까운 사이임을 말해주고 있습니다."

"그래. 한 가지 더." 랭던이 말했다. "그 만남 이후 에드먼드가 발데스피노에게서 협박성 음성 메시지를 받았다는 사실을 알고 있나?"

"몰랐습니다. 개인 전화로 전달된 모양이네요."

"에드먼드가 그걸 나에게 들려줬어. 발데스피노는 그에게 프레젠테이션을 취소하라고 충고하면서, 함께 만났던 종교인들이 에드먼드가 발견을 공개하기 전에 미리 발표해서 그의 신뢰를 떨어뜨리는 방안을 고려하고 있다고 경고까지 했지." 랭던은 걸음을 늦춰 암브라를 저 앞으로 먼저 보내고 목소리를 낮췄다. "혹시 발데스피노와 아빌라 제독의 연관성은 확인했나?"

윈스턴의 이번 대답은 다소 시간이 걸렸다. "직접적인 관계는 발견되지 않지만, 그렇다고 관련이 없다는 뜻은 아닙니다. 그저 문서화된 자료가 없다는 뜻이니까요."

그사이, 랭던과 암브라는 1층에 다다랐다.

"교수님, 이런 말씀을 드려도 될지 모르겠지만……." 윈스턴이 말했다. "오늘 저녁의 사건 전개로 미뤄 볼 때, 강력한 세력이 에드먼드의 발견을 매장하려 한다고 판단해야 할 듯합니다. 그가 프레젠테이션에서 교수님을 언급했고 또 교수님의 통찰력에서 많은 영감을 얻었다고 한 만큼, 에드먼드의 적들은 교수님을 위험 요소로 간주하고 깔끔하게 매듭지으려 할 가능성이 있다는 점을 염두에 두시기 바랍니다."

한 번도 그 같은 생각을 해보지 않은 랭던은 오싹한 한기를 느끼며 1층에 도착했다. 먼저 도착한 암브라가 철제 출입문을 열고 있었다.

"건물에서 나가시면," 윈스턴이 말했다. "골목이 나올 겁니다. 건물을 끼고 왼쪽으로 이동해 강 쪽으로 내려가세요. 거기에 우리가 논의한 목적지로 이동할 운송 수단을 준비해두겠습니다."

'BIO-EC346.' 랭던은 자신과 암브라를 거기로 데려다달라고 윈스턴에게 얘기해놓았다. '행사가 끝난 뒤 에드먼드를 만나기로 했던 곳이지.' 랭던은 결국 BIO-EC346이 무엇인지 알아냈는데, 비밀스러운 과학 클럽 같은 것이 아니라 훨씬 일상적인 것이었다. 어쨌건 랭던은 그것이 빌바오를 빠져나갈 열쇠가 되어주기를 바랐다.

'들키지 않고 거기까지 갈 수만 있으면⋯⋯.' 랭던은 이제 곧 모든 도로가 봉쇄되리라는 것을 알고 있었다. '빨리 움직여야 한다.'

암브라와 함께 비상구 문턱을 넘어 차가운 밤공기 속으로 나온 랭던은 묵주 알 같은 구슬들이 여기저기 흩어진 것을 보았다. 하지만 그게 뭔지 궁금해할 여유가 없었다. 윈스턴의 목소리가 이어졌다.

"일단 강에 도착하면," 윈스턴이 말했다. "라살베 다리 밑의 보도로 가서 기다⋯⋯."

랭던의 헤드셋이 갑자기 귀가 먹먹할 만큼 지직거리기 시작했다.

"윈스턴?" 랭던이 소리쳤다. "잠깐만⋯⋯ 뭐라고?"

하지만 윈스턴은 사라졌고, 그들의 등 뒤에서 묵직한 철문이 쾅 하고 닫혔다.

29

남쪽으로 한참 떨어진 빌바오 외곽, 우버 택시 한 대가 마드리드를 향해 AP-68 고속도로를 따라 남쪽으로 달리고 있었다. 뒷자리에 앉은 아빌라 제독은 하얀 재킷과 해군 모자를 벗고 자유를 만끽하며, 무난히 미술관을 빠져나온 순간을 회상했다.

'모든 게 리젠트가 약속한 그대로였어.'

아빌라는 우버 택시에 오르자마자 권총을 꺼내 기사의 뒤통수를 지그시 눌렀다. 기사는 사시나무처럼 벌벌 떨면서 아빌라의 지시대로 자신의 스마트폰을 차창 밖으로 던져 본사와의 유일한 연결 고리를 완벽하게 차단했다.

아빌라는 기사의 지갑을 뒤져 그의 집 주소, 그리고 부인과 두 자녀의 이름을 외웠다. '시키는 대로 하지 않으면 네 가족이 죽는다.' 운전대를 잡은 기사의 손이 하얗게 변했고, 아빌라는 그렇게 헌신적인 운전기사를 얻었다.

'나는 이제 투명 인간이다.' 아빌라는 사이렌을 울리며 맞은편 차선을 달리는 경찰차들을 바라보며 생각했다.

자동차가 남쪽으로 달리는 동안 아빌라는 장시간 여행에 대비해 자세를 편안히 하고 한껏 치솟았던 아드레날린의 여운을 음미했다. '임무는 철저히 마쳤어.' 손바닥의 문신을 흘깃 들여다본 그는 그것의 위력을 확인할 기회가 없었다는 사실을 깨달았다. '적어도 지금은.'

아빌라는 겁에 질린 우버 기사가 자신의 명령에 복종하리라는 확신이 들자 권총을 내렸다. 자동차가 마드리드를 향해 방향을 잡자, 아빌라는 앞 유리에 붙은 두 개의 스티커를 다시 한 번 바라보았다.

'이게 웬 우연일까?' 그는 생각했다.

첫 번째 스티커는 우버의 로고다. 그게 붙어 있는 것은 당연했지만 두 번째 스티커는 아무리 생각해도 하늘의 계시였다.

'교황 십자가.' 요즘은 어디를 가나 이 상징이 보였다. 유럽의 가톨릭 신자들이 교회의 자유화와 현대화를 추진하는 새로운 교황을 지지하는 상징이었다.

우습게도, 이 기사가 자유주의 교황의 지지자라는 사실은 아빌라가 그의 머리에 총을 들이대는 행위에 즐거움을 더했다. 아빌라는 게으른 대중이 새 교황에 열광한다는 사실이 끔찍했다. 새 교황은 그리스도의 추종자들에게 하느님의 율법이라는 뷔페식당 테이블에서 자기 입맛에 맞는 음식만 골라 먹을 수 있는 권리를 부여했다. 바티칸에서는 하룻밤 사이에 산아 제한이니, 동성 결혼이니, 여성 성직자니, 그 밖의 온갖 자유주의적인 쟁점이 논의의 대상으로 떠올랐다. 2000년 내려온 전통이 눈 깜빡할 사이에 증발해버리는 느낌이었다.

'다행히 아직도 옛것을 지키기 위해 싸우는 이들이 있다.'

아빌라는 마음속에서 들려오는 오리아멘디 찬가에 귀를 기울였다.

'그리고 나는 그들에게 봉사할 수 있는 영광을 부여받았다.'

30

스페인에서 가장 유서 깊고 뛰어난 호위대인 왕실 근위대는 중세 시대까지 거슬러 올라가는 굳은 전통을 가지고 있다. 근위대원은 왕가의 안전을 지키고, 그들의 재산을 보호하며, 그 명예를 지키는 일을 신 앞에서 맹세한 신성한 임무로 여긴다.

2000명에 육박하는 근위대 병력을 총지휘하는 디에고 가르사 사령관은 피부가 가무잡잡하고 눈이 작으며, 듬성듬성한 검은 머리칼을 반점으로 얼룩덜룩한 두피 위로 빗어 넘긴 왜소한 체구의 60세 남자였다. 설치류와 흡사한 외모와 자그마한 몸집 때문에 사람들 사이에 섞이면 좀처럼 눈에 띄지 않았고, 이는 그가 왕궁의 울타리 안에서 막강한 영향력을 행사하는 인물이라는 사실을 위장하는 데 도움이 되었다.

가르사는 진정한 힘은 완력이 아니라 정치적 영향력에서 나온다는 사실을 일찌감치 터득한 인물이었다. 근위대 지휘권은 물론 그에게 영향력을 주었지만, 개인적이거나 전문적인 일 가리지 않고 왕실 내부의 다양한 문제를 처리하는 해결사 역할을 도맡게 된 데는 예지력에 가까운 그의 정치적 수완이 작용했다.

가르사는 한 번도 왕실의 믿음을 배신한 적이 없고, 비밀을 누설한 적도 없었다. 누구보다도 믿을 만하고 신중하다는 평판은 미묘한 문제를 귀신같이 해결하는 능력과 더불어, 그를 왕궁 내에서 없어서는 안 될 인물로 격상시켰다. 하지만 스페인의 노쇠한 국왕이 사르수엘라 궁전에서 생을 마감하려 하는 지금, 가르사는 왕궁 내의 다른 사람들과 마찬가지로 불안정한 미래에 직면해 있었다.

국왕은 강경 보수파인 프란시스코 프랑코 총통 아래 피로 물든 36년간의 독재가 끝난 뒤 입헌 군주제를 확립해 40년 넘는 세월 동안 격동의 스페인을 이끌었다. 1975년 프랑코 사망 이후, 국왕은 정부와 손을 맞잡고 스페인에 민주주의를 정착시키기 위해 노력했고, 덕분에 스페인은 조금씩, 천천히 진보 쪽으로 움직였다.

젊은이들에게는, 변화의 속도가 너무 더뎠다.

나이 지긋한 전통주의자들에게는, 변화의 방향이 불경스러웠다.

기득권 세력 중에는 여전히 프랑코의 보수주의, 특히 가톨릭을 스페인의 '국교'이자 도덕적 근간으로 삼은 프랑코의 입장을 열렬히 옹호하는 이들이 많았다. 그러나 빠르게 그 수가 증가하는 스페인의 젊은 세대는 이런 견해의 정반대편에 서 있었다. 그들은 기성 종교의 위선을 대담하게 비난하며 더 분명한 정교 분리를 주장했다.

현재, 즉위를 코앞에 둔 중년의 왕자가 어느 쪽으로 기울지 확신할 수 있는 사람은 아무도 없었다. 수십 년 동안 훌리안 왕자는 형식적인 임무를 묵묵히 수행하며, 정치 문제는 부친에게 일임하고 개인적 신념을 드러내지 않았다. 전문가들 대부분이 그가 부친보다 훨씬 자유주의적인 성향을 보일 거라고 예측하지만, 그의 속내를 확인할 방법은 어디에도 없었다.

그러나 오늘 밤 베일이 벗겨질 터였다.

빌바오에서 벌어진 충격적인 사건에 관심이 집중되는 가운데, 국왕은 이에 대해 공개적으로 언급할 만한 건강 상태가 아니었다. 따라서 훌리안 왕자는 오늘 저녁의 골치 아픈 사건에 관여할 수밖에 없게 되었다.

총리를 비롯한 몇몇 고위 정부 관료는 이미 이 살인 사건을 비난하고 나섰지만 왕궁의 발표가 있을 때까지 더 이상의 언급을 자제하고 있었다. 따라서 이 모든 난장판의 수습을 훌리안 왕자가 떠안는 모양새가 되었다. 사실 가르사는 미래의 왕비 암브라 비달이 깊숙이 연루된 터라 이 사건이 아무도 건드리고 싶지 않은 정치적 수류탄으로 치부되는 것에 놀라지 않았다.

'오늘 밤 훌리안 왕자가 시험대에 오를 것이다.' 가르사는 왕궁의 거처로 이어지는 계단을 서둘러 오르며 생각에 몰두했다. '왕자에게는 누군가 길잡이가 필요한데, 부친은 그럴 처지가 아니니 내가 해야만 해.'

잰걸음으로 복도를 지난 가르사는 이윽고 왕자의 방문 앞에 다다랐다. 그는 큰 숨을 한 번 몰아쉬고 문을 두드렸다.

'이상하군.' 뜻밖에도 안에서는 아무런 반응이 없었다. '분명히 안에 있을 텐데.' 빌바오에 있는 폰세카 요원에 의하면, 훌리안 왕자는 암브라 비달이 무사한지 확인하기 위해 방금 전 자신의 거처에서 전화를 걸었다. 그녀가 무사하다니 천만다행이었다.

가르사는 다시 문을 두드렸다. 여전히 대답이 없자 점점 걱정이 되기 시작했다.

그는 재빨리 문을 열었다. "훌리안 님?" 그는 안으로 들어서며 왕자의 이름을 불렀다.

거실에 켜놓은 텔레비전의 가물거리는 불빛 말고는 사방이 캄캄했다. "안 계십니까?"

이윽고 가르사는 어둠 속에 꼼짝도 하지 않고 홀로 퇴창 앞에 서 있는 홀리안 왕자의 실루엣을 발견했다. 그는 여전히 오늘 저녁 회의를 위해 입은 정장 차림으로, 넥타이조차 풀지 않고 있었다.

가르사는 망연자실한 홀리안의 모습을 말없이 바라보며 불안감에 사로잡혔다. '충격으로 굳어버렸군.'

가르사는 가벼운 헛기침으로 자신의 존재를 알렸다.

이윽고 왕자가 뒤도 돌아보지 않고 입을 열었다. "내가 전화했을 때, 암브라가 통화를 거부했어요." 상처 입었다기보다는 당혹스러운 말투에 가까웠다.

가르사는 대답할 말이 떠오르지 않았다. 오늘 밤에 벌어진 사건을 생각해볼 때, 홀리안이 지금 암브라와의 관계에 초점을 맞추고 있다는 것은 이해하기 힘든 일이었다. 어차피 이 약혼은 처음부터 그리 순탄해 보이지 않았다.

"비달 양은 크게 충격받았을 겁니다." 가르사가 조용히 말했다. "폰세카 요원이 밤 늦게 그녀를 모셔 올 겁니다. 그때 말씀 나누시지요. 어쨌거나 비달 양이 무사하다니 얼마나 마음이 놓이는지 모릅니다."

홀리안 왕자는 무표정한 얼굴로 고개를 끄덕였다.

"지금 살인범을 쫓고 있습니다." 가르사는 화제를 바꾸었다. "폰세카의 보고에 의하면, 머지않아 테러리스트를 체포할 수 있을 듯합니다." 가르사는 홀리안을 제정신으로 되돌려놓고 싶어 의도적으로 '테러리스트'라는 단어를 선택했다.

하지만 왕자는 또 한 번 멍하니 고개를 끄덕일 뿐이었다.

"총리께서 이 사건을 맹렬히 비난했습니다." 가르사가 말을 이었다. "하지만 정부에서는 전하의 언급을 기다리는 눈치입니다……. 암브라 양이 연루되었으니까요." 가르사는 이 대목에서 잠깐 뜸을 들였다. "전하의 약혼 관계 때문에 상황이 약간 난처하기는 합니다만, 왕자님께서는 약혼녀의 독립심을 최대한 존중한다는 입장과 함께, 그녀가 에드먼드 커시와 정치적 견해를 같이하지는 않으며, 미술관 관장으로서 최선을 다한 그녀에게 박수를 보낸다는 정도로 발언하시는 게 좋겠습니다. 필요하시다면 제가 초안을 한번 작성해볼까요? 내일 아침 뉴스 시간에 맞춰 준비해야 할 듯합니다."

훌리안의 시선은 여전히 창밖에 고정되어 있었다. "우리가 입장을 발표해야 한다면, 발데스피노 주교님의 견해를 반영하고 싶어요."

가르사는 어금니를 깨물어 불편한 심기를 삼켰다. 스페인은 프랑코 총통 사후 무종교 국가, 즉 국교 없는 나라였고 교회는 정치적 사안에 어떠한 개입도 할 수 없었다. 하지만 발데스피노는 국왕과 친분이 두터워서, 왕궁의 일상사에 이례적으로 큰 영향력을 행사했다. 불행히도 발데스피노의 강경한 정치적 견해와 종교적 열정에는 오늘 밤과 같은 위기에 대처하는 데 필요한 외교술과 수완이 없었다.

'우리에게는 교리와 불꽃놀이가 아니라 섬세하고 미묘한 계략이 필요해!'

가르사는 독실한 종교인이라는 발데스피노의 겉모습이 아주 단순한 진실을 가리고 있음을 오래전에 간파했다. 발데스피노 주교는 언제나 신보다는 자기 자신의 필요를 우선시했다. 지금까지는 그런 그의 모습을 눈감아왔지만, 왕궁 내 권력의 균형이 변하고 있는 지금 발데스피노의 견해가 훌리안에게 슬금슬금 다가가고 있다는 사실은 우려되었다.

'발데스피노는 왕자와 너무 가까워.'

가르사는 훌리안이 옛날부터 이 주교를 '가족'으로, 종교 지도자라기보다는 믿음직한 삼촌으로 여긴다는 사실을 알고 있었다. 국왕의 충직한 친구로서 어린 훌리안의 도덕적 성장을 살피는 임무를 맡은 발데스피노는 가정교사들을 일일이 감독하고, 신앙 교리를 가르치며, 심지어 연애에 대해 조언하는 등 열과 성을 다해 그 역할을 수행해냈다. 세월이 흐른 지금, 훌리안과 발데스피노는 설령 의견이 일치하지 않을 때조차 혈연과도 같은 깊은 관계를 유지했다.

"훌리안 전하." 가르사가 차분한 목소리로 말했다. "오늘 밤의 상황은 전하와 저 단둘이서 처리해야 할 문제라고 생각합니다."

"그래요?" 갑자기 가르사의 등 뒤 어둠 속에서 웬 남자의 목소리가 들렸다.

뒤를 돌아본 가르사는 사제복을 입은 유령이 어둠 속에 앉아 있는 것을 보고 소스라치게 놀랐다.

'발데스피노.'

"제 생각에는요, 사령관님." 발데스피노가 성난 목소리로 낮게 말했다. "다른 사람은 몰라도 사령관님만큼은 오늘 밤 제 도움이 얼마나 절실히 필요한지 아시리라고 믿었습니다."

"이건 종교가 아니라 정치적인 문제입니다." 가르사가 단호하게 반박했다.

발데스피노는 코웃음을 쳤다. "사령관님 말씀을 들으니, 지금까지 제가 사령관님의 정치적 감각을 매우 과대평가한 것 같군요. 제 생각을 말씀드리면, 지금의 위기에 제대로 대처할 방법은 단 하나뿐이에요. 우리는 즉각 온 나라에 훌리안 왕자가 대단히 신앙이 깊은 분이며, 미래의 스페인 국왕은 독실한 가톨릭 신자라는 사실을 발표해야 합니다."

"동감입니다……. 이후 어떤 발표를 하건 훌리안 전하의 믿음에 대한 언급을 포함해야겠지요."

"그리고 훌리안 왕자님이 언론 앞에 설 때는 제가 그 옆에 있어야 합니다. 제가 그 어깨에 손을 얹고 있는 모습만으로도 교회와의 결속력이 얼마나 단단한지를 보여줄 수 있으니까요. 그 한 장면이 사령관님의 어떤 말보다 국민들을 안심시킬 겁니다."

가르사는 발끈했다.

"전 세계가 스페인 땅에서 일어난 잔혹한 암살을 실시간으로 목격했어요." 발데스피노가 말했다. "폭력의 시대에, 하느님의 손길만큼 위로가 되는 것은 없지요."

31

부다페스트의 여덟 개 교량 가운데 하나인 세체니 다리는 다뉴브 강을 가로질러 300미터가량 이어진다. 동서 연결의 상징인 이 다리는 전 세계에서 가장 아름다운 다리 가운데 하나로도 꼽힌다.

'내가 뭘 하고 있는 거지?' 쾨베시 랍비는 난간 아래 소용돌이치는 시커먼 강물을 내려다보며 속으로 중얼거렸다. '주교가 집에 있으라고 했는데.'

이렇게 나돌아 다녀선 안 된다는 것을 알지만, 쾨베시는 마음이 불안할 때면 늘 이 다리의 무언가에 이끌리곤 했다. 그는 오래전부터 뭔가 생각할 게 있을 때는 이 다리 위에서 밤 산책을 하며 시간을 초월한 경치를 바라보곤 했다. 동쪽으로는 페스트 지역의 그레셤 궁이 환한 조명을 받으며 성이슈트반대성당의 종탑들을 배경으로 우뚝 서 있었다. 서쪽의 부다 지역에는 부다성의 요새 같은 성벽이 캐슬힐 꼭대기에 버티고 있었고, 북쪽 다뉴브 강둑 위에는 헝가리 전체를 통틀어 제일 규모가 큰 건물인 의회의 첨탑들이 우아하게 뻗어 있었다.

하지만 쾨베시를 자꾸만 세체니 다리로 이끄는 것은 어쩌면 경치가 아닐지도 몰랐다. 전혀 다른 무언가가 있었다.

'맹꽁이자물쇠.'

다리의 난간과 지탱 줄에는 맹꽁이자물쇠 수백 개가 달려 있었다. 이니셜 한 쌍이 적힌 이 자물통들은 앞으로도 영원히 이 다리에 걸려 있을 것이다.

이 다리에는 연인이 함께 찾아와 자물통에 이니셜을 쓴 뒤 매달아 잠그고 영원히 찾지 못하도록 열쇠를 물속에 던져버리는 전통이 있었다. 영원히 이어질 두 사람 관계의 상징인 셈이었다.

'가장 단순한 약속이지.' 쾨베시는 대롱거리는 자물통 하나를 만지며 생각했다. '내 영혼을 영원히 당신의 영혼으로 잠근다.'

쾨베시는 이 세상이 무한한 사랑으로 가득 차 있다는 사실을 상기해야 할 때마다 이 자물통들을 보러 오곤 했다. 오늘 밤도 그런 날 가운데 하나처럼 느껴졌다. 소용돌이치는 강물을 내려다보며, 그는 세상이 감당할 수 없을 만큼 너무 빠르게 움직인다는 느낌을 받았다. '어쩌면 여기는 더 이상 내가 있을 곳이 아닌지도 모른다.'

혼자 버스를 타고 어디를 가거나, 일터를 향해 걸어가거나, 혹은 약속 상대를 기다리는 등 한때 고즈넉한 혼자만의 명상을 즐길 수 있던 순간들은 이제 견딜 수 없는 것이 되어버렸다. 사람들은 중독성 있는 기술의 홍수에 저항하지 못하고 충동적으로 휴대전화에, 이어폰에, 게임에 손을 뻗었다. 과거의 기적은 새로움에 대한 끊임없는 허기 속에 사라지고, 희석되었다.

강물을 내려다보는 예후다 쾨베시는 점점 피로를 느꼈다. 시야가 뿌옇게 흐려지는 듯하더니, 수면 아래서 정체불명의 괴상한 형체가 어른거렸다. 갑자기 강물 깊은 곳에서 웬 걸쭉한 덩어리가 부글거리며 생명체로 변해가는 느낌이었다.

"A víz él." 뒤에서 누군가의 목소리가 들렸다. "물이 살아 있어요."

랍비가 뒤돌아보니, 희망에 찬 눈동자를 한 곱슬머리 꼬마가 서 있었다. 왠지 그의 어린 시절을 연상케 하는 소년이었다.

"뭐라고?" 랍비가 물었다.

소년이 입을 열자 그의 목구멍에서 말 대신 전자 기기에서 나는 듯한 소음이 흘러나왔고, 눈에서는 하얀빛이 번쩍였다.

쾨베시 랍비는 신음을 토하며 잠에서 깨어나 의자에 앉은 몸을 곧추세웠다.

"Oy ġevalt(이런)!"

책상 위의 전화가 요란하게 울리는 가운데, 늙은 랍비는 겁에 질려 하지코의 서재를 둘러보았다. 다행히도 방 안에는 아무도 없었다. 자신의 심장 뛰는 소리가 들리는 것 같았다.

'희한한 꿈이로군.' 그는 가쁜 숨을 몰아쉬며 생각했다.

전화벨이 끈질기게 울렸다. 쾨베시는 이 시간에 전화할 사람이 발데스피노 주교밖에 없다는 걸 알고 있었다. 그의 마드리드행과 관련해 뭔가 새롭게 전할 얘기가 있는 모양이었다.

"발데스피노 주교님." 전화를 받기는 했지만 랍비는 아직도 정신이 얼떨떨했다. "무슨 일입니까?"

"예후다 쾨베시 랍비님?" 낯선 목소리가 물었다. "랍비님은 나를 모를 테고 나도 랍비님을 놀라게 하고 싶지 않습니다. 부디 지금부터 내 말을 신중히 들어주십시오."

갑자기 잠이 확 달아났다.

여자 목소리였지만, 변조한 느낌이 났다. 전화 건 사람은 스페인 억양이 살짝 가미된 영어로 재빨리 말했다. "보안상 목소리를 변조했습니다. 그 점에 대해서는 사과드립니다만, 곧 이유를 아시게 될 겁니다."

"누구시오?!" 쾨베시가 물었다.

"나는 감시자입니다. 대중에게 진실을 숨기고자 하는 이들을 별로 안 좋아하는 사람이지요."

"무…… 무슨 소리인지 모르겠습니다."

"쾨베시 랍비님, 나는 랍비님이 사흘 전 몬세라트 수도원에서 발데스피노 주교, 사예드 알파들 알라마와 함께 에드먼드 커시를 만났다는 사실을 알고 있습니다."

'그걸 어떻게?!'

"뿐만 아니라 에드먼드 커시가 세 분에게 자신이 최근에 발견한 과학적 사실과 관련해 엄청난 정보를 제공했다는 사실도 알고 있습니다……. 세 분이 그걸 숨기기 위한 음모에 연루되어 있다는 것도요."

"뭐라고?!"

"내 말을 귀담아 듣지 않는다면, 랍비님은 발데스피노 주교의 마수를 피하지 못하고 아침이 밝기 전에 목숨을 잃을 겁니다." 전화 건 이가 한 박자를 쉬고 덧붙였다. "에드먼드 커시, 그리고 랍비님의 친구 사예드 알파들처럼요."

32

네르비온강을 가로지르는 빌바오의 라살베 다리는 구겐하임 미술관과 워낙 인접해 있어 이 두 개의 구조물이 마치 한 덩어리처럼 보이는 경우가 많다. 거대한 H 자처럼 생긴, 우뚝 솟은 선홍색 기둥의 독특한 버팀대 덕분에 이 다리는 어디서나 한눈에 알아볼 수 있다. 먼 바다로 나갔던 뱃사람들이 이 강을 통해 집으로 돌아오며 무사 귀환에 감사하는 기도를 드렸다는 민담에서 '라살베(La Salve, 기도)'라는 이름을 따왔다고 한다.

미술관 뒤로 빠져나와 강둑까지 짧은 거리를 빠르게 이동한 랭던과 암브라는 윈스턴이 말한 대로 다리 바로 밑의 어둠 속 보도에서 대기했다.

'뭘 기다리는 거지?' 랭던은 일말의 불안감을 느꼈다.

어둠 속을 서성이고 있으려니, 이브닝드레스를 입은 암브라의 가느다란 몸이 오들오들 떨리는 것이 보였다. 랭던은 연미복 재킷을 벗어 그녀의 어깨에 걸쳐주고, 팔이 덮이도록 옷을 반듯하게 폈다.

암브라가 갑자기 몸을 돌려 그를 마주 보았다.

랭던은 순간 선을 넘는 행동을 했나 싶어서 움찔했지만, 암브라는 불쾌감이 아닌 고마움을 느끼는 듯했다.

"고마워요." 암브라가 랭던을 올려다보며 속삭였다. "도와주셔서 고마워요."

암브라는 랭던에게 시선을 고정한 채 그의 손을 마주 잡더니 마치 그의 체온을, 혹은 그가 줄 수 있는 어떤 위로를 흡수하려는 듯 손을 꽉 움켜쥐었다.

다음 순간 그녀는 황급히 손을 빼내며 속삭였다. "죄송해요. Conducta impropia(부적절한 행동). 우리 어머니라면 이렇게 말씀하셨을 거예요."

랭던은 안심시키는 미소를 지어 보였다. "정상 참작. 우리 어머니라면 그렇게 말씀하셨을 겁니다."

암브라도 미소 지었지만, 그 미소는 오래가지 못했다. "정말 참담해요." 그녀가 눈길을 돌리며 말했다. "오늘 밤 에드먼드에게 일어난 일은······."

"정말 끔찍하고······ 두려운 일이지요." 랭던은 아직도 충격에서 벗어나지 못해 자신의 감정을 온전히 표현할 수가 없었다.

암브라는 강물을 물끄러미 바라보았다. "게다가 제 약혼자인 훌리안 왕자가 연루되었다는 걸 생각하면······."

그녀의 목소리에 깃든 배신감을 알아차린 랭던은 어떤 반응을 보여야 할지 난감했다. "그렇게 보이기는 하지만," 랭던은 이 미묘한 문제를 탐색하듯 조심스럽게 말했다. "아직 확실하지는 않아요. 훌리안 왕자는 오늘 밤의 살인 사건에 대해 아무것도 몰랐을 가능성이 있으니까요. 암살자의 단독 범행일 수도 있고, 왕자가 아닌 다른 누군가의 지시를 받았을 수도 있습니다. 장차 스페인의 국왕이 될 사람이 민간인을 공개적으로 암살하는 일에 개입한다는 것은 상식적으로 납득이 안 가요. 특히 화살이 곧장 자신에게 돌아갈 상황이라면."

"화살이 그에게 돌아간 건 윈스턴이 아빌라가 손님 명단에 추가된 사실을 밝혀냈기 때문이에요. 어쩌면 훌리안은 누가 방아쇠를 당겼는지 아무도 못 알아차릴 거라고 생각했을지도 모르죠."

랭던은 그 말에 일리가 있음을 인정했다.

"에드먼드의 프레젠테이션을 훌리안과 상의하지 말았어야 했어요." 암브라가 다시 랭던을 돌아보며 말했다. "그는 저더러 이 행사에 관여하지 말라고 했고, 저는 행사가 동영상 프레젠테이션에 불과하니 제가 관여할 부분이 별로 없다고 그를 설득하려 노력했어요. 지금 생각하니 훌리안에게 에드먼드가 본인의 스마트폰으로 프레젠테이션을 할 거라는 얘기까지 한 것 같아요." 암브라는 잠시 생각을 정리하고 말을 이었다. "그러니까, 그들이 만약 에드먼드의 전화기를 우리가 가져갔다는 걸 안다면 에드먼드의 발견이 여전히 공개될 수 있다는 사실을 알게 될 거란 뜻이에요. 훌리안이 이 일에 어디까지 개입하려 하는지 도통 모르겠어요."

랭던은 한참 동안 이 아름다운 여성을 살펴보았다. "당신은 약혼자를 전혀 신뢰하지 않는군요, 그렇지요?"

암브라는 깊게 숨을 들이쉬었다. "솔직히 말하면 저는 교수님이 생각하는 것만큼 그 사람을 잘 알지 못해요."

"그런데 왜 결혼을 결심했지요?"

"간단해요. 훌리안이 저를 어쩔 수 없도록 만들었거든요."

랭던이 뭐라 대꾸하기도 전에, 낮게 우르릉거리는 소리가 다리 밑 작은 동굴 같은 공간에 울려 퍼지면서 발밑의 시멘트를 흔들기 시작했다. 소리가 점점 커졌다. 그 소리는 강 상류에서 그들의 오른쪽으로 다가오는 듯했다.

랭던이 돌아보니, 시커먼 물체가 그들을 향해 빠른 속도로 다가오고 있었다. 전조등을 켜지 않은 모터보트였다. 보트는 시멘트를 높게 쌓아 올린 강둑으로 다가와 속도를 늦추더니, 곧장 그들 옆으로 미끄러져왔다.

랭던은 보트를 물끄러미 바라보며 고개를 가로저었다. 지금까지 랭던은 에드먼드가 만든 가상 안내인을 어디까지 신뢰할 수 있을지 확신이 서지 않았지만, 지금 노란색 수상 택시가 강둑으로 다가오는 것을 보니 윈스턴이야말로 그들이 의지할 수 있는 최고의 아군이라는 사실이 새삼 실감되었다.

머리가 온통 헝클어진 선장이 그들을 향해 어서 타라며 손짓했다. "당신의 그 영국인 친구가 전화를 했더군요." 선장이 말했다. "중요한 손님이니 요금을 세 배로 지불할 거라면서…… 뭐라더라…… velocidad y discreción(빠르게 그리고 비밀스럽게)? 봐요, 시키는 대로 했어요. 불 안 켰다고요!"

"그래요, 고마워요." 랭던이 대답했다. '잘했어, 윈스턴. 빠르게 그리고 비밀스럽게.'

선장은 손을 내밀어 암브라가 보트에 오르는 것을 도왔다. 그녀가 몸을 녹이려고 지붕이 있는 조그만 선실로 들어가자 선장은 눈을 휘둥그레 뜨며 랭던을 향해 미소 지었다. "중요한 손님이 누군가 했더니, 세뇨리타 암브라 비달이었어!"

"velocidad y discreción(빠르게 그리고 비밀스럽게)." 랭던이 상기시켰다.

"¡Sí, sí(네, 네)! 알았어요!" 선장은 서둘러 키를 잡고 시동을 걸었다. 잠시 후 모터보트는 어두운 네르비온강을 따라 서쪽으로 내달리기 시작했다.

랭던은 보트 좌현 너머로 구겐하임의 거대한 검은과부거미가 빙글

빙글 돌아가는 경찰차의 경광등 불빛에 무시무시하게 번쩍거리는 광경을 보았다. 머리 위에서는 언론사 헬기가 하늘을 가로지르며 미술관 쪽으로 다가오고 있었다.

'이제 곧 여러 대가 몰려오겠지.' 랭던은 생각했다.

랭던은 바지 주머니에서 에드먼드의 암호가 적힌 명함을 꺼냈다. 'BIO-EC346.' 에드먼드는 그 명함을 택시 기사에게 보여주라고 했다. 물론 이런 수상 택시에 탈 줄은 몰랐을 테지만.

"우리의 영국인 친구 말입니다……." 랭던이 요란한 엔진 소리를 뚫고 선장에게 외쳤다. "그 친구가 우리 행선지를 말하던가요?"

"아, 그럼요! 보트로는 그 근처까지밖에 못 간다고 미리 설명했는데 괜찮다고 하더군요. 300미터는 걸을 수 있다고요. 맞지요?"

"맞습니다. 여기서 얼마나 멉니까?"

선장은 오른편으로 강과 나란히 뻗은 고속도로를 가리켰다. "도로 표지판에는 7킬로미터라고 되어 있는데, 보트로는 아마 조금 더 될 겁니다."

랭던은 불 켜진 고속도로 표지판을 바라보았다.

빌바오 공항(BIO) ✈ 7km

랭던은 마음속에서 들려오는 에드먼드의 목소리에 씁쓸히 웃었다. '한심하리만치 간단한 암호예요, 선생님.' 에드먼드의 말은 옳았고, 랭던은 그 의미를 알아내기까지 너무 오랜 시간이 걸린 것 같아 당혹스러웠다.

BIO는 실제로 암호였다. 다만 세상에 그와 비슷한 암호가 많아서 풀어내기가 너무 쉬울 뿐이었다. 이를테면 BOS, LAX, JFK처럼.

'BIO는 빌바오 공항 코드였어.'

일단 거기까지 알아내자 나머지도 금방 풀렸다.

EC346.

랭던은 에드먼드의 전용 제트기를 한 번도 본 적이 없지만 제트기를 갖고 있다는 사실은 알고 있었고, 스페인 국적 제트기의 식별 번호가 에스파냐의 'E'로 시작할 것임은 의심의 여지가 없었다.

'EC346은 전용 제트기야.'

만약 랭던이 일반 택시를 타고 빌바오 공항으로 향했다면, 보안 요원들에게 에드먼드의 명함을 제시한 즉시 그의 전용기로 안내되었을 것이다.

'윈스턴이 조종사들에게 우리가 간다는 사실을 미리 알려놨다면 좋을 텐데.' 랭던은 점점 작아지는 미술관 쪽을 흘낏 돌아보며 생각했다.

암브라가 있는 선실 안으로 들어가볼까 생각했지만, 신선한 공기가 상쾌하기도 한 데다 암브라 또한 혼자서 마음을 다스릴 시간을 좀 더 갖는 게 좋겠다고 마음을 고쳐먹었다.

'나 역시 시간이 필요해.' 랭던은 그런 생각을 하며 뱃머리 쪽으로 다가갔다.

뱃머리에 선 랭던은 바람에 머리칼이 마구 흩날리는 가운데 나비 넥타이를 풀어 주머니에 넣었다. 그리고 옷깃 제일 윗 단추를 풀어 최대한 깊이 숨을 들이마시며 깨끗한 밤공기로 허파를 가득 채웠다.

'에드먼드, 도대체 무슨 짓을 한 거야?'

33

디에고 가르사 사령관은 훌리안 왕자의 어두컴컴한 거실에 적응하며 발데스피노의 독선적인 설교를 간신히 참아내고 있었다.

'당신은 들어와선 안 되는 곳에 발을 들였어.' 가르사는 발데스피노를 향해 외치고 싶었다. '여기는 당신 영역이 아니야!'

발데스피노 주교는 이번에도 다시 한 번 왕궁의 정책에 개입했다. 성직자의 의관을 정제하고 마치 유령처럼 훌리안의 거처에 나타나 스페인의 전통이 얼마나 중요한지, 과거의 왕과 왕비 들이 얼마나 독실한 신자였는지, 또한 위기가 닥칠수록 교회의 영향력이 얼마나 위안이 되었는지를 구구절절 설명했다.

'때를 잘못 선택했어.' 가르사의 속이 부글부글 끓었다.

오늘 밤, 훌리안 왕자는 언론을 상대로 매우 섬세한 대응을 해야만 했다. 그런 그에게 종교적 의제를 더하려는 발데스피노의 행태를 가르사는 도저히 이해할 수 없었다.

때마침 가르사의 휴대전화가 울려 주교의 독백이 중단되었다.

"Sí, dime(네, 말씀하세요)," 가르사는 왕자와 주교 사이에 자리 잡고 는 큰 소리로 전화를 받았다. "¿Qué tal va(어떻게 됐어요)?"

"사령관님, 빌바오의 폰세카 요원입니다." 전화 건 이가 속사포로 스페인어를 쏟아냈다. "유감스럽게도 아직 범인을 못 잡았습니다. 범인의 위치를 추적할 수 있을 줄 알았던 자동차 회사가 문제의 차량 과 접속이 끊겼다더군요. 범인이 우리의 대응을 예측하고 있었던 모 양입니다."

가르사는 분노를 삼키며 차분히 호흡을 가다듬었고, 목소리에 속 마음이 절대 드러나지 않도록 최선을 다해야 했다. "알았네." 가르사 는 덤덤한 목소리로 대답했다. "당장은 비달 관장에게 전념하게. 왕 자님이 기다리고 계셔. 비달 관장을 곧 모셔 올 거라고 말씀드렸네."

수화기에서 긴 침묵이 흘렀다. 길고도 길었다.

"사령관님?" 이윽고 주저하는 듯한 폰세카의 목소리가 들렸다. "죄송합니다만 사령관님, 그 부분에 대해서도 안 좋은 소식이 있습니 다. 비달 관장과 미국인 교수가 우리를 따돌리고……." 폰세카는 또 잠시 망설이다가 덧붙였다. "……미술관 건물을 벗어났습니다."

가르사는 하마터면 전화기를 떨어뜨릴 뻔했다. "미안한데…… 한 번 더 말해주겠나?"

"예, 사령관님. 비달 관장과 로버트 랭던이 건물에서 도망쳤습니 다. 비달 관장이 의도적으로 휴대전화를 버려서 추적할 수 없었습니 다. 행방을 알 길이 없습니다."

가르사는 입을 떡 벌렸고, 왕자는 그런 그를 걱정스럽게 바라보았 다. 발데스피노 역시 명백한 호기심을 드러내며 귀를 기울였다.

"아…… 그것 참 다행이로군!" 가르사는 확신에 찬 고갯짓을 하며 불쑥 내뱉었다. "잘했어. 이제 조금 뒤에 다들 여기서 만날 수 있겠 군. 잠시 이동 수단과 보안 상황을 점검해보세. 잠깐만 기다리게."

가르사는 전화기를 손으로 가린 채 왕자를 보며 웃음 지었다. "다 잘되고 있습니다. 저는 다른 방에서 몇 가지 사항을 확인할 테니, 두 분은 계속 말씀 나누십시오."

가르사는 왕자를 발데스피노와 단둘이 남겨두기가 못내 꺼림칙했지만, 그렇다고 그들 앞에서 통화를 계속할 수는 없었다. 그는 손님용 침실로 들어가 문을 닫았다.

"¿Qué diablos ha pasado?" 가르사가 전화기에 대고 으르렁거렸다. '대체 무슨 소리야?'

폰세카는 좀처럼 믿기 힘든 이야기를 늘어놓았다.

"불이 나갔다고?" 가르사가 되물었다. "컴퓨터가 보안 요원을 가장해 엉터리 정보를 줬고? 나더러 그 소리를 믿으라고?"

"믿기 어려운 일이라는 건 알지만, 사령관님, 그런 일이 실제로 일어났습니다. 그 컴퓨터가 왜 갑자기 마음을 바꿨는지 도무지 이해할 수가 없습니다."

"마음을 바꿔?! 그건 빌어먹을 컴퓨터라며!"

"그러니까 제 말은, 그 컴퓨터는 그전까지는 굉장히 협조적이었습니다. 범인의 이름을 밝혀내고, 총격을 막으려고 시도하고, 도주 차량이 우버 택시라는 사실을 알아냈습니다. 그런데 어느 순간부터 갑자기 우리에게 맞서기 시작했습니다. 추정하기로는 로버트 랭던이 그 컴퓨터에게 무언가를 얘기한 것 같습니다. 그와의 대화 이후로 모든 상황이 변했습니다."

'내가 이젠 컴퓨터와 싸워야 하나?' 가르사는 이 현대사회를 살기에 자신이 너무 늙어버렸다는 사실을 인정하기로 했다. "폰세카 요원, 굳이 말할 필요도 없겠지만, 약혼녀가 미국인과 함께 도주했고 왕실 근위대가 컴퓨터한테 속아 넘어갔다는 사실이 알려지면 개인적으로나 정치적으로나 왕자님께 얼마나 수치스러운 일이 되겠나."

"잘 알고 있습니다."

"그 두 사람이 왜 도주할 생각을 했는지 짚이는 게 있나? 내가 보기에는 아주 부적절하고 무모한 행동 같은데."

"랭던 교수는 오늘 저녁에 우리와 함께 마드리드로 가야 한다는 말에 크게 반발했습니다. 그는 가고 싶지 않다는 입장을 분명히 표시했습니다."

'그래서 살인 현장에서 도주했다고?' 가르사는 아직 드러나지 않은 뭔가가 있다는 느낌이 들었지만, 그게 무엇인지는 알 수 없었다. "잘 듣게. 이 정보가 새어 나가기 전에 어떻게든 암브라 비달의 행방을 찾아내서 왕궁으로 데려오는 일이 무엇보다도 중요하네."

"알겠습니다, 사령관님. 하지만 지금 현장에 있는 요원은 디아스와 저, 둘뿐입니다. 저희 둘이서 빌바오 전체를 수색할 수는 없습니다. 현지 경찰에 협조를 구해서 도로에 설치된 카메라를 확인하고 공중 지원도 확보해서 가능한 모든……."

"절대 안 돼!" 가르사가 대답했다. "그런 수모를 감당할 수는 없어. 자네가 할 일을 해. 자네 힘으로 그자들을 찾고, 최대한 빨리 비달 관장을 데려오란 말이야."

"알겠습니다, 사령관님."

가르사는 못 미더운 심정으로 전화를 끊었다.

그가 침실에서 나오자 젊은 백인 여성이 그를 향해 황급히 복도를 달려왔다. 그녀는 여느 때처럼 눈알이 빙글빙글 돌아갈 것 같은 두꺼운 공대생 안경에 베이지색 재킷과 바지를 입고, 초조한 표정으로 태블릿 컴퓨터를 끌어안고 있었다.

'오, 주여.' 가르사는 속으로 비명을 질렀다. '하필 이럴 때.'

모니카 마르틴은 왕궁의 역대 최연소이자 신참 '홍보 담당관'이었다. 언론을 상대하거나 홍보 전략을 수립하는 등 커뮤니케이션 관련

업무를 수행하는 자리인데, 마르틴은 하루 스물네 시간 초긴장 상태로 그 일에 열중하는 눈치였다.

마르틴은 고작 스물여섯이었지만 마드리드 콤플루텐세 대학교에서 커뮤니케이션 학위를 취득한 뒤, 컴퓨터 관련으로는 세계 최고의 교육 기관 가운데 하나인 베이징 칭화 대학에서 2년간 석사 과정을 밟았다. 그루포 플라네타에서 본격적으로 홍보 업무에 뛰어든 그녀는 뒤이어 스페인의 텔레비전 방송사인 안테나 3에서 커뮤니케이션 책임자로 경력을 쌓았다.

작년부터 디지털 미디어를 통해 스페인의 젊은이들과 소통하려는 노력을 기울인 마드리드 왕궁은 트위터와 페이스북, 각종 블로그 등 온라인 미디어의 영향력이 폭발적으로 증가하자 이를 따라가기 위해 인쇄 매체 분야에서 수십 년간 경력을 쌓은 노련한 홍보 전문가를 해고하고 그 자리에 이 '디지털 원주민'을 영입했다.

'마르틴이 이 자리를 차지한 건 순전히 훌리안 왕자 덕이지.' 가르사는 그 점을 잘 알고 있었다.

이 젊은 여성을 직원으로 채용한 것은 훌리안 왕자가 왕궁 운영에 관여한 몇 안 되는 사례 가운데 하나이자, 그가 부친과 맞서 자신의 뜻을 관철시킨 더 희귀한 사례 가운데 하나이기도 했다. 마르틴은 업계 최고의 전문가로 평가받고 있지만, 가르사는 그녀의 광적이다시피 한 열정을 몹시 피곤하게 생각하는 쪽이었다.

"온갖 음모론이," 마르틴이 가르사 앞에 다다르기 무섭게 자신의 태블릿을 흔들며 말했다. "사방에 난무해요."

가르사는 멍한 표정으로 이 홍보 담당관을 쳐다보았다. '내가 그 말에 신경 쓸 것 같아?' 그에게는 음모론보다 더 중요한 걱정거리가 태산 같았다. "왕족의 거처를 이렇게 배회하는 이유부터 설명해보겠나?"

"통제실에서 사령관님의 위치 정보를 보내줬거든요." 마르틴은 그렇게 말하며 가르사가 허리춤에 차고 있는 전화기를 가리켰다.

가르사는 눈을 감고 큰 숨을 내쉬며 짜증을 억눌렀다. 왕궁은 새 홍보 담당관을 영입한 데 이어, 최근 들어서는 '전자 보안 부서'를 신설해 가르사의 대원들에게 위치 정보 서비스와 디지털 감시, 프로파일링, 데이터 마이닝 선점 등의 활동을 지원했다. 덕분에 나날이 어린 대원들이 다양하게 늘어가고 있었다.

'통제실이 꼭 대학 캠퍼스 전산실 같군.'

근위대 요원들의 위치 추적을 위해 새로 도입된 기술은 가르사 본인의 위치까지도 추적하고 있는 것이 분명했다. 지하실을 차지한 한 무리의 풋내기들이 그의 일거수일투족을 지켜보고 있다고 생각하면 마음이 편치 않았다.

"개인적으로 사령관님을 뵈러 왔어요." 마르틴이 태블릿을 내밀며 말했다. "이걸 보고 싶어하실 것 같아서요."

가르사가 태블릿을 낚아채 화면을 살펴보니, 빌바오 총격 사건의 범인으로 지목된 은빛 수염이 난 스페인 남자의 약력과 사진이 떠 있었다. 전 스페인 해군 제독 루이스 아빌라였다.

"안 좋은 얘기들이 온라인에 가득해요." 마르틴이 말했다. "그중 상당수가 아빌라가 왕족에게 고용됐던 사람이라는 내용이고요."

"아빌라는 해군에서 일했던 거야!" 가르사가 내뱉듯이 말했다.

"맞아요, 그런데 엄밀히 말하자면 국왕께서 군 최고 통수권자시니……."

"그만해." 가르사는 태블릿을 그녀에게 돌려주며 쏘아붙였다. "폐하가 테러리스트와 연루되었다는 것은 미친 음모론자들의 터무니없는 헛소리고, 오늘 밤의 이곳 상황과도 무관해. 그저 우리가 받은 축복에 감사하며 할 일이나 하면 된다고. 그 미치광이가 미래의 왕비를 죽일 수도 있었는데 결국 미국인 무신론자를 선택하지 않았나. 따지고 보면 썩 나쁜 결과도 아니야!"

젊은 여자는 꿈쩍도 하지 않았다. "사령관님, 왕실과 연관되는 건 그 문제만이 아니에요. 사령관님이 모르시면 안 될 것 같아서요."

마르틴은 그렇게 말하며 손가락으로 태블릿 화면을 두드리더니, 이내 다른 사이트를 찾아냈다. "이건 며칠 전부터 온라인에 올라온 사진인데, 그동안 아무도 눈여겨보지 않았어요. 하지만 이제 에드먼드 커시에 관한 이야기가 폭발적으로 퍼지면서 이 사진이 뉴스에까지 등장하기 시작했어요." 마르틴은 가르사에게 태블릿을 건넸다.

가르사는 기사 제목부터 살폈다. "이것이 미래학자 에드먼드 커시의 마지막 사진인가?"

흐릿한 사진 속의 커시는 검정색 정장 차림으로 아슬아슬한 절벽 옆 바위 위에 서 있었다.

"사흘 전에 찍힌 사진이에요." 마르틴이 말했다. "커시가 몬세라트 수도원을 찾았을 때죠. 현지 노동자 한 명이 커시를 알아보고 사진을 찍었나 봐요. 오늘 밤 커시가 살해되자 그 사람이 생전의 커시를 담은 마지막 사진 가운데 하나라며 이 사진을 다시 올렸어요."

"이게 우리하고 무슨 관련이 있지?" 가르사가 물었다.

"다음 사진을 보세요."

가르사는 화면을 아래로 내렸다. 두 번째 사진이 나타나자, 가르사는 벽을 짚으며 간신히 몸을 가누었다. "이건…… 말도 안 돼."

같은 장면을 넓은 프레임으로 찍은 이 사진에는 에드먼드 커시 옆에 선 전통적인 자주색 가톨릭 수단을 입은 키 큰 남자의 모습이 똑똑히 담겨 있었다. 발데스피노 주교였다.

"믿기 힘들지만 사실이에요." 마르틴이 말했다. "발데스피노 주교님은 며칠 전에 커시를 만났어요."

"하지만……." 가르사는 기가 막혀 말을 잇지 못했다. "하지만 그렇다면 주교가 왜 말하지 않았지? 오늘 밤 이 난리가 났는데!"

마르틴은 미심쩍다는 듯이 고개를 끄덕였다. "그래서 제가 사령관님을 먼저 찾아온 거예요."

'발데스피노가 커시를 만났다니!' 가르사는 도무지 갈피를 잡을 수가 없었다. '그래놓고 입을 꾹 다문 채 한 마디도 하지 않았다?' 걱정스러웠다. 당장 왕자에게 그 사실을 알려야 할 것 같았다.

"불행하게도," 마르틴이 말했다. "아직도 보여드릴 게 많아요." 그녀는 다시 태블릿을 만지기 시작했다.

"사령관님?" 갑자기 거실 안쪽에서 발데스피노의 목소리가 들렸다. "비달 양을 모셔 오는 일은 어떻게 됐지요?"

모니카 마르틴이 눈을 크게 뜨며 고개를 번쩍 들었다. "주교님 목소리예요?" 그녀가 속삭였다. "발데스피노 주교님이 여기 계세요?"

"그래. 왕자님과 얘기 중이야."

"사령관님!" 발데스피노가 또 가르사를 불렀다. "거기 계시오?"

"제 말 믿으세요." 마르틴이 겁에 질린 목소리로 속삭였다. "사령관님이 지금 당장 아셔야 할 정보가 더 있어요. 그 정보를 다 알기 전까지는 주교님이나 왕자님에게 한 마디도 하시면 안 돼요. 오늘 밤의 이 위기는 사령관님이 상상하시는 것보다 우리에게 훨씬 큰 영향을 미칠 거예요. 제발 제 말 믿으세요."

가르사는 잠시 홍보 담당관의 표정을 살핀 다음, 결정을 내렸다. "아래층 도서관으로 가 있게. 1분 안에 내려가지."

마르틴은 고개를 끄덕이고 살그머니 물러났다.

혼자 남은 가르사는 큰 숨을 몰아쉬며 가중되는 혼란과 분노의 기색을 지우려 애썼다. 이윽고 그는 차분한 모습으로 거실로 들어섰다.

"비달 관장은 별일 없습니다." 가르사가 빙긋 웃으며 말했다. "조금 뒤 도착할 겁니다. 제가 직접 보안 사무실로 내려가서 이동 상황을 확인해보겠습니다." 가르사가 훌리안에게 자신 있는 표정으로 고개를 끄덕여 보이고 발데스피노 주교를 돌아보았다. "금방 돌아오겠습니다. 여기 계십시오."

가르사는 그 말을 남기고 돌아서서 방을 나섰다.

* * *

가르사가 왕자의 거처를 나가자, 발데스피노는 얼굴을 찌푸린 채 그 뒷모습을 살폈다.

"뭐가 잘못됐나요?" 왕자가 주교의 눈빛을 살피며 물었다.

"예." 발데스피노가 훌리안을 돌아보며 대답했다. "저는 50년간 고해성사를 받아온 사람입니다. 거짓말을 들으면 바로 알아차리지요."

34

 ConspiracyNet.com

뉴스 속보

온라인 커뮤니티에 쏟아지는 질문들

에드먼드 커시가 암살된 이후, 이 미래학자를 추종하는 수많은 네티즌들이 두 가지의 시급한 의문을 놓고 추측을 쏟아내고 있다.

커시는 무엇을 발견했나?

누가, 왜 그를 살해했나?

커시의 발견과 관련해 인터넷상에는 다윈과 외계인, 창조론에 이르기까지 매우 다양한 범위의 이론들이 홍수처럼 쏟아지고 있다.

이 살인 사건의 동기는 아직 밝혀지지 않았으며 종교적 광신, 기업 간 경쟁, 질투심 등 수많은 추측만이 제기되고 있다.

컨스피러시넷은 범인에 대한 정보 독점을 약속받았으며, 관련 정보가 들어오는 대로 신속하게 보도할 예정이다.

35

암브라 비달은 수상 택시의 선실에 홀로 서서 어깨에 걸친 로버트 랭던의 재킷을 움켜쥐었다. 조금 전 랭던이 왜 잘 알지도 못하는 남자의 청혼을 수락했느냐고 물었을 때, 그녀가 한 대답은 거짓이 아니었다.

'어쩔 수가 없었어.'

훌리안과의 약혼은 일련의 사건을 차치하더라도, 두 번 다시 떠올리고 싶지 않은 악몽이었다.

'덫에 걸렸어.'

'지금도 그 덫에 걸려 있고.'

지금 지저분한 유리창에 비친 자신의 모습을 바라보고 있으려니 숨 막힐 듯한 외로움이 밀려들었다. 평소의 암브라 비달은 쉽사리 자기 연민에 빠져들지 않았으나 지금은 금방이라도 마음이 부서지고 표류할 것만 같았다. '잔인한 살인 사건에 연루된 사람과 약혼을 하다니.'

왕자는 행사가 시작되기 불과 한 시간 전 단 한 통의 전화로 에드먼드의 운명을 결정해버렸다. 암브라가 손님 맞을 준비에 여념이 없을 즈음, 젊은 직원이 종이 한 장을 흔들어대며 뛰어왔다.

"¡Señora Vidal! ¡Mensaje para usted!(비달 관장님! 관장님께 온 메시지예요!)"

잔뜩 흥분한 그 여자 직원은 미술관 안내 데스크에 중요한 전화가 한 통 걸려왔다며 숨 넘어갈 듯 호들갑을 떨었다.

"발신지가 마드리드 왕궁이더라고요." 그녀가 소리쳤다. "얼른 받아보니, 훌리안 왕자의 집무실에서 걸려온 전화였어요."

"왕자 집무실에서 안내 데스크로 전화를 걸었다고?" 암브라가 되물었다. "내 휴대전화 번호를 아는데 왜?"

"왕자님의 비서라는 사람이 관장님 휴대전화로 전화했는데 연결이 안 되더래요." 직원이 말했다.

암브라는 휴대전화를 확인해보았다. '이상하네. 부재중 전화가 한 건도 없는데.' 그제야 암브라는 기술 요원들이 미술관의 이동통신 전파 방해 시스템을 테스트한 사실을 떠올렸다. 하필 그녀의 휴대전화가 불통일 때 훌리안의 비서가 전화한 모양이었다.

"왕자님이 빌바오에 있는 아주 중요한 친구분한테서 연락을 받았는데, 그 친구분이 오늘 밤 행사에 꼭 참석하고 싶다고 했나 봐요." 직원은 암브라에게 메모지를 건넸다. "관장님이 손님 명단에 이 이름을 추가해줄 수 있느냐고 하던데요."

암브라는 메모지를 들여다보았다.

루이스 아빌라 제독(퇴역)
스페인 해군

'스페인 해군 퇴역 장교?'

"이 문제에 대해 상의하시려면 관장님이 직접 전화하시라며 전화 번호를 하나 남겼는데, 왕자님이 금방 회의에 들어갈 예정이어서 아마 연락이 안 될 거라고 하셨어요. 하지만 전화 건 사람은 왕자님께서 관장님이 이 부탁을 부담으로 받아들이지 않기를 바라신다고 말했어요."

'부담?' 암브라의 속이 끓어올랐다. '이게 부담이 아니면 뭐람?'

"내가 처리할게, 고마워." 암브라가 대답했다.

젊은 직원은 마치 신의 계시라도 무사히 전달한 듯이 서둘러 사라졌다. 암브라는 그녀가 놓고 간 메모지를 노려보며 왕자가 이런 식으로 자신에게 영향력을 행사하는 일을 아무렇지 않게 생각한다는 사실에 짜증을 느꼈다. 그가 암브라에게 오늘 밤 행사에 관여하지 말라고 그토록 압력을 넣은 후라 더욱 그랬다.

'이번에도 역시 어쩔 수 없도록 만드는군요.' 암브라는 속으로 중얼거렸다.

만약 그녀가 이 부탁을 무시해버리면, 유명한 해군 장교가 안내 데스크와 불편하게 대치할 터였다. 오늘 밤의 행사는 치밀하게 연출했고, 언론 보도도 집중될 예정이었다. '훌리안의 영향력 있는 친구와 실랑이가 벌어지는 꼴사나운 일은 없어야 해.'

아빌라 제독은 심사를 거치지도 않았고 '심사 면제' 명단에 올라 있지도 않았지만, 암브라는 보안 심사를 요구해봐야 소용이 없거나 오히려 결례를 범할 우려가 있다고 판단했다. 어쨌거나 그는 왕궁에 전화를 걸어 미래의 국왕에게 청을 넣을 정도로 권세 있는, 유명한 퇴역 해군 장교라고 하지 않는가.

결국 암브라는 시간이 워낙 촉박한 탓에 스스로 내릴 수 있는 유일한 결론을 내렸다. 자신이 직접 손님 명단에 아빌라 제독의 이름을 적어 넣고, 그 이름을 데이터베이스에 추가해 헤드셋이 지급되도록 한 것이다.

그러고 나서 암브라는 하던 업무로 돌아갔다.

'그 결과 에드먼드가 목숨을 잃었어.' 지금, 어두컴컴한 수상 택시의 선실에 선 암브라는 그 생각을 떨칠 수가 없었다. 고통스러운 기억에서 벗어나려고 몸부림치던 그녀의 뇌리에, 문득 이상한 생각 한 줄기가 떠올랐다.

'나는 훌리안과 직접 통화하지는 않았어……. 모든 메시지가 제삼자를 통해 전달됐잖아.'

그렇게 생각하니 갑자기 한 줄기 희망이 비쳤다.

'랭던 교수가 한 말이 맞을 수도 있을까? 훌리안이 결백할 수도 있을까?'

잠시 생각을 정리하던 암브라는 서둘러 바깥으로 뛰쳐나갔다.

미국인 교수는 뱃머리에 혼자 서서 두 손으로 난간을 짚은 채 어둠을 응시하고 있었다. 그 옆으로 다가가던 암브라는 진흙으로 뒤덮인 높다란 둑 때문에 보트가 네르비온강의 본류를 벗어나, 강이라기보다는 위험천만한 수로처럼 보이는 좁은 지류를 따라 북쪽으로 달리고 있다는 사실을 깨닫고 깜짝 놀랐다. 수심이 워낙 낮고 폭이 좁아 덜컥 겁이 났지만, 선장은 전조등을 밝힌 채 대수롭지 않게 전속력으로 보트를 몰고 있었다.

암브라는 랭던에게 훌리안 왕자의 집무실에서 걸려온 전화에 대해 간단히 설명했다. "저는 미술관 안내 데스크에 마드리드 왕궁에서 발신된 전화가 걸려 왔다는 사실밖에 몰라요. 엄밀히 말하면 왕궁에 있는 누구든지 훌리안의 비서인 척 그런 전화를 걸 수 있었을 거예요."

랭던은 고개를 끄덕였다. "어쩌면 그런 이유 때문에 당신과 직접 통화하지 않고 용건을 전해달라고 했는지도 모르겠군요. 누가 그랬을지 짐작되는 사람이라도 있나요?" 에드먼드가 사전에 발데스피노를 만났다는 사실을 고려하면, 랭던은 이 주교를 주목해야 할 것 같았다.

"짚이는 사람이야 많죠." 암브라가 대답했다. "지금 왕궁은 아주 미묘한 때예요. 훌리안이 전면으로 부상하면, 현재 국왕의 측근 가운데 상당수가 훌리안의 호감을 사려고 모여들 거예요. 나라는 변화를 맞이하고 있고, 권력을 사수하려고 필사적으로 몸부림칠 옛 가신들이 한둘이 아니니까요."

"음, 누가 연루되었든," 랭던이 말했다. "우리가 에드먼드의 비밀번호를 찾아내 그의 발견을 공개하려 한다는 사실을 그들이 눈치채지 못하기를 기도해야겠군요."

그렇게 말하다 보니 랭던은 지금 자신의 임무가 지극히 단순하다는 생각이 들었다.

동시에, 아주 위험한 일이기도 했다.

'그들은 발표를 막으려고 에드먼드를 살해했어.'

랭던은 다른 누군가가 이 일을 처리하도록 두고 자신은 공항에 도착하자마자 곧장 집으로 날아가버리는 게 제일 안전하지 않을까 생각했다.

'그래, 안전하기야 하겠지.' 랭던은 생각했다. '하지만…… 그럴 순 없어.'

랭던은 옛 제자에 대한 커다란 책임감과 함께, 획기적인 과학적 돌파구를 이토록 잔인한 방식으로 검열하는 행태에 도덕적 분노를 느꼈다. 에드먼드가 발견한 것을 정확히 알고 싶다는 지적 호기심도 강하게 일었다.

'게다가,' 랭던은 한 가지 이유를 떠올렸다. '이 여자는 어떡하고.'

암브라 비달이 위기에 처한 것은 분명한 사실이었다. 랭던은 자신을 바라보며 도와달라고 간청하던 그녀의 눈동자에서 흔들림 없는 개인적 확신과 자립성…… 그리고 두려움과 회한의 먹구름을 똑똑히 보았다. '뭔가 비밀이 있어.' 랭던은 생각했다. '아주 어둡고 은밀한 비밀이. 그리고 지금 도움의 손길을 갈구하고 있고.'

암브라는 랭던의 생각을 읽기라도 한 듯 갑자기 눈을 들었다. "추워 보여요." 그녀가 말했다. "재킷을 돌려드려야 할 것 같네요."

랭던은 부드럽게 웃었다. "괜찮아요."

"공항에 도착하는 즉시 스페인을 떠나야겠다고 생각하셨나요?"

랭던은 웃음을 터뜨렸다. "솔직히 그런 생각을 하긴 했죠."

"제발 그러지 마세요." 암브라는 난간 위로 손을 뻗어 랭던의 손을 부드럽게 감쌌다. "오늘 밤 우리가 상대하는 게 뭔지 모르겠어요. 교수님은 에드먼드와 가까운 사이였고 그에게서 교수님과의 우정이 얼마나 소중한지, 교수님의 견해가 얼마나 믿음직한지 여러 번 들었어요. 전 두려워요, 교수님. 아무리 생각해도 혼자 이 상황을 헤쳐나가지 못할 것 같아요."

암브라의 솔직한 고백은 당혹스러운 동시에 무척이나 매혹적이었다. "좋아요." 랭던은 고개를 끄덕이며 대답했다. "아무래도 당신과 나는 에드먼드에게, 아니 전 세계 과학계에 빚을 하나 진 것 같군요. 에드먼드의 비밀번호를 알아내 그가 발견한 것을 세상에 알리는 것 말입니다."

암브라는 부드럽게 미소 지었다. "고마워요."

랭던은 보트 뒤편을 돌아보았다. "지금쯤 근위대 요원들도 우리가 미술관을 빠져나왔다는 사실을 알아차렸을 것 같군요."

"그렇겠죠. 그나저나 윈스턴은 정말 대단하지 않나요?"

"정말 깜짝 놀랐습니다." 랭던은 에드먼드가 인공지능 분야의 발전에 어떤 공헌을 했는지, 이제야 피부로 실감할 수 있었다. 에드먼드의 '획기적인 독점 기술'이 뭔지는 잘 몰라도, 그가 인간과 컴퓨터의 상호작용이라는 멋진 신세계를 활짝 열어젖혔다는 점에는 의심의 여지가 없었다.

오늘 밤 윈스턴은 자신을 만든 창조주에 대한 충실한 종이자, 랭던과 암브라에게도 더없이 소중한 지원군임을 여실히 입증해 보였다. 윈스턴은 불과 몇 분 만에 손님 명단에서 문제점을 찾아냈고, 에드먼드의 피격을 막으려 했으며, 도주 차량을 가려내는가 하면, 랭던과 암브라가 미술관에서 빠져나올 수 있도록 돕는 등 엄청난 일들을 해냈다.

"윈스턴이 에드먼드의 조종사들에게 미리 연락해놓았다면 좋겠는데요." 랭던이 말했다.

"틀림없이 그랬을 거예요." 암브라가 말했다. "그래도 교수님 말씀대로 윈스턴에게 연락해서 한 번 더 확인해두는 게 낫겠죠?"

"잠깐만." 랭던이 놀란 표정으로 말했다. "윈스턴에게 연락한다고요? 우리가 미술관을 나올 때부터 신호가 끊겨서……."

암브라는 웃음을 터뜨리며 고개를 가로저었다. "교수님, 윈스턴이 있는 곳은 구겐하임이라는 물리적 공간이 아니에요. 어딘가에 아무도 모르는 전산실 같은 곳이 있을 테고, 외부에서 원격으로 접속할 수 있죠. 에드먼드라면 윈스턴처럼 훌륭한 자원을 언제 어디서든 접속해 활용할 수 있도록 시스템을 만들어놓지 않았겠어요? 에드먼드는 집에서도, 여행을 다닐 때도, 심지어 산책할 때도 늘 윈스턴과 대화를 주고받았어요. 전화 한 통으로 언제나 쉽게 접속했죠. 에드먼드가 몇 시간씩 윈스턴과 수다 떠는 걸 본 적도 있어요. 에드먼드는 윈스턴을 개인 비서처럼 활용했어요. 음식점 예약이나 조종사들과의 일정 조율 등, 필요한 일은 무엇이든 시켰죠. 사실 미술관 행사 준비가 한창일 때는 저도 윈스턴과 자주 통화했어요."

암브라는 랭던의 재킷 주머니에서 청록색 케이스를 씌운 에드먼드의 전화기를 꺼내 전원을 켰다. 랭던은 배터리를 아끼려고 미술관에서 전원을 꺼두었었다.

"교수님 전화기도 켜는 게 좋겠어요." 그녀가 말했다. "그래야 우리 둘 다 동시에 윈스턴과 접속할 수 있을 테니까요."

"휴대전화를 켰다가 추적당하면 어쩌려고요?"

암브라는 고개를 가로저었다. "어차피 당국에서 법원 명령을 받으려면 시간이 필요할 테니, 그 정도 위험은 감수할 만해요. 윈스턴이 근위대와 공항 상황을 전해줄지도 모르잖아요."

랭던은 불안해하며 전원을 켠 다음, 죽어 있던 전화기가 깨어나는 모습을 지켜보았다. 초기 화면이 나타나자, 랭던은 마치 우주 공간에 떠 있는 모든 위성이 당장 자신의 위치를 알아낼 것 같은 불안감에 사로잡혔다.

'첩보 영화를 너무 많이 봤나.' 랭던은 속으로 중얼거렸다.

전화기가 켜지기 무섭게 신호음과 진동이 번갈아 울리며 오늘 저녁부터 들어온 메시지들이 연달아 뜨기 시작했다. 놀랍게도 전화기를 끈 뒤로 200통이 넘는 문자 메시지와 이메일이 들어와 있었다.

수신함을 대충 훑어보던 랭던은 대부분의 메시지가 친구와 동료에게서 온 것임을 알아차렸다. 초기에 온 메일은 대부분 '대단한 강연이었어!', '자네가 왜 거기 가 있지?' 같은 축하 인사였지만, 어느 순간부터 갑자기 축하가 걱정으로 바뀌었다. 심지어는 그의 담당 편집자인 조너스 포크먼까지도 '하느님맙소사…… 로버트, 괜찮아요??!!'라는 메시지를 보냈다. 랭던은 이 학구적인 편집자가 띄어쓰기를 안 하거나 물음표와 느낌표를 남발하는 것을 한 번도 본 적이 없었다.

조금 전까지 랭던은 빌바오의 어두운 강물 위에서 투명 인간이 된 느낌이었고, 미술관에서 벌어진 일들이 까마득한 꿈처럼 희미해져간 다고 생각했다.

'온 세상이 다 아는군.' 그는 깨달았다. '베일에 싸인 에드먼드의 발견과 잔혹한 피살……. 내 이름과 얼굴까지 다 알려졌어.'

"윈스턴도 우리에게 연락을 시도했나 봐요." 암브라가 에드먼드의 전화기를 들여다보며 말했다. "지난 30분 사이에 부재중 전화가 쉰세 통이나 와 있네요. 발신 번호는 모두 똑같고, 정확히 30초 간격으로 전화를 걸었어요." 암브라가 빙긋 웃었다. "지칠 줄 모르는 집요함도 윈스턴의 여러 장점 가운데 하나죠."

그때 에드먼드의 전화기가 울리기 시작했다.

랭던은 암브라를 향해 미소 지었다. "누구일지 궁금한데요."

암브라가 그에게 전화기를 내밀었다. "받아보세요."

랭던은 전화기를 받아 들고 스피커 단추를 눌렀다. "여보세요?"

"랭던 교수님." 이제는 제법 익숙해진 윈스턴의 영국 억양이 들렸다. "다시 연결되어 기쁩니다. 여러 번 시도했었어요."

"그래, 그런 것 같군." 랭던은 그렇게 대답하며 이 컴퓨터가 쉰세 번이나 전화 연결이 안 되었는데도 여전히 차분하고 담담한 것에 깊은 인상을 받았다.

"몇 가지 새롭게 알려드릴 사항이 있습니다." 윈스턴이 말했다. "교수님이 도착하기 전, 공항 당국에 교수님과 관련한 경보가 전달될 가능성이 높습니다. 이번에도 아주 신중하게 제 안내를 따르시는 편이 좋겠습니다."

"어차피 우리 운명은 자네 손에 달렸어, 윈스턴." 랭던이 대답했다. "어떻게 하면 되는지 말해줘."

"첫째로, 교수님." 윈스턴이 말했다. "아직 휴대전화를 갖고 계시다면 당장 버리세요."

"뭐?" 랭던은 자신의 전화기를 더욱 꼭 쥐며 말했다. "이걸 추적하려면 법원의 명령이 필요⋯⋯."

"미국 경찰 드라마에서는 그럴지도 모르지요. 하지만 교수님은 지금 스페인 왕실 근위대와 왕궁을 상대하고 있습니다. 그들은 필요하다면 무슨 짓이든 합니다."

랭던은 도무지 자신의 휴대전화를 버릴 엄두가 나지 않았다. '내 모든 삶이 이 속에 있는데.'

"에드먼드의 전화기는 어때요?" 암브라가 경계심 어린 말투로 물었다.

"그건 추적이 불가능합니다." 윈스턴이 대답했다. "에드먼드는 항상 해킹이나 산업스파이에 신경을 썼어요. 그래서 자기 전화기의 C2 값을 바꿔 휴대전화 추적을 방어하는 IMEI/IMSI 은폐 프로그램을 직접 만들었지요."

'어련하시겠나.' 랭던은 생각했다. '윈스턴을 만들 정도의 천재라면 휴대전화 정도는 식은 죽 먹기로 주물렀겠지.'

랭던은 현저히 열등한 자신의 전화기를 들여다보며 얼굴을 찌푸렸다. 그러자 암브라가 손을 뻗어 그의 손에서 전화기를 부드럽게 빼더니 말없이 난간 너머로 내밀고는 손을 놓아버렸다. 랭던은 전화기가 수직으로 떨어져 네르비온강의 시커먼 물속에 첨벙 빠지는 장면을 바라보았다. 전화기가 수면 아래로 사라진 뒤에도 랭던은 상실의 고통을 느끼며 강물에서 시선을 떼지 못했다.

"교수님." 암브라가 속삭였다. "디즈니의 엘사 공주가 했던 현명한 말을 기억하세요."

랭던은 그녀를 돌아보았다. "예?"

암브라가 부드럽게 미소 지었다. "흘러가게 두세요(Let it go)."

36

"Su misión todavía no ha terminado." 아빌라의 전화기에서 흘러
나오는 목소리가 말했다. '당신의 임무는 아직 끝나지 않았습니다.'

우버 택시 뒷좌석에 앉아 있던 아빌라는 자세를 가다듬으며 고용
주가 전하는 소식에 귀를 기울였다.

"예상외로 일이 복잡해지고 있어요." 그가 스페인어로 빠르게 말
했다. "목적지를 바르셀로나로 변경하십시오. 지금 즉시."

'바르셀로나?' 아빌라는 마드리드로 이동해 다음 임무를 수행하라
는 지시를 받은 터였다.

"커시의 측근 두 명이," 목소리가 말을 이었다. "그의 프레젠테이
션을 원격으로 공개할 방법을 찾아내려고 오늘 밤 바르셀로나로 향
하는 정황이 포착되었습니다."

아빌라의 몸이 뻣뻣해졌다. "그게 가능합니까?"

"그건 아직 확실하지 않지만, 만약 그들이 성공하면 당신의 모든
노고는 모두 물거품이 되고 맙니다. 그러니 지금 즉시 바르셀로나로

가줄 사람이 필요합니다. 은밀하게 움직이세요. 최대한 빨리 가서 도착하는 대로 나에게 연락하십시오."

그 말과 함께 연결이 끊겼다.

나쁜 소식이었지만, 아빌라는 이상하게도 반갑게 느껴졌다. '아직도 내가 필요하구나.' 바르셀로나는 마드리드보다 훨씬 멀었지만, 한밤중의 고속도로를 전속력으로 달리면 불과 몇 시간밖에 걸리지 않았다. 아빌라는 지체 없이 권총을 들어 우버 기사의 머리에 들이댔다. 운전대를 쥔 기사의 손에 힘이 잔뜩 들어갔다.

"Llévame a Barcelona(바르셀로나로 가라)." 아빌라가 명령했다.

우버 기사는 다음 출구로 빠져나가 비토리아가스테이스로 향한 다음, A-1 고속도로를 타고 동쪽으로 달리기 시작했다. 이 시간의 고속도로에는 팜플로나와 우에스카, 예이다, 그리고 지중해의 가장 큰 항구 도시 바르셀로나로 향하는 대형 화물 트럭들밖에 없었다.

아빌라는 자신을 이 순간까지 오게 한 이상한 일련의 사건이 좀처럼 믿기지 않았다. '가장 깊은 절망의 나락에서, 가장 영광스러운 봉사의 순간으로 올라섰다.'

아빌라는 잠시 그 암울했던 순간, 바닥 모를 구덩이에 빠졌던 때로 돌아갔다. 세비야대성당의 연기 자욱한 제단을 기어 다니며 아내와 아들을 찾아 피로 얼룩진 폐허를 뒤진 끝에 아빌라는 그들이 영원히 사라졌다는 사실만을 깨달았다.

그날 이후 몇 주 동안 아빌라는 칩거했다. 소파에 누워 벌벌 떨며 끝없는 불면의 밤을 보냈다. 무시무시한 악마들은 그를 캄캄한 심연으로 끌어들여 어둠과, 분노와, 숨 막히는 죄의식의 구렁텅이로 밀어 넣었다.

"그 심연은 '연옥'입니다." 생존자들을 돕기 위해 교회가 훈련시킨 수백 명의 상담사 중 한 명인 수녀가 그의 귓가에 속삭였다. "당신의 영혼은 캄캄한 고성소에 갇혀 있어요. 용서만이 유일한 출구입니다. 이런 짓을 한 자들을 용서할 방법을 찾지 못하면, 분노가 당신을 집어삼킬 거예요." 그러면서 수녀는 성호를 그었다. "용서만이 당신의 유일한 구원입니다."

'용서?' 아빌라는 되묻고 싶었지만 악마들이 그의 목덜미를 놓아주지 않았다. 그 당시 그의 유일한 구원은 복수였다. '하지만 누구에게 복수한다는 말인가?' 폭탄 테러의 배후를 주장하고 나선 이는 아무도 없었다.

"종교적 테러 행위는 용서할 수 없는 것으로 보이지요." 수녀가 말을 이었다. "하지만 우리 자신의 신앙이 하느님의 이름으로 몇 백 년에 걸쳐 종교재판을 행했다는 사실을 기억해야 합니다. 우리는 신앙이라는 이름으로 죄 없는 여자와 아이 들을 살해했어요. 그렇기에 우리는 세상에, 우리 자신에게 용서를 구해야 했지요. 시간이 흐르면서 우리의 상처는 치유되었습니다."

그런 뒤 수녀는 성경 구절을 읽어주었다. "'악인에게 대항하지 말라. 누가 너의 오른뺨을 때리거든 왼뺨을 내밀어라. 원수를 사랑하고, 너를 미워하는 자를 선대하고, 너를 저주하는 자를 축복하고, 너를 학대하는 자를 위해 기도하라.'"

그날 밤, 아빌라는 외로움과 고통에 사로잡힌 채 거울을 들여다보았다. 거울 속에서 낯선 남자가 그를 마주 보고 있었다. 수녀의 조언은 그의 아픔을 달래는 데 전혀 도움이 안 되었다.

'용서? 왼뺨을 내밀라고?'

'나는 용서할 수 없는 악을 목격하지 않았던가!'

끓어오르는 분노에 아빌라는 주먹으로 거울을 후려쳤고, 박살 난 유리 조각이 그의 처절한 울부짖음과 함께 욕실 바닥에 쏟아졌다.

아빌라는 해군 장교로서 규율과 명예와 명령을 목숨보다 소중히 여기는 절제의 삶을 살아왔지만, 이제 그런 그는 사라지고 없었다. 불과 몇 주 사이에 아빌라는 독한 술과 약물로 스스로를 마비시키며 미망의 늪으로 빠져들었다. 머지않아 깨어 있는 일분일초가 화학 물질의 마비 효과를 갈망했다. 그는 세상에 적개심을 품은 은둔자로 변해갔다.

몇 달 안으로 스페인 해군에서 조용히 퇴역을 종용하기 시작했다. 한때 막강했던 군함은 이제 물 빠진 선창에 갇혔고, 아빌라는 자신이 두 번 다시 배를 타지 않으리란 것을 깨달았다. 그가 평생을 바친 해군은 근근이 목숨을 연명할 정도의 연금만 주었다.

'내 나이 벌써 쉰여덟이다.' 아빌라는 생각했다. '그런데 아무것도 가진 게 없군.'

거실에 혼자 앉아 텔레비전을 켜놓고 보드카를 마시며 한 줄기 서광이 비치기를 기다리는 나날이 이어졌다. 'La hora más oscura es justo antes del amanecer(동 트기 직전의 시간이 가장 어둡다).' 몇 번이나 그렇게 되뇌었는지 모른다. 하지만 해군에서 오래도록 전해 내려온 금언은 거듭해서 증명에 실패했다. '가장 어두운 시간은 동 트기 직전이 아니야.' 그는 깨달았다. '동은 결코 트지 않아.'

쉰아홉 번째 생일을 맞은 어느 비 오는 목요일 아침, 빈 보드카병과 퇴거 명령서를 바라보던 아빌라는 용기를 짜내 벽장에 넣어두었던 권총을 꺼내 총알을 장전한 다음, 총구를 관자놀이로 가져갔다.

"Perdóname(용서하시기를)." 그는 그렇게 속삭이며 눈을 감고 방아쇠를 당겼다. 폭발음은 생각만큼 요란하지 않았다. 총성이라기보다는 그저 뭐가 딸깍하는 소리에 가까웠다.

잔인하게도, 총알은 발사되지 않았다. 청소도 제대로 하지 않고 몇 년 동안 먼지 낀 벽장에 처박아두던 싸구려 의전용 권총이 제 기능을 못한 게 분명했다. 이토록 간단한 비겁 행위조차 아빌라의 능력 밖인 듯했다.

격분한 아빌라가 벽에 총을 집어던지자 이번에는 귀를 찢는 폭발음이 방을 뒤흔들었다. 동시에 종아리가 불에 덴 듯 화끈거리며 엄청난 통증이 술기운을 몰아냈다. 그는 피가 뿜어 나오는 다리를 움켜쥐며 바닥으로 쓰러져 비명을 질렀다.

이웃들이 깜짝 놀라 그의 대문을 두드렸고, 사이렌 소리가 들려왔다. 얼마 뒤 세비야의 산라사로 주립 병원에서 의식을 되찾은 아빌라는 자살을 기도했다가 다리에 총상을 입게 된 경위를 설명해야 했다.

다음 날 아침, 커다란 상실감과 모멸감에 빠진 채 회복실에 누워 있던 루이스 아빌라 제독을 누가 찾아왔다.

"정말 한심하네요." 젊은이가 스페인어로 말했다. "해군에서 쫓겨난 이유를 알 만해요."

아빌라가 대꾸할 틈도 없이, 젊은이는 창문의 블라인드를 젖혔다. 환한 햇살이 쏟아져 들어왔다. 아빌라는 손으로 햇빛을 가리고서야 그 젊은이의 탄탄한 몸과 군인처럼 짧게 자른 머리를 볼 수 있었다. 그는 예수 얼굴이 그려진 티셔츠를 입고 있었다.

"저는 마르코입니다." 안달루시아 억양이 묻어나는 말투였다. "당신의 재활 트레이너지요. 당신과 저 사이에 공통점이 있어서 재활을 맡게 해달라고 요청했어요."

"군인인가?" 아빌라는 젊은이의 당돌한 태도에 주목하며 물었다.

"천만에요." 젊은이는 아빌라의 눈을 똑바로 쳐다보며 대답했다. "저도 그 일요일 아침에 거기 있었거든요. 성당에. 폭탄 테러가 있던 날 말입니다."

아빌라의 눈이 휘둥그레졌다. "거기 있었다고?"

젊은이가 허리를 굽혀 자신의 한쪽 바짓가랑이를 걷어 올리니 의족이 드러났다. "당신이 지옥을 경험했다는 것은 알지만, 저도 세미

프로 축구 선수였으니 큰 동정을 기대하지는 마세요. 저는 '하늘은 스스로 돕는 자를 돕는다'라는 말을 믿는 사람입니다."

이어서 마르코는 아빌라가 영문을 파악할 틈도 주지 않고 그를 번쩍 들어 휠체어에 앉히더니, 조그만 재활 치료실로 데려가 평행봉 사이에 세워놓았다.

"좀 아플 겁니다." 젊은이가 말했다. "그래도 참고 반대편까지 가보세요. 한 번만 하면 됩니다. 이게 끝나야 아침을 먹을 수 있어요."

상상 이상으로 고통스러웠지만, 아빌라는 다리가 하나뿐인 사람 앞에서 엄살을 피우고 싶지 않아 두 팔로 체중의 대부분을 지탱하며 간신히 평행봉 사이로 몸을 끌고 갔다.

"잘하시네요." 마르코가 말했다. "한 번 더요."

"아까는 한 번……."

"예, 거짓말이었어요. 한 번 더 하세요."

아빌라는 망연자실한 심정으로 젊은이를 바라보았다. 제독으로서 수년 동안 누군가의 명령을 받지 않은 그는 뜻밖에도 신선함을 느꼈다. 그 옛날 신병 시절로 돌아간 것처럼 젊어진 느낌이 들었다. 아빌라는 평행봉을 잡고 몸을 돌려 되돌아가기 시작했다.

"말해봐요." 마르코가 말했다. "지금도 세비야대성당에서 미사를 드리나요?"

"천만에."

"무서워서?"

아빌라는 고개를 가로저었다. "화가 나서."

마르코가 웃음을 터뜨렸다. "아, 제가 맞혀볼까요? 수녀들이 범인을 용서하라고 했지요?"

아빌라는 평행봉을 붙잡은 채 잠시 멈췄다. "어떻게 알았나?"

"저한테도 그랬으니까요. 노력도 해봤죠. 안 되더라고요. 수녀들은 우리에게 터무니없는 조언을 한 거예요." 그러면서 그는 웃음을 터뜨렸다.

아빌라는 예수가 그려진 젊은이의 티셔츠를 바라보았다. "하지만 자네는 아직……."

"아, 그래요, 저는 여전히 크리스천이에요. 예전보다 한층 믿음이 깊어졌지요. 운 좋게도 제 사명을 찾았거든요. 하느님의 적들에게 상처 입은 피해자를 돕는 거요."

"고귀한 사명이로군." 아빌라는 가족도, 해군도 잃어버려 아무 목적 없는 자신의 삶을 떠올리며 부러운 듯이 말했다.

"어떤 훌륭한 분의 도움으로 하느님께 돌아갈 수 있었어요." 마르코가 말을 이었다. "그분이 누군지 아세요? 교황이에요. 개인적으로 여러 번 만났어요."

"뭐…… 교황?"

"예."

"가톨릭교회의 지도자…… 그 교황 말인가?"

"그래요. 원한다면 알현을 주선해볼게요."

아빌라는 어이없는 표정으로 젊은이를 바라보았다. "자네가, 교황을 알현할 수 있게 해준다고?"

마르코는 약간 기분이 상한 표정이었다. "대단한 장교 출신이라 세비야의 장애인 물리 치료사가 교황을 만날 수 있다는 사실을 믿을 수 없나 본데, 정말이라고요. 원한다면 그분과 만나게 해줄 수 있어요. 그분이 저를 도운 것처럼, 제독님도 원래 자리로 돌아갈 수 있도록 도와주실 거예요."

아빌라는 평행봉에 몸을 의지한 채 대답할 말을 찾았다. 그는 전통과 정통을 강조하는 완고한 보수주의적 지도자였던 때의 교황을 우상시했다. 불행히도 교황은 현대화의 물결에 휩쓸린 세계 곳곳에서 집중적으로 공격을 받았고, 점점 거세지는 자유주의 진영의 압력에 못 이겨 조만간 사퇴할 거라는 소문이 나돌기도 했다. "만날 수만 있다면 더없이 영광이겠지만……."

"좋아요." 마르코가 말허리를 잘랐다. "내일 약속을 잡아보지요."

아빌라는 바로 그다음 날, 깊숙한 성소에서 강력한 지도자를 직접 대면하고 일찍이 그 누구도 가르쳐주지 않았던 종교적 가르침을 받을 거라고는 꿈에도 상상하지 못했다.

'구원에 이르는 길에는 여러 갈래가 있다.'

'용서만이 유일한 길은 아니다.'

37

마드리드 왕궁 1층에 자리한 왕립 도서관은 이사벨라 여왕의 채색 필사본《기도서》와 몇몇 국왕들의 손때 묻은 성경, 알폰소 11세 이후 금속 제본된 필사본들을 비롯해 귀중한 고서들을 무수히 소장한 눈부신 방들로 이루어져 있었다.

가르사는 왕자가 발데스피노와 오랫동안 단둘이 있어선 안 된다는 생각에 조급해져서 서둘러 이 도서관으로 들어섰다. 그는 아직도 발데스피노가 불과 며칠 전에 커시를 만났으며, 그 사실을 비밀에 부치고 있다는 사실을 어떻게 해석할지 갈피가 안 잡혔다. '커시의 프레젠테이션과 그의 피살 때문에 이 난리가 났는데 입을 다물다니?'

가르사는 종종걸음으로 어두컴컴한 도서관을 가로질러 갔다. 홍보 담당 모니카 마르틴이 한쪽 구석의 그림자 속에서 태블릿을 들여다보며 그를 기다리고 있었다.

"바쁘신 건 알지만, 사령관님," 마르틴이 말했다. "촌각을 다투는 민감한 상황이라서요. 제가 위층으로 사령관님을 찾아간 건 우리 보

안 센터에서 컨스피러시넷닷컴(ConspiracyNet.com)으로부터 골치 아
픈 이메일을 한 통 받았기 때문이에요."

"누가 보냈다고?"

"컨스피러시넷은 아주 인기 있는 음모론 사이트예요. 언론이라고
하기에는 조악하지만, 그래도 구독자가 수백만 명이나 되죠. 굳이 물
으신다면 가짜 뉴스의 온상지라 할 수 있지만, 그래도 음모론자 사이
에서는 널리 인정받고 있어요."

가르사가 보기에 '널리 인정받는다'와 '음모론'은 전혀 어울리지 않
았다.

"아무튼 그들은 오늘 하루 종일 커시와 관련된 글을 올리고 있어
요." 마르틴이 말을 이었다. "어디서 정보를 얻는지는 모르겠지만 뉴
스 블로거와 음모론자 사이에서는 중요한 거점으로 자리 잡았죠. 심
지어 방송사까지 그들의 속보에 의존하고 있어요."

"본론을 말해봐." 가르사가 말했다.

"컨스피러시넷이 왕궁과 관련된 새로운 정보를 입수했대요." 마르
틴은 안경을 밀어 올리며 말했다. "앞으로 10분 뒤에 공개할 예정인
데, 그전에 우리에게 입장을 밝힐 기회를 주겠다는 거예요."

가르사는 어이가 없다는 표정으로 이 젊은 여자를 바라보았다. "왕
궁은 세간에 떠도는 소문에 입장을 밝히지 않아!"

"일단 보기나 하세요, 사령관님." 마르틴은 그렇게 말하며 태블릿
을 내밀었다.

가르사가 태블릿을 낚아채 들여다보니, 화면에는 해군 제독 루이
스 아빌라의 또 다른 사진이 떠 있었다. 우연히 찍힌 듯 초점이 안 맞
는 가운데, 하얀 제복 차림의 아빌라가 어떤 그림 앞을 지나가는 모
습이었다. 한 미술관 관람객이 작품 사진을 찍으려고 셔터를 누르는
순간, 하필 아빌라가 우연히 프레임 안으로 걸어 들어온 모양이었다.

"아빌라가 어떻게 생겼는지는 나도 알아." 가르사는 왕자와 발데스피노가 있는 곳으로 어서 돌아가야 한다는 일념으로 그렇게 쏘아붙였다. "이걸 왜 보여주는 거지?"

"다음 사진으로 넘겨보세요."

가르사는 손가락으로 화면을 넘겼다. 다음 사진은 처음 사진을 확대한 것이었는데, 팔을 내저으며 걷는 아빌라의 오른손에 초점이 맞춰져 있었다. 가르사는 이내 아빌라의 손바닥에 시선을 고정했다. 문신이 새겨져 있었다.

가르사는 한참 동안 그 사진을 물끄러미 바라보았다. 그는 많은 스페인 사람, 특히 나이 지긋한 세대에게 익숙한 그 기호를 잘 알고 있었다.

'프랑코의 상징.'

20세기 중반까지만 해도 스페인 전역에서 흔히 볼 수 있던 이 기호는 국수주의와 권위주의, 군국주의와 반자유주의, 그리고 가톨릭 국교주의를 부르짖던 극보수주의 독재자 프란시스코 프랑코 총통의 상징이었다.

가르사는 이 고대의 기호가 여섯 개의 글자로 이루어졌다는 사실을 알고 있었다. 그 여섯 글자를 합치면 하나의 라틴어 단어가 되는데, 이는 프랑코의 자아상을 완벽하게 정의했다.

'Victor(승리자).'

잔인하고 폭력적이며 비타협적이었던 프란시스코 프랑코는 나치 독일과 이탈리아 무솔리니의 군사 지원을 받아 권력을 장악했다.

1939년 스페인 전역을 점령해 스스로를 독일의 총통(Führer[히틀러의 칭호—옮긴이])에 해당하는 엘카우디요(El Caudillo)라 칭하기까지, 그의 손에 죽임을 당한 반대파가 수천 명에 이르렀다. 내전 시기는 물론 독재 권력 초창기에 접어든 때에도 그에게 반기를 든 사람들은 강제수용소로 잡혀갔고, 그곳에서 처형된 이가 30만 명으로 추정된다.

프랑코는 '가톨릭 스페인'의 수호자이자 무신론 공산주의의 공적을 자처하며 극도의 남성 중심적 정신세계를 드러냈다. 공식적으로 여성을 사회 각 분야의 고위직에서 배제하고 교수나 법관, 은행원이 될 권리를 박탈하는가 하면, 폭력적인 남편을 피해 달아날 권리조차 인정하지 않았다. 가톨릭의 교리를 따르지 않는 모든 결혼은 무효로 간주했고, 수많은 규제를 만들었으며, 이혼과 피임, 낙태, 동성애를 금지했다.

다행히도 지금은 상황이 크게 달라졌다.

그렇다고는 해도 가르사는 이 나라가 역사상 가장 암울했던 시기를 이토록 빠르게 망각한다는 사실이 놀라웠다.

프랑코의 사악한 통치하에 발생한 모든 것을 '잊기'로 한 전국적인 정치 합의인 망각 협정은 스페인의 초등학생들이 이 독재자에 대해 아주 조금만 배우게 된다는 의미였다. 여론 조사에 따르면, 스페인의 10대는 프랑코라는 이름에서 독재자 프란시스코 프랑코보다 배우 제임스 프랑코를 먼저 떠올렸다.

하지만 구세대는 과거를 잊지 못한다. 이 승리자의 상징은 나치의 상징만큼이나 잔혹했던 그 시대를 기억하는 이들의 가슴에 공포심을 불러일으켰다. 오늘날까지도, 조심성 많은 사람들은 스페인 정부 최고위층과 가톨릭교회에 프랑코주의를 지지하는 비밀 당파가 여전히 도사리고 있다고 경고한다. 스페인을 지난 세기의 극우 체제로 돌려놓겠다고 맹세한 전통주의자들의 조직이 존재한다는 것이다.

가르사는 현대 스페인의 혼란과 영적 무관심을 목격한 많은 구세대가 좀 더 강력한 국교, 좀 더 권위적인 정부, 그리고 좀 더 명확한 도덕적 지침을 가져야만 이 나라를 구원할 수 있다고 믿는다는 사실을 인정해야 했다.

'우리 젊은이들을 보라!' 그들은 이렇게 외친다. '다들 표류하고 있지 않은가!'

최근 들어 스페인의 왕위가 젊은 훌리안 왕자에게 넘어갈 것이 확실시되자, 왕궁 자체가 이 나라의 진보적 변화를 부르짖는 또 하나의 목소리가 될 것이라는 전통주의자들의 우려가 커져갔다. 왕자와 암브라 비달의 약혼은 그들의 근심에 기름을 부었다. 스페인의 왕비로서 교회와 국가에 대한 온갖 사안에서 왕자에게 영향력을 행사할 그녀가 바스크 출신일 뿐 아니라 노골적인 불가지론자였기 때문이다.

'위기가 오고 있다.' 가르사는 직감했다. '과거와 미래가 충돌할 것이다.'

스페인은 종교적 분열이 심할 뿐만 아니라 정치적 갈림길에도 직면해 있었다. 과연 이 나라는 군주제를 유지할 것인가? 혹은 오스트리아와 헝가리를 비롯한 유럽 여러 국가와 마찬가지로 철폐할 것인가? 시간만이 답해줄 것이다. 나이 많은 전통주의자들은 길거리에서 스페인 국기를 흔들고, 젊은 진보 세력은 옛 공화정의 깃발처럼 자주색과 노랑과 빨강으로 이루어진 반군주제를 상징하는 색깔을 자랑스럽게 내세웠다.

'훌리안 왕자는 화약고를 상속받게 되겠지.'

"프랑코를 상징하는 이 문신을 처음 봤을 때는," 마르틴의 목소리에 가르사는 다시 태블릿에 집중했다. "누군가가 분위기를 더 띄우려고 컴퓨터로 사진을 조작한 줄 알았어요. 음모론 사이트는 조회 수를 높이려고 치열한 경쟁을 벌이니, 오늘 밤 커시의 프레젠테이션이 반

종교적인 성격을 띤다는 점을 고려하면 프랑코주의라는 떡밥이 엄청난 반응을 이끌어낼 테니까요.”

가르사는 그 말이 옳음을 알았다. ‘음모론자들이 미친 듯이 달려들겠지.’

마르틴이 태블릿을 가리키며 말을 이었다. “그들이 띄우려는 기사를 좀 읽어보세요.”

가르사는 불안해하며 사진과 함께 실린 장문의 기사를 훑어보았다.

🌐 ConspiracyNet.com

에드먼드 커시 관련 속보

에드먼드 커시의 피살이 광신도의 소행일 수 있다는 초기의 추측과 달리, 극우 프랑코주의자의 상징이 발견됨으로써 이 암살에 ‘정치적’ 동기가 개입했을 가능성을 시사하고 있다. 스페인 정부 최고위층, 나아가 왕궁에조차 침투했을 것으로 보이는 보수파가 국왕의 서거로 인한 권력 공백을 통제하기 위해……

“불경스럽군.” 가르사가 기사를 다 읽지도 않고 내뱉었다. “문신 하나 가지고 이 난리 법석인가? 아무 의미도 없어. 암브라 비달이 사건 현장에 있었다는 사실만 빼면 이번 일은 왕궁과는 전적으로 무관해. 언급하고 말 것도 없어.”

“사령관님.” 마르틴도 순순히 물러나지 않았다. “기사를 마저 읽으면 그들이 발데스피노 주교를 아빌라 제독과 연결시키려 한다는 걸 알게 되실 거예요. 그들은 주교가 이 나라의 획기적인 변화를 막기 위해 오래전부터 국왕의 귀에 감언이설을 속삭인 프랑코주의자일지도 모른다고 암시하고 있어요." 마르틴은 잠시 호흡을 가다듬고 말을 이었다. "이런 추측이 온라인에서 엄청난 호응을 얻고 있다고요."

이번에도 가르사는 완전히 할 말을 잃고 말았다. 이제는 더 이상 자신이 속한 세상이 어떤 곳인지 파악조차 할 수 없었다.

'이제는 가짜 뉴스에도 진짜 못지않은 무게가 실리는군.'

가르사는 마르틴을 바라보며 애써 침착하게 말했다. "모니카, 이건 재미 삼아 블로그에 끼적이는 몽상가들의 소설에 불과해. 발데스피노가 프랑코주의자가 아니라는 건 내가 장담하지. 벌써 수십 년째 국왕을 위해 봉사해온 그가, 프랑코주의를 신봉하는 암살범과 내통할 리 없지 않나. 왕궁은 이 사안에 대해 언급할 게 없어. 내 말 알아들었나?" 가르사는 그렇게 내뱉고는 왕자와 발데스피노에게 돌아가려고 돌아섰다.

"사령관님, 잠깐만요!" 마르틴이 가르사의 팔을 움켜잡으며 소리쳤다.

가르사는 이 젊은 직원의 대담한 행동에 깜짝 놀라 멍하니 그녀를 바라보았다.

마르틴이 재빨리 물러섰다. "죄송해요, 사령관님. 하지만 컨스피러시넷은 우리에게 부다페스트에서 있었던 통화 녹음 파일을 보내왔어요." 마르틴의 눈꺼풀이 두꺼운 안경 뒤에서 초조하게 깜빡거렸다. "사령관님은 이것도 별로 좋아하시지 않겠지만요."

38

'보스가 피살되었다.'

조시 시걸 기장은 에드먼드 커시의 걸프스트림 G550을 몰고 빌바오 공항의 주 활주로로 향하며 조종간을 잡은 손을 떨었다.

'이런 상태로 비행하는 건 무리야.' 시걸은 속으로 중얼거렸다. 부조종사 역시 거의 제정신이 아니었다.

여러 해 동안 에드먼드 커시의 전용기 조종사로 일해온 시걸은 오늘 밤의 이 끔찍한 피살 사건에 엄청난 충격을 받았다. 한 시간 전, 시걸은 부조종사와 함께 공항 라운지에 앉아 구겐하임 미술관에서 실시간으로 전해지는 화면을 보고 있었다.

"역시 에드먼드다운 드라마로군." 시걸은 엄청난 군중을 끌어당기는 보스의 능력에 감탄하며 말했다. 라운지의 여러 시청자와 마찬가지로, 시걸은 점점 호기심이 일어 몸을 앞으로 기울였다. 그날 밤이 끔찍하게 잘못되기 전까지는.

시걸과 부조종사는 그 뒤로 한동안 넋이 나간 채 텔레비전 보도를 시청하며, 이제 무엇을 해야 할지 막막해했다.

10분 뒤, 시걸의 전화벨이 울렸다. 에드먼드의 개인 비서 윈스턴이었다. 시걸은 그를 직접 만난 적이 한 번도 없었고, 이 영국인이 조금 괴팍하게 느껴질 때도 있었지만, 이제는 그와 함께 비행 일정을 조율하는 일에도 아주 익숙했다.

"혹시 텔레비전을 안 봤으면," 윈스턴이 말했다. "지금이라도 켜보세요."

"봤습니다." 시걸이 대답했다. "그저 참담할 뿐이에요."

"비행기를 바르셀로나로 되돌려야 할 것 같습니다." 윈스턴은 마치 아무 일 없다는 듯 지극히 사무적으로 말했다. "이륙 준비를 하고 계십시오. 금방 다시 연락드리겠습니다. 다시 통화하기 전까지는 이륙하지 마십시오."

시걸은 윈스턴이 에드먼드의 의사를 반영해 지시하는 것인지 알 길이 없었지만, 어쨌거나 지금으로서는 어떤 지시라도 반가울 따름이었다.

시걸과 부조종사는 윈스턴의 지시에 따라 업계 용어로 '데드헤드' 비행이라 불리는, 탑승객 수 '0'인 비행을 위해 탑승자 명단을 바르셀로나로 보낸 다음 격납고로 돌아가 비행 전 점검 사항을 확인하기 시작했다.

30분 뒤, 다시 윈스턴에게서 전화가 왔다. "이륙 준비 마쳤습니까?"

"예."

"좋습니다. 평소처럼 동쪽 활주로를 사용할 거지요?"

"맞습니다." 시걸은 때때로 윈스턴이 지나치게 철두철미하고 모르는 게 전혀 없다는 느낌을 받곤 했다.

"관제탑에 연락해 이륙 허가를 요청하세요. 일단 비행장 끝까지 가되, 활주로로 들어서지는 마십시오."

"그럼 진입로에 서 있으라는 말입니까?"

"그래요, 잠깐이면 됩니다. 거기 도착하면 연락 주세요."

시걸과 부조종사는 놀란 표정으로 서로를 바라보았다. 좀처럼 납득이 안 가는 요구였다.

'관제탑에서 한 소리 할 텐데.'

어쨌거나 시걸은 몇 개의 연결로와 도로를 거쳐 비행장 서쪽 끝에 있는 활주로 시작 지점으로 비행기를 몰고 갔다. 이어서 마지막 몇백 미터의 진입로를 활주하면, 거기에서 포장도로가 오른쪽으로 90도 꺾이며 동쪽 활주로 시작 지점에 합류할 것이었다.

"윈스턴?" 시걸이 공항을 둘러싼 높은 철조망을 바라보며 말했다. "진입로 끝에 도착했습니다."

"거기서 잠깐 대기하세요." 윈스턴이 말했다. "곧 다시 연락하겠습니다."

'여기는 대기하는 곳이 아니야!' 시걸은 윈스턴이 뭘 하려고 이러는지 도무지 감을 잡을 수 없었다. 다행히 후방 카메라를 확인하니 뒤쪽에 다른 비행기는 안 보였다. 적어도 다른 비행기의 이륙을 가로막고 있는 상황은 아닌 셈이다. 3킬로미터 정도 떨어진 활주로 반대편 관제탑에서 새어 나오는 불빛을 제외하면 주위는 칠흑같이 어두웠다.

60초가 흘렀다.

"여기는 관제탑이다." 시걸의 헤드셋에서 목소리가 들려왔다. "EC346, 1번 활주로로 이륙을 허가한다. 반복한다, 이륙해도 좋다."

시걸도 당장 이륙하고 싶지만, 에드먼드의 비서에게서 연락이 오기를 기다려야 했다. "고맙다, 관제탑." 그가 말했다. "우리는 여기서 잠깐 대기하겠다. 경고등이 하나 들어와서 확인하는 중이다."

"알았다. 준비되면 연락하라."

39

"여기요?" 수상 택시 선장이 어리둥절한 표정으로 되물었다. "여기다 세우라고요? 공항은 조금 더 가야 돼요. 거기까지 모셔다드릴게요."

"고맙지만 여기서 내릴게요." 랭던은 윈스턴의 지시에 따라 그렇게 대답했다.

선장은 어깨를 으쓱하며 푸에르토 비데아라는 푯말이 붙은 조그만 다리 옆에 보트를 세웠다. 강둑에 잡초가 무성했지만 통행이 불가능할 정도는 아니었다. 암브라는 이미 보트에서 내려 경사진 둑을 올라가고 있었다.

"얼마를 드리면 되지요?" 랭던이 선장에게 물었다.

"계산은 끝났습니다." 선장이 대답했다. "당신의 그 영국인 친구가 이미 지불했어요. 신용카드로 정확히 세 배를요."

'윈스턴이 이미 계산했다고?' 랭던은 아직도 에드먼드의 컴퓨터 비서와 함께 움직이는 것에 좀처럼 익숙해지지 않았다. '시리한테 스테

로이드를 먹인 것 같네.'

사실 요즘 들어 인공지능이 온갖 복잡한 작업을 처리하는 현실을 고려하면 윈스턴의 능력도 그렇게까지 놀랄 일은 아니었다. 인공지능이 쓴 소설이 일본의 문학상을 수상할 뻔한 일도 있지 않았던가.

랭던은 선장에게 고맙다고 인사하고 보트에서 내렸다. 그러고는 둑을 올라가려다 말고, 아직도 어리둥절한 표정의 선장을 돌아보며 검지를 입술에 갖다 대고 말했다. "Discreción, por favor(부디, 비밀을 지켜주시길)."

"Sí, sí(네, 네)." 선장은 자신의 눈을 가리며 자신 있게 대답했다. "¡No he visto nada(난 아무것도 못 봤어요)!"

랭던은 그제야 둑을 올라가 철길을 건넌 다음, 오래된 상점들이 늘어선 한적한 시골길 가장자리에서 암브라와 합류했다.

"지도에 의하면," 에드먼드의 스피커폰에서 윈스턴의 목소리가 흘러나왔다. "현재 위치는 푸에르토 비데아와 아수아강 물길이 만나는 곳이겠군요. 마을 복판에 조그만 회전 교차로가 보입니까?"

"보여요." 암브라가 대답했다.

"좋습니다. 그 교차로를 지나자마자 베이케 비데아라는 작은 도로가 나올 거예요. 그 길을 따라 마을에서 벗어나세요."

2분 뒤, 랭던과 암브라는 마을을 벗어나 널따란 초원에 돌로 지은 농가가 드문드문 보이는 황량한 시골길을 걸었다. 마을에서 멀어질수록 랭던은 뭔가 잘못된 것만 같았다. 오른쪽으로 저만치 조그만 언덕 위의 하늘이 광공해로 인해 희미하게 빛났다.

"저게 공항 터미널의 불빛이라면, 여기서 꽤 멀겠는데." 랭던이 말했다.

"터미널은 지금 위치에서 3킬로미터 떨어져 있습니다." 윈스턴이 말했다.

암브라와 랭던은 놀란 표정으로 서로를 돌아보았다. 윈스턴은 그들에게 8분만 걸어가면 된다고 했다.

"구글 위성 사진을 확인해보니," 윈스턴이 말을 이었다. "오른쪽으로 넓은 들판이 있군요. 지나갈 수 있겠어요?"

랭던이 오른쪽의 건초밭을 살펴보니, 터미널의 불빛을 향해 살짝 위쪽으로 경사져 있었다. 랭던이 대답했다.

"갈 수야 있겠지만, 3킬로미터를 가려면 시간이……."

"그냥 올라가세요, 교수님. 안내를 정확히 따르셔야 합니다." 윈스턴의 말투는 평소와 다름없이 공손하고 감정이 없었지만, 랭던은 자신이 방금 꾸지람을 들었다는 사실을 깨달았다.

"잘하셨어요." 암브라가 언덕을 올라가며 재미있다는 듯이 속삭였다. "제가 지금까지 윈스턴에게서 들어본 중에 가장 짜증에 가까운 목소리인데요."

* * *

"EC346, 여기는 관제탑이다." 시걸의 헤드셋 속에서 다시 목소리가 들렸다. "진입로를 비우고 이륙하든지, 아니면 격납고로 돌아가 정비하기 바란다. 지금 상태가 어떤가?"

"아직 점검 중이다." 시걸은 후방 카메라를 살피며 거짓말을 했다. 여전히 다른 비행기는 보이지 않고, 먼 관제탑의 희미한 불빛만 비칠 뿐이었다. "시간이 조금 더 필요하다."

"알았다. 연락 바란다."

부조종사가 시걸의 어깨를 툭툭 치며 전방을 가리켰다.

시걸은 부조종사의 시선을 좇았지만, 비행기 앞의 높은 울타리 말고는 아무것도 보이지 않았다. 다음 순간, 철조망 반대편에서 유령

같은 그림자가 어른거렸다. '저게 뭐지?'

울타리 너머 캄캄한 들판에서 두 개의 유령 같은 실루엣이 나타나더니, 언덕 위로 올라와 곧장 시걸의 비행기를 향해 다가왔다. 그림자가 점점 다가오자, 시걸은 검은색 줄무늬가 뚜렷한 흰 드레스를 알아보았다. 조금 전 텔레비전에서 본 바로 그 드레스였다.

'암브라 비달인가?'

암브라는 가끔 커시와 이 비행기를 탔는데, 시걸은 눈부시게 아름다운 이 스페인 미녀가 비행기에 오를 때마다 심장이 두근거렸다. 그런 그녀가 빌바오 공항 바깥의 초원에서 뭘 하고 있는지 도무지 짐작할 수가 없었다.

암브라 옆의 키 큰 남자도 상당히 격식을 갖춘 옷차림이었는데, 시걸은 그 역시 오늘 저녁 프로그램에 나온 인물임을 기억해냈다.

'로버트 랭던이라는 미국인 교수잖아.'

갑자기 윈스턴의 목소리가 돌아왔다. "시걸 기장님, 지금쯤 울타리 건너편에 두 사람의 모습이 보일 텐데, 아마 기장님에게도 낯익은 분들일 겁니다." 시걸은 이 영국인의 말투가 섬뜩하리만치 차분하다는 사실을 알아차렸다. "지금 당장 모든 사정을 자세히 설명할 수는 없지만, 커시 씨를 대리하는 제 뜻을 따라주셨으면 합니다. 지금 당장 기장님이 알아두셔야 할 사항은 다음과 같습니다." 윈스턴은 잠시 숨을 돌리고 말을 이었다. "에드먼드 커시를 살해한 자들이 이제 암브라 비달과 로버트 랭던을 죽이려 하고 있습니다. 그들의 안전을 위해 기장님의 도움이 필요합니다."

"하지만…… 당연히 도와야지요." 시걸은 상황을 이해해보려고 애쓰며 더듬거렸다.

"비달 관장과 랭던 교수는 지금 즉시 기장님의 비행기에 탑승해야 합니다."

"여기서?!" 시걸은 어이가 없어 되물었다.

"변경된 탑승자 명단을 제출해야 한다는 법규는 저 역시 잘 알지만……."

"3미터 높이의 보안 방벽이 공항을 에워싸고 있다는 건 몰라요?"

"알고 있습니다." 윈스턴의 목소리는 여전히 한 치의 흔들림도 없었다. "시걸 기장님, 비록 기장님과 제가 함께 일한 지는 몇 달밖에 안 됐지만, 지금만큼은 전적으로 저를 믿어주십시오. 에드먼드가 지금 같은 상황에 처했더라도 저와 똑같이 부탁했을 겁니다."

윈스턴이 자신의 계획을 간단히 설명하자, 시걸은 귀를 의심했다.

"불가능해요!" 시걸이 말했다.

"아니요." 윈스턴이 대답했다. "충분히 가능합니다. 엔진 하나의 추력이 6800킬로그램이 넘고, 노즈콘은 시속 1120킬로미터를 견디도록 설계……."

"나는 지금 물리학을 따지자는 게 아닙니다." 시걸이 쏘아붙였다. "합법성을 얘기하는 거예요. 내 조종사 면허가 취소되면……."

"충분히 이해합니다, 시걸 기장님." 윈스턴이 여전히 담담하게 대꾸했다. "하지만 미래의 스페인 왕비가 커다란 위험에 처해 있는 지금, 기장님의 대처로 그녀가 목숨을 건질 수도 있습니다. 제 말 믿으세요. 나중에 이 사실이 알려지면 기장님은 처벌이 아니라 국왕에게 훈장을 받을 테니까요."

* * *

랭던과 암브라는 무성한 잡초밭에 서서 제트기의 전조등 불빛에 비친 높은 울타리를 올려다보았다.

윈스턴의 재촉으로 그들이 울타리에서 물러선 순간, 제트엔진이 돌아가면서 기체가 앞으로 굴러오기 시작했다. 비행기는 진입로의 곡면을 따라 방향을 바꾸는 대신, 페인트를 칠한 안전선을 넘고 아스팔트를 벗어나 랭던과 암브라를 향해 직진했다. 비행기가 속도를 늦추며 울타리에 점점 가까이 다가왔다.

랭던은 이제 제트기의 코끝이 울타리의 묵직한 철제 기둥 하나와 정확하게 정렬되었음을 알아차렸다. 제트기는 앞부분이 기둥에 닿은 뒤에도 엔진을 멈추지 않았다.

랭던은 보다 치열한 힘겨루기를 예상했지만, 롤스로이스 엔진 두 개와 40톤이라는 무게는 울타리 기둥의 상대가 아니었다. 기둥은 처절하게 신음하며 랭던 쪽으로 기울어지더니, 마치 쓰러진 나무뿌리에 흙더미가 딸려오듯 기둥뿌리에 아스팔트 한 무더기를 매단 채 허무하게 쓰러져버렸다.

랭던은 재빨리 달려가 쓰러진 울타리를 붙잡고 아래로 끌어내려 자신과 암브라가 활주로로 진입할 수 있는 길을 만들었다. 그들이 비틀거리며 아스팔트 길 위에 도달했을 즈음, 이미 트랩을 내린 제트기 안에서 제복 차림의 조종사 한 사람이 어서 타라며 손짓했다.

암브라가 긴장 어린 미소를 지으며 랭던을 돌아보았다. "아직도 윈스턴이 미심쩍어요?"

랭던은 더 이상 할 말이 없었다.

그들이 황급히 계단을 올라 화려한 기내로 들어서자, 조종석에 앉은 또 한 명의 조종사가 관제탑과 교신하는 소리가 들렸다.

"무슨 뜻인지는 알겠다, 관제탑." 조종사가 말했다. "하지만 당신네 지상 레이더에 문제가 있는 모양이다. 우리는 진입로를 벗어나지 않았다. 다시 말하지만 우리는 현재 진입로에서 가만히 대기하고 있다. 이제 경고등이 꺼졌으니 곧 이륙하겠다."

부조종사가 비행기 문을 닫자, 기장이 후진 기어를 넣어 가운데가

축 늘어진 울타리에서 기체를 떼어냈다. 곧이어 그들의 제트기는 크게 원을 그리며 활주로에 올라섰다.

암브라 맞은편에 앉은 로버트 랭던은 잠시 눈을 감고 큰 숨을 내쉬었다. 바깥에서 엔진의 굉음이 터져 나왔고, 급격한 가속이 느껴지더니 기체가 활주로를 질주하기 시작했다.

몇 초 뒤, 그들을 태운 제트기가 하늘로 치솟아 남동쪽으로 급선회한 다음 바르셀로나를 향해 밤하늘을 날기 시작했다.

40

예후다 쾨베시 랍비는 서재를 뛰쳐나가 정원을 가로지른 다음, 정문 앞 계단을 통해 인도로 내려섰다.

'이제는 집도 안전하지 않아.' 그렇게 중얼거리는 랍비의 심장이 마구 두근거렸다. '회당으로 가야 해.'

도하니가에 있는 회당은 쾨베시가 평생을 바친 성소일 뿐 아니라 진정한 요새였다. 바리케이드와 철조망을 둘러친 담벼락만으로도 부족해, 스물네 시간 경비원들이 근무하는 이 회당은 부다페스트의 오랜 반유대주의 역사를 웅변하는 듯했다. 오늘 밤 쾨베시는 이 성채로 들어가는 열쇠를 갖고 있음에 깊이 감사했다.

회당은 그의 집에서 15분 거리라 평소에는 산책 삼아 느긋하게 걸어 다녔지만, 오늘 밤 코슈트러요시가로 들어선 쾨베시는 온통 두려움에 사로잡혀 있었다. 쾨베시는 고개를 푹 숙이고 조심스럽게 눈앞의 그림자들을 살피고 나서야 걸음을 옮기기 시작했다.

하지만 곧 그의 시야에 무언가 신경을 거스르는 것이 들어왔다.

길 건너편 벤치에 시커먼 형체가 웅크리고 앉아 있었다. 자세히 보니 청바지에 야구 모자를 쓴 건장한 남자였다. 스마트폰을 만지작거리고 있어 그 불빛에 수염이 덥수룩한 얼굴이 드러났다.

'이 동네 사람이 아니야.' 쾨베시는 불길한 예감이 들어 걸음을 재촉했다.

야구 모자를 쓴 남자는 고개를 들어 랍비를 잠시 쳐다보더니, 다시 전화기를 들여다보았다. 쾨베시는 부지런히 걸음을 옮겼다. 한 블록을 걸어가고 나서 조심스럽게 뒤돌아보니, 벤치에 앉아 있던 남자의 모습이 보이지 않았다. 놀랍게도 그 남자는 길을 건너 쾨베시를 뒤따라 인도를 걸어오고 있었다.

'나를 뒤쫓고 있어!' 늙은 랍비는 더욱 빨리 걸었다. 이내 숨이 가빠왔다. 집을 나선 것이 치명적인 실수가 아니었나 염려되기 시작했다.

'발데스피노는 집에 가만히 있으라고 했어! 누구를 믿어야 하지?'

쾨베시는 원래 발데스피노가 보낸 사람들이 도착하면 그들을 따라 마드리드로 갈 계획이었지만, 그 전화 한 통이 모든 것을 바꿔놓았다. 어두운 의심의 씨앗은 빠르게 싹을 틔웠다.

전화를 걸어온 여자는 이렇게 경고했다. '주교가 사람을 보내는 건 당신을 데려가기 위해서가 아니라 제거하기 위해서입니다. 사예드 알파들을 제거한 것처럼.' 그러면서 그녀는 너무나 설득력 있는 증거를 내놓았고, 겁에 질린 쾨베시는 바로 집을 나섰다.

쾨베시는 서둘러 인도를 걸어가며 이러다가 안전한 회당에도 이르지 못하는 건 아닌가 공포심을 느꼈다. 야구 모자를 쓴 남자는 여전히 50미터쯤 거리를 두고 쾨베시를 뒤쫓고 있었다.

밤공기를 가르는 끼익 소리가 귀청을 때리자 쾨베시는 기겁했다. 바로 앞에 있는 정류소에 시내버스가 멈춰 서는 소리였다. 쾨베시는 마치 구세주가 보내준 버스를 만난 양 허겁지겁 달려가 그 버스에 올랐다. 버스 안은 대학생들로 시끌벅적했는데, 그 가운데 두 학생이 쾨베시에게 앞자리를 내주었다.

"Köszönöm(고마워요)." 랍비는 가쁜 숨을 씩씩대며 그들에게 인사했다.

하지만 버스가 출발하기 직전, 청바지에 야구 모자를 쓴 남자가 재빨리 뛰어와 버스에 올라탔다.

쾨베시는 대번에 몸이 뻣뻣해졌지만, 남자는 그를 쳐다보지도 않고 그냥 지나쳐 뒤쪽으로 들어갔다. 랍비는 버스 앞 유리에 비친 그의 모습을 유심히 살폈다. 그는 다시 스마트폰을 꺼내 들고 게임에 열중하는 눈치였다.

'지레 겁먹지 마라, 예후다.' 랍비는 스스로를 나무랐다. '저 사람은 너한테 아무 관심도 없어.'

버스가 도하니가에 도착하자 쾨베시는 고작 몇 블록 떨어져 있는 회당의 첨탑을 간절한 눈빛으로 바라보았다. 차라리 만원 버스에 타고 있는 편이 더 안전할 것 같아 선뜻 내릴 수가 없었다.

'괜히 내렸다가 저 사람이 따라 내리기라도 하면……'

쾨베시는 사람들 틈에 섞여 있는 편이 낫다고 결론 내리고 가만히 앉아 움직이지 않았다. '숨도 좀 돌릴 겸, 갈 데까지 가보자.' 쾨베시는 그렇게 생각하면서도, 집을 나서기 전에 화장실에 들렀더라면 좋았을 거라며 아쉬워했다.

하지만 조금 뒤, 버스가 도하니가의 정류장을 출발할 무렵 쾨베시 랍비는 자신의 계획에 커다란 구멍이 있음을 알아차렸다.

'지금은 토요일 밤이다. 승객은 전부 애들이고.'

지금 이 버스에 탄 사람들은 모두 같은 정류장에서 내릴 게 거의 틀림없다. 바로 다음 정류장, 부다페스트의 유대인 구역이다.

제2차 세계대전이 끝난 뒤 한동안 폐허였던 이 부근의 낡은 건물들이 지금은 유럽에서도 가장 활력이 넘치는 유흥가로 인기를 끌고 있었다. 금방이라도 무너져 내릴 듯한 건물에 허름한 콘셉트의 술집들과 최신 감각을 자랑하는 나이트클럽들이 들어선 것이다. 주말이면 수많은 학생과 관광객이, 폭격을 맞아 뼈대만 남거나 온갖 낙서로 뒤덮인 창고와 옛 주택을 개조해 최신 음향 시설과 화려한 조명, 절충주의 예술 작품들로 장식한 술집에서 파티를 즐기기 위해 몰려들곤 했다.

아니나 다를까, 버스가 다음 정류장에 멈추자 학생들이 우르르 내렸다. 모자 쓴 남자는 여전히 뒷좌석에 앉아 전화기를 들여다보고 있었다. 쾨베시는 본능의 지시에 따라 황급히 자리에서 일어나 버스에서 내린 뒤 길거리 학생들 틈으로 섞여 들었다.

요란한 엔진 소리와 함께 출발하는가 싶던 버스가 얼마 안 가 갑자기 멈춰 서더니, 문이 열리고 마지막 남은 승객이 버스에서 내렸다. 야구 모자를 쓴 남자였다. 쾨베시는 또 한 번 심장이 멎을 듯 기겁했지만, 남자는 쾨베시 쪽을 쳐다보지도 않았다. 그는 돌아서서 반대편을 향해 빠르게 걸어가며 어디론가 전화를 걸고 있었다.

'혼자 괜한 상상 좀 하지 마.' 쾨베시는 스스로를 타이르며 호흡을 가다듬었다.

버스가 떠나고, 학생 무리는 술집들이 있는 곳을 향해 거리를 따라 갔다. 쾨베시는 아직도 마음이 불안해 최대한 오랫동안 그들과 함께 걷다가 재빨리 왼쪽으로 꺾어 회당으로 향하기로 마음먹었다.

'몇 블록밖에 안 돼.' 쾨베시는 벌써 묵직해지는 다리와 점점 가중되는 방광의 압박을 무시하며 혼자 중얼거렸다.

허름한 술집들은 손님으로 가득했고, 시끌벅적한 취객이 길거리를 몰려다녔다. 사방에서 전자음악 소리가 쿵쾅거리고, 시큼한 맥주 냄새가 달착지근한 소피아내 담배와 굴뚝빵 냄새에 뒤섞여 코를 자극했다.

쾨베시는 길모퉁이에 다다를 때까지도 누군가가 자신을 지켜보고 있다는 섬뜩한 느낌을 떨칠 수 없었다. 속도를 늦추며 다시 한 번 뒤 돌아보았으나, 다행히 청바지를 입고 야구 모자를 쓴 남자는 어디서 도 보이지 않았다.

* * *

어두컴컴한 건물 입구에서 잔뜩 웅크린 채 10초가 넘도록 꼼짝 않 던 그림자가 조심스럽게 주위를 살핀 뒤 모퉁이 쪽으로 다가섰다.

'제법이군, 영감.' 남자는 갑자기 돌아보는 노인의 시선을 피해 재 빨리 몸을 숨기며 속으로 중얼거렸다.

그는 주머니에 넣어둔 주사기를 재차 확인했다. 그러고는 어둠 속 을 빠져나와 야구 모자를 고쳐 쓴 다음, 표적을 쫓기 시작했다.

41

근위대 사령관 디에고 가르사는 모니카 마르틴의 태블릿을 움켜쥐고 훌리안 왕자의 거처를 향해 내달렸다.

태블릿에는 예후다 쾨베시라는 헝가리인 랍비와 온라인 제보자 사이의 통화 녹음 파일이 저장되어 있었다. 워낙 충격적인 내용이라 가르사 사령관은 다른 선택을 할 수 없었다.

이 제보자의 주장대로 살인 음모의 배후에 숨은 인물이 발데스피노든 아니든, 일단 녹음 파일이 공개되고 나면 발데스피노는 끝장이었다.

'왕자에게 경고해서 후폭풍이 그에게 미치지 않도록 해야 한다.'

'이 사실이 세간에 알려지기 전에 발데스피노를 왕궁에서 제거해야 해.'

정치판에서는 평판이 모든 것을 좌우한다. 이 제보는 사실 여부를 떠나 발데스피노를 그야말로 뭉개버릴 것이다. 적어도 오늘 밤에는 훌리안 왕자가 발데스피노 근처에서 목격되어서는 안 됐다.

홍보 담당관인 모니카 마르틴은 지금 즉시 왕자가 입장을 발표해야 하며, 그러지 않을 경우 공모자로 비칠 위험이 있다고 주장했다.

'그녀 말이 맞아.' 가르사는 생각했다. '지금 당장 홀리안을 방송에 내보내야 해.'

계단을 다 올라온 가르사는 숨을 헐떡이며 홀리안의 거처를 향해 복도를 달리면서 손에 든 태블릿을 흘낏 내려다보았다.

프랑코주의자 문신과 랍비의 통화 녹음에 이어, 곧 시작될 컨스피러시넷의 무차별 폭로에는 마르틴이 가장 폭발력이 클 것이라고 경고한 세 번째이자 마지막 자료가 포함되어 있을 게 틀림없었다.

마르틴은 이것을 '데이터 별자리'라고 불렀다. 완전히 무작위적이고 서로 아무런 상관이 없는 정보와 사실의 조각들을 분석하고 연결해, 마치 '별자리'를 만들어내듯 어떤 유의미한 가능성을 창조해내려는 시도를 일컫는 말이었다.

'황도 12궁이 어떻고 떠들어대는 미치광이와 다를 게 없는 자들이야!' 가르사는 씩씩거렸다. '아무렇게나 배열된 별들 사이에 제멋대로 선을 그어 동물의 모습을 날조해내려는 미친 자들!'

불행하게도 가르사가 들고 있는 태블릿이 보여주는 컨스피러시넷의 정보들은 단일 별자리로 통합하기 위해 특별히 공식화된 것으로 보였고, 그것은 왕궁 관점에서 썩 아름다운 그림이 아니었다.

 ConspiracyNet.com

커시 암살
지금까지 밝혀진 사실들
• 에드먼드 커시는 자신의 과학적 발견을 안토니오 발데스피노 주교,

사예드 알파들 알라마, 예후다 쾨베시 랍비 등 세 종교 지도자에게 공개했다.

- 커시와 알파들은 사망, 예후다 쾨베시 랍비는 자택 전화를 받지 않는 등 실종된 것으로 추정된다.
- 발데스피노 주교는 멀쩡히 살아 있으며, 왕궁을 향해 광장을 지나가는 모습이 마지막으로 목격되었다.
- 루이스 아빌라 해군 제독으로 신원이 밝혀진 커시의 암살범은 몸에 극우 프랑코주의 당파 표식을 가지고 있다. (보수주의자로 알려진 발데스피노 주교 역시 프랑코주의자일 가능성은?)
- 마지막으로, 구겐하임의 내부 정보원에 따르면 루이스 아빌라 제독의 이름은 오늘 밤 행사의 손님 명단이 마감된 이후 왕궁 내부 누군가의 요청으로 가장 마지막에 추가되었다고 한다. (요청에 따라 현장에서 범인의 이름을 추가한 사람은 미래의 왕비 암브라 비달이다.)

컨스피러시넷은 이 기사와 관련해 민간 감시인 monte@iglesia.org의 구체적이고 지속적인 제보에 감사드린다.

'monte@iglesia.org?'

가르사는 이미 이 이메일 주소가 가짜라고 결론 내렸다.

iglesia.org는 스페인에서 유명한 복음주의 가톨릭 웹사이트로, 예수의 가르침을 맹목적으로 따르는 성직자와 일반인, 학생 등으로 이루어진 온라인 커뮤니티였다. 제보자는 이 단체의 도메인을 도용해 자신의 주장이 그 사이트에서 나오는 것인 양 위장하려는 의도일 터이다.

'똑똑한 녀석이야.' 가르사가 그렇게 생각한 것은 발데스피노 주교가 이 사이트를 지지하는 독실한 가톨릭 신자들에게서 몹시 존경받고 있기 때문이었다. 가르사는 이 온라인 '제보자'가 랍비에게 전화를 건 인물과 동일인이 아닐까 생각했다.

훌리안의 거처 앞에 도착한 가르사는 이 소식을 왕자에게 어떻게 전할지 고민했다. 아침까지만 해도 더없이 평범하게 하루가 시작되었는데, 어느 순간부터 갑자기 왕궁이 유령들과의 전쟁에 말려든 느낌이었다. '몬테라는 이름의 얼굴 없는 제보자? 일련의 무작위 정보를 연결하는 사람들?' 더욱 걱정되는 것은 가르사가 아직 암브라 비달과 로버트 랭던에 대해 새로운 정보를 받지 못했다는 점이었다.

'암브라가 오늘 밤에 보여준 도전적인 행동을 언론이 알면 또 어떤 일이 벌어질지.'

사령관은 노크도 없이 안으로 들어섰다. "훌리안 왕자님?" 그는 서둘러 거실로 향하며 말했다. "잠시 따로 드릴 말씀이 있습니다."

거실로 들어선 가르사의 발길이 잠시 멈췄다.

거실에는 아무도 없었다.

"훌리안 왕자님?" 가르사는 주방으로 방향을 돌려 다시 불러보았다. "발데스피노 주교님?"

거처 전체를 샅샅이 뒤졌지만 왕자와 주교는 흔적도 없었다.

가르사는 얼른 왕자의 휴대전화로 전화를 걸었다가, 어디선가 울려오는 벨 소리에 깜짝 놀랐다. 벨 소리는 희미했지만 거처 안 어딘가에서 나는 게 분명했다. 가르사는 다시 한 번 왕자에게 전화를 걸어 소리가 나는 방향을 추적했다. 벽에 걸린 조그만 그림 쪽이었다. 그가 알기로 그 그림 뒤의 벽에는 금고가 숨겨져 있었다.

'훌리안이 전화기를 금고에 넣고 잠갔다고?'

하필이면 연락이 꼭 필요한 이런 밤에 왕자가 전화기를 방치했다는 사실이 좀처럼 믿기지 않았다.

'도대체 어디로 간 거야?'

가르사는 발데스피노가 전화를 받으리라 생각하며 주교에게 전화를 걸었다. 이번 벨 소리 역시 금고 속에서 울리자 가르사는 경악하고 말았다.

'발데스피노도 전화기를 버리고 어디론가 사라졌다?'

충격에 빠진 가르사는 눈을 휘둥그레 뜨고 거처를 뛰쳐나가, 몇 분 동안 고래고래 소리치며 두 사람을 찾아 위아래층을 샅샅이 뒤졌다.

'증발이라도 했단 말인가!'

가르사는 가쁜 숨을 몰아쉬며 사바티니의 우아한 계단 앞에 멈춰 섰다. 낭패감에 고개를 떨구니, 절전 모드인 태블릿의 까만 화면에 머리 위 천장의 그림 한 점이 비쳤다.

실로 잔인한 우연이었다. 그 그림은 자퀸토의 걸작, 〈스페인이 지킨 종교(Religion Protected by Spain)〉였다.

42

걸프스트림 G550이 순항고도로 올라서자, 로버트 랭던은 달걀 모양의 창밖을 멍하니 내다보며 생각을 정리하려 애썼다. 에드먼드의 프레젠테이션이 시작되는 장면을 지켜보며 짜릿한 흥분을 느끼던 순간부터, 끔찍한 살인 현장을 목격하고 속이 뒤틀리는 공포를 느낀 순간까지, 감정의 소용돌이가 휘몰아친 두 시간이었다. 게다가 생각하면 할수록 에드먼드의 프레젠테이션에 얽힌 수수께끼가 점점 더 복잡하게 얽히는 느낌이었다.

'에드먼드가 발견한 비밀이 대체 뭐지?'

'우리는 어디에서 왔는가? 우리는 어디로 가는가?'

오늘 저녁 에드먼드가 나선 조형물 안에서 했던 말이 자꾸만 랭던의 마음속을 맴돌았다. '선생님, 제가 발견한 것은…… 이 두 가지 질문에 아주 명쾌한 해답을 제시합니다.'

에드먼드는 생명의 가장 큰 두 가지 수수께끼를 해결했다고 주장했지만, 그래도 랭던은 그의 발견이 누군가로 하여금 그의 입을 막기 위해 살인까지 불사할 정도로 파괴력 있다는 사실이 좀처럼 믿기지 않았다.

한 가지 확실한 것은 에드먼드가 인간의 기원과 운명을 언급했다는 점이었다.

'에드먼드가 발견한 그 충격적인 기원은 무엇이었을까?'

'인간의 운명에는 어떤 수수께끼가 숨어 있을까?'

에드먼드가 평소 미래에 대해 낙관적이고 긍정적인 입장을 보인 만큼, 그의 예측이 종말론과 흡사할 가능성은 희박해 보였다. '그렇다면 에드먼드가 도대체 어떤 예측을 내놓았기에 성직자들이 그토록 깊은 근심에 빠진 것일까?'

"교수님?" 갑자기 암브라가 뜨거운 커피를 한 잔 들고 옆에 나타났다. "블랙으로 드신다고 했죠?"

"맞습니다, 고마워요." 랭던은 얽힌 생각의 실타래를 푸는 데 약간의 카페인이 도움이 될 것 같아 고마워하며 머그잔을 받아 들었다.

암브라는 그의 맞은편에 앉아 우아하게 돋을새김한 병을 들어 레드 와인을 한 잔 따랐다. "에드먼드는 늘 이 비행기에 샤토 몽로즈를 준비해두곤 했죠. 그냥 버리기엔 아깝잖아요."

랭던은 《켈스 복음서》라는 채색 필사본을 연구하러 더블린 트리니티 대학에 갔다가, 그곳의 고풍스럽고 비밀스러운 지하 와인 저장고에서 딱 한 번 몽로즈를 맛본 적이 있었다.

암브라는 와인 잔을 두 손으로 받쳐 들고 입술로 가져가며 잔 너머로 랭던을 지그시 바라보았다. 또 한 번 그녀의 자연스러운 기품에 매료된 랭던은 자신도 모르게 무장해제되는 것 같았다.

"아까부터 생각해봤는데요," 그녀가 말했다. "예전에 보스턴에서 에드먼드를 만났을 때 그가 여러 창조 신화에 대해 물었다고 했죠?"

"그래요, 벌써 1년쯤 됐네요. '우리는 어디에서 왔는가?'라는 질문에 주요 종교들이 각기 다른 답을 내놓은 것을 흥미로워하더군요."

"그럼 거기서부터 이야기를 풀어나가면 어떨까요?" 암브라가 말했다. "어쩌면 그가 뭘 하려고 했는지 실마리를 잡을 수 있을지도 모르니까요."

"나도 줄곧 그 생각을 했어요." 랭던이 대답했다. "하지만 풀어야 할 실마리가 뭔지조차 잘 모르겠어요. 우리가 어디에서 왔는지에 대한 입장은 딱 두 가지뿐이거든요. 하나는 신이 인간을 온전한 형태로 창조했다는 종교적 관점이고, 또 하나는 우리가 원시의 진흙에서 기어 나와 결국 인간으로 진화했다는 다윈주의 모델이지요."

"그럼 혹시 에드먼드가 제3의 가능성을 발견한 건 아닐까요?" 암브라가 갈색 눈동자를 반짝이며 물었다. "그의 발견이 그런 내용을 담고 있다면요? 인간이라는 종은 아담과 이브에게서 나온 것도 아니고 다윈주의 진화에서 나온 것도 아니다, 뭐 이런 걸 수도 있지 않을까요?"

실제로 인간의 기원에 관한 제3의 발견이 이루어졌다면 그야말로 세상을 뒤흔들 사건임을 인정해야겠지만, 랭던은 그 가능성을 상상조차 할 수 없었다. "다윈의 진화론은 아주 잘 확립되어 있어요." 랭던이 말했다. "과학적으로 '관측 가능한' 사실에 근거를 두고 있고, 시간이 흐르면서 유기물이 어떻게 진화해 환경에 적응했는지를 아주 또렷하게 설명하거든요. 그래서 과학계의 가장 똑똑한 사람들은 보편적으로 진화론을 받아들이죠."

"그런가요?" 암브라가 물었다. "저는 다윈이 완전히 틀렸다고 주장하는 책들도 봤어요."

"비달 관장님 말이 맞습니다." 두 사람 사이의 테이블 위에 충전하려고 꽂아둔 전화기에서 윈스턴의 목소리가 흘러나왔다. "지난 20년 동안에만 50종이 넘는 책이 출간되었으니까요."

랭던은 윈스턴이 아직 함께 있다는 걸 잊고 있었다.

"그중에는 베스트셀러가 된 책들도 있습니다." 윈스턴이 덧붙였다. "《다윈의 오류》······ 《다윈주의 허물기》······ 《다윈의 블랙박스》······ 《심판대의 다윈》······ 《찰스 다윈의 어두운······》."

"알았어." 랭던이 윈스턴의 말을 가로챘다. 다윈을 부정하는 책들이 많다는 사실은 랭던도 잘 알고 있었다. "나도 실은 오래전에 그중 두 권을 읽었지."

"그래서요?" 암브라가 집요한 어투로 물었다.

랭던은 예의 바르게 웃었다. "글쎄요, 다 그렇다고 말할 수는 없지만, 내가 읽은 두 권의 책은 근본적으로 기독교 관점에 토대를 두었더군요. 심지어 한 권은 지구의 화석 자료를 언급하면서 하느님이 '우리의 믿음을 시험하려고' 묻어둔 것이라는 주장까지 내세웠으니까요."

암브라는 얼굴을 찡그렸다. "좋아요, 그런 책들이 교수님의 생각을 뒤집어놓지는 못했겠네요."

"그렇지요. 하지만 그래도 호기심이 생겨서 하버드 생물학과 교수에게 그런 책들을 어떻게 생각하느냐고 물어봤지요." 랭던은 미소를 지으며 덧붙였다. "그 교수가 바로 지금은 세상을 떠난 스티븐 제이 굴드예요."

"저도 알아야 하는 이름인가요?" 암브라가 물었다.

"스티븐 제이 굴드." 윈스턴이 얼른 끼어들었다. "저명한 진화생물학자이자 고생물학자죠. 그의 '단속평형론'은 화석 자료들 사이에 존재하는 공백을 설명함으로써 다윈의 진화 모델을 뒷받침했습니다."

"굴드는 반다윈 서적들 대부분이 창조론 연구소 같은 기관에서 펴낸 것이라며 웃더군요." 랭던이 말했다. "그런 단체들은 자기네가 가진 정보에 입각해 역사적이고 과학적인 사실들을 그대로 서술한, 절대 오류 없는 책이 바로 성경이라고 생각한다는 거지요."

"그 말인즉," 윈스턴이 말했다. "그들은 '불타는 떨기나무'가 말을 하고, 노아가 단 한 척의 배에 살아 있는 모든 종을 실었으며, 사람이 소금 기둥으로 변한다고 믿는다는 겁니다. 과학적 연구를 중시하는 사람들이 든든한 발판으로 삼기에는 적합하지 않지요."

"맞아요." 랭던도 거들었다. "물론 역사적인 관점에서 다윈을 부정하는 비종교적인 책들도 있어요. 그들은 다윈이 프랑스의 박물학자 장바티스트 라마르크의 이론을 '훔쳤다'고 비난하지요. 라마르크는 유기물이 환경의 영향으로 스스로 변화한다고 최초로 주장한 사람입니다."

"그 부분은 사고의 연속성이 명확하지 않은 거죠, 교수님." 윈스턴이 말했다. "다윈의 표절 혐의를 인정하건 그렇지 않건 간에, 그건 진화론의 진실성에 별 영향을 미치지 않아요."

"그 말을 반박할 수는 없겠네요." 암브라가 말했다. "교수님, 그럼 굴드 교수에게 '인간은 어디에서 왔는가?'라는 질문을 던진다면 그분은 의심의 여지 없이 우리는 유인원에서 진화했다고 대답하겠네요."

랭던은 고개를 끄덕였다. "쉽게 말해서 굴드는 진짜 과학자 중에서 진화를 부정하는 사람은 단 한 명도 없다고 단언했어요. 실증적으로도 그 과정을 '관측'할 수 있으니까요. 그보다는 '왜' 진화가 일어나는가 그리고 '어떻게' 시작되었는가라는 질문이 좀 더 바람직하다고 하더군요."

"그분이 답도 말해주던가요?" 암브라가 물었다.

"내가 이해할 수 있는 답은 없었지만, 그는 이른바 '끝없는 복도'라는 사고 실험으로 자신의 요지를 설명했어요." 랭던은 말을 멈추고 커피를 한 모금 마셨다.

"그래요, 아주 유용한 예시지요." 랭던이 말을 잇기 전에 윈스턴이 끼어들었다. "이를테면 이런 겁니다. 기다란 복도를 걸어가고 있다고 상상해보세요. 복도가 너무 길어서 출발 지점과 도착 지점이 보이지 않죠."

랭던은 윈스턴의 폭넓은 지식에 또 한 번 감탄했다.

"그런데 뒤쪽에서," 윈스턴이 말을 이었다. "공이 하나 튀어 오는 소리가 들립니다. 뒤돌아보니 공이 통통 튀면서 당신 쪽으로 다가오고 있지요. 점점 다가오다가 당신을 지나쳐서 계속 튀어 갑니다. 그렇게 멀어지다가 결국 당신의 시야에서 사라지겠지요."

"맞아요." 랭던이 말했다. "문제는 공이 튀고 있다는 게 아니에요. 공이 튀고 있는 것은 너무나 분명한 사실이기에 그걸 관측할 수 있어요. 문제는 '왜' 공이 튀는가 하는 겁니다. 어떻게 튀기 시작했을까? 누가 그 공을 발로 찼을까? 아니면 그 공 자체가 워낙 특별해서 스스로 튀는 걸 즐기는 걸까? 이 복도의 물리법칙 때문에 공은 선택의 여지 없이 영원히 튀어야 하나?"

"굴드의 요점은," 윈스턴이 결론을 내렸다. "우리는 진화의 과정이 어떻게 시작됐는지를 알 수 있을 만큼 충분히 먼 과거를 돌아볼 수 없다는 겁니다."

"바로 그거예요." 랭던이 말했다. "우리는 지금 '일어나고 있는' 현상을 관측할 수 있을 뿐이지요."

"사실 우리가 빅뱅을 이해하기 어려운 것과 비슷합니다." 윈스턴이 말했다. "우주학자들은 과거나 미래의 어떤 주어진 시간, 즉 'T'에 우주가 어떻게 팽창하는지를 보여주는 아주 근사한 공식을 찾아냈어요. 하지만 빅뱅이 일어난 바로 그 순간, 즉 T가 0인 시점을 돌아보려 하면 계산이 온통 엉망진창이 되지요. 무한한 열(heat)과 무한한 밀도를 지닌 신비한 작은 알갱이 하나를 설명해야 하는 형국이니까요."

랭던과 암브라는 감탄한 표정으로 서로를 돌아보았다.

"그것도 맞아요." 랭던이 말했다. "인간의 사고가 '무한'이라는 개념에 익숙하지 않기에 대부분의 과학자들은 빅뱅 '이후'의 순간들, 다시 말해 T가 0보다 큰 순간들을 놓고 우주를 논의하지요. 그래야 '수학'이 '신비'의 영역으로 들어가지 않거든요."

랭던의 하버드 동료 가운데 아주 엄격한 물리학 교수 하나는 '우주의 기원'이라는 자신의 강좌를 들으러 온 철학 전공자들에게 넌더리가 난 나머지, 강의실 문에 다음과 같은 쪽지를 붙였다.

내 강의실에서 T>0.
T=0와 관련한 모든 질문은
종교학과를 찾아갈 것.

"판스페르미아는 어떤가요?" 윈스턴이 물었다. "지구상의 생명은 다른 행성에서 온 유성이나 우주먼지에서 비롯됐다는 개념이잖아요. 판스페르미아는 지구상에 생명이 존재하는 이유를 설명하는 데는 과학적으로 타당한 가능성이지요."

"설령 그 이론이 옳다 하더라도," 랭던이 말했다. "그것 역시 우주에서 최초에 생명이 어떻게 시작되었는지를 설명하지는 못해. 우리는 그저 길거리에서 깡통이나 걷어차며 튀는 공의 기원을 무시하고 큰 질문을 미뤄놓고 있을 뿐이지. 즉, '생명은 어디에서 왔는가?'"

드디어 윈스턴이 입을 다물었다.

암브라는 와인을 홀짝이며 윈스턴과 랭던의 대화를 즐겼다.

걸프스트림 G550이 적당한 고도에서 수평비행을 계속하는 동안, 랭던은 만약 에드먼드가 정말로 '우리는 어디에서 왔는가?'라는 아주 오래된 질문의 답을 발견했다면, 그것이 세상에 어떤 영향을 미칠지 생각해보았다.

게다가 에드먼드가 한 말에 따르면 그 답은 비밀의 '한 부분'일 뿐이었다.

진실이 무엇이건, 에드먼드는 자신의 발견에 마흔일곱 글자로 이루어진 시구절이라는 난공불락의 비밀번호를 걸어놓았다. 모든 것이 계획대로 되어만 준다면, 랭던과 암브라는 이제 곧 바르셀로나에 있는 에드먼드의 자택에서 그 비밀을 찾아낼 수 있을 터였다.

43

'다크웹'이 생긴 지 거의 10년이 됐지만, 대부분의 일반 인터넷 이용자들에게는 그곳은 여전히 미지의 영역으로 남아 있다. 월드와이드웹의 사악한 음지라고 할 이 다크웹은 일반 검색엔진으로는 접근이 불가능하지만, 불법 상품과 서비스 같은 온갖 메뉴에 익명 엑세스를 제공한다.

주로 마약을 취급하던 '실크 로드'라는 최초의 온라인 암시장을 호스팅하며 초라하게 출발한 다크웹은 무기, 아동 음란물, 정치적 비밀 등을 거래하거나, 심지어는 매춘부와 해커, 스파이, 테러리스트, 암살자에 이르는 각 방면의 전문가들을 사고파는 불법 사이트들의 거대한 네트워크로 꽃을 피웠다.

다크웹에서는 매주 수백만 건의 거래가 이루어지는데, 오늘 밤 역시 부다페스트의 어느 루인 바 앞에서 또 하나의 거래가 성사되었다.

청바지에 야구 모자를 쓴 남자는 커진치가의 어둠 속에 몸을 숨겨가며 은밀하게 먹잇감을 뒤쫓았다. 지난 몇 년 동안 그는 이런 일을 밥벌이 수단으로 삼았고, '비우호적인 해결책'이나 '살인 청부업자 네트워크', '베사마피아' 같은 소수의 네트워크를 통해 협상했다.

청부 살인의 경우 무려 10억 달러 규모의 시장이 형성되어 있고 그 규모는 날로 커지는데, 그 주된 이유 가운데 하나는 다크웹이 철저하게 익명의 협상을 보장할 뿐 아니라 결제도 추적이 불가능한 비트코인의 형태로 이루어지기 때문이었다. 대부분의 청부 살인은 보험 사기, 동업 관계에서의 충돌, 부부 간의 불화 등과 같은 요인에서 비롯되지만, 실제로 일을 처리하는 사람이 합리적인 이유를 따지는 경우란 거의 없다.

'어떤 질문도 하지 않는다.' 살인 청부업자는 생각했다. '이것이 이 업계의 불문율이다.'

오늘 밤의 임무는 며칠 전에 합의했다. 익명의 고용주는 그에게 어느 늙은 랍비의 자택 앞에 잠복하며 행동이 필요한 경우를 위해 대기하는 대가로 15만 유로를 제안했다. 여기서 말하는 '행동'이란 노인의 집 안으로 몰래 들어가서 그에게 염화칼륨을 주사해 누가 봐도 심장 마비로 인한 즉사로 보이게 하는 것을 의미했다.

뜻밖에도 오늘 밤 랍비는 한밤중에 집을 나와 우범지대로 가는 시내버스를 탔다. 암살자는 그를 뒤쫓으며 스마트폰에 깔린 암호화 프로그램으로 고용주에게 현재 상황을 보고했다.

목표물이 집을 나왔음. 술집 밀집 지역으로 이동 중.
누군가를 만날 가능성은?

기다릴 것도 없이 고용주의 반응이 돌아왔다.

실행할 것.

이제 루인 바와 어두운 골목길 사이에서, 잠복으로 시작된 임무가 고양이와 쥐의 목숨을 건 게임으로 둔갑했다.

* * *

예후다 쾨베시 랍비는 땀을 뻘뻘 흘리며 숨이 턱에 닿은 채 커진치 가를 헤치고 나아갔다. 허파가 불타는 듯했고, 노쇠한 방광은 금방이 라도 터질 것만 같았다.

'어서 화장실을 찾아서 좀 쉬어야 해.' 랍비는 부다페스트에서 제일 크고 유명한 루인 바, '심플러' 앞에 모인 인파 속에서 잠시 걸음을 멈 췄다. 이 술집의 손님들은 워낙 나이와 직업이 다양해서 아무도 늙은 랍비를 이상한 눈으로 쳐다보지 않았다.

'잠깐 들어갔다 나오자.' 랍비는 술집 쪽으로 걸어가며 생각했다.

한때 우아한 발코니와 높다란 창이 달린 웅장한 석조 저택이었던 술집 심플러는 이제 온통 낙서로 뒤덮인 채 허물어져가고 있었다. 한 때 호화 주택이었던 이 건물의 넓은 현관에 들어선 쾨베시는 암호가 새겨진 것을 발견했다. EGG-ESH-AY-GED-REH!

하지만 그 글자는 '건배!'를 뜻하는 헝가리어 *egészségedre*를 소리 나는 대로 적은 것일 뿐이었다.

안으로 들어선 쾨베시는 널따란 내부에 몹시 놀랐다. 버려진 주택 이 둘러싸고 있는 넓은 마당에는 욕조로 만든 소파, 공중에 매달린 자전거를 타고 있는 마네킹, 속을 뜯어내고 손님들을 위한 임시 좌석 으로 개조한 옛 동독제 자동차 트라반트 등 랍비가 한 번도 본 적 없 는 온갖 기상천외한 물건들이 사방에 흩어져 있었다.

마당 가장자리를 두른 높은 담벼락은 스프레이 페인트로 칠한 낙 서와 소비에트 시절의 포스터들, 고전적인 조각품들, 갖가지 공중 식물 등으로 장식되어 있었는데, 이 식물들의 줄기는 요란한 음악에 맞춰 끊임없이 몸을 흔들어대는 손님들이 들어찬 실내 발코니로 쏟아져 내렸다. 사방에 맥주와 담배 냄새가 자욱했다. 젊은 연인들은 대놓고 정열적인 키스를 나누었다. 조그만 파이프로 조심스럽게 연기를 피워 올리거나, 헝가리에서는 꽤나 유명한 병에 든 과일 브랜디 파린커를 마시는 사람들도 있었다.

쾨베시는 하느님의 가장 숭고한 피조물인 인간이 아직도 동물의 속성을 그대로 간직하고 있는 것을 늘 모순이라고 생각했다. 그들은 대부분 최대한의 육체적 쾌락을 추구하는 행동을 한다. '우리는 육신이 즐거우면 영혼도 그럴 것이라고 생각한다.' 쾨베시는 주로 음식과 섹스 같은 동물적인 유혹에 지나치게 탐닉함으로써 문제가 생긴 이들을 상담하느라 많은 시간을 보냈고, 인터넷 중독과 값싼 합성 마약이 유행처럼 번지면서 나날이 상담의 난이도가 높아지는 느낌을 받았다.

지금 쾨베시가 필요로 하는 유일한 육체적 쾌락을 보장해줄 곳은 화장실이었고, 그래서 화장실 앞에 열 명이나 줄을 서 있는 것을 발견하고는 낙담했다. 도저히 기다릴 수 없는 랍비는 화장실이 더 있다는 말을 듣고 조심스레 계단을 올랐다. 2층은 거실과 침실 등이 미로처럼 얽힌 구조였고, 방마다 개별 바나 휴게실이 마련되어 있었다. 한 바텐더에게 화장실이 어디냐고 묻자 한참 떨어진 복도 쪽을 가리켰다. 거기로 가려면 마당이 내려다보이는 발코니 통로를 거쳐야 했다.

쾨베시는 얼른 발코니로 나가 손으로 난간을 짚어가며 걸음을 옮겼다. 걸으면서 무심코 마당을 내려다보니, 젊은이들이 음악에 맞춰 신나게 몸을 흔들어대고 있었다.

바로 그때, 쾨베시는 그 남자를 발견했다.

쾨베시는 순간 멈춰 섰다. 온몸의 피가 차갑게 얼어붙는 듯했다.

마당을 가득 메운 사람들 한복판에서 청바지를 입고 야구 모자를 쓴 남자가 그를 똑바로 올려다보고 있었다. 일순간 두 사람의 눈이 마주쳤다. 그것도 잠시, 야구 모자 쓴 남자는 한 마리 표범처럼 날렵하게 행동을 개시해 술꾼들을 헤치고 나오더니, 한달음에 계단을 뛰어올랐다.

* * *

암살자는 용수철처럼 계단을 뛰어오르며 마주치는 얼굴들을 일일이 눈여겨보았다. 술집의 구조를 잘 아는 그는 목표물이 서 있던 발코니를 향해 잽싸게 다가갔다.

랍비의 모습이 보이지 않았다.

'지나치지는 않았어.' 암살자는 생각했다. '건물 안으로 더 깊숙이 들어간 거겠지.'

저만치 이어지는 어두컴컴한 복도를 발견한 암살자는 회심의 미소를 지었다. 목표물이 몸을 숨기려 한 곳을 정확히 알기 때문이었다.

좁은 복도에서 오줌 냄새가 났다. 뒤틀린 나무 문이 반대편 끝을 가로막고 있었다.

암살자는 발소리도 요란하게 복도를 지나 문을 두드렸다.

아무 소리도 나지 않았다.

다시 한 번 두드렸다.

그제야 안에 사람이 있다고 중얼거리는 나직한 목소리가 들렸다.

"Bocsásson meg(미안합니다)!" 암살자는 밝은 목소리로 사과한 다음, 크게 발소리를 내며 물러났다. 하지만 이내 살그머니 문 앞으로 돌아가 문틈에 귀를 갖다 댔다. 안에서 랍비가 필사적으로 속삭이는 헝가리말이 새어 나왔다.

"누가 나를 죽이려 해요! 내 집 앞을 지키고 있었습니다! 나는 지금 부다페스트의 심플러 안에 갇혀 있어요! 제발 도와주세요!"

미국의 911에 해당하는 112에 전화를 건 것이 틀림없었다. 부다페스트의 112는 늑장 출동으로 악명이 높지만, 그렇다고 더 듣고 있을 이유는 없었다.

암살자는 주위를 살펴 아무도 없음을 확인한 뒤, 몸을 뒤로 젖혔다가 음악의 묵직한 저음에 맞춰 근육질 어깨로 문짝을 들이받았다.

첫 번째 시도에 낡은 나비 모양 걸쇠가 떨어져 나가며 문이 활짝 열렸다. 자객은 안으로 들어가 등 뒤로 문을 닫고 먹잇감과 마주 섰다.

랍비는 혼란과 두려움이 뒤섞인 표정으로 한쪽 구석에 웅크리고 있었다.

암살자는 랍비의 전화기를 빼앗아 통화 종료 단추를 누른 다음, 변기에 버렸다.

"누…… 누가 보냈소?!" 랍비는 심하게 말을 더듬었다.

"지금 상황에서 가장 마음에 드는 점은," 자객이 대답했다. "누가 나를 보냈는지 나도 알 길이 없다는 거지."

노인은 식은땀을 줄줄 흘리며 가쁜 숨을 몰아쉬었다. 그러던 그가 갑자기 숨을 헐떡거리더니 두 손으로 자신의 가슴을 부여잡았다. 부릅뜬 두 눈에서는 금방 눈알이 튀어나올 것만 같았다.

'뭐지?' 암살자는 미소 지으며 랍비를 바라보았다. '정말로 심장마비가 온 건가?'

노인은 화장실 바닥에 쓰러진 채 숨이 막혀 몸을 꿈틀거리며, 시뻘건 얼굴로 가슴을 사정없이 쥐어뜯으면서 동정을 바라는 간절한 눈빛으로 암살자를 바라보았다. 이내 랍비는 지저분한 타일 바닥에 얼굴을 처박은 채 사시나무처럼 몸을 떨었고, 바지로 흘러나온 소변이 바닥을 적시기 시작했다.

잠시 후, 랍비의 움직임이 멎었다.

암살자는 허리를 굽히고 랍비의 숨소리에 귀를 기울였다. 아무 소리도 들리지 않았다.

암살자가 몸을 일으키며 능글맞게 웃었다. "생각보다 일이 훨씬 쉽게 끝나버렸군."

암살자는 그 말을 남기고 문 쪽으로 걸어갔다.

* * *

쾨베시 랍비는 당장이라도 허파가 터질 것 같았다.

방금 그는 목숨을 건 일생일대의 연기를 해냈다.

의식이 가물거리는 와중에도 꼼짝 않고 화장실 바닥에서 멀어지는 암살자의 발소리에 귀를 기울였다. 문이 삐걱거리며 열렸다가 닫히는 소리가 났다.

이어지는 침묵.

쾨베시는 암살자가 충분히 멀어질 때까지 혼신의 힘을 다해 몇 초를 더 버텼다. 도저히 더는 참을 수 없게 되자, 쾨베시는 입을 벌리고 생명만큼이나 소중한 공기를 미친 듯이 들이마셨다. 화장실의 퀴퀴한 공기가 그렇게 달콤할 수가 없었다.

천천히 눈을 떠보니 산소 부족으로 앞이 제대로 보이지 않았다. 지끈거리는 머리를 조금 치켜드니 조금씩 시야가 맑아졌다. 당혹스럽게도 닫힌 문 바로 안쪽에 서 있는 시커먼 형체가 보였다.

야구 모자를 쓴 남자가 그를 내려다보며 웃고 있었다.

쾨베시는 그 자리에 얼어붙었다. '화장실을 나간 게 아니었어.'

암살자가 성큼 다가와 억센 손아귀로 랍비의 목을 틀어쥐고 그의 얼굴을 바닥에 짓이겼다.

"숨이야 참을 수 있어도," 암살자가 잔인하게 속삭였다. "심장 뛰는 소리까지 멈출 수는 없지." 그는 웃음을 터뜨렸다. "걱정 마쇼. 그건 내가 도와드리지."

잠시 후, 쾨베시는 목 한쪽 옆이 불에 덴 듯 화끈거리는 것을 느꼈다. 녹아내린 불이 목줄기를 타고 머리로 올라오는 것 같았다. 쾨베시는 이번에야말로 자신의 심장이 정말 멎으리라는 것을 직감했다.

정의로운 자들이 사후에 신과 함께 머무는 곳이라는 샤마임의 수수께끼에 일생을 바친 예후다 쾨베시 랍비는 그 모든 해답이 바로 가까이 와 있음을 깨달았다.

44

G550 제트기의 널찍한 화장실로 들어온 암브라 비달은 세면대 앞에 서서 미지근한 물을 틀어 손에 흐르게 한 채 거울을 들여다보았다. 거울 속에 비친 자신의 얼굴이 몹시 낯설게 느껴졌다.

'내가 무슨 짓을 한 거지?'

암브라는 와인을 또 한 모금 마시며 무명의 독신으로 미술관 일에 전념하던 불과 몇 달 전의 삶을 갈망했지만, 이젠 모두 지나간 일이다. 그녀의 이전 삶은 훌리안이 청혼한 순간 어딘가로 증발해버렸다.

'아니야.' 그녀는 스스로를 나무랐다. '그의 청혼을 받아들인 순간 증발해버린 거야.'

오늘 밤에 일어난 살인극의 공포가 가슴속에 도사린 지금, 그녀의 논리적 사고는 그 결과를 두려운 마음으로 가늠하고 있었다.

'내가 에드먼드 암살범을 미술관으로 끌어들였어.'

'왕궁의 누군가가 나를 이용한 거야.'

'그리고 나는 지금 너무 많은 것을 알아버렸어.'

훌리안 왕자가 잔혹한 살인 사건의 배후라는 증거도 없고, 그가 사전에 암살 계획을 알고 있었다는 증거 역시 없었다. 그럼에도 불구하고 왕궁 내부의 일들이 어떻게 돌아가는지 충분히 봐온 암브라는, 왕자의 동의가 없었다 해도 이번 사건이 그가 모르게 일어났다는 주장을 있는 그대로 믿을 수가 없었다.

'내가 훌리안에게 너무 많은 얘기를 했어.'

지난 몇 주 사이, 암브라는 도무지 질투하는 약혼자를 만날 짬이 없는 자신의 상황을 정당화할 필요성을 느끼고, 곧 있을 에드먼드의 프레젠테이션에 대해 알고 있는 것 대부분을 훌리안에게 털어놓았다. 지금 암브라는 그런 자신의 솔직함이 신중하지 못했던 건 아닌지 걱정스러웠다.

암브라는 물을 잠그고 손을 말린 다음, 와인 잔을 들어 마지막 한 방울까지 모두 마셨다. 거울 속에서는 여전히 낯선 사람이 그녀를 바라보고 있었다. 한때 자신만만한 전문가였던 그녀의 얼굴은 이제 후회와 수치심으로 가득했다.

'불과 몇 달 사이에 내가 저지른 실수들……'

마음속으로 되짚어보면 설령 시간을 되돌린다 해도 다른 선택을 할 수 있었을까 하는 의구심이 일었다. 넉 달 전 마드리드의 어느 비 오는 밤, 암브라는 레이나소피아 현대 미술관의 기금 마련 행사에 참석했었다……

손님들은 대부분 이 미술관에서 가장 유명한 작품을 보기 위해 206.06 전시관으로 몰려갔다. 폭이 8미터에 달하는 피카소의 〈게르니카(El Guernica)〉는 스페인 내전 당시 바스크의 한 작은 마을을 무자비하게 폭격한 사건을 소재로 한 작품이었다. 하지만 암브라는 1939년부터 1975년까지 이어진, 파시스트 독재자 프란시스코 프랑코 총통의 잔혹한 압제를 너무도 생생하게 일깨워주는 이 작품을 보고 있기가 너무 괴로웠다.

대신 그녀는 살그머니 무리에서 떨어져 나와 제일 좋아하는 스페인 화가 마루하 마요의 작품을 보러 조용한 전시관으로 들어갔다. 갈리시아 출신의 이 초현실주의 여성 화가가 1930년대에 거둔 눈부신 성공은 이후 스페인 여성 화가들의 유리 천장을 깨뜨리는 데 큰 역할을 했다.

암브라가 홀로 서서 복잡한 상징으로 가득한 정치 풍자 작품 〈라 베르베나(La Verbena)〉를 감상하고 있는데, 뒤에서 누군가의 목소리가 들려왔다.

"Es casi tan guapa como tú." 중후한 남자 목소리였다. '당신만큼이나 아름답군요.'

'뭐야?' 암브라는 눈알을 굴리고 싶은 충동을 억누르며 작품에 시선을 고정했다. 이런 일이 있을 때마다 미술관이 문화의 중심지라기보다는 어설프게 수작질하는 공간으로 전락하는 느낌이었다.

"¿Qué crees que significa?" 등 뒤에서 또 한 마디가 날아왔다. '무슨 의미 같아요?'

"모르겠는데요." 암브라는 영어로 대답하면 남자가 물러갈지도 모른다고 생각하며 거짓으로 대답했다. "그냥 좋아서요."

"나도 좋아합니다." 남자가 억양이 거의 없는 영어로 대답했다. "마요는 시대를 앞서간 화가였지요. 슬프게도 훈련받지 않은 눈으로 보면 이 그림의 표면적 아름다움이 내면의 깊은 실체를 가리지만 말입니다." 남자는 한 박자를 쉬고 말을 이었다. "당신 같은 여성은 매일같이 그런 문제에 봉착할 것 같군요."

암브라는 신음을 삼켰다. '이런 대사가 여자들한테 진짜 통할까?' 암브라는 남자를 떼어버리려는 생각으로 애써 정중히 미소 지으며 뒤돌아보았다. "선생님, 그렇게 말씀해주시니 정말 감사합니다만……."

암브라 비달은 말을 하다 말고 그 자리에 얼어붙었다.

어려서부터 텔레비전과 잡지에서 수없이 봐온 남자가 그녀를 바라보고 있었다.

"아." 암브라는 말을 더듬었다. "당신은······."

"주제넘었나요?" 잘생긴 남자가 과감히 말했다. "어설프게 뻔뻔하고요? 미안합니다. 온실 속에서 살다 보니 이런 일에는 썩 익숙하지 않군요." 그는 미소를 지으며 정중하게 손을 내밀었다. "훌리안이라고 합니다."

"당신 이름은 아는 것 같네요." 암브라는 얼굴을 붉힌 채 머지않아 스페인 국왕이 될 훌리안 왕자와 악수를 나누며 그렇게 대답했다. 그는 생각보다 훨씬 키가 컸고, 부드러운 눈매에 자신감 넘치는 미소를 머금은 남자였다. "오늘 밤 여기 계실 줄은 몰랐어요." 암브라는 말을 이으며 재빨리 평정심을 되찾았다. "프라도 미술관 쪽을 더 좋아할 거라고 생각했거든요. 아시잖아요, 고야나 벨라스케스 같은 고전주의 화가들······."

"그 말은 곧 보수적이고 구닥다리라는 뜻입니까?" 그는 그렇게 말하며 훈훈하게 웃었다. "아무래도 나를 내 부친과 혼동하는 것 같군요. 나는 예전부터 마요와 미로를 제일 좋아했어요."

암브라는 왕자와 몇 분 동안 이야기를 나눴고, 그의 미술 지식이 상당한 수준이라는 데 호감을 느꼈다. 하긴 스페인 최고의 작품들을 소장하고 있는 마드리드 왕궁에서 자란 사람이니, 어쩌면 어릴 적 방에 엘 그레코의 진품이 걸려 있었을지도 모른다.

"앞서가는 소리인 줄은 알지만," 왕자는 그렇게 말하며 금박 두른 명함을 한 장 내밀었다. "내일 밤 저녁 만찬에 당신을 초대하고 싶습니다. 명함에 내 직통 번호가 적혀 있으니 미리 알려주세요."

"저녁 만찬이라고요?" 암브라가 농담조로 되물었다. "내 이름도 모르잖아요."

"암브라 비달." 훌리안이 무미건조한 말투로 대답했다. "서른아홉 살이지요. 살라망카 대학에서 미술사를 공부했고요. 빌바오 구겐하임 미술관 관장이지요. 최근 루이스 킬레스를 둘러싼 논쟁에서 그의 작품이 현대 삶의 두려움을 사실적으로 묘사하기 때문에 어린이들에게 부적절할 수도 있다는 당신의 견해에는 동의하지만, 그의 작품이 뱅크시와 유사하다는 견해에 동의한다고는 확신할 수 없군요. 결혼한 적은 없고, 자녀도 없지요. 그리고 검정색이 아주 잘 어울립니다."

암브라의 입이 떡 벌어졌다. "맙소사. 이런 접근법이 진짜로 통하나요?"

"잘 모르겠어요." 그가 웃음 지으며 말했다. "두고 보면 알겠지요."

마치 신호라도 떨어진 듯 어디선가 왕실 근위대 요원 두 명이 나타나 그를 다른 귀빈들에게 안내해 갔다.

암브라는 명함을 움켜쥔 채 이미 오래전부터 느껴보지 못한 감정에 사로잡혔다. 설레었다. '왕자가 지금 내게 데이트 신청한 거야?'

10대 시절의 암브라는 키가 크고 깡말랐는데, 그때만 해도 그녀에게 데이트를 신청하는 남자아이들은 스스로를 그녀와 동급으로 여겼다. 시간이 흘러 그녀의 미모가 꽃을 피우자 갑자기 남자들이 그녀 앞에서 공연히 겁을 먹고 기가 죽어 지나치게 깍듯이 대하기 시작했다. 그런데 그런 그녀 앞에 오늘 밤, 누구 못지않은 권력을 가진 남자가 과감하게 다가와 말을 건넨 것이다. 왠지 다시 여자가 된 느낌, 다시 어려진 기분이었다.

바로 그다음 날 밤, 암브라가 묵던 호텔에 운전기사가 와서 그녀를 왕궁으로 태워 갔고, 암브라는 거기에서 왕자 옆자리에 앉아 신문 사회면이나 정치면에서 익히 봐온 스무 명 남짓의 손님들과 식사를 함께했다. 왕자는 그녀를 '사랑스러운 새 친구'라고 소개한 뒤, 그녀가 진가를 발휘할 수 있는 예술 분야의 화제를 능숙하게 이끌어갔다. 어떤 면에서 일종의 오디션을 치른 느낌이었지만, 이상하게도 기분이 그리 나쁘지는 않았다. 오히려 조금은 우쭐한 기분까지 들었다.

그날 만찬이 끝나자 훌리안은 암브라를 따로 불러 속삭였다. "즐거운 시간이었기를 바랍니다. 다시 만나고 싶군요." 그가 미소 지으며 덧붙였다. "목요일 밤은 어때요?"

"고마워요." 암브라가 대답했다. "하지만 난 내일 아침에 빌바오로 돌아가는 비행기를 타야 해요."

"그럼 나도 비행기를 타면 되겠군요." 훌리안이 말했다. "혹시 에찬노베라는 레스토랑 가봤어요?"

암브라는 어쩔 수 없이 웃음을 터뜨렸다. 에찬노베는 빌바오에서 가장 인기 있는 레스토랑이었다. 전 세계에서 온 미술 애호가들의 사랑을 한 몸에 받는 이 레스토랑은 전위적인 실내장식과 현란한 색채의 음식으로 유명한데, 덕분에 이곳에서 식사를 즐기는 사람들은 마르크 샤갈의 풍경화 속에 앉아 있는 기분을 만끽할 수 있었다.

"멋진 시간이 되겠네요." 암브라는 무심결에 그렇게 대답했다.

훌리안은 에찬노베에서 멋지게 장식된 옻나무에 그슬린 참치와 송로를 곁들인 아스파라거스 접시를 앞에 놓고 병든 아버지의 그늘에서 벗어나기 위해 자신이 마주해야 할 정치적 난관들, 왕실의 혈통을 이어야 하는 개인적 압박감에 대해 털어놓았다. 암브라는 그런 그에게서 세속과 격리되어 살아온 어린 소년의 무구함을 알아봤지만, 동시에 조국을 향한 뜨거운 열정을 품은 지도자의 면모도 보았다. 이는 실로 매혹적인 조합이었다.

그날 밤 근위대원들이 훌리안을 전용기로 데려간 뒤, 암브라는 자신이 이 남자에게 홀딱 반했다는 사실을 깨달았다.

'아직은 그를 잘 모르잖아.' 암브라는 스스로를 타일렀다. '신중해

야 돼.'

이후 그들은 왕궁에서 함께 저녁 식사를 하거나 훌리안의 별장에서 피크닉을 즐기고, 심지어는 대낮에 극장에서 영화를 보는 등 틈틈이 데이트를 즐기며 꿈같은 몇 달을 보냈다. 두 사람의 관계는 강제적이지 않았고, 암브라는 더 행복했던 때가 언제였는지 기억나지 않을 정도였다. 훌리안은 사랑스럽게 구식이어서 손을 잡거나 점잖게 키스를 하기는 했지만 한 번도 선을 넘지 않았고, 암브라는 그런 그의 태도를 고맙게 생각했다.

3주 전 어느 화창한 아침, 암브라는 구겐하임에서 예정된 전시와 관련해 텔레비전 아침 방송 출연 일정으로 마드리드에 와 있었다. RTVE의 〈텔레디아리오〉가 스페인 전역에서 수백만의 시청자가 생중계로 지켜보는 프로그램이라 조금 걱정되었지만, 암브라는 미술관을 전국적으로 알리기에 절호의 기회임을 잘 알고 있었다.

그 전날 밤, 암브라와 훌리안은 트라토리아 말라테스타에서 가볍게 맛있는 저녁을 먹은 뒤, 레티로 공원으로 갔다. 산책 나온 가족들과 웃으며 뛰어다니는 아이들을 보며 암브라는 그 순간 충만한 평화를 느꼈다.

"아이들 좋아해요?" 훌리안이 물었다.

"너무 좋아하죠." 암브라는 솔직하게 대답했다. "사실 때로는 내 인생에서 유일하게 빠진 부분이 아이들 아닌가 싶어요."

훌리안은 환하게 미소 지었다. "그 느낌, 나도 잘 압니다."

그 순간, 암브라는 자신을 쳐다보는 그의 눈길이 왠지 예사롭지 않음을 느끼고, 그가 왜 그런 질문을 던졌는지 문득 깨달았다. 공포가 밀려들며 그녀의 머릿속에서 날카로운 목소리가 들렸다. '얘기해! 지금 당장 얘기하라고!'

암브라는 말하려 했지만 입이 떨어지지 않았다.

"괜찮아요?" 훌리안이 걱정스러운 표정으로 물었다.

암브라가 미소 지었다. "〈텔레디아리오〉 때문에 제가 좀 긴장했나 봐요."

"숨을 크게 내쉬어요. 잘해낼 겁니다."

훌리안은 환히 웃더니 몸을 숙여 그녀의 입술에 가볍게 키스했다.

다음 날 아침 7시 30분, 암브라는 스튜디오에서 〈텔레디아리오〉의 매력적인 세 진행자와 함께 놀라울 만큼 편안한 분위기 속에서 대담을 나누었다. 구겐하임 미술관 소개에 열정적으로 몰입한 나머지 텔레비전 카메라가 돌아가고 있다는 사실도, 생방송 스튜디오에 나와 있는 방청객들의 존재도, 나아가 500만 명의 시청자가 집에서 이 프로그램을 지켜보고 있다는 사실도 의식하지 못했다.

"Gracias, Ambra, y muy interesante(고맙습니다, 암브라 관장님. 매우 흥미롭군요)." 이 코너를 맡은 여성 진행자가 말했다. "Un gran placer conocerte(나와주셔서 정말 기뻐요)."

암브라는 고개를 끄덕여 고마움을 표시하고 인터뷰가 끝나기를 기다렸다.

하지만 진행자는 그녀에게 의미심장한 미소를 지어 보이고는 카메라를 응시하며 말을 이었다. "오늘 아침," 그녀가 스페인어로 말했다. "아주 특별한 손님 한 분이 저희 〈텔레디아리오〉 스튜디오를 깜짝 방문하셨는데요. 지금 그분을 소개할까 합니다."

세 진행자가 일어나서 박수를 치는 가운데, 훤칠한 키에 근사한 차림의 한 남자가 스튜디오 안으로 들어섰다. 그를 알아본 방청객들이 자리에서 벌떡 일어나 열렬히 환호했다.

암브라도 깜짝 놀라 몸을 일으켰다.

'훌리안?'

훌리안 왕자는 방청석을 향해 손을 흔들어 답례한 뒤, 세 진행자와 정중하게 악수를 나누었다. 그러고는 암브라 옆으로 다가서서 그녀의 어깨를 한 팔로 감싸 안았다.

"제 아버님은 옛날부터 아주 낭만적이셨습니다." 그는 카메라를 똑바로 쳐다보며 스페인어로 말했다. "어머님이 돌아가신 뒤에도 어머님에 대한 아버님의 사랑은 조금도 변하지 않았지요. 저도 아버님의 그 낭만적인 성격을 물려받은 모양입니다. 저는 남자가 사랑을 발견하면 한눈에 알아본다고 믿습니다." 그는 암브라를 바라보며 따뜻한 미소를 지었다. "그래서……." 훌리안은 한 발 물러서서 그녀를 향해 마주 섰다.

이제부터 무슨 일이 벌어질지 알아차린 암브라는 도저히 믿기지 않아 온몸이 얼어붙는 듯했다. '안 돼! 훌리안! 지금 뭐 하는 거예요?'

스페인의 왕세자가 아무런 예고 없이 돌연 그녀 앞에 무릎을 꿇었다. "암브라 비달, 왕자로서가 아니라 사랑에 빠진 한 남자로서 당신에게 묻습니다." 그는 촉촉한 눈으로 암브라를 올려다보았고, 카메라가 빙글 돌아가며 그런 그의 얼굴을 화면 가득 클로즈업했다. "사랑합니다. 나와 결혼해주시겠습니까?"

방청객과 진행자 들이 일제히 환호성을 내질렀고, 암브라는 스페인 전역 수백만 시청자의 눈이 자신에게 고정되어 있음을 직감했다. 갑자기 얼굴이 붉어지고, 조명이 살갗을 찌를 듯 뜨겁게 느껴졌다. 심장이 요동치는 가운데 왕자를 내려다보는 그녀의 머릿속에 오만 가지 생각이 스쳐갔다.

'어떻게 나를 이런 상황으로 몰아넣을 수가 있지?! 만난 지 몇 달이나 됐다고! 나에 대해 털어놓지 못한 것들이 얼마나 많은데……. 그걸 얘기하면 모든 게 바뀔 텐데!'

암브라가 공황 상태에 빠진 사람처럼 말문을 열지 못한 채 하염없이 서 있자, 진행자 한 명이 어색하게 웃으며 침묵을 깨뜨렸다. "비달 씨가 황홀경에 빠진 모양입니다! 비달 씨? 잘생긴 왕자님이 온 세계가 지켜보는 가운데 당신 앞에 무릎 꿇고 사랑을 고백하잖아요!"

암브라는 이 상황을 유연하게 빠져나갈 방법을 찾으려고 온갖 생각을 해보았다. 아무 소리도 들리지 않았다. 생각하면 할수록 자신이 덫에 걸렸다는 사실만 확실해질 뿐이었다. 이 순간을 끝낼 방법은 딱 하나뿐이었다. "이 동화 같은 이야기가 행복한 결말이 될지 믿을 수 없어 망설여져요." 그녀는 어깨의 긴장을 풀고 훌리안을 내려다보며 미소 지었다. "물론 당신과 결혼하겠어요, 훌리안 왕자님."

스튜디오 안에 열화와 같은 박수갈채가 터졌다.

훌리안은 몸을 일으켜 암브라를 끌어안았다. 암브라는 그의 품에 안긴 채, 지금까지 한 번도 훌리안과 진한 포옹을 해본 적이 없다는 사실을 깨달았다.

10분 뒤 두 사람은 훌리안의 리무진 뒷자리에 나란히 앉아 있었다.

"많이 당황스러웠죠?" 훌리안이 말했다. "미안해요. 나름대로 낭만적인 청혼을 하고 싶었어요. 당신을 향한 감정이 워낙 강렬해서……."

"훌리안." 암브라가 그의 말을 가로막았다. "나도 당신에게 강한 감정을 품고 있지만, 당신은 방금 나를 꼼짝달싹 못 할 상황으로 몰아넣었어요. 당신이 이렇게 빨리 청혼할 거라고는 상상도 못 했어요. 우리는 아직 서로를 잘 모르잖아요. 당신에게 얘기해야 할 게 많아요. 내 과거에 대한 중요한 얘기들이에요."

"당신의 과거는 전혀 중요하지 않아요."

"이건 중요한 얘기예요. 정말로요."

훌리안이 웃으며 고개를 가로저었다. "나는 당신을 사랑해요. 다른 건 중요하지 않아요. 얘기해봐요."

암브라는 그의 얼굴을 유심히 바라보았다. '좋아, 해보자.' 암브라는 이런 식의 대화를 결코 원하지 않았지만, 훌리안은 선택의 여지를 주지 않았다. "훌리안, 나는 어렸을 때 치명적인 감염증으로 하마터면 목숨을 잃을 뻔했어요."

"그렇군요."

암브라는 가슴 가득 밀려드는 깊은 공허감을 느끼며 말을 이었다. "그래서 어려서부터 간직해온 꿈…… 아이를 갖고 싶다는 꿈이…… 영원히 꿈으로 남고 말았어요."

"무슨 뜻이죠?"

"훌리안." 그녀가 담담하게 말했다. "나는 아이를 가질 수 없어요. 어린 시절에 앓은 병으로 불임이 되었어요. 나는 항상 아이를 갖고 싶었지만, 앞으로도 영원히 아이를 가질 수 없어요. 미안해요. 당신에게 자녀가 얼마나 중요한지는 나도 잘 알지만, 당신은 방금 후계자를 낳아줄 수 없는 여자에게 청혼한 거예요."

훌리안의 얼굴이 하얗게 질렸다.

암브라는 그런 그를 바라보며 이렇게 말하고 싶었다. '훌리안, 지금은 당신이 나를 꼭 안아주며 괜찮다고 말해야 할 순간이에요. 아이를 갖지 못해도 전혀 문제 없고, 그럼에도 나를 사랑한다고 말해야 할 때라고요.'

하지만 그런 일은 일어나지 않았다.

훌리안이 그녀에게서 아주 살짝 떨어져 앉았다.

그 순간 암브라는 모든 것이 끝났음을 직감했다.

45

근위대의 전자보안부는 왕궁 지하의 창 하나 없는 미로 같은 공간에 자리하고 있다. 의도적으로 왕궁 내 드넓은 막사나 무기고와 거리를 둔 이 부서의 본부는 컴퓨터가 설치된 열두 개의 부스와 전화 교환기 하나, 한쪽 벽면을 가득 채운 보안 모니터들로 이루어져 있다. 모두 서른다섯 살 미만인 여덟 명의 직원은 왕궁과 근위대의 통신망 보안은 물론 왕궁 자체의 전자 감시 시스템 지원 업무를 수행한다.

오늘 밤도 이 지하 공간은 여느 때처럼 전자레인지에 데운 국수와 팝콘 냄새로 가득했다. 형광등은 크게 웅웅거렸다.

'사무실을 여기다 마련해달라고 하길 잘했지.' 마르틴은 생각했다.

엄밀히 말해서 '대외 홍보 담당관'은 근위대 소속이 아니지만, 마르틴이 업무를 수행하려면 고성능 컴퓨터와 정보 통신에 능통한 직원이 필요했다. 그러니 장비가 부족한 지상보다는 이 전자보안부에 자리 잡는 것이 훨씬 나아 보였다.

'오늘 밤,' 마르틴은 생각했다. '가능한 기술을 총동원해야 한다.'

지난 몇 달 동안 마르틴은 권력이 점진적으로 훌리안 왕자에게 이양되는 과정에서 왕궁이 정보에 뒤처지지 않도록 돕는 데 집중했다. 쉽지는 않았다. 지도자 교체를 앞두고 군주제 반대 세력이 목소리를 높일 가능성이 컸다.

스페인 헌법에 따르면 군주제는 '스페인의 통합과 영속성의 상징'이라 규정되어 있다. 하지만 마르틴은 이미 오래전부터 스페인에 '통합' 같은 것은 없음을 알고 있었다. 1931년 제2공화정에 의해 군주제가 종식되었고, 이후 1936년 프랑코 장군이 일으킨 반란으로 이 나라는 내전의 소용돌이에 휘말렸다.

오늘날 부활한 군주제가 자유민주주의를 표방하고 있음에도 불구하고 많은 자유주의자들은 국왕이라는 개념 자체가 억압적인 종교-군사적 과거의 유산일 뿐 아니라, 스페인이 진정한 의미의 현대 세계에 합류하기에는 아직 갈 길이 멀다는 사실을 수시로 일깨워준다며 비난을 거듭했다.

모니카 마르틴은 국왕이 실질적인 권한을 갖지 않으며, 많은 국민의 사랑을 받는 상징적 존재라는 기존의 이미지를 더욱 강화하는 전략을 이달의 주요 과제 가운데 하나로 삼았다. 물론 국왕이 엄연히 군 최고 통수권자이자 국가 원수의 지위를 차지하고 있는 현실을 고려하면 분명 쉽지 않은 과제였다.

'정교분리가 늘 논란에 휩싸이는 나라의 국가원수라…….' 마르틴은 곰곰이 생각에 잠겼다. 병든 국왕이 발데스피노 주교와 밀접하다는 사실은 이미 오래전부터 세속주의자와 자유주의자 들에게 목에 걸린 가시였다.

'그 와중에 훌리안 왕자가 등장했지.' 마르틴은 생각을 이어갔다.

마르틴은 훌리안 덕분에 이 자리에 채용되었다는 사실을 알고 있었지만, 최근 들어 이 왕자 때문에 그녀의 업무가 난항에 빠진 것도 틀림없는 사실이었다. 심지어 몇 주 전에는 왕자가 대중 홍보라는 측면에서 전에 없는 최악의 실수를 저지르지 않았던가.

훌리안 왕자는 전국에 방송되는 텔레비전에 출연해 암브라 비달 앞에서 무릎을 꿇고 우스꽝스러운 청혼을 했다. 만약 암브라가 그의 청혼을 거절하기라도 했다면 그 어색한 순간이 더 이상 불편해질 수도 없었겠지만, 천만다행으로 암브라는 그렇게 무분별한 여자가 아니었다.

그 여파인지는 몰라도 암브라 비달은 훌리안의 기대만큼 호락호락한 존재가 아님을 드러내 보였고, 그녀가 이번 달에 보여준 예상밖의 몇몇 행동들 때문에 마르틴의 홍보 업무는 한층 어려워졌다.

하지만 오늘 밤에는 암브라의 경솔한 행동이 완전히 묻힌 듯했다. 언론사마다 빌바오에서 벌어진 사건을 봇물처럼 쏟아냈다. 지난 한 시간 동안 온갖 음모론이 거대한 태풍이 되어 온 세상을 휩쓸었다. 그중에는 발데스피노 주교와 관련된 몇몇 새로운 가설도 포함됐다.

구겐하임에서 벌어진 살인과 관련해 가장 주목할 만한 내용은 그 범인이 '왕궁 내부 누군가의 명령'에 따라 에드먼드 커시의 행사에 참석했다는 것이었다. 이 경악스러운 소식은 병석에 누운 국왕과 발데스피노 주교가 공모해 디지털 세계의 신적인 존재이자 스페인을 주거지로 선택한 미국의 영웅 에드먼드 커시를 살해했다는 음모론이 빗발치는 계기가 되었다.

'이제 발데스피노는 끝장이야.' 마르틴은 생각했다.

"다들, 주목!" 가르사가 통제실로 들어서며 소리쳤다. "훌리안 왕자와 발데스피노 주교가 궁내 어딘가에 함께 있다! 감시 카메라를 전부 뒤져서 그들을 찾아내도록! 당장!"

사령관은 마르틴의 사무실로 들어와 그녀에게 왕자와 주교의 상황을 간단히 설명했다.

"사라졌다고요?" 마르틴이 믿기지 않는 듯이 되물었다. "왕자님의 금고에 전화기를 넣어두고?"

가르사는 어깨를 으쓱했다. "추적을 피하려는 것이겠지."

"어, 빨리 찾아야 해요." 마르틴이 말했다. "훌리안 왕자님은 지금 당장 입장을 발표하고 발데스피노 주교와 최대한 거리를 두어야 한다고요." 마르틴은 가르사에게 지금까지의 경과를 설명했다.

이제는 가르사의 표정이 변했다. "모두 소문일 뿐이야. 발데스피노가 암살의 배후라는 주장을 어떻게 믿나."

"그럴지도 모르지만, 분명 가톨릭교회와 밀접히 연관돼 있어요. 어떤 사람이 범인과 교회 고위 관계자가 직접적으로 연결되어 있다는 증거를 막 찾아냈다고요. 이것 좀 보세요." 마르틴은 컨스피러시넷의 최신 속보를 화면에 띄웠다. 이번에도 monte@iglesia.org라는 내부 고발자가 제보한 것이었다. "몇 분 전에 올라온 소식이에요."

가르사는 허리를 굽히고 속보를 재빨리 읽었다. "'교황'이라니!" 그가 말도 안 된다는 듯이 내뱉었다. "아빌라가 교황과 사적 교분을 맺고 있다……."

"계속 읽어보세요."

기사를 다 읽은 가르사는 화면에서 물러나 악몽에서 깨어나려는 듯 눈을 몇 차례 껌뻑거렸다.

그때, 통제실에서 어떤 남자의 목소리가 들렸다. "가르사 사령관님? 찾았습니다!"

가르사와 마르틴은 서둘러 수레시 발라 요원의 책상으로 달려갔다. 인도 태생의 감시 전문가인 그가 모니터를 가리켰다. 거기에는 치렁치렁한 주교복을 걸친 인물과 말쑥한 정장 차림을 한 인물의 모습이 있었다. 두 사람은 나무가 우거진 오솔길을 걸어가고 있었다.

"동쪽 정원입니다." 수레시가 말했다. "2분 전이에요."

"건물을 나갔다고?!" 가르사가 물었다.

"잠깐만요, 사령관님." 수레시는 그렇게 말하며 영상을 빠르게 앞으로 돌렸다. 여러 대의 카메라에 잡힌 영상을 연결하니 주교와 왕자가 왕궁 단지 안을 가로질러 정원을 벗어난 뒤, 울타리가 설치된 안뜰로 들어가는 모습이 확인되었다.

"어디로 가는 거야?!"

마르틴은 그들이 어디로 향하는지 충분히 짐작할 수 있었다. 발데스피노가 광장에 진을 친 언론사 차량들을 피해 우회로를 선택할 만큼 치밀하다는 사실에도 주목했다.

역시 그녀의 예상대로 발데스피노와 훌리안은 알무데나성모대성당의 관계자 전용 남쪽 출입구 앞에 다다랐고, 주교가 열쇠로 문을 열고 훌리안 왕자를 안으로 안내하는 장면이 이어졌다. 두 사람은 성당 안으로 사라졌고, 문이 닫혔다.

가르사는 멍하니 화면을 들여다보았다. 방금 본 것을 이해하려고 애쓰고 있는 게 분명했다. "계속 보고해." 이윽고 가르사는 수레시에게 그렇게 지시한 뒤, 마르틴에게 따라오라고 몸짓했다.

듣는 이가 없는 것을 확인한 가르사가 속삭였다. "발데스피노 주교가 훌리안 왕자를 어떻게 왕궁 바깥으로 유인했는지, 혹은 어떻게 전화기를 두고 가게 했는지는 모르지만, 왕자가 발데스피노에게 쏟아지는 의혹이나 그자와 거리를 두어야 한다는 사실을 전혀 모르는 것만은 분명해."

"제 생각도 그래요." 마르틴이 말했다. "주교님이 뭘 하려는지 굳이 추측하고 싶진 않지만……." 마르틴은 머뭇거렸다.

"않지만, 뭐?" 가르사가 물었다.

마르틴은 한숨을 내쉬었다. "발데스피노가 방금 엄청나게 몸값 비싼 인질을 확보한 것 같네요."

* * *

북쪽으로 400킬로미터쯤 떨어진 구겐하임 미술관 아트리움에서 폰세카 요원의 휴대전화가 울리기 시작했다. 20분 사이에 벌써 여섯 통째 걸려온 전화였다. 발신자 정보를 확인한 폰세카는 자동으로 부동자세를 취했다.

"¿Sí(네)?" 폰세카는 두근거리는 심장을 진정시키며 전화를 받았다.

느리고 조심스러운 목소리가 스페인어로 말했다. "폰세카 요원, 자네도 알다시피 미래의 스페인 왕비가 오늘 저녁 잘못된 사람들과 어울려 왕궁을 심각한 궁지로 몰아넣을 끔찍한 실수를 저질렀다. 더 이상의 피해를 막기 위해서라도 최대한 빠른 시간 안에 그녀를 왕궁으로 데려와야 한다."

"송구하지만 지금 비달 관장의 행방이 묘연합니다."

"40분 전에 에드먼드 커시의 제트기가 빌바오 공항을 이륙해 바르셀로나로 출발했다." 단호한 목소리가 이어졌다. "비달 관장은 그 비행기에 탑승한 게 분명해."

"그걸 어떻게 아셨습니까?" 폰세카는 그렇게 물어놓고, 너무 주제넘었나 싶어 후회했다.

"할 일을 제대로 했다면 자네도 알 수 있었겠지." 목소리가 한층 날카로워졌다. "지금 즉시 동료와 함께 그녀를 추적해야 한다. 자네를 실어갈 군용 수송기가 지금 빌바오 공항에서 연료를 채우는 중이다."

"비달 관장이 그 비행기에 탑승했다면," 폰세카가 말했다. "로버트 랭던이라는 미국인 교수와 동행했을 가능성이 큽니다."

"그래." 목소리가 분노를 드러냈다. "그자가 무슨 말로 설득했기에 비달 관장이 경호를 따돌리고 함께 도망갔는지는 모르지만, 그자는 우리에게 골칫거리다. 자네는 비달 관장을 찾아내 필요한 경우 완력을 동원해서라도 왕궁으로 데려와야 한다."

"만약 랭던이 방해하면……?"

무거운 침묵 끝에 대답이 돌아왔다. "부수적인 피해를 줄이기 위해 최선을 다해야겠지만, 이 위기의 심각성에 비춰볼 때 랭던 교수가 희생되더라도 어쩔 수 없다."

46

ConspiracyNet.com

뉴스 속보

커시 관련 소식, 주요 언론 강타!

오늘 밤 온라인 프레젠테이션 형식으로 시작된 에드먼드 커시의 발표회
는 300만 온라인 시청자의 이목을 집중시켰다. 그러나 그가 피살된 이
후, 전 세계의 주요 언론이 실시간으로 관련 소식을 보도하기 시작해 현
재 800만 명 이상의 시청자가 지켜보고 있는 것으로 추정된다.

47

커시의 걸프스트림 G550이 바르셀로나 상공에서 고도를 낮추기 시작했다. 로버트 랭던은 커피를 두 잔째 비운 뒤 암브라와 함께 주방에서 가져온 땅콩과 쌀과자, 그에게는 다 같은 맛처럼 느껴지는 갖가지 '채식주의자용 간식' 등 먹고 남은 주전부리를 물끄러미 내려다보았다.

테이블 맞은편의 암브라도 막 두 잔째의 레드 와인을 비워서인지 한결 편안해 보였다.

"들어주셔서 고마워요." 암브라가 약간 수줍어하는 목소리로 말했다. "그동안 훌리안에 대한 이야기는 아무에게도 털어놓을 수가 없었거든요."

훌리안 왕자가 텔레비전 생방송에서 난감한 청혼을 한 이야기를 들은 랭던은 이해한다는 듯 고개를 끄덕였다. '선택의 여지가 없었겠지.' 랭던은 전국에 생방송되는 텔레비전 프로그램에서 스페인의 국왕이 될 사람에게 망신을 줄 수는 없었을 암브라의 입장에 충분히 공감했다.

"그가 그토록 빨리 청혼할 줄 알았다면," 암브라가 말을 이었다. "나는 아이를 가질 수 없는 몸이라고 말했겠죠. 하지만 예고 없이 벌어진 일이었어요." 그녀는 고개를 절레절레 흔들며 슬픈 눈빛으로 창밖을 바라보았다. "저는 제가 그를 좋아한다고 생각했어요. 글쎄요, 어쩌면 그저 설레었던 것뿐……."

"키 크고 잘생긴 왕자님이시니." 랭던이 비죽이 웃으며 말했다.

암브라는 소리 없이 웃으며 그를 돌아보았다. "확실히 그런 면도 있긴 했죠. 모르겠어요, 아무튼 좋은 사람 같았어요. 온실 속의 화초처럼 살았는지는 몰라도 낭만적이었고요. 아무리 생각해도 에드먼드의 죽음에 연루될 사람은 아닌 것 같아요."

랭던이 생각해도 일리 있는 말이었다. 에드먼드의 죽음으로 훌리안이 얻을 것은 없었다. 아빌라 제독을 손님 명단에 추가해달라고 왕궁 내부의 누군가가 건 전화 한 통 말고는 어떤 식으로든 그가 연루되었다는 확증은 없었다. 이 시점에서 추정 가능한 가장 유력한 용의자는 에드먼드가 공개하려 한 발견 내용을 사전에 알게 되어 그를 막기 위한 계획을 세울 충분한 시간이 있었고, 또한 그의 발견이 전 세계 종교에 얼마나 치명적인 영향을 미칠지 누구보다 잘 아는 발데스피노 주교였다.

"제가 훌리안과 결혼할 수 없다는 건 분명해요." 암브라가 조용히 말했다. "이제 그 사람도 제가 아이를 가질 수 없다는 걸 알았으니 파혼하려 하겠죠. 그의 가문은 지난 4세기 동안 혈통을 이어왔어요. 빌바오의 일개 미술관 관장이 그 혈통을 끊는 건 말도 안 되는 일이죠."

머리 위의 스피커에서 이제 곧 바르셀로나에 착륙할 예정이라는 조종사의 안내 방송이 흘러나왔다.

훌리안 왕자에 대한 상념에서 깨어난 암브라는 사용한 잔을 주방으로 가져가 헹구고 남은 음식을 버리며 깔끔하게 정리했다.

"교수님." 테이블에 놔둔 에드먼드의 전화기에서 윈스턴의 목소리가 흘러나왔다. "지금 온라인에서 퍼지고 있는 새로운 정보를 전해드려야 할 것 같아요. 발데스피노 주교와 아빌라 제독 사이의 은밀한 연결 고리를 암시하는 강력한 증거가 공개되었습니다."

랭던은 그 소식에 깜짝 놀랐다.

"유감스럽게도 그뿐만이 아닙니다." 윈스턴이 덧붙였다. "교수님도 아시다시피 커시가 비밀리에 발데스피노 주교를 만났을 때, 그 자리에 종교 지도자 두 사람이 더 있었습니다. 한 사람은 저명한 랍비고, 또 한 사람은 많은 사랑을 받고 있는 이맘(이슬람 교단의 지도자─옮긴이)이지요. 이맘은 어젯밤 두바이 근처 사막에서 시체로 발견되었습니다. 게다가 몇 분 전에는 부다페스트에서 가슴 아픈 소식이 전해졌어요. 랍비가 사망한 채로 발견되었는데, 사인은 심장마비가 확실하답니다."

랭던은 어안이 벙벙했다.

"블로거들은 이미 두 사람의 사망 시기가 우연히 겹친 것에 의문을 제기하고 있어요." 윈스턴이 말했다.

랭던은 좀처럼 믿기지 않았지만 말없이 고개를 끄덕였다. 어쨌건, 이제 지구상에서 에드먼드의 발견에 관해 아는 사람은 안토니오 발데스피노 주교 한 사람뿐이었다.

* * *

걸프스트림 G550이 바르셀로나 외곽 언덕 위에 자리한 사바델 공항의 텅 빈 활주로에 착륙했을 때, 암브라는 파파라치나 기자들의 모습이 보이지 않는다는 사실에 안도했다.

에드먼드는 바르셀로나 엘프라트 공항에서 열성 팬들과 마주치는 사태를 피하기 위해 이 조그만 제트기 비행장에 자신의 비행기를 세워둔다고 했다.

'그건 진짜 이유가 아니지.' 암브라는 진실을 알고 있었다.

사실 에드먼드는 사람들의 관심을 즐기는 성격이었다. 그런 그가 굳이 사바델 공항을 이용하는 이유는 자신이 제일 좋아하는 스포츠카이자 일론 머스크가 직접 가져와 선물했다고 알려진 테슬라 모델 X P90D를 몰고 구불구불한 도로를 달려 자신의 거처로 향하는 순간을 음미하기 위해서였다. 소문으로는 에드먼드가 자신의 전용기 조종사에게 활주로에서 걸프스트림 대 테슬라의 단거리 경주를 해보지 않겠느냐고 제안했는데, 조종사들이 간단한 계산을 해보고는 거절했다고 한다.

'에드먼드가 그리울 거야.' 암브라에게 새삼 슬픔이 밀려왔다. 물론 자기중심적이고 경솔한 면이 있지만, 그의 남다른 상상력 하나만 보더라도 오늘 밤과 같은 비극은 커다란 손실이었다. '그가 무엇을 발견했는지 밝혀낼 수만 있다면 그의 명예도 지킬 수 있을 텐데.'

비행기가 에드먼드의 전용 격납고 안에 도착한 뒤 엔진이 멎자, 암브라는 사방이 고요한 것을 확인했다. 적어도 아직까지는 누군가의 감시망에 걸려들지 않은 게 분명했다.

암브라는 제트기 계단을 내려가며 정신을 다잡으려고 심호흡을 했다. 와인의 취기가 아직 가시지 않아 괜히 두 잔이나 마셨다는 후회가 일었다. 격납고 시멘트 바닥으로 내려서는 순간 살짝 균형을 잃었는데 랭던이 어깨를 잡아주어 넘어지지는 않았다.

"고마워요." 암브라가 랭던을 돌아보며 미소 지었다. 랭던은 커피 두 잔을 연거푸 마신 덕분인지 쌩쌩해 보였다.

"최대한 빨리 떠나야 해요." 랭던이 한쪽 구석에 서 있는 검정색

SUV를 돌아보며 말했다. "아까 말한 자동차가 저거군요."

암브라는 고개를 끄덕였다. "에드먼드가 숨겨둔 애인이죠."

"번호판이 특이하네요."

암브라는 SUV의 장식 번호판을 내려다보며 웃었다.

E-WAVE

"음." 암브라가 설명했다. "에드먼드에게 들은 얘기로는 구글과 NASA가 최근에 D-웨이브라는 획기적인 슈퍼컴퓨터를 확보했대요. 세계 최초의 '양자' 컴퓨터라더군요. 설명을 들어도 너무 복잡해서 완전히 이해하지는 못했지만, 양자역학의 중첩 현상을 이용한 완전히 새로운 개념의 컴퓨터래요. 아무튼 에드먼드는 그 D-웨이브를 능가하는 컴퓨터를 만들고 싶다면서 그 새로운 컴퓨터에 E-웨이브라는 이름을 붙일 계획이라고 했어요."

"그 E는 물론 '에드먼드'의 첫 글자에서 따온 것이겠지요." 랭던이 말했다.

'E는 D의 다음 단계이기도 하지.' 암브라는 〈2001: 스페이스 오디세이〉에 나오는 유명한 컴퓨터에 HAL(할)이라는 이름이 붙은 것은 그 세 개의 알파벳이 각각 IBM보다 하나씩 앞선 글자이기 때문이라는 도시 전설을 떠올렸다. 물론 이것도 에드먼드에게서 들은 이야기였다.

"차 열쇠는 어디 있을까요?" 랭던이 물었다. "에드먼드가 열쇠를 어디다 숨기는지 안다고 했지요?"

"에드먼드는 열쇠를 사용하지 않았어요." 암브라가 에드먼드의 전화기를 내밀었다. "지난달에 여기 왔을 때 그가 보여줬죠." 암브라는 전화기에서 테슬라 앱을 열고 '호출 명령'을 선택했다.

한쪽 구석에 서 있던 SUV의 전조등이 켜지더니, 아무 소음도 없이 부드럽게 미끄러지듯 굴러와 그들 옆에 멈춰 섰다.

랭던은 이 자동차가 말 그대로 스스로 움직이는 것이 조금 불안한 듯 고개를 갸웃했다.

"걱정 마세요." 암브라가 말했다. "에드먼드의 집까지 교수님이 운전하게 해드릴게요."

랭던은 만족한 표정으로 고개를 끄덕이며 운전석 쪽으로 다가갔다. 차 앞을 지나가던 그가 걸음을 멈추고 번호판을 자세히 들여다보더니 큰 소리로 웃었다.

암브라는 그가 왜 웃는지 알고 있었다. 번호판 테두리에 적힌 글귀 때문일 터였다. '**괴짜가 이 지구를 상속받을 것이니.**'

"에드먼드답네요." 랭던이 운전석에 앉으며 말했다. "늘 저렇게 노골적이니 원."

"그 사람은 이 차를 사랑했어요." 암브라도 조수석에 올랐다. "완전한 전기차에 페라리보다 더 빠르다고요."

랭던은 어깨를 으쓱하며 최첨단 계기판을 곁눈질했다. "사실 난 차 같은 건 잘 몰라서요."

암브라가 미소 지었다. "금방 적응될 거예요."

48

우버 택시가 어둠을 뚫고 동쪽으로 달리는 동안, 아빌라 제독은 해군 장교 시절 자신이 모두 몇 번이나 바르셀로나에 입항했는지 궁금해졌다.

세비야의 화염 속에서 막을 내린 과거의 삶이, 이제는 마치 다른 세상에서의 일처럼 느껴졌다. 운명은 실로 잔인하면서도 예측을 불허하는 정부(情婦)와도 같다지만, 지금 돌이켜보면 거기에는 묘한 평행 이론 같은 것이 작용하지 않았나 싶었다. 세비야대성당에서 그의 영혼을 갈가리 찢어놓은 바로 그 운명이 그에게 두 번째 삶을 가져다주었으니 말이다. 비록 같은 성당은 아니지만, 그의 새로운 탄생이 시작된 것 역시 어느 성당의 울타리 안에서였다.

묘하게도 그를 거기로 데려간 사람은 물리 치료사 마르코였다.

"교황을 만난다고?" 몇 달 전, 아빌라는 그 말을 처음 꺼낸 자신의 물리 치료사에게 물었다. "내일? 로마에서?"

"내일 스페인에서요." 마르코가 대답했다. "교황이 이곳에 계시거든요."

아빌라는 별 미친 소리를 다 듣는다는 듯이 그를 바라보았다. "성하께서 스페인에 계신다고 보도된 적이 없는데?"

"믿음을 좀 가지세요, 제독님." 마르코가 웃으며 말했다. "어차피 내일 딱히 갈 데도 없잖아요?"

아빌라는 자신의 다친 다리를 내려다보았다.

"9시에 출발할 겁니다." 마르코가 말했다. "잠깐 다녀올 거니까 재활 치료보다는 훨씬 견딜 만할 거예요."

다음 날 아침, 아빌라는 마르코가 그의 집에서 가져온 해군 제복을 입고 목발을 짚은 채 마르코의 낡은 피아트에 올랐다. 병원 주차장을 나선 마르코는 라사 대로에서 남쪽으로 방향을 잡고 도시를 벗어나 N-IV 고속도로를 타고 달리기 시작했다.

"어디로 가는 거지?" 아빌라는 덜컥 불안해졌다.

"긴장 푸세요." 마르코가 미소 지으며 대답했다. "저만 믿으라니까요. 30분밖에 안 걸려요."

아빌라는 150킬로미터 앞까지는 N-IV 고속도로 주위에 메마른 황무지밖에 없다는 사실을 잘 알고 있었다. 점점 자신이 끔찍한 실수를 저질렀다는 생각이 들기 시작했다. 30분이 지나자 유령 마을 같은 토르비스칼이 나타났다. 한때는 꽤나 번성한 농촌 마을이었지만, 지금은 인구가 제로에 가깝게 줄어들었다. '대체 이 녀석이 나를 어디로 데려가는 거야?!' 마르코는 몇 분 더 가더니, 고속도로를 빠져나와 북쪽으로 방향을 틀었다.

"이제 보이죠?" 마르코가 버려진 들판 너머를 가리키며 물었다.

아빌라의 눈에는 아무것도 보이지 않았다. 젊은 물리 치료사가 헛것을 봤거나, 아니면 아빌라의 시력에 문제가 생겼거나, 둘 중 하나였다.

"정말 놀랍지 않아요?" 마르코가 다시 말했다.

아빌라는 환한 햇빛에 미간을 찌푸린 채 눈동자에 힘을 주었다. 그제야 풍경 가운데 우뚝 솟은 시커먼 형체가 보였다. 가까이 다가갈수록 그의 눈이 휘둥그레졌다.

'저게…… 성당이라고?'

마드리드나 파리에서 볼 수 있을 대성당들에 맞먹는 규모였다. 평생을 세비야에서 살아온 아빌라도 이런 허허벌판에 성당이 있을 줄은 꿈에도 몰랐다. 차를 몰아갈수록 더욱 압도적인 건물의 위용이 드러났고, 거대한 시멘트 담장은 바티칸만큼이나 난공불락의 느낌으로 다가왔다.

마르코는 주 도로를 벗어나 성당으로 이어지는 짧은 진입로로 들어서더니, 앞을 가로막은 높다란 철문을 향해 다가갔다. 마르코는 철문 앞에 차를 세우고 조수석 사물함에서 코팅된 카드를 한 장 꺼내 계기판 위에 올려놓았다.

경비원이 다가와 카드를 확인하더니, 차 안을 들여다보고는 마르코를 보며 활짝 미소 지었다. "Bienvenidos(어서 와요)." 경비원이 말했다. "¿Qué tal, Marco(무슨 일이죠, 마르코)?"

둘이 악수를 나눈 다음 마르코가 아빌라 제독을 소개했다.

"Ha venido a conocer al papa." 마르코가 경비원을 향해 말했다. '교황 성하를 뵈러 왔어요.'

경비원은 고개를 끄덕이며 아빌라의 제복에 달린 훈장들을 존경스러운 눈으로 바라보더니 수신호를 보내 그들을 통과시켜주었다. 거대한 철문이 열리자, 아빌라는 중세의 성채로 들어서는 기분이었다.

고딕 양식의 높은 성당에 각각 3층짜리 종루가 있는 첨탑 여덟 개가 까마득히 솟아 있었다. 건물의 본체를 이루는 세 개의 거대한 둥근 지붕은 짙은 갈색과 흰색의 석재로 이루어져 현대적인 느낌을 자아냈다.

아빌라가 내려다보니 나란히 뻗은 세 갈래의 진입로 양편에 키 큰 야자나무 군락이 늘어서 있었다. 아빌라는 성당 주변에 빽빽이 주차된 차들을 보고 깜짝 놀랐다. 고급 승용차와 낡은 버스, 진흙을 잔뜩 뒤집어쓴 모터 달린 자전거까지 상상할 수 있는 온갖 종류의 탈것들이 족히 수백 대는 되어 보였다.

마르코는 그 차들을 전부 지나쳐 성당의 중앙 안뜰을 향해 차를 몰았다. 그들을 발견한 경비원이 손목시계를 확인하더니 그들을 위해 비워둔 주차 공간으로 들어가라고 수신호를 보냈다.

"조금 늦었네요." 마르코가 말했다. "얼른 들어가야겠어요."

아빌라는 뭐라고 대답하려 했지만, 말이 목구멍에 걸려 나오지 않았다.

방금 성당 정면에 붙은 간판을 보았기 때문이었다.

팔마리아 가톨릭교회

'맙소사!' 아빌라는 몸을 움츠렸다. '들어본 적 있어!'

아빌라는 두근거리는 심장을 진정시키며 마르코를 돌아보았다. "이곳이 자네가 다니는 교회인가, 마르코?" 아빌라는 놀란 내색을 하지 않으려고 안간힘을 썼다. "자네…… 팔마리아 교회 신도인가?"

마르코는 미소 지었다. "무슨 전염병 이름이라도 되는 것 같은 말투로군요. 저는 그저 로마가 길을 잃었다고 믿는 독실한 가톨릭 신자일 뿐이에요."

아빌라는 눈을 들어 다시 한 번 성당을 바라보았다. 그제야 자기가 교황을 안다던 마르코의 주장이 이해가 갔다. '교황은 여기, 스페인에 있다.'

몇 해 전 텔레비전 채널 카날 수르에서 팔마리아 교회의 비밀을 폭로하기 위해 만든 다큐멘터리 〈교회의 그림자〉를 방송했다. 아빌라는 그런 이상한 교회가 있다는 사실만으로도 충격을 받았지만, 더욱 놀라운 것은 신도의 수와 영향력이 날로 커지고 있다는 점이었다.

전하는 이야기에 따르면, 팔마리아 교회는 몇몇 현지인들이 근처의 들판에서 일련의 신비적인 현상을 목격했다고 주장한 이후 설립되었다. 성모 마리아가 그들 앞에 나타나 가톨릭교회는 '현대화라는 이단'에 물들었으며 참된 신앙을 지켜내야 한다고 말했다는 것이다.

성모 마리아는 로마에 있는 현 교황을 가짜라고 비난하면서 팔마리아인들에게 새로운 교회를 세우라고 촉구했다. 이처럼 바티칸의 교황은 진정한 교황이 아니라는 믿음을 '교황 공석주의(sedevacantism)'라고 하는데, 이는 말 그대로 성 베드로의 '자리'가 '비어 있다'는 뜻이다.

게다가 팔마리아인들은 '진짜' 교황이 자기네 교회의 설립자, 즉 교황 그레고리우스 17세를 자처하는 클레멘테 도밍게스 이 고메스라는 인물임을 입증할 증거가 있다고 주장했다. 팔마리아 교회는 정통 가톨릭 관점으로는 '대립 교황'에 해당하는 그레고리우스 교황 치하에서 지속적인 성장을 거듭했다. 2005년 그레고리우스 교황이 부활절 미사를 집전하다 숨을 거두자, 지지자들은 그가 숨을 거둔 시점조차 기적과도 같은 천상의 계시라고 열광하며 이 교황이야말로 하느님과 직접 연결된 사람임을 확신했다.

지금, 그 거대한 성당을 올려다보는 아빌라의 눈에 건물 자체가 불길해 보이는 건 어쩔 수 없었다.

'현재의 대립 교황이 누군지는 몰라도, 그런 사람은 별로 만나고 싶지 않아.'

교황의 정통성에 대한 그들의 대담한 주장은 많은 비판을 받았다.

팔마리아 교회에는 사이비 종교를 방불케 하는 세뇌와 협박, 심지어
는 몇 건의 의문사에 관한 책임 의혹이 쏟아졌다. 대표적인 예로 브
리짓 크로스비라는 신도가 아일랜드에 있는 팔마리아 교회의 마수를
'벗어나지 못해' 희생되었다는 것이 그녀의 유족이 고용한 변호사의
주장이었다.

아빌라는 새 친구에게 무례하게 굴 생각은 없었지만, 이런 것을 기
대하고 여기까지 따라온 것은 아니었다. "마르코." 아빌라가 미안한
기색으로 한숨을 내쉬며 말했다. "미안하지만 도저히 안 되겠어."

"그렇게 말씀하실 것 같았어요." 마르코가 태연한 목소리로 대답
했다. "솔직히 저도 처음 여기 왔을 때 똑같이 반응했으니까요. 온갖
소문과 사악한 풍문을 들었거든요. 하지만 분명히 말씀드리는데, 모
두 바티칸이 주도하는 흠집 내기 전략일 뿐이에요."

'그렇다고 그들을 탓할 수는 없지 않나?' 아빌라는 속으로 생각했
다. '너희 교회가 그들의 정통성을 부정했잖아!'

"로마는 우리를 파문할 근거가 필요했고, 그래서 거짓말을 만들어
낸 거예요. 바티칸은 이미 오래전부터 팔마리아 교회에 대한 거짓 정
보를 유포해왔어요."

아빌라는 허공에서 뚝 떨어진 듯한 이 장엄한 성당을 다시 한 번 올
려다보았다. 문득 뭔가 이상한 생각이 들었다. "혼란스럽군." 그가
말했다. "자네들이 바티칸과 아무런 관련이 없다면, 돈은 다 어디서
나오지?"

마르코가 미소 지었다. "아마 가톨릭 성직자 가운데 은밀히 팔마리
아를 따르는 이들의 숫자가 얼마나 많은지를 알면 깜짝 놀랄걸요. 당
장 스페인만 해도 로마에서 비롯된 진보적 변화에 찬성하지 않는 보
수적인 교구가 많아요. 그들은 전통 가치를 고수하는 우리 같은 교회
에 자금을 지원하죠."

의외의 대답이었지만 거짓말 같지는 않았다. 그 자신부터 가톨릭 교회의 내부 분열이 커지는 것을 느끼고 있었으니, 그것은 성당도 현대화의 물결에 발맞추지 않으면 살아남지 못한다고 믿는 사람들과, 성당의 진정한 목적은 세상이 아무리 변해도 초심을 지켜야 한다고 믿는 사람들 사이의 균열이었다.

"지금 교황은 아주 뛰어난 분이에요." 마르코가 말했다. "제독님 얘기를 드렸더니, 훈장 받은 군 장교를 우리 성당에 초대할 수 있다면 더없는 영광이라며 오늘 미사가 끝난 뒤 제독님을 따로 만나고 싶다고 하셨어요. 그분도 선대 교황들과 마찬가지로 하느님을 발견하기 전에 군대에 계셨기 때문에 제독님이 지금 어떤 상황에 처해 있는지 충분히 이해하십니다. 그분의 생각을 들어보면 제독님도 평화를 찾는 데 많은 도움이 될 거예요."

마르코는 차에서 내리려고 문을 열었지만, 아빌라는 움직일 수가 없었다. 그저 그 자리에 앉아 거대한 건물을 올려다보며, 이런 사람들에게 맹목적인 편견을 가졌던 것에 죄의식을 느꼈다. 온당하게 말하면 아빌라는 떠도는 소문 말고는 팔마리아 교회에 대해 아는 게 없었고, 바티칸이라고 추문에서 자유롭지도 않았다. 게다가 아빌라가 몸담았던 교회는 테러 사건 이후 그에게 아무런 도움도 주지 못했다. '원수를 용서하세요.' 수녀는 그 말만 되풀이했을 뿐이었다. '왼뺨을 내미세요.'

"제독님, 제 말 잘 들으세요." 마르코가 속삭였다. "제독님을 여기 데려오려고 처음부터 모든 걸 밝히지 않은 건 사실이지만, 절대 나쁜 의도가 있었던 건 아니에요……. 진심으로 제독님이 그분을 만나기를 바랐거든요. 그분의 견해는 제 인생을 완전히 바꿔놓았어요. 저도 한쪽 다리를 잃고 지금 제독님과 똑같은 처지였죠. 죽고 싶었어요. 깊은 어둠 속으로 가라앉고 있었죠. 그런데 그분의 말씀에 제 목표를 회복했어요. 일단 가서 들어보세요."

아빌라는 망설였다. "잘됐군, 마르코. 하지만 나는 혼자서도 괜찮을 것 같네."

"괜찮다고요?" 마르코가 웃음을 터뜨렸다. "한 주 전에 제독님은 머리에 권총을 대고 방아쇠를 당겼어요! 당신은 괜찮지 않아요."

'그 말이 맞아.' 아빌라도 잘 알고 있었다. '앞으로 한 주가 지나 물리치료가 끝나면 집으로 돌아가 다시 혼자 방황하겠지.'

"뭐가 두렵죠?" 마르코가 밀어붙였다. "제독님은 해군 장교였어요. 커다란 함정을 지휘하던 분이잖아요! 교황이 10분 만에 제독님을 세뇌시켜 인질로 붙잡을까 봐 겁나요?"

'나도 뭐가 두려운지 모르겠어.' 아빌라는 다친 다리를 내려다보며 한없이 작고 무력해진 느낌에 사로잡혔다. 그는 지금까지 책임자이자 명령을 내리는 사람으로 살아왔다. 누군가의 명령을 받는 삶에 대한 확신이 서지 않았다.

"됐어요." 마르코가 도로 안전벨트를 메며 말했다. "미안해요. 정말 불편하신 것 같네요. 강요하고 싶진 않아요." 그러면서 그는 시동을 걸기 위해 손을 뻗었다.

아빌라는 바보가 된 기분이었다. 마르코는 나이가 그에 비해 3분의 1밖에 안 되는 어린애라고 해도 과언이 아니었다. 본인도 한쪽 다리를 잃었으면서도 비슷한 처지의 동료를 도우려 애쓰는 그를, 아빌라는 고마운 줄도 모르고 의심이나 하며 잘난 체하고 있었다.

"아니야." 아빌라가 말했다. "용서하게, 마르코. 기꺼이 들어가서 그분의 말씀을 들어보겠네."

49

에드먼드의 테슬라 모델 X는 유난히 큰 앞 유리가 랭던의 머리 뒤 어딘가에서 차의 지붕과 이음새 없이 이어져, 마치 유리 거품 속에 떠 있는 듯 방향 감각에 혼란을 일으켰다.

이 차를 몰고 숲 사이로 난 바르셀로나 북쪽의 고속도로를 달리는 동안, 랭던은 시속 120킬로미터로 되어 있는 넉넉한 제한속도를 한참 넘어선 것을 깨달을 때마다 깜짝깜짝 놀라곤 했다. 소음 없는 전기 엔진과 선형 가속장치 덕분에 속도 변화가 거의 느껴지지 않는 탓이었다.

암브라는 옆자리에서 커다란 계기판에 장착된 커다란 컴퓨터 화면으로 인터넷을 검색해, 전 세계에서 터져 나오는 뉴스를 랭던에게 전해주느라 분주했다. 시간이 갈수록 의혹은 점점 깊어져, 발데스피노 주교가 팔마리아 교회의 대립 교황에게 자금을 송금했다는 소문까지 나돌고 있었다. 나아가 발데스피노가 보수적인 카를로스주의자와 군사적 연대를 맺고 있으며, 에드먼드뿐만 아니라 사예드 알파들과 예후다 쾨베시 랍비의 죽음에도 책임이 있는 것으로 추정된다는 이야기까지 나왔다.

암브라가 소리 내어 읽어주는 기사들로 미루어, 모든 언론 매체는 한 가지 질문에 초점을 맞추는 것이 분명했다. 에드먼드 커시의 발견이 얼마나 위협적이었으면 저명한 주교와 보수적인 가톨릭 종파가 그의 발표를 막기 위해 살인까지 불사했을까?

"조회 수가 상상을 초월해요." 암브라가 화면에서 눈을 떼며 말했다. "대중의 관심이 유례없을 만큼 폭발적이네요……. 온 세상의 시선이 이번 사건에 고정된 느낌이에요."

그 말을 듣자, 랭던은 에드먼드의 피살이라는 이 끔찍한 사건에 어떤 예사롭지 않은 후광이 비치고 있음을 알아차렸다. 언론의 폭발적인 열기와 맞물려 에드먼드의 발견에 대한 대중의 관심이 상상을 초월할 만큼 증폭되고 있었다. 에드먼드는 죽어서까지도 세간의 이목을 집중시키고 있는 것이다.

이러한 현상은 랭던으로 하여금 에드먼드가 걸어놓은 마흔일곱 자 암호를 알아내 그의 발견을 세상에 공개해야 한다는 목표 의식을 더욱 강화하는 쪽으로 작용했다.

"훌리안은 아직 어떤 입장도 내놓지 않고 있어요." 암브라는 당혹스러운 듯 말했다. "왕궁에서도 아직 단 한 마디의 공식 발표도 없고요. 이건 말도 안 돼요. 왕궁의 홍보 담당관 모니카 마르틴을 개인적으로 만난 적이 있는데, 그녀는 언론이 사실관계를 왜곡할 틈을 주지 않기 위해서라도 모든 정보를 투명하게 공개해야 한다고 믿는 사람이거든요. 분명 그녀가 훌리안에게 입장을 발표하라고 재촉하고 있을 거예요."

랭던이 생각해도 일리 있는 말이었다. 언론이 왕궁의 주요 종교 지도자를 음모, 심지어 살인의 배후로 지목하는 상황이라면, 어떤 형태로든 훌리안이 나서서 입장을 밝히는 것이 순리였다. 하다못해 왕궁에서 자체적으로 조사 중이라는 얘기라도 내놓아야 했다.

"특히," 랭던이 덧붙였다. "에드먼드가 피격당할 당시 바로 옆에 이 나라의 왕비가 될 사람이 서 있었잖아요. 하마터면 당신이 총을 맞을 수도 있었어요, 암브라. 왕자 입장에서는 최소한 당신이 무사해서 다행이라는 말이라도 하는 게 정상이지요."

"그가 정말 그렇게 생각할지는 잘 모르겠네요." 암브라는 담담한 말투로 중얼거리며 화면을 닫고 등받이에 몸을 기댔다.

랭던은 그녀를 힐끗 돌아보았다. "글쎄요, 이런 말을 해도 될지 모르겠지만, 아무튼 '나'는 당신이 무사해서 다행이라고 생각하고 있어요. 당신이 없었다면 나 혼자서 뭘 어떻게 해야 할지 더 막막했을 테니까요."

"혼자?" 자동차의 스피커를 통해 영국 억양의 목소리가 흘러나왔다. "이렇게 빨리 잊으셔도 됩니까?"

랭던은 윈스턴의 성난 말투에 웃음을 터뜨렸다. "윈스턴, 자네를 만든 에드먼드의 프로그램에 불안감을 느끼고 방어적인 태도를 취하는 기능까지 포함되어 있는 거야?"

"아뇨." 윈스턴이 대답했다. "저는 인간의 행동을 관찰하고, 배우고, 흉내 내도록 설계되었습니다. 방금의 말투는 유머 감각을 발휘하기 위한 시도였어요. 에드먼드가 제게 유머 감각을 기르라고 조언했거든요. 유머 감각은 프로그래밍할 수 있는 게 아니라…… 배워야 하니까요."

"음, 그렇다면 잘 배우고 있는 것 같군."

"정말요?" 윈스턴이 간절한 목소리로 말했다. "한 번만 더 말씀해 주시겠어요?"

랭던은 소리 내어 웃음을 터뜨렸다. "방금 말했듯, 그 정도면 잘 배우고 있는 거야."

암브라는 이제 계기판의 초기 화면을 들여다보고 있었다. 이 자동차를 표시하는 조그만 '아바타'와 위성사진으로 이루어진 내비게이션 프로그램이었다. 그 프로그램에 의하면 그들은 콜세롤라산맥의 꾸불꾸불한 산길을 막 빠져나와 바르셀로나로 이어지는 B-20 고속도로에 접어든 참이었다. 위성사진상으로 그들의 현재 위치 남쪽에 뭔가 랭던의 관심을 끄는 낯선 그림이 보였다. 건물들이 빽빽한 도시 외곽 한복판에 널따란 숲이 자리하고 있었던 것이다. 마치 거대한 아메바 같은 무정형의 녹음을 길쭉하게 뻗고 있었다.

"저게 구엘 공원인가요?" 랭던이 물었다.

암브라가 화면을 들여다보더니 고개를 끄덕였다. "눈 좋으시네요."

"에드먼드는 공항에서 집으로 가는 길에 종종 저 공원을 들르곤 했어요." 윈스턴이 덧붙였다.

놀라운 일은 아니었다. 구엘 공원은 안토니 가우디의 가장 유명한 걸작 가운데 하나였다. 에드먼드는 자신의 휴대전화 케이스를 건축가이자 화가인 가우디의 작품으로 장식했다. '가우디는 에드먼드와 비슷한 점이 많아.' 랭던은 생각했다. '보편적인 규칙에 따르지 않는 획기적인 선견자라는 점에서.'

누구보다도 진지하게 자연의 가르침을 따랐던 안토니 가우디는 유기적 형태에서 건축의 영감을 얻었으며, '하느님이 만든 자연계'를 이용해 땅에서 저절로 솟아난 것처럼 보이는 유연한 생체 구조의 디자인을 만들어냈다. '자연에는 직선이 없다'라고 언젠가 가우디가 말했듯이, 실제로 그의 작품에서는 직선을 거의 찾아볼 수 없다.

흔히 '살아 있는 건축'과 '생물학적 디자인'의 원조라 불리는 가우디는 자신의 건물을 눈부시게 화려한 껍질 속에 '집어넣을' 수 있도록, 이전까지 한 번도 본 적이 없는 목공, 철공, 유리 세공, 도예 기법을 창안했다.

가우디가 세상을 떠난 지 거의 한 세기가 지난 지금도 전 세계의 관광객들은 누구도 흉내 낼 수 없는 그의 현대적 감각을 감상하기 위해 바르셀로나를 찾는다. 가우디의 작품은 공원과 공공건물, 개인 저택을 망라하는데, 당연히 회심의 걸작 사그라다 파밀리아 성당(Sagrada Família, 성가족성당)을 빼놓을 수 없다. 바르셀로나의 스카이라인을 지배하는 이 거대 가톨릭 성당의 드높은 '해면 첨탑'은 '예술사를 통틀어 유례없는 걸작'이라는 비평가들의 찬사를 이끌어냈다.

랭던은 착공한 지 거의 140년이 지난 지금까지도 공사가 계속되고 있을 만큼 거대한 이 성가족성당을 볼 때마다 가우디의 대담한 상상력에 경탄했다.

오늘 밤, 랭던은 가우디의 또 하나의 걸작, 구엘 공원의 위성사진을 흘끔거리며 난생처음 이 공원을 찾았던 대학생 시절을 떠올렸다. 휘어진 나무 같은 기둥들이 높은 통로를 떠받치는 즐비한 동화 속의 땅을 산책하며 묘하게 일그러진 벤치, 용과 물고기를 닮은 연못이 있는 동굴들, 거대한 단세포 생물의 하늘거리는 편모를 연상케 할 만큼 물 흐르듯 유연하게 굽이치는 하얀 벽을 바라보며 탄성을 내지르던 기억이 생생했다.

"에드먼드는 가우디의 모든 것을 사랑했어요." 윈스턴이 말을 이었다. "특히 자연을 유기적 예술로 바라보는 그의 관점에 매료됐죠."

랭던은 다시금 에드먼드의 발견을 떠올렸다. '자연. 유기체. 창조.' 문득 그의 뇌리에 가우디의 작품인 바르셀로나의 그 유명한 '파노트'가 스쳤다. 파노트는 바르셀로나의 보도를 덮는 육각형 바닥 타일이다. 따로 떼어놓으면 별다른 의미가 없어 보이는 소용돌이 모양의 디자인이 새겨진 타일인데, 이것들을 의도적으로 배치해 회전시키면 플랑크톤과 각종 미생물, 해저 식물 같은 바닷속 풍경을 연상시키는 놀라운 패턴이 나타난다. 그래서 현지인들은 이 디자인을 종종 'La Sopa Primordial(원시 수프)'이라고 부른다.

'가우디가 만든 원시 수프.' 거기까지 생각이 미친 랭던은 바르셀로나라는 도시가 생명의 기원에 대한 에드먼드의 호기심과 더없이 잘 어울린다는 사실에 또 한 번 전율했다. 지구가 만든 '원시 수프'에서 생명이 탄생했다는 것이 과학계의 지배적인 이론이었다. 화산이 폭발해 원시 바다에 갖가지 화학 성분이 녹아들고, 이것들이 한데 뒤섞여 소용돌이치면서 연이은 태풍으로 거듭 폭격을 당하다가…… 어느 순간 갑자기 미립자 골렘 같은 최초의 단세포가 생겨나 생명이 시작되었다는 것이다.

"암브라." 랭던이 말했다. "당신은 미술관 관장이니 에드먼드와 예술에 대한 토론도 많이 했겠죠. 혹시 그가 가우디의 어떤 측면에 그토록 매료됐는지 '구체적으로' 얘기한 적은 없나요?"

"윈스턴이 얘기한 정도뿐이에요." 암브라가 대답했다. "가우디의 건축은 자연 그 자체가 빚어낸 것처럼 느껴진다고 했어요. 가우디의 동굴들은 바람과 비가 만들어낸 것 같고, 기둥들은 땅에서 솟아난 것 같고, 타일 작품은 원시 바다의 생명체를 연상케 한다는 등의 이야기죠." 암브라가 어깨를 으쓱하며 덧붙였다. "이유야 어쨌든 에드먼드가 얼마나 가우디를 흠모했으면 스페인으로 이사까지 왔겠어요."

랭던은 놀란 표정으로 그녀를 바라보았다. 에드먼드가 세계 곳곳에 집을 가지고 있다는 것은 알았지만, 근래에 그는 아예 스페인에 눌러앉기로 작정한 듯 보였다. "에드먼드가 가우디의 예술 작품 때문에 스페인으로 이사 왔다는 거예요?"

"저는 그렇게 믿어요." 암브라가 말했다. "한번은 '왜 하필 스페인이죠?' 하고 물었더니, 전 세계 어디서도 찾아볼 수 없는 아주 독특한 거처를 임대할 기회가 있었기 때문이라고 하더군요. 아마 본인이 사는 아파트를 두고 한 말일 거예요."

"그의 아파트가 어딘데요?"

"교수님, 에드먼드는 카사밀라에 살았어요."

랭던은 한 박자 놓치고서야 흠칫 놀란 표정이 되었다. "내가 아는 그 카사밀라?"

"카사밀라는 단 하나뿐이에요." 암브라가 고개를 끄덕이며 대답했다. "작년에 그 건물 꼭대기 층 전체를 임대했죠."

랭던은 한참 뒤에야 그 말을 이해했다. 카사밀라는 가우디가 지은 가장 유명한 건물 가운데 하나였다. 층을 쌓은 정면과 울퉁불퉁한 석조 발코니가 마치 굴착 중인 산과 흡사해 '채석장'이라는 뜻의 '라페드레라'라는 유명한 별명으로도 불리는 화려한 저택이었다.

"꼭대기 층에 가우디 박물관이 있지 않아요?" 랭던은 언젠가 그 건물에 가본 기억을 더듬으며 물었다.

"맞습니다." 윈스턴이 대답했다. "하지만 에드먼드가 그 건물을 세계유산으로 보호하고 있는 유네스코에 기부를 많이 한 덕분에, 그들이 박물관을 임시 폐쇄하고 2년간의 거주 허가를 내주었어요. 어차피 바르셀로나에는 가우디의 작품이 차고 넘치니까요."

'에드먼드가 카사밀라의 가우디 박물관에 거주했다고?' 랭던은 혼란스러웠다. '그것도 딱 2년만 있을 생각으로?'

다시 윈스턴의 목소리가 들렸다. "에드먼드는 카사밀라에 관한 교육용 영상 제작에도 한몫했어요. 한번 볼만합니다."

"아주 인상적이죠." 암브라가 화면으로 손을 뻗으며 말했다. 화면에 자판이 나타나자, 그녀는 Lapedrera.com을 입력했다. "이건 꼭 보셔야 해요."

"그래도 운전 중인데." 랭던이 대답했다.

암브라는 운전대의 조그만 레버를 빠르게 두 번 당겼다. 갑자기 핸

들이 묵직해지더니 이내 자동차가 스스로 움직이는 느낌이 들었다. 차체는 정확하게 차선 한복판을 유지하며 나아갔다.

"자율 주행 기능이에요." 암브라가 말했다.

그래도 불안감이 가시지 않는지 랭던은 운전대 위의 두 손과 브레이크 페달 위의 오른발을 떼지 못했다.

"긴장 푸세요." 암브라가 그의 어깨에 부드럽게 손을 얹었다. "사람이 운전하는 것보다 훨씬 안전하니까요."

랭던은 마지못해 두 손을 무릎 위에 내려놓았다.

"잘하셨어요." 암브라가 미소 지으며 말했다. "이제 마음 놓고 카사밀라 영상을 보세요."

동영상은 바다 위 불과 몇 십 센티미터 상공을 날고 있는 헬리콥터에서 찍은 듯, 쉴 새 없이 파도가 밀려오는 인상적인 장면으로 시작되었다. 멀리 섬이 하나 보였는데, 부서지는 파도 위로 수십 미터 넘게 솟아오른 가파른 낭떠러지로 이루어진 돌산이었다.

그 산을 배경으로 글자가 나타났다.

라페드레라는 가우디가 창조한 것이 아니다.

이어서 약 30초 동안 파도가 돌산을 깎아내 카사밀라의 유기체 같은 독특한 외관을 만들었다. 이어서 바닷물이 밀려 들어와 텅 빈 동굴 같은 공간이 생기고, 거기에 다시 물이 떨어지며 계단과 덩굴 들을 새겼으며, 그 덩굴들이 자라 서로 엉키며 철제 난간으로 변하더니, 그 밑에서 이끼가 자라 융단처럼 바닥을 덮었다.

마지막으로 카메라가 바다로 멀어지며 거대한 산에 새겨진 그 유명한 카사밀라, '채석장'의 영상이 나타났다.

— 라페드레라 —
자연이 만든 걸작

랭던은 에드먼드가 극적인 장면을 연출하는 재주를 타고났음을 인정해야 했다. 컴퓨터 그래픽으로 만들었을 이 동영상을 보니, 그 유명한 건물을 다시 보고 싶은 마음이 간절해졌다.

랭던은 다시 전방을 주시하며 자율 주행 기능을 끄고 직접 운전하기 시작했다. "에드먼드의 아파트에 우리가 찾는 게 있으면 좋겠군요. 그 암호가 꼭 필요해요."

50

디에고 가르사 사령관은 무장한 근위대 요원 네 명을 이끌고 아르메리아 광장 한복판을 가로질렀다. 광장 가장자리의 철책 사이로 카메라를 들이민 채 한 마디 해달라고 소리치는 기자들을 외면하며 앞만 바라보았다.

'적어도 누군가가 행동을 취하는 모습은 보게 되겠지.'

가르사 일행이 성당에 도착했을 때, 중앙 출입문은 굳게 잠겨 있었다. 이 시간에 문이 잠겨 있는 건 당연한 일이라, 가르사는 이내 권총 손잡이로 문을 두드리기 시작했다.

아무 대답이 없었다.

가르사는 계속 두드렸다.

이윽고 자물쇠가 풀리면서 문이 열렸다. 청소하는 여자가 문밖에 선 군인들의 모습에 깜짝 놀란 듯 가르사를 바라보았다.

"발데스피노 주교는 어딨습니까?" 가르사가 물었다.

"모…… 몰라요." 여자가 대답했다.

"여기 있는 것 알고 왔어요." 가르사가 말했다. "훌리안 왕자님이랑 같이. 그 두 분 못 봤습니까?"

여자는 고개를 가로저었다. "저는 토요일은 밤 근무라 온 지 얼마 안 돼서……."

가르사는 그녀를 밀치고 들어서며 부하들에게 어두컴컴한 성당 안을 샅샅이 뒤지라고 명령했다.

"문을 잠그시오." 가르사가 청소부에게 말했다. "저리 비켜요!"

가르사는 그 말을 남기고 권총을 손에 든 채 곧장 발데스피노의 집무실로 향했다.

* * *

광장 맞은편, 왕궁의 지하 통제실에서는 모니카 마르틴이 정수기 앞에 서서 오랫동안 참아온 담배를 피우고 있었다. 스페인을 휩쓴 자유주의자들의 '정치적 올바름' 운동 덕분에 왕궁 내 사무실에서 흡연이 금지되었지만, 왕궁이 범죄에 연루되었을지도 모른다는 온갖 흉흉한 소문이 나도는 오늘 밤이라면 약간의 간접흡연 정도는 넘어가주어야 한다는 것이 마르틴의 생각이었다.

벽면에 나란히 붙은 다섯 대의 텔레비전 모니터에서는 에드먼드 커시 피살 사건과 관련한 실시간 속보가 쉴 새 없이 흘러나오고 있었는데, 소리는 죽여놓았어도 살인 현장의 모습을 담은 동영상이 얼마나 잔혹한지는 굳이 설명을 들을 필요가 없었다. 물론 그 장면을 틀기 전에 판에 박힌 경고문을 내보내기는 했다.

주의: 본 영상은 모든 연령의 시청자에게 적절하지 않을
수 있는 장면들을 포함하고 있습니다.

'저렇게 뻔뻔할 수가.' 마르틴은 그 경고가 민감한 내용에 대한 예방책이라기보다, 누구도 채널을 돌리지 못하게 하려는 교묘한 예고편이라고 생각했다.

마르틴은 담배 연기를 또 한 모금 빨아들이며 각각의 방송을 훑어보았는데, 방송사마다 하나같이 '속보'라는 제목과 화면 하단을 흘러가는 자막으로 온갖 음모론을 부추기기에 여념이 없었다.

미래학자는 교회에 의해 피살되었는가?
과학적 발견은 영원히 묻힐 것인가?
암살범은 왕실에서 고용한 것인가?

'당신들은 뉴스를 보도해야지. 질문을 빙자해 악성 루머를 퍼뜨릴 게 아니라.' 마르틴은 속으로 툴툴거렸다.

마르틴은 책임 있는 언론이야말로 자유와 민주주의의 초석이라 믿었기에, 말도 안 되는 소문들을 방송해 논란을 부추길 뿐 아니라 터무니없는 진술을 모조리 질문 형태로 바꿔 법적 책임을 면피하는 언론의 행태를 대할 때마다 실망했다.

심지어 높이 평가받는 과학 채널도 사정은 다르지 않아, 이를테면 시청자들에게 "페루의 이 사원은 고대 외계인에 의해 지어졌을까요?"라는 질문을 던지곤 했다.

'천만에!' 마르틴은 텔레비전을 향해 고함이라도 지르고 싶었다. '그럴 가능성은 없어! 제발 바보 같은 질문 좀 그만해!'

마르틴은 한 텔레비전 화면에서 CNN이 그나마 명성을 저버리지 않으려고 노력하는 모습을 보았다.

에드먼드 커시를 기억합시다.

예언자. 선견자. 창조자.

마르틴은 리모컨을 들어 소리를 키웠다.

"······예술과 기술 과학, 그리고 혁신을 사랑한 남자······." 뉴스 진행자가 슬픈 목소리로 말을 이었다. "미래를 예측하는 신통한 능력으로 유명세를 얻었죠. 그의 동료들에 의하면, 컴퓨터 과학 분야에서 에드먼드 커시가 내놓은 예언 중에 실현되지 않은 것은 단 한 가지도 없다고 합니다."

"맞아요, 데이비드." 여성 진행자가 끼어들었다. "그의 '개인적' 예언들도 그렇게 되었다면 얼마나 좋았을까요."

텔레비전에서 뉴욕 록펠러 센터 앞 보도에서 혈기 왕성하고 보기 좋게 그을은 에드먼드 커시가 기자회견하는 장면이 흘러나왔다. "오늘 저는 서른 살이 되었습니다." 에드먼드가 말했다. "제 기대 수명은 68세에 불과합니다. 하지만 앞으로 의료 기술과 노화 방지술, 텔로미어 재생술이 더욱 발달하면 110세 생일을 맞이할 수 있으리라 예측합니다. 그 확고한 믿음으로 방금 저 레인보우룸을 저의 110번째 생일 파티 장소로 예약했습니다." 커시는 미소 띤 얼굴로 건물 꼭대기를 올려다보며 말을 이었다. "사용료 전액, 그것도 물가 상승률을 감안해서, 80년 미리 선불했습니다."

여성 진행자가 다시 나타나 우울한 표정으로 한숨을 쉬었다. "'사람은 계획하고, 신은 웃는다'라는 옛말이 떠오르네요."

"그렇습니다." 남성 진행자가 맞장구 쳤다. "커시의 죽음을 둘러싼 여러 의혹 중에서도 그의 발견에 대한 추측이 난무합니다." 그가 진지한 표정으로 카메라를 바라보았다. "우리는 어디서 왔는가? 어디로 가는가? 이 두 질문은 실로 매혹적입니다."

여성 진행자가 열띤 목소리로 덧붙였다. "그 질문에 답하기 위해 남다른 성과를 거둔 여성 두 분을 이 자리에 모셨습니다. 버몬트에서 오신 성공회 목사와 UCLA의 진화 생물학자입니다. 잠시 쉬었다가 그분들의 견해를 들어보도록 하겠습니다."

마르틴은 이미 그들의 견해를 알고 있었다. '상극이겠지. 안 그러면 텔레비전에 나오지도 않았을 테니까.' 목사는 "우리는 신에게서 나와 신에게로 돌아간다"고, 생물학자는 "우리는 유인원에게서 나와 멸종을 향해 달려간다"라고 답할 게 뻔했다.

'그들은 시청자들이 자극적인 내용이라면 무엇이든 볼 거라는 사실 말고는 아무것도 증명하지 못해.'

"모니카!" 바로 옆에서 수레시의 고함 소리가 들렸다.

마르틴이 돌아보니, 전자보안부의 책임자가 모퉁이를 돌아 헐레벌떡 뛰어오고 있었다.

"왜 그래요?" 마르틴이 물었다.

"방금 발데스피노 주교가 나한테 전화를 걸었어요." 수레시가 숨을 헐떡이며 말했다.

마르틴은 텔레비전 소리를 죽였다. "주교가…… 전화를? 지금 대체 뭘 하고 있대요?"

수레시는 고개를 흔들었다. "그건 안 물어봤어요. 그분도 그런 얘기는 안 했고요. 우리 전화 서버에서 뭘 좀 확인할 수 있는지 물어보려고 전화했대요."

"무슨 소리예요?"

"오늘 밤 일이 터지기 직전에 왕궁 내부의 누군가가 구겐하임으로 전화를 걸었다는 컨스피러시넷의 보도, 당신도 봤죠? 암브라 비달에게 아빌라의 이름을 손님 명단에 추가해달라고 부탁했다면서요?"

"그래요. 당신에게 조사해달라고 한 거잖아요."

"글쎄, 발데스피노가 똑같은 소리를 하더라니까요. 나더러 왕궁 전화 교환기에 남아 있는 통화 기록을 뒤져서 그 전화가 궁내 어디서 발신되었는지 알아낼 수 있느냐고 물었어요. 물론 그 전화를 건 사람을 알아내려는 속셈이겠죠."

발데스피노를 가장 유력한 용의자로 의심했던 마르틴은 갑자기 혼란스러웠다.

"구겐하임 측에서는," 수레시가 말을 이었다. "행사 시작 직전 안내 데스크에 마드리드 왕궁 대표번호로 전화가 걸려왔다고 했어요. 그쪽 통화 기록에 그렇게 나온답니다. 하지만 우리 쪽은 좀 문제가 있어요. 그쪽과 같은 시간에 찍힌 우리 쪽 발신 기록을 찾으려고 교환기를 뒤졌더니." 수레시는 고개를 가로저으며 덧붙였다. "아무것도 안 나와요. 한 통도 안 나갔다니까요. 누군가가 왕궁에서 구겐하임으로 전화 건 기록을 삭제해버린 겁니다."

마르틴은 한참 동안 멍하니 동료를 바라보았다. "누가 그런 권한을 갖고 있죠?"

"발데스피노도 바로 그걸 물었어요. 그래서 사실대로 말해줬죠. 전자보안부 책임자인 나는 그 기록을 삭제할 수 있지만, 나는 안 그랬어요. 그렇다면 그 기록에 접근 가능한 유일한 사람은 가르사 사령관뿐이에요."

마르틴의 눈이 휘둥그레졌다. "가르사가 우리 통화 기록에 손을 댔다고요?"

"말은 되죠." 수레시가 말했다. "가르사의 임무는 결국 왕궁을 보호하는 것이니까요. 이제는 설령 조사한다 해도 왕궁에서는 그런 전화를 건 적이 없는 셈이 됐어요. 엄밀히 말해서 우리는 그럴듯한 부인권을 얻은 거예요. 기록이 삭제된 덕분에 왕궁은 위기를 벗어나는 거요."

"위기를 벗어난다고요?" 마르틴이 강하게 따졌다. "그 통화가 실제로 이루어진 데에는 의심의 여지가 없어요! 암브라가 그 전화를 받고 아빌라를 손님 명단에 올렸잖아요! 게다가 구겐하임 안내 데스크에서 확인……."

"그래요, 하지만 이제 문제는 미술관 안내 데스크 직원 말을 믿느냐, 아니면 스페인 왕궁 전부의 말을 믿느냐 하는 거죠. 우리 기록만 놓고 보면 그런 통화는 없었으니까요."

마르틴은 판에 박은 듯한 수레시의 판단이 지나치게 낙관적인 것 같았다. "발데스피노에게 그런 얘기를 다 했어요?"

"사실대로 얘기했죠. 가르사가 정말로 그 전화를 걸었든 안 걸었든, 왕궁을 보호하려고 삭제한 것 같다고요." 수레시는 잠시 숨을 돌린 뒤 덧붙였다. "하지만 주교와 통화를 마치고 나니, 문득 다른 생각이 떠오르더군요."

"무슨 생각요?"

"엄밀히 말하면 그 서버에 접근할 수 있는 사람이 한 명 더 있거든요." 수레시는 조심스럽게 주위를 둘러보며 마르틴에게 한 발 더 다가섰다. "훌리안 왕자님의 로그인 암호로도 전 시스템에 접속할 수 있어요."

마르틴은 멍하니 수레시를 바라보았다. "말도 안 돼요."

"미친 소리처럼 들리는 건 알아요." 그가 말했다. "하지만 왕자는 통화가 이루어진 시각에 왕궁 안, 그것도 자신의 거처에 혼자 있었어요. 전화를 걸고, 서버에 로그인해 기록을 삭제하는 건 아주 간단한 일이에요. 소프트웨어 사용법이 간단한 데다, 왕자는 생각보다 훨씬 최신 기술에 밝아요."

"수레시." 마르틴이 쏘아붙였다. "정말로 미래의 스페인 국왕인 훌리안 왕자가 에드먼드 커시를 살해하기 위해 '개인적으로' 구겐하임 미술관에 암살범을 보냈다고 생각하는 거예요?"

"모르겠어요." 수레시가 말했다. "그럴 가능성도 있다는 거죠."

"훌리안 왕자가 왜 그런 짓을 해요?"

"다른 사람은 몰라도 당신이 그렇게 물으면 안 되죠. 암브라와 에드먼드 커시가 함께 시간을 보내는 것을 두고 수군대던 언론들, 기억 안 나요? 그가 그녀를 전용기에 태워 바르셀로나의 집까지 데려갔다는 얘기는요?"

"그 사람들은 일을 한 거예요! 업무적인 관계였다고요!"

"정치는 보여지는 게 다예요." 수레시가 말했다. "당신이 가르쳐줬잖아요. 게다가 당신이랑 나는 왕자의 청혼이 본인의 예상대로 흘러가지 않았다는 사실도 알고 있죠."

그때 수레시의 전화기에서 신호음이 울렸다. 메시지를 확인한 그의 얼굴에 또 다른 의혹의 그림자가 드리워졌다.

"왜 그래요?" 마르틴이 물었다.

수레시는 대답도 없이 돌아서서 보안 센터로 달려갔다.

"수레시!" 마르틴은 서둘러 담뱃불을 끄고 그를 쫓아가, 부하 직원 한 명이 저화질 감시 카메라 영상을 재생하고 있는 컴퓨터 앞에서 그와 합류했다.

"저게 뭐죠?" 마르틴이 물었다.

"성당 뒷문입니다." 직원이 대답했다. "5분 전 영상이에요."

마르틴과 수레시는 허리를 숙인 채, 젊은 복사 한 명이 성당의 뒷문을 빠져나와서는 비교적 한적한 마요르 대로를 서둘러 걸어가 낡아빠진 오펠 승용차 문을 열고 안으로 들어가는 장면을 지켜보았다.

'그래.' 마르틴은 생각했다. '미사를 마치고 집에 가는 모양이네. 그래서 뭐?'

화면 속의 오펠이 주차장을 빠져나가 짧은 거리를 굴러간 뒤, 성당 뒷문에 바짝 붙었다. 조금 전 복사가 나온 바로 그 문이었다. 그와 거의 동시에 두 사람의 시커먼 그림자가 문을 나와 낮게 웅크린 채 복사의 차 뒷좌석으로 들어갔다. 그 두 사람이 발데스피노 주교와 훌리안 왕자라는 사실에는 의심의 여지가 없었다.

잠시 후, 오펠은 속도를 높여 모퉁이를 돌더니 화면에서 사라졌다.

51

프로벤사 대로와 그라시아 대로가 만나는 모퉁이에 거칠게 깎인 산처럼 버티고 선 이 건물은 가우디가 1906년에 지은 카사밀라라는 이름의 걸작으로, 반은 아파트고 반은 시간을 초월한 예술 작품이다.

가우디 특유의 영속 곡선이 적용된 이 9층 건물은 구름이 피어오르는 듯한 석회석 정면 덕에 한눈에 알아볼 수 있다. 굽이치는 발코니들과 비대칭의 기하학적 구조가 건물을 살아 있는 유기체처럼 보이게 했고, 수천 년 바람의 작용으로 깎이고 움푹 꺼진 사막 협곡처럼 보이게도 했다.

가우디의 이 충격적인 현대식 디자인은 처음에는 이웃 주민들의 기피 대상이었지만, 예술 비평가들의 찬사를 받으면서 이내 바르셀로나 건축의 가장 빛나는 보석이 되었다. 건물 공사를 의뢰한 사업가 페레 밀라는 30년 동안 부인과 함께 가장 큰 방에서 살며 나머지 스무 세대를 임대했다. 그라시아 대로 92번지에 있는 카사밀라는 오늘날 스페인 전역에서 가장 비싼 집인 동시에 선망의 대상이었다.

에드먼드의 테슬라를 몰고 차량의 통행이 뜸한 멋진 가로수 길로 접어든 로버트 랭던은 목적지가 얼마 남지 않았음을 직감했다. 넓고 웅장한 도로, 흠잡을 데 없는 조경, 그리고 고급 의류점이 즐비하게 늘어선 그라시아 대로는 바르셀로나의 샹젤리제라 할 만했다.

샤넬…… 구찌…… 카르티에…… 롱샴…….

이윽고 200미터 전방에 목적지가 모습을 드러냈다.

아래쪽에서 은은한 조명을 비춘 카사밀라의 창백하고 구멍이 숭숭 뚫린 듯한 석회석과 타원형 발코니는 누가 봐도 이웃의 직사각형 건물들과 너무나 대조적이었다. 마치 아름다운 산호 하나가 파도에 밀려와 콘크리트블록으로 이루어진 해변에 올라앉은 느낌이었다.

"이럴까 봐 걱정했는데." 암브라가 다급히 멋들어진 도로 한쪽을 가리켰다. "저기 좀 봐요."

랭던은 카사밀라 앞의 넓은 인도를 응시했다. 대여섯 대의 방송사 트럭들이 서 있고, 한 무리의 기자가 커시의 거주지를 배경 삼아 속보를 생방송하고 있었다. 입구에서 출입을 제지하는 보안 요원들도 보였다. 에드먼드의 죽음은 그와 관련된 모든 것을 뉴스거리로 만들어버렸다.

랭던은 차를 세울 곳을 찾아 그라시아 대로를 훑어봤지만 마땅한 장소가 눈에 띄지 않았다. 차들이 꾸준히 지나다녔다.

"숨어요." 기자들이 모여 있는 모퉁이를 그대로 통과할 수밖에 없음을 깨달은 랭던이 암브라를 향해 짧게 말했다.

암브라가 좌석 아래로 미끄러지듯 들어가 바닥에 쪼그리자, 밖에서는 그녀의 모습이 전혀 보이지 않을 듯했다. 랭던은 고개를 반대쪽으로 돌린 채 혼잡한 모퉁이를 지나 계속 차를 몰았다.

"기자들이 중앙 출입구를 완전히 에워싸고 있어요." 랭던이 말했다. "들어가기는 틀린 것 같은데."

"우회전하세요." 윈스턴이 더없이 밝고 자신 있는 목소리로 끼어들었다. "이런 사태를 예상하고 있었습니다."

* * *

블로거 엑토르 마르카노는 에드먼드 커시가 정말로 세상을 떠났다는 사실이 여전히 믿기지 않아 슬픔에 겨운 눈으로 카사밀라의 꼭대기 층을 올려다보았다.

엑토르는 바르셀로나의 사업가들과 첨단 기술 분야의 신생 기업들이 힘을 합쳐 만들어가는 사이트 바르신노닷컴(Barcinno.com)에 3년째 테크놀로지 관련 글을 올리고 있었다. 그런 그에게 위대한 에드먼드 커시가 이곳 바르셀로나에 살고 있다는 사실은 마치 제우스의 발밑에서 일하는 것과 같은 느낌을 안겨주었다.

엑토르가 커시를 처음 만난 것은 1년쯤 전, 이 전설적인 미래학자가 고맙게도 바르신노의 얼굴 격인 월간 이벤트 '폭망의 밤'에서 강연하기로 한 날이었다. 이 이벤트는 남다른 성공을 거둔 기업가가 무대에 올라 자신이 경험한 가장 큰 실패담을 솔직하게 털어놓는 자리였다. 그날 커시는 청중 앞에서 모든 과학 분야, 특히 복잡계 모형화 분야의 획기적인 발전을 위해 처리 속도가 뛰어난 E-웨이브라는 양자 컴퓨터를 만들겠다는 꿈을 좇느라 6개월 사이에 4억 달러를 쏟아부었다고 고백했다.

"안타깝게도 지금까지 양자 컴퓨터를 향한 나의 양자 도약은 양자 불발탄에 머물러 있습니다." 에드먼드는 그렇게 자신의 실패를 인정했다.

오늘 밤 커시가 지축을 뒤흔들 발견을 공개할 계획이라는 이야기를 들었을 때, 엑토르는 E-웨이브와 관련된 내용일 거라는 생각에 흥분했다. '드디어 양자 컴퓨터를 만들 열쇠를 발견한 걸까?' 그러나 오늘 밤 발표의 서두가 다분히 철학적인 내용으로 흐르자, 엑토르는 그의 발견이 전혀 다른 것임을 깨달았다.

'그의 발견은 이대로 묻혀버리는 걸까?' 그런 생각을 하며 낙담한 엑토르는 글을 쓰기 위해서가 아니라 자신의 우상에게 마지막 경의를 표하기 위해 그의 거처를 찾아온 터였다.

"E-웨이브다!" 근처에서 누군가가 소리쳤다. "E-웨이브야!"

엑토르 주위에 모인 사람들이 할로겐 전조등을 환하게 밝힌 채 천천히 다가오는 검정색 테슬라를 가리키며 일제히 사진을 찍어대기 시작했다.

엑토르는 소스라치게 놀라 낯익은 자동차를 멍하니 바라보았다.

바르셀로나에서 E-웨이브라는 번호판을 단 커시의 테슬라 모델 X는 로마에서의 교황 전용차만큼이나 유명했다. 커시는 프로벤사 대로의 보석 가게 다니엘 비오르 앞에 대충 차를 세운 뒤 차에서 내려 팬들의 사인 공세에 응하곤 했다. 그사이 그의 빈 자동차는 자율 주차 기능을 이용해, 차에 달린 센서들로 보행자와 장애물을 감지하면서 미리 입력된 대로 넓은 보도를 가로질러 카사밀라의 지하 주차장으로 통하는 문 앞으로 간 뒤, 열린 문을 통과해 나선형 진입로를 유유히 내려가는 묘기를 선보여 군중의 환호성을 자아냈다.

차고 문을 열고 똑바로 들어가 스스로 시동을 끄는 자율 주차 기능은 테슬라의 모든 차량에 기본으로 탑재돼 있었지만, 에드먼드는 자기 차의 시스템을 해킹해 훨씬 복잡한 주차 기술을 실현했던 것이다.

'모든 게 쇼의 일부인가.'

그렇다고는 해도 오늘 밤 엑토르의 눈앞에 펼쳐진 광경은 납득이 가지 않았다. 커시는 이미 세상을 떠났음에도 불구하고 그의 자동차가 나타나 프로벤사 대로를 천천히 굴러 내려온 끝에, 카사밀라의 멋진 주차장 출입문을 향해 보도에 모인 사람들 사이를 헤치고 들어오는 것이었다.

기자들과 카메라맨들이 차 앞으로 몰려가 짙은 색유리 안을 들여다보며 놀란 목소리로 외쳤다.

"차 안이 비었어! 운전자가 없어! 어디서 온 거지?!"

전에도 이런 장면을 목격한 적이 있는 카사밀라의 경비원들은 사람들이 테슬라 앞으로, 또한 이미 열리기 시작한 주차장 문 앞으로 다가서지 못하도록 제지했다.

엑토르는 에드먼드의 빈 차가 주차장을 향해 나아가는 장면을 지켜보며 주인을 잃고 혼자 집으로 돌아가는 충견의 모습을 떠올렸다.

유령처럼, 에드먼드의 애마 테슬라는 이전에도 여러 차례 그랬듯이 소리 없이 주차장 문을 통과해 바르셀로나 최초의 지하 주차장으로 이어진 나선형 진입로를 내려갔고, 그 장면을 지켜보던 군중들은 감정이 북받쳐 박수갈채를 보내기 시작했다.

* * *

"교수님의 폐소공포증이 이렇게 심한 줄 미처 몰랐어요." 테슬라 바닥에 랭던과 나란히 누운 암브라가 속삭였다. 차의 2열과 3열 좌석 사이 좁은 공간에 몸을 구겨 넣고 암브라가 짐칸에서 찾아온 검정색 비닐 덮개까지 뒤집어쓴 데다, 짙은 색유리의 효과가 더해져 밖에서는 그들의 모습이 보이지 않았다.

"그래도 죽을 것 같지는 않네요." 랭던이 떨리는 목소리로 간신히 말했지만, 사실은 그 자신의 폐소공포보다도 이 차의 자율 주행 기능이 더 불안했다. 차가 저 혼자 꼬불꼬불한 나선형 경사로를 내려가고 있으니, 언제 충돌할지 두려웠던 것이다.

2분 전, 프로벤사 대로의 보석 가게 다니엘 비오르 앞에 잠시 차를 세웠을 때, 윈스턴은 그들에게 아주 명료한 행동 지침을 내렸다.

암브라와 랭던은 차에서 내리지 않은 채 모델 X의 3열 좌석으로 넘어갔고, 그 상태에서 에드먼드의 전화기를 이용해 이 차의 맞춤형 자율 주차 기능을 작동시켰다.

랭던은 캄캄한 어둠 속에서 테슬라가 혼자 굴러가는 것을 느꼈다. 게다가 좁은 공간에서 암브라와 몸을 밀착하고 있으려니, 별수 없이 10대 시절 처음으로 어떤 예쁜 여자아이와 자동차 뒷자리에 함께 있었던 경험이 떠올랐다. '그때가 더 떨렸던 것 같아.' 지금 그가 운전자도 없는 차 안에 미래의 스페인 왕비와 함께 누워 있다고 생각하면, 그때가 더 떨렸다는 말이 가당키나 할까 싶었다.

랭던은 경사로를 다 내려온 차가 천천히 몇 차례 방향을 바꾸더니 이윽고 완전히 멈춰 서는 것을 느꼈다.

"도착했습니다." 윈스턴이 말했다.

암브라는 재빨리 덮개를 젖히고 조심스럽게 일어나 앉더니, 창밖을 살폈다. "아무도 없어요." 그녀가 말하며 차에서 내렸다.

랭던도 그녀를 따라 차에서 내렸다. 주차장 공기를 들이쉬니 안심이 되었다.

"엘리베이터는 중앙 로비에 있어요." 암브라가 꾸불꾸불한 진입용 경사로 쪽을 가리키며 말했다.

하지만 랭던은 전혀 뜻밖의 광경을 보고 얼어붙었다. 여기, 이 지하 주차장에, 에드먼드의 전용 주차 공간 바로 맞은편 시멘트 벽에 바닷가 풍경을 담은 멋진 그림 액자가 한 점 걸려 있었다.

"암브라?" 랭던이 말했다. "에드먼드가 주차 공간을 그림으로 장식해놓은 겁니까?"

암브라는 고개를 끄덕였다. "저도 똑같은 걸 물어봤어요. 밤마다 집으로 돌아오면 눈부신 미녀가 따뜻이 맞아주는 느낌을 받고 싶다나요."

랭던은 웃음을 터뜨렸다. '총각들이란.'

"작가는 에드먼드가 아주 존경하는 인물입니다." 어느 틈에 윈스턴의 목소리는 암브라가 들고 있는 커시의 전화기로 자동 전환되어 있었다. "누군지 아시겠습니까?"

랭던은 짐작이 가지 않았다. 바다 풍경을 담은 뛰어난 수채화라는 건 알겠지만, 에드먼드의 전위적인 취향과는 별 상관 없어 보였다.

"처칠이에요." 암브라가 대신 대답했다. "에드먼드는 틈만 나면 처칠을 들먹이곤 했죠."

'처칠?' 랭던은 그녀가 다름 아닌 '그' 윈스턴 처칠을 말하는 것임을 한참 만에 알아차렸다. 유명한 영국 정치인이자 전쟁 영웅인 윈스턴 처칠은 역사학자에 웅변가, 노벨상을 수상한 저술가일 뿐 아니라 재능이 남다른 화가이기도 했다. 그제야 랭던은 에드먼드가 언젠가 이 영국 수상이 남긴 명언을 인용한 적이 있음을 떠올렸다. 종교인들이 그를 좋아하지 않는다는 말을 들었을 때, 처칠은 이렇게 대답했다고 한다. '적이 있나? 잘됐군. 그건 자네가 뭔가를 지지한다는 뜻이니까!'

"에드먼드는 처칠의 다재다능함에 매료됐지요." 윈스턴이 말했다. "사람이 그렇게 폭넓은 영역에서 고루 두각을 나타내기도 쉽지 않거든요."

"그래서 에드먼드가 자네를 '윈스턴'이라고 이름 붙인 건가?"

"맞습니다." 컴퓨터가 대답했다. "에드먼드로서는 최고의 찬사인 셈이죠."

'물어보길 잘했군.' 랭던은 윈스턴이라는 이름이 왓슨(Watson)을 암시하는 것이라고 생각했다. 왓슨은 10년 전 〈제퍼디!〉라는 텔레비전

퀴즈 쇼를 초토화한 IBM 컴퓨터의 이름이었다. 물론 지금의 합성 지능이라는 진화의 척도에 들이대면, 왓슨은 가장 원시적인 단세포 박테리아에 불과할 터였다.

"좋아." 랭던이 엘리베이터 쪽을 가리키며 말했다. "그럼 이제 올라가서 우리가 온 목적을 달성하자고."

* * *

정확히 같은 시각, 마드리드의 알무데나성모대성당 안에서는 디에고 가르사 사령관이 전화기를 붙든 채 난감한 표정으로 왕궁 홍보 담당관 모니카 마르틴의 보고를 듣고 있었다.

'발데스피노와 훌리안 왕자가 경내 치안 구역을 벗어났다고?'

가르사는 그들의 생각을 도무지 종잡을 수가 없었다.

'복사의 차를 얻어 타고 마드리드 시내를 돌아다닌다? 미쳤군!'

"교통 당국에 협조를 구해야 할 것 같아요." 마르틴이 말했다. "수레시 말로는 교통 단속 카메라들을 이용해……."

"안 돼!" 가르사가 소리쳤다. "왕자가 경호 없이 왕궁을 벗어났다는 사실이 외부에 알려지면 너무 위험해! 그의 안전이 급선무다!"

"알겠습니다, 사령관님." 마르틴이 갑자기 불안한 목소리로 말했다. "아셔야 할 게 하나 더 있어요. 삭제된 통화 기록에 대한 겁니다."

"잠깐." 가르사는 네 명의 근위대 요원이 난데없이 들이닥쳐 자신을 에워싸자 어안이 벙벙했다. 그들은 가르사가 반응할 틈도 주지 않고 능숙하게 그의 권총과 전화기를 빼앗았다.

"가르사 사령관님." 네 명 가운데 제일 상관인 요원이 무표정한 얼굴로 말했다. "사령관님을 체포하라는 명령입니다."

52

카사밀라는 무한대 기호 형태로 지어졌다. 끝없이 이어지는 곡선이 스스로 돌아 나와 건물 전체를 관통하는 두 개의 불규칙한 틈새를 만들어낸다. 이 두 개의 채광정은 깊이가 30미터에 이르고, 부분적으로 우그러진 튜브처럼 구겨져 공중에서 보면 건물 옥상에 두 개의 거대한 싱크홀이 있는 것처럼 보인다.

지금 랭던이 서 있는, 둘 가운데 폭이 좁은 채광정 바닥에서 위를 올려다보면 마치 거대한 괴물의 목구멍 속에 처박힌 듯 심란해지기 마련이었다.

랭던의 발밑 돌바닥은 경사지고 울퉁불퉁했다. 채광정 안쪽으로 나선형 계단이 빙글빙글 돌며 올라가는데, 연철로 된 격자 세공 난간은 해면의 불규칙한 구멍을 흉내 낸 것이었다. 조그만 덩굴식물이 숲을 이루고, 커다란 야자나무들이 난간을 덮쳐서 조금 더 자라면 공간 전체를 집어삼킬 것 같았다.

'살아 있는 건축.' 랭던은 자신의 작품에 생물 같은 특성을 불어넣은 가우디의 능력에 새삼 감탄했다.

'골짜기'의 옆면을 따라 시선을 끌어올리면, 곡선으로 된 벽면에 나무와 꽃을 그린 프레스코가 갈색, 초록색 타일과 뒤섞여 수직굴 꼭대기의 뚫린 천장으로 드러나 보이는 장방형의 밤하늘을 향해 올라가는 느낌을 주었다.

"엘리베이터는 이쪽이에요." 암브라가 랭던을 이끌고 안뜰 가장자리를 돌며 속삭였다. "에드먼드의 집은 맨 꼭대기에 있고요."

랭던은 숨 막히도록 좁은 엘리베이터에 오르며 언젠가 소규모 가우디 전시회를 보러 왔을 때 들른 이 건물 꼭대기 층의 다락방을 떠올렸다. 그가 기억하는 카사밀라의 다락은 창문이 거의 없는 방들이 구불구불 이어진 어두운 공간이었다.

"에드먼드라면 어디서든 살 수 있었을 텐데." 엘리베이터가 올라가기 시작하자, 랭던은 그렇게 말문을 열었다. "하필 '다락방'을 임대했다는 게 믿기지 않아요."

"색다른 거주지이긴 하죠." 암브라도 동의했다. "하지만 아시다시피 에드먼드가 좀 별나잖아요."

엘리베이터가 꼭대기 층에 도착하자, 그들은 우아한 복도로 나와 건물의 진짜 꼭대기로 이어지는 구불구불한 또 하나의 계단을 올라갔다.

"여기예요." 암브라가 손잡이도, 열쇠 구멍도 없는 매끈한 금속 출입문을 가리키며 말했다. 건물의 전체적인 분위기와는 너무 어울리지 않는 문이라, 아무래도 에드먼드가 새로 달지 않았을까 싶었다.

"에드먼드가 열쇠를 어디에 숨기는지 안다고요?" 랭던이 물었다.

암브라는 에드먼드의 전화기를 들어 보였다. "그가 뭔가를 숨기는 곳은 다 똑같죠."

암브라가 전화기를 문에 갖다 대자 삐 하는 신호음이 세 차례 울리더니 빗장들이 풀리는 소리가 이어졌다. 암브라는 전화기를 주머니에 넣고 문을 밀어서 열었다.

"먼저 들어가세요." 암브라가 과장된 몸짓을 하며 말했다.

랭던은 문턱을 넘어 벽과 천장이 옅은 색 벽돌로 된 어두컴컴한 현관으로 들어섰다. 바닥은 돌이었고, 왠지 공기가 부족한 듯한 느낌이 들었다.

입구를 지나 탁 트인 공간으로 들어선 순간, 랭던은 건너편에 걸린 커다란 그림 한 점과 정면으로 마주쳤다. 미술관 수준의 핀 조명이 그림을 완벽하게 비추고 있었다.

그 그림을 마주한 랭던은 자신도 모르게 멈춰 섰다. "맙소사, 저 그림은…… 진품인가요?"

암브라가 미소 지었다. "네. 비행기에서 미리 말씀드릴까 하다가 좀 놀래드리고 싶어서 참았어요."

랭던은 할 말을 잃은 채 그 걸작을 향해 다가섰다. 너비 약 4미터, 길이는 1미터가 넘는 듯해 예전에 보스턴 미술관에서 봤을 때보다 훨씬 커 보였다. '이 그림이 익명의 수집가에게 팔렸다는 얘기는 들었지만, 그게 에드먼드였을 줄이야!'

"처음에 여기서 이 그림을 발견했을 때만 해도," 암브라가 말했다. "에드먼드의 예술 취향이 이런 쪽일 거라고는 생각 못 했어요. 하지만 그가 올해 들어 어떤 일에 몰두했는지를 알고 나니, 이 그림처럼 잘 어울리는 작품도 없겠다 싶더군요."

랭던은 여전히 넋 나간 표정으로 고개를 끄덕였다.

이 유명한 그림은 1800년대 후반 상징주의 운동의 선두 주자로 현대 미술의 새 시대를 연 프랑스의 후기 인상파 화가 폴 고갱의 대표작 가운데 하나였다.

그림 앞으로 다가선 랭던은 고갱의 색채가 카사밀라의 로비와 마찬가지로 초록과 갈색과 파랑의 조합으로 자연주의적인 경관을 묘사하고 있다는 사실을 한눈에 알아보았다.

랭던은 이 작품에 등장하는 흥미진진한 사람과 동물들을 무시한 채 왼쪽 상단 모서리로 시선을 옮겼다. 연노란색 배경 위에 이 작품의 제목이 적혀 있었다.

랭던은 그 제목을 보고 또 한 번 경악했다. D'où Venons Nous / Que Sommes Nous / Où Allons Nous.

'우리는 어디에서 왔는가? 우리는 누구인가? 우리는 어디로 가는가?'

랭던은 에드먼드가 매일 집에 돌아올 때마다 이 질문들과 마주하며 어떤 영감을 얻었을지 궁금했다.

암브라가 그림 앞에 서 있는 랭던의 곁으로 다가왔다. "에드먼드는 집으로 들어설 때마다 이 질문들을 보면서 동기부여를 받고 싶어 했어요."

'그냥 지나치지 못했겠지.' 랭던은 속으로 생각했다.

에드먼드가 이 걸작을 이토록 눈에 잘 띄는 곳에 걸어두었다는 사실로 미루어, 어쩌면 그림 자체에 에드먼드의 발견과 연관된 어떤 단서가 숨어 있지 않을까 궁금했다. 얼핏 봐서는 첨단 과학적 발견을 암시하기에 작품의 주제가 너무 원시적인 듯했다. 널찍하고 고르지 못한 붓 자국은 타히티섬 사람과 동물 들이 뒤섞인 밀림을 묘사하고 있었다.

랭던은 이 그림을 잘 알았다. 일반적인 프랑스어 텍스트라면 왼쪽에서 오른쪽으로 읽는 것이 맞지만, 작가는 이 작품을 그 반대 방향, 즉 오른쪽에서 왼쪽으로 '읽도록' 구도를 잡았다. 이에 랭던은 오른쪽에서부터 낯익은 인물들을 훑어갔다.

오른쪽 끝의 바위 위에서 잠든 갓난아이는 생명의 시작을 나타낸

다. '우리는 어디에서 왔는가?'

가운데에는 다양한 연령대의 사람들이 어울려 일상적인 활동을 하고 있다. '우리는 누구인가?'

왼쪽에 혼자 앉아 깊은 생각에 빠진 늙은 여자는 언젠가는 죽게 될 자신의 숙명을 고민하고 있는 듯하다. '우리는 어디로 가는가?'

랭던은 에드먼드가 자신의 발견이 어디에 초점을 맞추었는지 처음 설명했을 때 곧바로 이 그림을 떠올리지 못한 스스로가 놀라울 따름이었다. '우리의 기원은 무엇인가? 우리의 운명은 무엇인가?'

랭던은 그림 속 다른 요소도 훑어보았다. 개와 고양이, 새 등은 특별히 뭘 하는 것 같지 않았고, 배경에는 원시적인 여신상이 서 있었으며, 산과 뒤틀린 뿌리, 나무 등도 보였다. 물론 고갱의 유명한 '이상한 하얀 새'가 늙은 여자 옆에 앉아 있었는데, 작가에 의하면 이 새는 '말의 무상함'을 나타낸다.

'무상하거나 말거나,' 랭던은 속으로 생각했다. '우리는 말을 찾으려고 여기까지 왔어. 이왕이면 마흔일곱 자로 이루어진 말을.'

랭던은 순간적으로 이 그림의 비범한 제목이 그 마흔일곱 자 암호와 직접적으로 관련돼 있지 않을까 하는 생각에 재빨리 글자 수를 헤아려봤지만, 프랑스어로도 영어로도 숫자가 맞지 않았다.

"좋아요. 이제 시구절을 찾읍시다." 랭던이 짐짓 밝은 목소리로 말했다.

"에드먼드의 서재는 이쪽이에요." 암브라가 말했다. 그녀가 가리킨 왼쪽의 널따란 복도에는 고급스러운 가구들이 가우디의 소품들과 함께 배치되어 있었다.

'말 그대로 박물관에서 생활한 셈이로군.' 랭던은 아직도 그 점이 좀처럼 익숙해지지 않았다. 솔직히 카사밀라의 다락은 아늑한 주거 공간과는 거리가 멀었다. 순전히 석재와 벽돌로 이루어진 이 공간은 늑골이 연이어진 터널을 연상시켰다. 높이가 제각각인 270개의 아치가 포물선을 그리며 약 1미터 간격으로 돌출되어 있었다. 창문은 거의 없고, 가우디의 작품들을 보호하기 위해 정화 장치를 꽤 가동하는지 공기가 아주 건조하고 메마르게 느껴졌다.

"금방 갈게요." 랭던이 말했다. "일단 화장실부터 찾고요."

암브라는 난처한 눈빛으로 출입구 쪽을 돌아보았다. "에드먼드는 늘 저더러 아래층 로비의 화장실을 사용하라고 했죠……. 화장실에 대해서만큼은 이상하리만치 방어적이더라고요."

"남자 혼자 사는 집이잖아요. 아마 너무 지저분해서 창피했나 보죠."

암브라가 미소 지었다. "뭐, 저도 그렇게 생각하긴 했어요." 그녀는 서재 맞은편의 캄캄한 복도 쪽을 가리켰다.

"고마워요. 금방 올게요."

암브라는 에드먼드의 서재 쪽으로 향하고, 랭던은 그 반대편의 좁은 복도를 따라 걷기 시작했다. 벽돌로 된 아치형 터널은 지하 동굴이나 중세의 카타콤을 떠올리게 했다. 그가 걸음을 옮길 때마다 아치 아랫부분의 동작 감지 조명등에 차례차례 불이 들어와 은은하게 그의 발 앞을 비춰주었다.

독서 공간과 소규모 운동 공간이 멋지게 꾸며져 있고 심지어 식료품 저장실도 있었는데, 눈길 닿는 곳마다 가우디의 그림과 건물 스케치, 그의 프로젝트를 형상화한 3차원 모형이 놓인 진열대가 있었다.

랭던은 '생물학적 소품'들을 모아놓은 진열대 앞을 지나다가, 그 내용물을 보고 깜짝 놀라 걸음을 멈췄다. 거기에는 선사시대 물고기 화석을 비롯해 멋진 앵무조개 껍질, 구불구불한 뱀의 뼈대 등이 들어 있었다. 순간 랭던은 에드먼드가 생명의 기원에 대한 연구와 관련해 개인적으로 이런 것들을 전시해놓았다고 생각했다. 그러나 진열대에 붙은 설명을 읽어보니 이 물건들은 모두 가우디의 것이며, 이 건물의 건축학적 특징에 영감을 준 것들임을 알게 되었다. 물고기의 비늘은 벽을 장식한 타일의 패턴이었고, 앵무조개는 주차장으로 이어지는 구불구불한 진입로였으며, 뱀의 뼈대는 바로 이 복도를 이루고 있는 수백 개의 늑골이었다.

진열대에는 이 위대한 건축가가 남긴 겸손한 메시지도 함께 붙어 있었다.

새롭게 창안되는 것은 아무것도 없으며,
모든 것은 자연에 기록되어 있다.
독창성(originality)은 기원(origin)으로 돌아감을 의미한다.
– 안토니 가우디

랭던은 고개를 돌려 다시 한 번 구불구불하고 갈비뼈가 튀어나온 복도를 보고 이번에도 여지없이 살아 있는 생명체 속에 서 있는 듯한 느낌에 사로잡혔다.

'에드먼드에게는 완벽한 보금자리군.' 랭던은 생각했다. '과학에서 영감을 얻은 예술.'

뱀 같은 터널의 첫 번째 모퉁이를 도니 갑자기 공간이 넓어지면서 동작 감지 조명이 켜졌다. 그의 시선이 이내 홀 한복판에 있는 커다란 유리 진열대로 빨려들었다.

'현수선(catenary) 모형이군.' 랭던은 가우디의 이 독창적인 모델을 볼 때마다 늘 감탄하곤 했다. '현수선'이라는 건축학 용어는 해먹, 또는 극장에서 흔히 볼 수 있는 두 기둥 사이에 늘어진 벨벳 끈과 같이 두 개의 고정된 점 사이에 느슨하게 걸린 줄이 만들어내는 곡선을 의미한다.

지금 랭던이 보고 있는 현수선 모델은 진열대 꼭대기에 느슨하게 걸린 수십 개의 쇠사슬로 이루어져 있는데, 각각의 쇠사슬은 진열대 아래까지 내려왔다가 다시 올라가기 때문에 느슨한 U 자 형태를 나타냈다. 가우디는 중력의 인장력이 압축력과 반대로 작용한다는 점에 착안해, 스스로의 무게로 자연스럽게 늘어진 쇠사슬이 만들어내는 정확한 형태를 모방함으로써 중력의 압축력이라는 건축학적 과제를 해결할 수 있었다.

'하지만 그러기 위해서는 마법의 거울이 필요하다.' 랭던은 그런 생각을 하며 진열대를 향해 다가갔다. 예상대로 진열대 바닥은 거울이었고, 그 거울에 비친 형상을 통해 마법과도 같은 효과를 직접 목격할 수 있었다. 모형 전체가 거꾸로 뒤집혀, 늘어진 고리들이 하늘로 솟구친 첨탑처럼 보였다.

랭던은 자신이 가우디의 걸작 사그라다 파밀리아의 거꾸로 된 조감도를 보고 있음을 깨달았다. 완만하게 경사진 첨탑들은 바로 이 현수선 모형을 이용해 설계된 것이 분명했다.

복도를 조금 더 걸어가니 고풍스러운 4주식 침대와 체리나무 옷장, 무늬를 새긴 서랍장이 있는 침실 공간이 나왔다. 벽은 가우디의 디자인 스케치들로 장식되어 있었는데, 랭던은 그것이 단순히 박물관 소장품이 아님을 알아차렸다.

이 방에서 나중에 추가한 것으로 보이는 유일한 예술품은 에드먼드의 침대 머리맡에 걸린 커다란 서예 작품이었다. 랭던은 첫 두 단어를 읽자마자 그 출처를 확신할 수 있었다.

신은 죽었다. 여전히 죽어 있다. 우리가 죽였다.
살인자 중의 살인자인 우리는 어떻게 스스로를 위로할 것인가?
— 니체

'신은 죽었다'는 19세기 독일의 철학자이자 무신론자인 프리드리히 니체가 쓴 가장 유명한 문장이다. 니체는 가차 없는 종교 비판으로 악명 높지만, 동시에 과학, 특히 다윈의 진화론에 대한 성찰로도 유명하다. 그가 생각하는 과학이란, 삶에는 의미가 없고 더 높은 목표도 없으며 신이 존재한다는 직접적인 증거도 없다는 것을 자각하는 허무주의의 경계로 인류를 인도하는 것이었다.

침대 위에 걸린 니체의 문장을 본 랭던은 종교에 반대하는 목소리를 높였던 에드먼드가 신의 세계를 제거하려는 시도에서 자신의 역할을 찾으려던 게 아닐까 생각했다.

랭던은 저 문장을 포함한 니체의 구절이 어떻게 마무리되는지 떠올려보았다. "이 행위의 위대함은 우리가 감당하기에 너무도 위대하지 않은가? 그만한 가치를 보이기 위해서는 우리 스스로 신이 되어야 하지 않는가?"

인간이 신을 죽이기 위해 신이 되어야 한다는 이 대담한 생각은 니체의 사고를 대변하는 핵심이었고, 어쩌면 에드먼드 같은 선구적 테크놀로지 천재들이 신이라는 관념들을 공격하는 이유를 부분적으로 설명해주지 않나 하는 생각이 들었다. '신을 없애기 위해…… 신이 되어야만 한다.'

이런 생각에 사로잡혀 있던 랭던은 또 한 번의 깨달음에 정신이 번쩍 들었다.

'니체는 철학자일 뿐만 아니라 시인이기도 했어!'

랭던 자신도 신과 죽음, 그리고 인간의 정신에 대해 여러 가지 생각 거리를 제공하는, 니체의 시와 아포리즘 275편이 수록된 《공작새와 물소》라는 책을 가지고 있었다.

랭던은 재빨리 액자 속 인용문의 글자 수를 헤아려보았다. 이번에도 맞지 않았지만, 그럼에도 불구하고 한 줄기 희망이 샘솟았다. '우리가 찾고 있는 시구절이 니체의 것일 수도 있겠지? 그렇다면 에드먼드의 서재에서 니체의 시가 실린 책을 찾아야 하나?' 어느 쪽이든 윈스턴에게 니체가 쓴 시를 모두 뒤져서 마흔일곱 자로 된 구절을 찾아달라고 하면 될 것 같았다.

랭던은 어서 암브라에게 돌아가 이 깨달음을 얘기해야겠다는 마음에, 서둘러 침실을 지나 저만치 보이는 화장실로 향했다.

안으로 들어서자 전등이 켜지며 세면대와 샤워실, 변기가 하나씩 있는 깔끔한 공간이 드러났다.

랭던은 무의식중에 갖가지 세면도구와 개인 용품이 어질러진 나지막한 골동품 탁자를 내려다보았다. 탁자 위 물건들을 훑어보던 랭던은 짧은 숨을 들이쉬며 흠칫 물러섰다.

'아, 맙소사. 에드먼드…… 안 돼.'

앞에 놓인 탁자는 뒷골목의 마약 소굴을 방불케 했다. 사용한 주사기, 약병들, 열린 캡슐, 심지어 피로 물든 헝겊까지…….

랭던은 가슴이 철렁 내려앉았다.

'에드먼드가 약을 했다고?'

랭던은 요즘 유명하고 부유한 사람들 가운데서도 약물중독으로 고통받는 이들이 많다는 사실을 알고 있었다. 헤로인이 맥주보다 싼 세상이었고, 사람들은 마약성 진통제를 감기약처럼 삼켜댔다.

'그래서 최근에 그렇게 몸무게가 줄어 보였구나.' 랭던은 에드먼드가 몸이 수척하고 눈이 퀭한 진짜 이유를 숨기기 위해 채식주의자 행세를 한 게 아닐까 하는 생각도 들었다.

랭던은 옥시콘틴이나 퍼코셋 같은 흔한 마약성 제제가 틀림없으리라 생각하며, 탁자로 다가가 약병 하나를 집어 들고 성분 표시를 읽어보았다.

그러나 뜻밖에도 '도세탁셀'이라는 단어가 눈에 띄었다.

어리둥절해진 랭던은 다른 약병을 살펴보았다. '젬시타빈.'

'이게 뭐지?' 랭던은 얼떨떨해서 세 번째 약병을 집어 들었다. '플루오로우라실.'

랭던은 그 자리에 얼어붙었다. 하버드 동료에게서 플루오로우라실에 대해 들은 적이 있었다. 갑자기 두려움이 엄습했다. 다음 순간, 약병 사이에 놓인 소책자가 눈에 들어왔다. 제목은 '채식으로 췌장암의 진행을 늦출 수 있는가?'였다.

진실을 깨달은 랭던의 입이 떡 벌어졌다.

에드먼드는 약물중독이 아니었다.

그는 남몰래 치명적인 암과 싸우고 있었다.

2권에서 계속됩니다.

옮긴이 **안종설**

성균관대학교 사회학과를 졸업한 뒤 출판사 편집장을 지냈고, 캐나다 UFV에서 영문학을 공부했으며, 현재 전문 번역가로 활동하고 있다. 옮긴 책으로 《벤허: 그리스도 이야기》《떠오르는 아시아에서 더럽게 부자 되는 법》《스타워즈: 새로운 희망─공주, 건달 그리고 시골 소년》《스타워즈: 제국의 역습─제다이가 되고 싶다고?》《인페르노》《로스트 심벌》《다빈치 코드》《해골 탐정》《대런 섄》《잉크스펠》《잉크데스》《프레스티지》《Che─한 혁명가의 초상》《솔라리스》《천국의 도둑》《믿음의 도둑》 등이 있다.

오리진 1

초판 1쇄 발행 2017년 11월 23일
초판 13쇄 발행 2018년 12월 11일

지은이 | 댄 브라운
옮긴이 | 안종설
발행인 | 강봉자, 김은경

펴낸곳 | (주)문학수첩
주소 | 경기도 파주시 회동길 192(문발동 513-10) 출판문화단지
전화 | 031-955-4445(마케팅부), 4453(편집부)
팩스 | 031-955-4455
등록 | 1991년 11월 27일 제16-482호

홈페이지 | www.moonhak.co.kr
블로그 | blog.naver.com/moonhak91
이메일 | moonhak@moonhak.co.kr

ISBN 978-89-8392-684-5 04840
　　　978-89-8392-683-8 (세트)

「이 도서의 국립중앙도서관 출판예정도서목록(CIP)은 서지정보유통지원시스템 홈페이지(http://seoji.nl.go.kr)와 국가자료공동목록시스템(http://www.nl.go.kr/kolisnet)에서 이용하실 수 있습니다.(CIP제어번호: CIP2017029085)」

* 파본은 구매처에서 바꾸어 드립니다.